# 全球高考2#

#2nd exam
## 別對我閉眼

木蘇里／著

# 目　錄
CONTENT

【第一章】

# 你確定要繼續這麼玩？

商船回歸原位，他們被掄了一圈，又和小白臉對上了。

舵手被慣性甩出去，差點兒親上一張臉。他慘叫一聲，連滾帶爬地往後退。

「所有人！下艙！」船長站在綁繩的樁上吼出命令。

白色的風太過狂猛，颳得他根本睜不開眼。吼完他就被人拽了一把，大批船員訓練有素地往船艙裡跳。

大批人員倉皇逃竄，游惑卻不退反進，他往白色風牆的方向走了幾步，似乎想看點什麼……

「別看了！不要命了？」大副又用中文吼了一聲，猛拽了他一下，「快下去！」

眨眼的工夫，三艘商船的甲板就清空了，大家全部鑽進了船艙。

船員們立刻封上活板門，拽著門上的繩子一屁股坐在樓梯上，面無血色。

大副靠在繩子上喘了一會兒，驚魂甫定。

「那是什麼？」他問：「剛剛又急又亂，我都沒看清，只顧著把人往下推。」

狄黎跟他掛在同一根繩子上，氣若游絲地說：「你們的天使，來送行的吧。」

大副：「……」他終於開始懷疑傳說的真實性，沒好氣地叫了一聲：「船長——」

船長剛剛吼得缺氧，此刻正抓著一頂帽子搧風，他看上去也被小白臉震驚了一把，不大痛快。

「怎麼了？」船長問。

大副說：「您究竟哪裡聽來的傳說，跟現實差距是不是有點大？」

船長呸了一聲，滿臉菜色，「傳說要是能考證還叫傳說嗎？」

狄黎聽不懂鳥語，但根據表情能意會個大概。

他斟酌著問大副：「能不能問問你們船長，傳說還提到過什麼？有沒有更細節的東西？」

他心裡很清楚，NPC手裡的線索一定不是最直接的，就愛打著傳說、筆記、地圖、遺言之類的幌子，有點誤差沒關係，資訊夠多就行。狄黎懷抱著一點希望。

大副又問了幾句，轉頭用中文解釋說：「問過了，沒有什麼了。那些都是很久之前的傳說，內容也含糊，就那麼翻來覆去的幾句，船長說都告訴你們了。」

狄黎噗了漏了氣，撓著頭發愁。

大副說：「實在抱歉，害得你們白高興一場。」

不止是考生，其實船員也是。

他們滿心以為能離開這座荒島了，沒想到關鍵時刻被一棍子打回原形。

船艙裡籠著一層低氣壓，愁雲罩頂。

狄黎掰著手指不信邪地數著，「返航的商船，三艘都修好了。」

「最寶貝的貨物，我們跟著清點過，確認再三沒有少。」

「吃的，直接捆船上了，還能自我再生，三船人航行多久就能吃多久。」

「至於取暖的燃料，也備足了，省著點兒也能用很久。」

「……還缺什麼呢？不缺了啊。」

吳俐的醫生白袍實在很薄，正跟舒雪靠在一塊取暖。她坐在臺階上抱著胳膊搓了一會兒，從口袋裡掏出一枝錄音筆。

「妳還隨身帶這個？」舒雪有點意外。

「會議多，工作需要。」吳俐撥弄著錄音筆，放出一段錄音。

【一五九七年冬，三艘荷蘭商船在途經俄國時被冰封的海面困住，暫時停靠在一座無名荒島上，等漫長的冬季過去。這是他們在此生活的第八個月，距離冬季結束海面化冰還有十五天，請各組考生幫助商船隊所有人員順利返航。】

眾人愣了一下。

這是剛進石洞的那天，系統播放的題目原題，他們現在聽來居然覺得有一絲陌生。

人的記憶很神奇，總會下意識地抓一個重點。他們抓住的重點就是「送商船隊返航」，其他鋪墊和修飾詞都被當做旁枝末節，自動忽略了。

現在重聽一遍，李哥職業病作祟，立刻開口：「我抓個字眼，商船隊所有人員……」

他在「所有」這個詞上加了重音。

狄黎把脖頸從繩子上移開，「對啊……對啊！所有！這裡的船員嚴格意義上不能叫所有，還得加上八位去世的！」

他們一激動，外面的小白臉們似乎也激動起來，風拍得船艙哐哐直搖。

大家一縮脖子，又把聲音壓下來。

「那怎麼說？」

「在這兒躲一會兒，等天使散了再出去。把那幾位船員一起帶走。」

之前他們懼怕荒島的深夜，因為每過一夜，就會有人被送給章魚當晚餐。現在章魚自己成了餐，威脅便沒了，多待一夜也無妨。

他們高興的時候，游惑卻沒有參與。

他跟船長借了懷錶，正在看裡面的肖像。

這枚懷錶其實是他帶回來的，他在章魚進食的船艙裡撿到，見花紋和船員常用的東西相似，就給了大副。沒想到轉了一圈，落到了船長手裡。

不過他在意的不是這些，而是那幅肖像畫上的人。

那是一位長髮男人的半側像，深眉高鼻，嘴角微微下拉，顯得有些嚴肅。

比較特別的是，這個男人的嘴唇上方、人中位置有一顆小痣，左側眉毛裡同樣有一顆。再栩栩如生的肖像畫，也會跟現實長相有些出入，但這兩枚痣不會。

游惑看到他的瞬間就想到了一個人，不，準確而言，是一張臉——

他跟秦究巡島時，在冰下見到的第一張臉。

那張蒼白的臉仰頭看了他很久，他清楚地記得，對方嘴唇上方和眉毛裡有一模一樣的痣。長得也和這幅肖像畫有八分相似，很可能就是同一個人。

游惑問船長：「這是誰？」

船長一貫樂呵呵的表情消失了，他垂下眼睛接過懷錶，拇指摩擦著肖像邊緣。

片刻後他抬起眼，又恢復成一貫的輕鬆表情說：「M'n vader.」

游惑：「……」

他轉頭把大副招過來。

大副翻譯說：「這位是船長的父親，也是商船隊上上任船長。」

他的話吸引了考生們的注意力。

等他說完大家才知道，百年來商船隊有過很多任船長，巴倫支的父親就是其中之一。

他十八歲進船隊，因為能力出色做事嚴謹，二十三歲就成了商船隊的船長，在風浪中來去多年，成功送達過無數貨物。二十九歲那年，他和船隊碰到了風暴，葬身大海。

那時候，現在的巴倫支船長剛滿四歲。

巴倫支骨子裡流著航海者的血，註定是要加入這支船隊的。

他成為船長的那一年，剛好也是二十三歲，跟父親一樣。

這麼多年來，他偶爾會有所幻想，也許某一天，他能在海中找到父親遺留的痕跡。

但他始終沒有找到，直到今天，直到剛剛……

登船的時候，他看到了堆在雜物裡的鐵匣和懷錶，和幼年記憶裡的一模一樣。

時隔三十年，居然如願以償。

儘管知道他們只是題目中的一部分，考生們依然有些感慨。他們黯然消化了片刻，忽然意識到一個問題。

「所以那些小——」狄黎給了自己嘴巴一下，改口道：「外面那些……都是在這裡遇難的船員？都是這個商船隊的？」

「應該是……」

「那破船艙裡那些骨頭？」

眾人面面相覷。

「應該既有船員又有考生吧。」

這些年裡，一批又一批船員誤入這片荒島。

那三隻章魚有考生的時候抓考生，沒考生該死就抓船員，總不會虧待自己，日復一日，在那個破舊的船艙裡堆出了山一樣的白骨。

怪不得白臉們看到章魚會那樣憤怒……命都是在牠們那裡送掉的。

如果還活著，他們會是某個人的父母、某個人的孩子、某個人的戀人、某個人的家……

游惑四下掃了一圈。船艙裡少了一個人，這居然讓他不大習慣。

趁著眾人七嘴八舌一片混亂，他打開活板門板。

人臉糾纏而成的風含著潮濕水氣，像一大片迷蒙的雲，以呼嘯而來的張揚姿態籠罩在商船船頭。

在它們面前，站著游惑在找的人。

活板門吱呀一聲響。

秦究轉頭看過來。

「你沒進船艙？」游惑翻身上了甲板。

秦究愣了一下又眯起眼睛，「特地出來找我？」

「沒有。」游惑走到船頭，說：「突然想到一件事，來確認一下。」

「什麼事？」

「確認一下它們的攻擊性。」游惑指著那些白臉。

既然小白臉們都是曾經的船員和考生，那也許……對他們並不懷惡意。

傳說中，化冰的時候它們會出現，也許只是為了提醒啟航的人別把它們忘了，別把它們遺落在這裡……

游惑本打算順便上來確認一下，沒想到秦究占了先。

不過這位001先生並沒有聽到「小白臉的故事」。

他說：「我只是好奇，如果硬碰硬它們能把我傷到什麼程度，所以留了一會兒。」

游惑默然無語，又覺得毫不意外。

秦究抬起左手，掌心上有一道血痕，很長但並不深。

「起初挺凶的，現在老實了。」

「為什麼？」

「我差不多能猜個大概，所以對它們說，什麼時候消停，什麼時候帶它們走。」

於是……小白臉們消停在了半空中，成了一大片靜靜飄浮的雲霧。

沒多久，考生和船員們也注意到了這點，紛紛從活板門下探出頭，接著長長鬆了一口氣。

知道問題，就不難補救。

他們在荒島上奔走，在大副的帶領下找到了埋在冰下的八位船員，又花了一夜時間，用火把烤化一部分冰，把那艘裝滿骸骨的舊船剝離下來。

年復一年，骸骨早已混在一起，分不清誰是誰，但至少全都在這裡，一位也沒丟。

船員拋下一根長繩，大家七手八腳地把這艘舊船緊緊扣在商船身後。

天邊泛起魚肚白，一切已經準備就緒。

經驗老到的船員遠眺片刻，說：「是一個少有的晴天，隨時可以出發。」

大家興致高昂，紛紛爬上甲板。

可高興了沒一會兒，他們又頹喪起來……

「系統親口說了，短期內沒有新的化冰期。這個短期的概念太籠統了，誰知道要等多久……」

狄黎膽子越來越肥，抱怨完就開始蠕動嘴唇罵系統。

剛罵兩句，秦究說：「想現在走也不是不可以。」

狄黎兩眼冒光，「嗯？」

游惑瞥了他一眼，問：「我是無所謂，你確定你可以繼續這麼玩？再往下貶沒地方裝了。」

秦究笑了一聲，毫不在意。

狄黎看他們打啞謎，一頭霧水。

沒多會兒，游惑和秦究解了捆章魚觸手的繩子，只留下捆臉的部分。觸手一旦得了自由，當即瘋舞起來，好幾次差點兒打到船帆，看得大家心驚膽戰，但兩位大佬卻甚是滿意。

接著他們跟船長借了一根羽毛筆……

狄黎小心地湊過來，就見游惑隨便找了塊乾淨木板，在上面寫下了四個數字：

922、154、021、078。

監考處小白船上，四位監考突然收到一份考生求助。

078一看到考生名字就是一陣窒息。

021恰恰相反，但她沒有表現出來。

922臉色非常詭異。

唯獨154說：「他居然有求助的時候？」

078突然想起來：「喔，對！晚上不是收到系統消息了嗎？他們錯過了化冰期，也許現在正在發愁？」

游惑正在發愁！

這句話就讓監考官身心愉悅。

078二話不說開船拔營，直奔荒島。

二十分鐘後，小白船航行到荒島邊緣。

離島還有幾十公尺，四位監考官上了甲板。

他們理了理大衣，本打算正一正威信。結果一探頭，就看見不遠處，三艘商船掄著無數觸手，張牙舞爪就呼了過來。

「……」這是什麼玩意兒！

監考官原地轉身，頭也不回地鑽進船艙。

078直撲船舵，伸手就掄，企圖來個急轉彎，但反應再快依然有個過程。

監考小白船往前衝了幾十公尺，擦著岸邊掉了頭，所到之處，冰封的海水自動融化。

商船上，船長抱著鐵匣子一聲令下，舵手吆喝著打了個滿舵。

小白臉組成的風牆即時撲來，船帆倏然飽脹。

長風呼嘯，海水翻湧。

三艘商船帶著張牙舞爪的章魚追著監考船往死裡啄。

監考船所過之處，他們暢行無阻。

大副、游惑和秦究上了甲板，叫了船長一聲。

「來了？給我個地址吧，不知道你們怎麼想，反正我當你們是朋友了。以後如果有機會，我給你們寫信。」船長說。

那一瞬間，他一點兒也不像什麼NPC，就像一個活生生的人。生活在某個國家某座城市的活生生的人。

游惑接了筆，抬手寫下一個N，又愣了一下。

他住過很多地方，沒有一處是N開頭的。卻不知怎麼下意識地寫了出來。

「怎麼？」大副問：「如果不願意的話也沒關係。」

游惑搖了搖頭，把N字劃掉，寫了于聞家的地址，「寄這裡吧。」

大副又把筆遞給秦究。

秦究卻沒有接，他垂眸看著游惑的筆跡，說：「我收不到的。」

就連游惑都愣了一下。

秦究又笑起來，指了指游惑對大副說：「等我哪天能收了，我會找他要你們的地址。」

船長和大副理解地點了點頭。

他們身後，跟著那艘濕漉漉的舊船。

它擱淺多年，殘破不堪。如今滿載骸骨，竟然又能乘風破浪了。

久違的太陽噴薄而出，給這條強行開出的海路引航。

白霧奔湧，天使歸鄉。

海面無垠，考生並沒有長久漂泊在那裡。

前方海域突然天垂黑雲。船長說穿過黑雲，大陸就越來越近了。

於是三艘商船帶著一艘舊船直奔黑雲……

他們是過去了，考生沒有。

考生們感到一陣寒冷，就像突然泡進冰水裡。

只一眨眼，眼前的景象就變了。

商船隊消失在黑雲後面，他們卻回到了荒島冰原。

看到石洞的瞬間，他們的心情是崩潰的。

「好不容易走那麼遠，怎麼又把我們送回來了！」有人高聲抱怨。

「不然呢？你還想跟商船隊回家嗎？」

「……也是。」

「我以為穿過黑雲，我們就到休息處了。」

「那你想得真美，我倒沒想到休息處，但也沒想過會回這裡，我對這裡有陰影，看到這個石洞就喘不上來氣……」

「我也是，所以為什麼又把我們送回來了？」

「還沒算分吧？」狄黎突然說。

七嘴八舌的議論瞬間停了。

乘風破浪送人回家的感覺太好，以至於他們只記得自己做完了題，卻忘了這個最要命的環節。

也只有狄黎這種算了十幾年分的小鬼會一直惦記著。

果然，話音剛落，熟悉的聲音又來了。

嚴格來說這個聲音不難聽，甚至還挺好聽的，但配上那種毫無起伏的腔調以及話語內容，就很難讓人喜歡起來。

【商船隊全部返航，考生交卷，本場考試結束。】

【稍後清算最終懲罰與獎勵。】

考生們僵持了一會兒，魚貫入洞。

熟悉的石壁，熟悉的分數條，不同的是，今天的洞內沒有取暖的篝火，也沒有打鼾的船員。

明明剛把人送走，就好像又過了一個世紀似的。

【本場考試為參與模式，開放式答題，有額外加分及額外扣分的機會，此前觸發的所有得分點及扣分點均已計算完畢並予以即時公示，現在清算最後未核算分數。】

【考生觸發得分點共四項。】

【一、修葺最後一艘商船。】

【二、為商船提供充足燃料。】

【三、為船員提供充足食物。】

【四、護送商船順利返航。】

【具體計分如下：修葺商船共計三分，其中準備材料工具一點五分，修補一點五分。】

【為商船提供燃料共計四分。】

【為船員提供食物原本共計兩分，由於提供的食物遠超最低需求，足以令船員每天達到飽餐一頓的狀態，滿足額外獎勵條件，獎勵相關考生六分。】

【護送商船順利返航為本場考試主題幹，共計十五分。】

系統算到這裡的時候，有幾組考生呈現出恍惚狀態。

因為分數條竄得太嚇人了……

除了食物那個六分，其他分數人人都加到了，一共有二十二分……

二十二分！

最高的狄黎他們已經奔到了六十九。

舒雪那組也變成了五十六分，就連吳俐這種寡言、理性又乾脆的人，表情都呆了一瞬。

除此以外，有兩組人加到了那個額外的六分。

一組毫無疑問是游惑和秦究，他們這一波直接從二十四點二五竄到了五十二點二五分。

另一組則是陳飛和黃瑞，不過他們沒加滿六分，只加了三分。

這兩位倒數第一恐怕是全場最懵的。

「我們為什麼能加到三分……」陳飛很茫然。

黃瑞比他還茫然。有時候好事來得太突然就很像詐騙，他們現在就感覺系統在詐他們。

直到游惑突然出聲說：「章魚你們也打了，有什麼問題？」

兩人才從茫然中回神，「可是……那樣也算？」

「為什麼不算？」

他們想說——我們是被抓去才打的，是被迫的，你們兩個才是主動的，不一樣。

但這話說出來，兩位大佬恐怕只會瞥他們一眼。

於是他們猶猶豫豫半晌，最終說了一句：「謝謝。」

游惑古怪地看著他們，「謝我們幹什麼？你們自己動的手。」

「……」陳飛及黃瑞愣了半天，竟然不知道怎麼反駁。

分數條竄完，石洞被亢奮的情緒塞滿。

對在場大多數人而言，這是第一次，他們考完之後感到了激動，就好像他們馬上就能回家了似的。

狄黎狠狠掐了一下自己的大腿，又掐了李哥一下，說：「對不起，我確認一下。」

李哥說：「沒關係……」

狄黎：「我很痛，你痛嗎？」

李哥：「痛得不行，所以沒做夢。」

狄黎：「那我們豈不是已經滿六十分了？」

李哥：「是啊……」

何止六十分，他們還溢出來九分。

第二組的也跟夢遊一樣，「我們也滿了，六十八分了。按照正常情況，是不是可以算通過了？」

「這才第三門啊，我們分怎麼這麼高了？」

「哪裡不大對？」

考生們都沒反應過來，還是前監考官秦究戳破了他們的幻想。

「起床了，這是兩人合計。」

這一棍子掄醒了所有人。

合計……這就意味著，所有人的真實分數要砍掉一半。

眾人如遭雷轟。

但打擊還沒有停止。

系統熱衷於大喘氣，總能挑在最恰當的時候給人再來一棒。

【全部加分項核算完畢，現在核算額外扣分項。】

【考生觸發扣分點共兩項：】

【一、破壞考場懲罰機制，惡意放生懲罰工具。】

考生：「……」

是喔……章魚跟著商船一起走了。

但你要說這是「放生」，章魚肯定不答應。

【二、題目本意為帶走該批商船所有船員，即活著的船長船員和死去的八位船員。考生誇大詞意，亂做擴大解釋，惡意放生題目隱性組成部分。】

考生：「……」

對喔……小白臉也跟著走了。

但我們要是只帶那八位，小白臉肯定也不答應。

儘管系統的聲音依然毫無起伏，但大家隱隱感覺它在痛斥。斥完它繼續說：【具體計分如下：】

【放生懲罰工具，扣除違規考生共計五分。】

所有人的分數條都縮了一截。

【放生題目隱性組成部分，扣除違規考生共計五分。】

只有秦究、游惑一組分數條縮了。

考生：「……」議論聲轟然響起來。

狄黎又是最具穿透力的那個，「怎麼回事？不是大家一起拖的骸骨船嗎？」

但系統無視了他們，斬釘截鐵開始放最終結果了。

【所有考生已完成三門考試，按照全球同類考生排序百分比劃分等級如下：】

石壁上又響起了嘎吱嘎吱的聲音，分數條之間多了一道等級線。

雖然扣了五分，但前六組考生依然穩穩釘在A級。

剩下的大多數居然也都在B，其中就包括舒雪和吳俐那組。

只有兩組沉在C級劃線下面。

游惑、秦究：42.25

陳飛、黃瑞：38

【B級及以上考生順利進入下一輪考試，請在五分鐘之內回到各自來時的船上，船夫已經就位，將合格考生送往休息處暫作調整。】

【C級考生按規定應當重考該題。】

系統停頓片刻又說：

【鑑於道具均遭放生，考場已被清空，無法進行新一輪考試。C級考生改由監考官帶回，另擇考場完成重考。】

【考生游惑、秦究損壞監考船，教唆考場工具襲擊監考官，構成違規。同樣由監考官帶回，處罰後再進行重考。】

違規的兩位看智障一樣地看著分數牆，無動於衷。

這場考試的清算前所未有地長，眾人在系統的聲音中莫名地聽出一絲絲疲憊。

它可能真的很氣，但它又「咬牙切齒」地憋出一句：

【另外，本場考試花費時間共計四天，遠超平均耗時。獎勵該組考生一人一次抽籤權。由監考官執行。】

不論是處置C級考生，還是懲罰違規者，抑或搞抽卡，都得勞駕監考官來。

前提是，他們得來……

系統說：【已通知監考官021、078、154、922。】

【監考船正在修船的路上。】

秦究終於發出了一聲嘲諷的低笑，給系統。

烤兔子當場無火自燃。

就在B級以上考生離開石洞的時候，游惑說：「船都壞了，帶我們回去還能正常處罰？」

秦究說：「你以為是回監考船？」

「不是？」

「當然不是。」

陳飛和黃瑞也湊過來聽，他們頭一次碰到這種情況，忐忑至極。

秦究說：「如果考生剛好踩著考試結束的點違規，那就不是去這個考場的監考處了，是去整個考試的監考區。」

「監考區？」

「一個看上去和正常城市沒區別的地方，有懲罰區，特殊情況處置區，除了那些特別的區域之外，那裡什麼都有，有時候甚至會讓人產生一種錯覺，好像在過正常的城市生活。」

秦究頓了一下說：「監考官都在那裡生活。」

游惑：「所有監考官？」

秦究：「嗯，所有。」

包括現在的，和曾經的。

監考區，紅港碼頭。

信號燈在透黑的夜色中閃爍，旁邊的電子螢幕上顯示晚上九點零三分。

水面嘩啦一聲輕響，白色船隻順利靠岸。

船舷掛下一截繩梯，幾個身影陸續下船。

熟悉的系統音憑空響起。

【歡迎回來。】

臥槽。

正在下繩梯的陳飛兩腳一滑，差點踩黃瑞頭上。

「下船都不會？」

922眼疾手快拽了一把，避免兩位摔成團。

陳飛驚魂未定地轉了一圈，「怎麼又有考場廣播？」

「這裡是大本營，系統無處不在，建議你適應一下。」秦究有意無意地說。

——大本營？

游惑聞言遠望一圈。正如秦究所說，這裡就像一座普通的濱海城市。高樓上的燈旋轉著照過來，又很快劃過，五彩斑斕。站在這裡，他甚至能感覺到一絲城市的喧鬧。

922還在掰著指頭數給考生聽，「停車停船紅綠燈，刷卡消費按門鈴……反正到處都是，你最好有個心理準備，不然走到哪兒摔到哪兒，那誰受得了。」

陳飛和黃瑞互看一眼，慌得不行。

021也踩著高跟鞋下來了，她剛在碼頭站定，系統聲音又響起來。

【十二月三十日晚上九點零五分，室外氣溫負四度C，09271號監考設備停靠於十三號碼頭。】

陳飛和黃瑞還是頭皮一麻，但這次肢體上穩住了。

「這就九點多了，如果路上沒耽擱的話，其實白天就能回來了。」078忍不住咕噥。

他們光修船就耗費了兩個小時。

好不容易接到考生返航回監考區，結果021又落了監考卡，只能中途掉頭回荒島拿，一來一回又耽擱四個小時。

078這位奇男子情商極低。

他本意想抱怨的只有修船，意圖讓違規考生有點內疚心，畢竟襲擊監考官這種事真的太過分了，聞所未聞。

結果考生無動於衷，021卻被惹毛了。「你這是變相說我丟三落四？」

「沒有沒有，當然不是！我只是感慨一下九點了，沒有別的意思。」078立刻解釋。

鑑於這位小姐經常被惹毛，他已經有肌肉反射了。張口先道歉，反正息事寧人總沒錯。

021本性當然不丟三落四，重要的東西她從來不丟。之所以會在荒島丟個卡，還遲了兩小時才發現，就是因為她想拖到夜裡回來。

監考區是所有監考官的生活地。既包括後來的這些人，也包括最初的那些監考官。

最早的監考官非常少，寥寥十數人，英文字母足以給他們編號。後來因為要解決的麻煩變多，系統從考生中又挑選了一些厲害角色補充進來。

第一次補充後，監考官變成了五十人。

這些補充進來的新考官按照時間順序排列，迅速占完了剩下幾個字母，餘下來的開始用組合，類似英文名。秦究就是其中之一。

這一批監考官是跟A共事過的。

021後來悄悄統計過——

這麼多年裡，五十位早期監考官中有一位很早就被貶去休息處了。監考官非特殊情況不去休息處，所以她沒見過真人，只看過照片。

有十三位因為各種公務傷住在鎏金療養院，那裡戒備森嚴，暫時也出不了院。有二十六位最近常駐國外考場，考期都不短。沒有游惑、秦究這種大佬帶隊，也不大可能提前結束考試跑回來。

也就是說，除了腦部有問題的游惑和腦部有問題的秦究，有八位早期監考官就在這個監考區。

他們、全都、認識A……

這就很可怕了。

021不知道游惑的計畫是什麼，她懷疑這位大考官自己現在都不知道。

但她想，這麼早早地讓人把游惑認出來，可能無利於大考官搞事。

所以她只能拚盡辦法，讓游惑跟那八位監考保持距離，離得越遠越好。

換成綜合能力排號後，這一批監考官的代稱也變成了數字，排名總體比較靠前。據021小姐觀察，016、025、033、058這四位監考官長年活躍在這片碼頭。

正前方那條最寬的白樺街白天異常熱鬧，016和025就住在那裡。

025特別喜歡坐在窗臺上抽菸，只有深更半夜碰到的可能性會比較低。

那裡還有一間酒吧，058幾乎天天在那裡待到半夜。有時候九點回家，有時候十一點。

021十次從這街走過，八次都能碰到這幾位，防不勝防。

就這頻率，她今晚說什麼也得把這條街道拉黑了。

「你們兩位不用受罰，但需要去等候區待著。」078招呼著陳飛和黃瑞，「那裡是公寓式，一會兒帶你們去辦個簡單手續就行。」

「等候區在哪裡？」

「那邊。」078一指。

陳飛和黃瑞勾著脖子看過去。

臨近碼頭的街道後面，隱約可以看到兩棟雙子星似的高樓，它們對稱著直捅天空，許多窗戶都是亮著的。

「看歪了，雙子樓是處罰區。你們是旁邊那幾幢小樓。」078指著游惑、秦究給陳飛他們解釋說：「對於這兩位先生的處罰要持續三天，這三天你們先在等候區住著。等他們的處罰結束，我們會給你們安排好新考場。」

他說著帶頭邁了步，「從白樺街穿過去吧。」

說話間，白樺街酒吧那邊彈出來一個人。

熟悉他的人一眼就能看出來，正是那位早期監考官058。

秦究看見他，邁出的步子當即一轉說：「不去。」

078：「啊？」

021「不」字剛到舌尖，又咕咚一聲嚥下去。

——今晚001吃餿飯了？居然跟我站一邊？

078很茫然，「白樺街怎麼了？」

秦究餘光瞥了游惑一眼，開始說瞎話，「酒吧烏煙瘴氣，煩它很久了。」

078：「啊？」烏的哪門子煙瘴氣？那酒吧禁菸你知道嗎？你不能因為人家開門彈出來一個人就污衊它……

078敢怒不敢言，只得憋憋屈屈地問：「那麼要走哪裡？」

秦究隨手指了個離白樺街路最遠的小路，「那邊吧。」

078：「……你確定？」

秦究唔了一聲，抬腳就走。

154和922本來就是他的下屬，當即就跟著跑了。

就連021都沒異議，蹬著高跟鞋也過去了。

078納悶地看著他們，心想：真是活見鬼了。

燈火通明的大街不走，非要繞那麼遠，去走個燈都不亮的小巷……怎麼想的？白樺街有鬼咬你們嗎？

不管有沒有鬼咬，他們還是拐到了那條安靜的小街上。

那位醉酒的058考官也不知道碰見了誰，在那兒哈哈大笑。

因為安靜的緣故，笑聲直傳到這裡，然後又漸行漸遠。

021悄悄鬆了一口氣。

游惑似乎完全沒注意到058，他正低頭撥弄著手機。

他們很快穿過小街，正如某兩位所願，沒有再碰到以前的熟人。

雙子樓矗立在一片繁華地帶，它跟繁華隔著一道院牆。

「我帶他倆去等候處，你們要不先上去？」078在雙子樓下停住，指了指旁邊的小樓。

021難得溫和了一下說：「就在這等你吧，也不急這幾分鐘。」

078嘿嘿一笑，帶著考生跑了。

游惑看著三人消失在夜幕中，又抬頭看向雙子樓。

高樓外表閃著偏暗的藍光，顯出一種不近人情的冰冷。大片大片的玻璃中，星星點點亮著通透的燈。這一瞬間，游惑覺得這個景象似曾相識，有種沒來由的熟悉感，就好像他曾經一抬頭就總會看見似的。

游惑收回目光，下意識掃視一圈。

他突然站定，指著東邊的一片別墅區問：「那邊是什麼？」

秦究順著他手指的方向看了一眼，「我住在那裡。」

游惑面色古怪了片刻，「你住的？」

「對。」他又轉過頭來，挑眉看著游惑，「既然話趕話說到這裡，要不要抽空去看看？」

不要。

沒空。

抽不出。

021嘴唇蠕動。

結果游惑居然點頭了。

021默默轉了個身，面朝黑夜翻了個持久的白眼——有些人啊……腦子一旦出了問題，什麼頭

都點得下去！

「001先生，儘管你排位非常高，曾經差點兒成為我的直系上司，我很慶幸是差一點兒。」021轉過去，硬邦邦地補充說：「但我不得不提醒一句，你現在是受、罰、期。」

她特地強調了最後三個字。

說完，她才轉向游惑說：「你也是。」

秦究點了點頭，「謝謝提醒，但我沒記錯的話，似乎沒有哪條規定寫著：受罰期的監考官罰完不能順便回家？」他說完，還問了922和154一句：「有嗎？」

922正處於「老大邀請考官A回家」的衝擊中，掉線掉了半天，沒說話。

154說：「沒有。」

154一貫站在自己老大這邊，彙報完還不夠，又對021重複道：「確實沒有。」

「……」021瞪著他。心想：踏馬的當然沒有規定，因為之前壓根沒有你老大這樣的考官，心裡稍微有點數好嗎？

她有心直接懟回去，反正眾所周知她不喜歡001。

但要命的是，失憶的考官A跟他關係好，態度太差搞不好還會影響她的形象。她只能憋回去，換另一句：「考生也不能無故進監考官住處，這條有明文規定，恐怕你是忘了。」

這條秦究是真的忘了。

他「喔」了一聲，又不慌不忙地說：「有故就可以。」

——有你大爺的故。

021冷豔的臉快繃不住了，「受罰考生這三天的住處已經安排好了，有異議找系統。罰完你有時間回家那是你的事，我管不著。」

說完，她蹬著高跟鞋叩叩地進了樓。

雙子樓很像普通的商用大廈，一層有三個電梯門。門頂有不同顏色的提示燈，紅、白、藍三種。

922心不在焉，下意識站在亮紅燈的電梯前，被021瞥了一眼。

「錯了。」154把他拽到藍燈這邊，提醒道：「老大又不是在生活區違的規，他這幾輪都按照考生算。」

游惑聽見這句話，心裡有了瞭解——三個電梯不能混用，應該是有身分區分的。

亮藍燈的是考生專用。

亮紅燈的是監考專用。

那麼白燈呢？

NPC專用？休息處老闆、司機、服務生專用？

游惑有一點好奇。

大廳裡接連響了兩聲「叮」。他們等待的藍燈電梯開了，最邊上的紅燈電梯居然也開了。

一前一後走出兩個人。前面那位是個年輕人，穿著打扮一絲不苟，跟154有得一拚。看見大廳還有其他人，他愣了一下，點頭說：「晚上好。」

可能是秦究在的緣故，他點頭的幅度很大，有種老老實實的尊敬意味。他抬頭的時候悄悄瞄了021一眼，表情嚴肅，耳根泛紅。

跟在後面出來的是位中年人。頭髮沒有打理，亂得像雞窩，下巴上有一圈鬍碴，像是幾天沒刮過了。

看到他的瞬間，021僵了一下。因為這人也是一位早期監考官，同樣認識考官A。

據說他曾經非常厲害，年紀對他似乎毫無影響。但後來受了一次傷，身體機能就開始全面下降，落得1006這麼個排位，這還是和他早年成績折中的結果。如果單以這兩年來算，他可能要排到倒數。

021心想——平時想見到這些人還挺難的，今天不知怎麼了，一個接一個地往外冒，淨給她添堵。

好在1006是位老油條，他半睜著眼睛衝這邊抬了一下手指，估計連人都沒看清，咕噥了一句：「好。」轉頭就走。

021又鬆了口氣，她擋住電梯門催促道：「趕緊進來。」

說話間，078匆匆趕來，踩著時間點鑽進了電梯。

電梯裡面沒有樓層按鈕，自己往上升。

游惑掃了一眼。

秦究解釋說：「停在哪層全憑隨機。」

游惑：「有什麼區別？」

他以為秦究會說「難度」之類，結果對方說：「手氣好不好的區別。」

游惑當即懶得理他了。

過了幾秒，他忽地想起來：「剛才那位也是監考官？」

他還是第一次看見這種款式的監考官。

021很想回答游惑，但她得努力憋住裝冷酷。不過下一秒，她又很後悔為什麼自己不開口。

因為回答的人又是秦究。

「一位剛受完處罰的監考官。」秦究說。

「什麼？誰？」078沒跟上節奏。

154說：「剛剛碰到1006了。」

078恍悟道：「好像是看到了，我跑太快沒顧得上打招呼。他又受罰了？」

154：「嗯。」

078說：「那臉色肯定不好。」

154：「是啊，挺憔悴的。」

078看了游惑一眼，拐彎抹角嚇唬說：「畢竟懲罰還是很難熬的。」

他咂了幾下嘴，又看了一眼游惑。

對方無動於衷。

「……」078覺得白費了自己一番演技。

電梯很快停住，金屬大門打開，四位監考官卻沒有動。

「到了，下吧。這次的處罰是清理考場。」078掏出手機看了一眼時間，說：「現在是九點三十分，有點晚了，祝你們一晚上能搞定，結束之後再見。」

說完，電梯門重新合上，帶著四位監考下去了。

「清理考場什麼意思？」游惑從緊閉的電梯門上收回視線。

「一場考試結束之後，有些考場會變得比較難看，這就需要做一些清理。」秦究說：「系統把這個作為一種懲罰手段，因為清理過程中碰到的麻煩，不一定比考試少。」

他說完停了一下，又補充道：「被毀了的考場除外。」

游惑點了點頭。

他們所在的樓層是一個大平層，空空蕩蕩。

正對電梯有一大片落地窗，窗邊坐著一位灰髮老頭，正垂著頭打瞌睡。剛剛那些對話和動靜居然沒有把他弄醒。

「找他？」游惑衝老頭抬了抬下巴。

秦究掃視一圈說：「應該是，沒看到第二個活物。」

什麼叫應該是……

游惑：「你以前沒來過？」

「你可能有點誤解，一般而言我還是非常遵紀守規的。」秦究說。

他朝老頭走去，屈指在對方面前敲了敲。

敲完他轉頭對游惑說：「這是第一次。」

老頭一激靈，終於醒了。

他抬起頭，一見秦究就說：「你怎麼又來了？」

秦究：「……誰？」

老頭：「你啊。」

秦究沒好氣地說：「認錯人了。」

老頭似乎有點糊塗。他蒼老的眼珠盯著秦究看了片刻，低聲咕噥說：「認錯了嗎？喔……可能吧，我最近記性是不大好。」

老頭低頭想了片刻，又用手指梳了梳頭說：「算了，不想了。來——」

他指了指面前的金屬臺：「按手掌，需要登記一下違規資訊。」

秦究照做。手掌按上去的瞬間，螢幕上刷出幾行字來：

姓名：秦究

准考證號：86010-06141729-Gi

關聯准考證號：86010-06141729-82

過往記錄：十二次

老頭瞬間來勁，「十二次，我就說沒認錯，就是你！」

秦究自己都愣了。他轉頭看了游惑一眼。

游惑：「講個笑話，第一次來。」

秦究：「……」

「你是不是漏了一位數？」

秦究盯著信息，摸著頸側說：「關聯了舊准考證號，應該是做考生期間來的。」

但是十二次……

游惑：「按每場考試你都踩點違規來算，你違規了十二門？」

秦究：「……差不多。」

「現在是五門制吧，你那時候究竟多少科目？十五門？」

秦究還沒開口，老人插話說：「哪來的十五門，就五門，頂天九門。」

秦究挑起眉。

老人說：「眉毛放下來，我記得你，不會錯的！雖然我現在記性差了，人也有點木了。但我記得你，印象太深了……」

確實印象太深了。

上了年紀，人就慢慢遲鈍了。他以前是做什麼的，為什麼會來到這裡，什麼時候做起了看門人……這些，老人都已經想不起來了。反倒是看門這幾年見過的考生，偶爾還留有印象。

秦究是他印象最深的一位。他甚至能回憶起零星的場景，這對他來說，太不容易了。

那是個暴雨天，落地窗外一片青灰，電閃雷鳴。

打盹中的老人被一個驚雷弄醒，沒再睡著。

他正看著窗外發呆，電梯突然響了，他轉頭看過去。

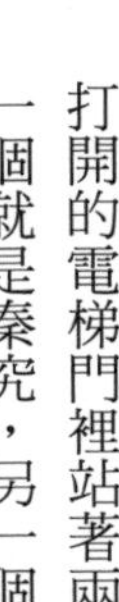

打開的電梯門裡站著兩個人。

一個就是秦究，另一個站在電梯裡側角落，因為角度問題始終沒看見臉。

只能看到一隻撐著欄杆的手，襯衫袖口雪白乾淨，還有一截長直的黑色軍靴。

秦究抬起手指跟老人打了個招呼：「下午好。」

老人說：「怎麼又是你？」

秦究一笑，「是啊，我又來了。」

這位考生懶洋洋的德性實在很欠揍。不僅老人這麼覺得，電梯裡那位也一樣。

老人看見軍靴動了一下，那人對秦究說：「滾出電梯再聊天，別撐著門，我趕時間。」

「趕什麼時間？」秦究回頭問了一句。

「……開會。跟你有關係嗎？」

秦究唔了一聲，答非所問地說：「還行，進步了。」

「什麼進步？」

秦究：「會回答問題了。比上次見面稍微熱情一點，跟上上次比就更明顯了。」

老人聽著都替那人腳癢，要是有靴子，他就踹了。

果然，他看見那隻軍靴抬了一下。

秦究笑著讓了一下腿，走到電梯外。他替那位監考官按了下樓鍵，在電梯門緩緩合上的時候，衝裡面的人擺了擺手，「再接再厲，大考官。」

電梯下去了。

秦究轉身走到老人面前，熟門熟路地按了一下手掌。

滴地一聲，螢幕上刷出幾行資訊：

姓名：秦究

准考證號：86010-06141729-82

過往記錄：五次

老人忍不住問：「你究竟考幾門？」

「五門。」

老人的表情變得一言難盡，「你門門都要來一回？」

「不至於。重考了兩次，算是七次來五回吧。」

「你還挺驕傲？」

秦究又笑起來。

這位考生常常是笑著的，說話會笑，懶得說也會笑。但這些笑十有八九都透著一股傲慢的痞氣，可能骨子裡就不是個正經東西。總之，挺讓人牙癢的。

老人說：「你這應該是最後一門了吧？罰完是不是就該出去了？」

「不一定。」

老人一口水嗆在喉嚨裡，「撇開重考不是五門了麼！」

秦究從口袋裡摸出一張卡，「還剩一張。」

老人定睛一看，卡牌上寫著兩個粗體字：重考。

「……」

秦究又說：「不過有點遺憾，可能派不上用場了。」

老人好奇地問：「為什麼？」

「因為抽到了一次黑卡，考制改革。」秦究說：「按等級來算，穩在C就可以。」

老人：「……」不是，什麼叫穩在C？

他覺得這位考生可能是個變態。

他重重拍下控制鈕。

落地窗瞬間消失，暴雨夾著雷鳴撲了進來。老人坐的地方剛好在被撲的範圍之外。

這裡是懲罰區，懲罰內容是清理考場，考場隨機，只要考生從敞開的落地窗爬下去，落地是哪個考場就是哪個。

老人一直覺得，爬的過程就是個很要命的懲罰。那麼高的樓，別說下去了，光是站在邊緣看一眼都腿軟，一路哭一路爬的他見得多了。

只有秦究例外。這人部隊裡練久了，根本沒有怕的東西。

看著他往窗口走，老人忍不住問：「你老重考幹什麼？刷分啊？」

秦究在邊緣停下腳步，雨水沿著他英俊瘦削的臉滑下來。

他笑著說：「您猜。」然後翻身跳了出去。

清理考場耗費的時間有長有短，一方面看考生夠不夠強悍，一方面看運氣。隨機到簡單考場，麻煩就小一點。隨機到難的，命都可能搭進去。

系統規定的懲罰時間為三天。

老人在這裡守了很久，見過很多。一般都是三天時間到了，考生還不見蹤影，由負責的監考官下去把人撈上來，算是懲罰完畢。

但秦究是一朵考界奇葩，他總會提前，有時候提前半天，有時候提前一天。具體的老人記不清了，只記得那一次秦究最為過分……

那天秦究跳出去之後，落地窗重新罩上。

暴雨依然未停，瓢潑似的傾倒在玻璃上。

老人看著窗外，試圖回想久遠之前的事情。他總在想自己為什麼會在這裡守門，但他想不起來。

無聊之下，他又撥弄著面前的金屬臺，隨意翻看各種記錄。

監考區有好幾個這樣的金屬臺，安置在幾個處罰地，相互連通。大的權力沒有，只用於記錄，不論是監考官還是考生，但凡有過違規行為的，都能查到。

這裡的人對過往記錄沒興趣，但老人喜歡翻。

考生的姓名都很陌生，監考官的編號他對不上。他翻看違規記錄，只是為了感受一點人味。

這個地方太規整了，連人都一樣，規整得死氣沉沉。只有在跳出規則的瞬間，會顯露出一絲活氣。

所以在這裡，秦究這樣的人太具有吸引力了。討厭也好，喜歡也罷，反正你總會注意到他，然後記住他。

老人翻了一會兒，又垂下頭打起盹來。

不知睡了多久，他再次被驚雷弄醒。迷迷糊糊間，他聽見了一陣敲擊聲。

篤篤篤——

誰？老人睜開眼，下意識看向電梯。電梯門依然緊閉著，沒人來。

況且誰家電梯開門是用敲的？

他打了個哈欠，正要繼續睡，敲擊聲又響了起來。

篤篤篤——

老人愣了片刻突然意識到，那是窗玻璃在響……

他猛地看過去，差點兒扭到這把老骨頭。

落地窗外，天色更暗了。暴雨還在下著，在窗子上砸出汩汩水痕，監考區內和城市相似的燈火映在上面。燈火之間，有一個模糊的人影……

「……」老人捂著心口，小心挪過去。

落地窗外有狹窄的平臺，勉強能站一個人。那個名叫秦究的考生似乎剛翻上來，正半蹲在那裡，拆卸著左手手掌上的白色綁帶。

老人默默扭頭看了一眼時間。

距離這人跳窗…………還不到六個小時！

愣神間，電梯門突然「叮」地一聲開了。

一位身穿制服的年輕監考官走了出來，他似乎剛從某個會議室出來，還戴著專用眼鏡，暗棕色的鏡片遮了上半張臉。

老人瞄了一眼。就算只露出下半張臉，也能看出是個很能禍害人的長相。

「你……來等考生？」老人遲疑道。

監考官不大熱情，「碰巧路過。」

老人找到救星，立刻說：「來得正好、來得正好！你那位考生出來了。」

他趕緊拍了控制鍵。

落地窗倏然一空，冷風夾著雨星飛撲進來。

秦究站直身體，咬開右手綁帶的結，撩起眼皮看向屋內。看到監考官的瞬間他有一絲意外，下一秒他就笑起來。

「我以為今天要等上一會兒，沒想到這麼快。」

他向後擼了一下濕漉漉的短髮，拎著兩條用廢的綁帶走進來，對老人說：「辛苦給個扔東西的地方？」

老人嘴角一抽，指了指自己座位旁，「那邊有垃圾桶。」

秦究繞過去扔了，又順手幫他拍了控制鍵。

落地窗重新合上，風雨又被擋在了外面。

「您可能得找人拖個地。」秦究低頭看了一眼，自己走過的地方都留下了濕漉漉的腳印。

現在是說拖地的時候嗎？老人心想。

儘管看不到監考官的眉眼，但老人覺得他一定在皺眉。

「你完成清理要求了？」監考官問。

「是啊。」

「這麼快？」監考官狐疑地說。

秦究笑意更深了，「我知道你的本意是在質疑，但這種語氣真的會讓我有點……得意。」

「……」監考官嘴唇抿成一條板直的線。

老人忍不住插話說：「那現在怎麼辦？」

在此之前還沒有過這種先例。系統規定，違規考生要在監考區待三天，原本三天都會在清理中度過，根本不用考慮吃住的問題。

現在秦究一天不到就出來了，怎麼處理剩下兩天就成了令人頭疼的事……

「有相關規定嗎？」老人問。

監考官說：「沒有。」

他頓了頓又補充一句：「目前沒有。」

目前……老人心想，等再來兩個這樣的，系統就該默默升級相關規定了。比如不管住不住，先給違規考生劃個住宿區什麼的，免得再碰到這種遠強於正常人的奇葩。

但那都是以後的事了。

現在，一朵高大的奇葩就杵在他們面前……就說該怎麼辦吧。

監考官是個狠人，他掃視一圈，對老人說：「給他一張床，兩天後我來接他。」

秦究瞇起了眼睛。

老人立刻說：「不行、不行。」

「有什麼問題？」

「沒床。」老人說：「別看這地方大，什麼都沒有，就夠我一個人待著。」

說話間，秦究突然偏頭打了個噴嚏。

監考官嘴唇線條更平直了。隔著深色鏡片，可以看到他眉心擰了起來。

片刻後他繃著臉說：「跟我下樓。」

秦究：「嗯？」

監考官：「……跟我下樓。別讓我說第三遍。」

「去哪兒？」秦究拖著調子說著鬼話：「我現在淋了雨，體力透支嚴重，隨便處理可能會出人命的。」

老人都忍不住翻了個白眼。

他懷疑鏡片之下，監考官可能也翻了。

監考官面無表情看了秦究一會兒，說：「去我那兒，死不了你。」

秦究的表情又有一絲意外。

沒等對方回答，監考官已經轉身去等電梯了。

秦究靠在金屬臺邊，盯著他的背影看了一會兒，然後站直了身體。

電梯「叮」地一聲響，監考官也沒等他，徑直進去了。

秦究衝老人擺了擺手，大步流星走過去。他在電梯門合上的瞬間伸手擋了一下，笑著走進去。

後來的事，老人也記不清了。

好像秦究真的在監考官住處待了兩天，為了達到懲罰目的，避免違規秦究過於放鬆，考試系統在合規的前提下做了一點補救措施，算是為自己的漏洞打了個小補丁——

監考官騰了一個房間出來，系統在裡面內嵌了一個禁閉室，規格設置和正常的禁閉室一樣，算是另一種意義上的複製黏貼。

餘下的兩天，秦究就是在禁閉室度過的。

這種處理方式維持了一陣子，半年還是一年？反正如果有誰提前完成懲罰，就繼續去監考官那裡關禁閉。

後來系統突然做了更改。也許是覺得那樣不妥，也許是因為提前完成懲罰的考生又多了好幾個。聽說因此專門設立了考生入住的地方，也加設了幾項規定。

再之後的事情，老人就不知道了。

他年紀越來越大，記性越來越差，已經很少關注外面的事情了。

只記得某一天開始，考生秦究不再出現。

那位監考也再沒了消息……

老人家總容易出神，回憶往事的時候更是如此。

等他回過神來，一隻骨節分明的手伸到他眼皮底下，「啪」地敲下了控制鍵，又收了回去。

老人抬起頭，秦究衝他一笑，「您繼續，我們自便。」

說完，他大步流星地走到落地窗前，另一個違規考生正站在那裡等他。

呼——

窗玻璃瞬間消失，冬日深夜的寒風灌了進來。

那個考生就站在平臺的最邊緣，俯視著高樓之下的煌煌燈火。從側面看過去，他薄薄的眼皮垂著，表情冷淡又平靜。

有那麼一瞬間，老人莫名生出一種感覺——那個模樣早已模糊的監考官如果摘下墨鏡，就得是這樣的眉眼才合適。

游惑看了一會兒，偏過頭來問：「從這兒下去？」

老人心想：語氣也像。跟那位監考官一樣，始終是一副不大熱情的腔調。

念在他初來乍到的份上，老人寬慰說：「對，就從那裡下去，你往右下方看，應該有個長梯，踩著那個下去就可以。」

游惑掃了一眼腳邊。

鋼筋釘在牆上，一道一道，從上延續到下，一眼望不到頭。如果是畏高的人，看一眼都會心跳加速。

因為氣質似曾相識，老人忍不住多說了幾句：「這麼看挺害怕的是吧？心理上克服一下其實也很快。」

秦究早已不記得過去的十二次懲罰，他像第一次來似的，好奇看出去，接著似笑非笑地衝游惑說：「需要時間克服嗎？我不介意等你一會兒，這鋼梯也不算太長。」

游惑瞥了他一眼，抬腳就跳。

秦究站了片刻，忽地笑了起來，也跟著跳了下去。

一秒跳一個。

老人安慰的話咕咚嚥下去，心想：真是見了鬼，多年不見，奇葩居然能湊一雙。

但他又忍不住有點唏噓。明明模樣沒變，現在的秦究卻和當初不大一樣。就像長刀裹束了一層膜衣，只在某些不經意的瞬間，會漏出一片刃光。

作為一個過來者，這種變化在老人眼裡並不陌生，生活裡常見得很。

好比有人丟了東西遲遲找不到，說話做事就會心不在焉。在旁人看來懶散冷淡，只有在偶爾回神的片刻，能顯出一絲平日的活氣。

那種狀態和現在的秦究如出一轍。

但秦究好胳膊好腿，既沒傷也沒廢。老人左思右想，也沒發現他丟了什麼。

他垂著腦袋又開始昏昏欲睡。半夢半醒的瞬間，老人突然想起來……

──哎呀！另一個考生沒登記！

沒登記這事，游惑是故意的。

那個按手掌的儀器記性太好，還有過往記錄。看秦究的顯示，考生和考官期間相互綁定，他一巴掌按下去，搞不好會出來一串考官A的記錄，暫時還是算了吧。

下落的過程長得出乎意料。寒風自下而上，萬箭齊發，吹得人皮膚生痛。

許久之後，速度驟然一降。他砸進一團軟墊裡，落地瞬間敏捷地做了緩衝。

他站直身體定睛一看，發現自己正站在一摞海綿墊旁，海綿墊套了深綠色的布罩，剛剛接住他的就是這些東西。

不遠處是個沙坑，再遠一些是塑膠跑道和茵茵草坪。

這是一處操場。夕陽沉落，學生三五成群，笑語遍布。

除了游惑站的地方，哪裡都有人。

窸窣一聲，旁邊的軟墊又是一響。

游惑轉頭，就見秦究一個側身，從軟墊上撐跳下來。

「什麼地方？」秦究漆黑的眼珠四下一掃，「中學？」

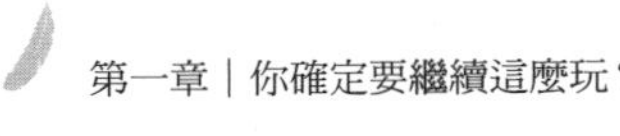



「嗯。」游惑說：「確定沒弄錯？」

這裡到處都乾乾淨淨，游惑實在看不出哪裡有這個必要，總不至於拿掃帚清吧？

「懲罰人的時候，系統可從來不會認錯門。」秦究繞著半人高的軟墊走了一圈，「我找找……」

「找什麼？」

「一般會有一個清理清單，告訴受罰的人需要完成哪些條件，才算清理結束——啊，找到了。」

秦究腳邊有一張便籤紙，插在細軟的沙坑邊緣。紙是薑黃色的，很容易被忽略。便籤條上印著幾行字：

本場考試科目：政治

涉及考點：哲學（唯物與唯心主義）

本考場考生頻繁出現過度反應，致使原本局限於考生的效應無端擴大至考場內所有人（包括考生及題目相關角色），考場頻繁失控。

依照相關規定，同一考場連續失控超過五次，必須進行維護與清理。

現發布清理任務如下：

【請受罰考生恰當清理所有主觀臆造之物，將考場秩序恢復至可控範圍內。】

政治？哲學？唯物唯心？

游惑的目光又一次移向操場，「哪來的主觀臆造物。」

秦究：「不好說，沒準這些人就是呢。」

游惑沒吭聲。

整個教學區響起了下課鈴，幾位體育老師在操場不同地方吹起哨子。

女學生們說笑著三三兩兩往各處集合，籃球場上男生意猶未盡地又投了一次籃，這才運著球往場外走。

「有點綠，看來不是很喜歡這種設想。」秦究忽然說。

游惑：「嗯？」

他回過神，就見秦究兩手插著口袋，一副窮極無聊的模樣，正微微弓身用一種研究性的目光看著他的臉。

游惑：「……你幹什麼？」

秦究：「播報一下你的臉色變化情況……剛剛短暫地白了一下，現在又有點木。」

游惑：「……」

秦究的目光往下落了一點，看著他嘴唇抿成一條線。

游惑忍了片刻，沒忍住：「你來之前吃什麼餿東西了？」

「沒有。」秦究站直身體，「跳了個樓，心情還不錯。」

這話要讓守門老頭聽見，恐怕又得捂心口。但急速下落的過程，確實給他帶來一種久違的刺激，並不是這件事本身刺激，而是這個地方。

他想，被他遺忘的那十二次懲罰一定不難熬，或者說……那過程中應該發生了一些令他高興的事。以至於僅僅一絲似曾相識的感覺，都讓他覺得心情愉悅。

【第二章】

# 小心你的美夢成真

「你們來了！」一個聲音遠遠傳來。

游惑循聲看去。一名穿著咖色套裙的中年女人衝他們招了招手，快步走過來。

「你們是來幫忙的吧？」女人說：「我是這裡的政教處主任，我姓肖，這幾位是我們的優秀青年教師。」

這智障系統真的夠了。說好的清理，還非要做戲做全套。

「這跟再考一場有什麼區別？」游惑嘲道。

秦究說：「有，不會刷出倒數第一的區別。」

重點不在老師身上，肖主任簡單介紹完便問兩人：「具體情況你們是知道的吧？」

「不知道，說說看。」秦究說。

「不知道？不知道來這兒幹什麼？」一個小夥子不耐煩地咕噥著。

他眼下有兩片青黑，眼圈快掉到嘴角了。

不止是他，在場幾位都是如此，站在一起，視覺效果非常刺激。

肖主任扶了扶眼鏡，責備地看向他，斥責了一句：「小鄭！」

小夥子不情不願地閉嘴了。

肖主任又對秦究客氣地點了點頭，「不好意思，他們最近飽受困擾，沒怎麼睡覺，實在身心疲憊，說話難免有點急。」

「什麼困擾？」秦究問。

游惑從他手裡抽出便簽條，正反面翻看著。

肖主任說：「是這樣，最近學校……不大乾淨。」

秦究真的服了這種擠牙膏的解釋方式了，但他還是耐著性子問道：「怎麼叫不大乾淨？」

那個急脾氣的鄭老師受不了了，接過話頭說：「前陣子吧，學生之間流行起一種遊戲，你們應

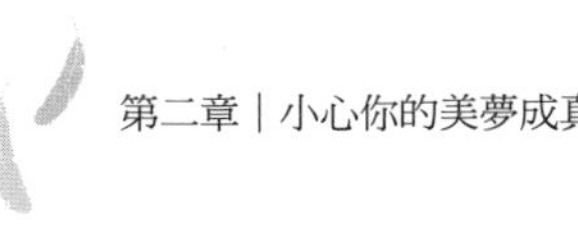


該懂的，可能學習壓力大的緣故，很多小孩喜歡玩那種……就是類似能許願或者招鬼的。追求刺激或者純屬好奇，也有比誰膽子大的。」

「喔，略有耳聞。」秦究說：「所以他們招了個什麼？」

鄭老師很崩潰，「我不知道那是個什麼東西，按照學生的說法是什麼造夢的？還是抓夢的？總之就是跟夢有關。它本身並不是什麼重點，重點是它的功能。」

「對，最要命的是那個功能。」肖主任這下打開了話匣子，「說是能讓人夢想成真。」

「還有這種東西可以招？」秦究挑起眉。

肖主任：「在這之前我也不信，但現在看，真的有。」

「怎麼招？」秦究又問。

肖主任：「……」你是來解決麻煩的，還是來找麻煩的？

肖主任覺得這位先生看上去比學生還想嘗試。

她連忙擺手說：「不不不，怎麼招不是問題。問題那麼多學生亂許願，現在整個學校都賠進去了，人人都能夢想成真。」

「這不是好事？」秦究玩笑似地說：「升學率百分之百。」

鄭老師沒忍住，「好個屁。剛開始兩天好像還行，一來玩的學生少，信的也少，做的又是美夢，考試成績還真有提高。但怎麼可能人人都做美夢呢？總有那麼幾個沒睡好做惡夢的，那真是要了親命了。」

「我那天值夜班，住在宿舍區……」鄭老師雙手抹臉，把自己搓變了形，「我的天，你是不知道那一晚上我是怎麼過來的。窗子有個上吊的人影，被子睡一半都是血，門外還有個不知是什麼的玩意兒在撓。」

學生惡夢裡的東西也成了真，在宿舍區走街串巷。

那晚上也不知道訪問了多少戶，第二天上課的時候，一半學生都吊著黑眼圈，比鬼還像鬼。

「那天學校的心理諮詢室差點兒被擠爆。」一名短髮女老師說道：「我工作這麼久，這幾天忙得我快懷疑人生了。」

肖主任說：「不止陳老師的心理室，醫務室、老師辦公室都是學生。我們這所學校是寄宿制，全員寄宿制，學生一個月才回家一趟，我們就好比他們的父母。孩子被嚇壞了，可不得找我們嗎？」

那天有一大群學生被嚇到。

白天受了安撫，大家一起說說鬧鬧好像沒什麼事，晚上就現了原形。

「別說學生了，就我！」鄭老師說：「我那天晚上都一個接一個地做惡夢，從小到大看的恐怖片全想起來了。」

心理老師指著自己的眼睛說：「我那天晚上直接失眠，眼窩都凹進去了。」

因為那天晚上，做惡夢的人多了好幾倍，學校裡亂竄的東西也自然跟著翻了幾倍。

這樣一來，惡性循環。一晚比一晚恐怖。

「安眠藥吃了嗎？」秦究問。

「吃了。」肖主任說：「不止自己吃，分給學生吃，反正想盡了辦法。」

「最近外面封路，學校也沒法放假。」她又說：「況且誰也不知道放回去這種情況還會不會繼續，萬一再把學生家裡弄得烏煙瘴氣，一傳十十傳百，那就太可怕了。」

不遠處，學生們被各個體育老師帶著往教學區走，臉色卻是不大好，但總體還算青春洋溢。

肖主任說：「小孩嘛，總有點沒心沒肺的。白天打打岔，就能吃能跑。那些東西白天也不出來，所以乍一看還挺平和的。等到了晚上你們再看……」

鄭老師說：「之前來過幾批轉校生，大多數都……」

肖主任搖了搖頭，說：「再這樣下去我們學校就辦不下去了，況且就算辦下去也對不起那些出

事的學生。校長既然請了二位來，應該有他的道理。你們一定會幫忙的對不對？」

罰都罰來了，能說不對嗎？

所以這就是個鬼故事。所謂的轉校生就是一批批考生，原本這種「夢想成真」的效應只存在於考生之中，結果出了BUG，蔓延到了這個考場的所有NPC身上——於是來了個群魔亂舞，百鬼夜行。

游惑夾著那張便簽條，涼絲絲地說：「政治、哲學。」

唯物唯心、主觀臆造？

真他媽能扯。

他又問肖主任：「學校一共多少人？」

「現在是……唔，寒假補課期間，人不是很多。」肖主任說：「高一不在，只有高二、高三，一千出頭吧。」

游惑：「……」

一千個學生，一千隻鬼。

肖主任說：「校長讓我們全力配合你們，先給你們安排一下住處吧。」

她伸手招了一個學生過來，「章鳴，過來。」

那是一個小胖子，正圓形的臉看著特別喜慶。現在學校就急需這種人才，用以緩解恐懼心理。

章鳴顛過來，問說：「老師，怎麼了？」

「這兩位是校長請來的客人，晚上在宿舍住一晚，就六層那個空房間。」

章鳴說：「喔，我們宿舍隔壁那個？」

「對。」肖主任指著游惑說：「這位是甲老師。」

游惑：「……」

前幾個叫甲的都死了。被他搞死的。

又指著秦究說：「這位是乙老師。」

秦究：「……行吧，總比餅強。」

章鳴笑得眼睛都沒了。

肖主任帶人去給他們拿生活用品了，小胖子領著他們往宿舍走。沒想到，他們兩個大男人還有住回學生宿舍的一天。

章鳴是個活潑的性格，可能是真的心大，覺得撞鬼也是一件很了不得的事情。

秦究問他：「你做惡夢嗎？」

「做啊！」

本著做調研的心理，秦究說：「喔？什麼樣的惡夢？」

小胖子一擺手說：「大場面！」

秦究：「……」

一千個學生，一千個大場面就搞笑了。

學校食堂和浴室永遠是人最多的地方。不過這所中學並沒有公共浴室。它保住了一所「強制性」寄宿高中應有的尊嚴，至少住宿條件還不錯——學生宿舍高一、高二住四人間，高三兩人間，有獨立衛浴、有陽臺。

小胖子雖然個子不高，還圓，但他是個貨真價實的高三學生。

他們這棟宿舍都是雙人間，游惑和秦究分到的也一樣。

「為了避免大家沉迷泡澡浪費時間，熱水供應只在晚上九點到十二點。」小胖子介紹說：「喏，這裡有個卡槽，插飯卡就可以出水，從卡裡扣錢，算是水費吧。其實也是為了避免大家洗澡洗太久。」

「為什麼是九點？」

「因為最輕鬆的學生，就是高一那幫小鬼九點下晚自習。」

「你一個未成年，叫別人小鬼倒是很順口。」秦究說。

「那是，我們是老油條了。」小胖子故作老成。

游惑不敢保證自己白天不犯睏，有條件的情況下，他還是希望能洗個澡再睡。

「能提前嗎？」

「恐怕不能，這個是統一設置，教師公寓也這樣。」

秦究：「還有教師公寓？」

小胖子一指陽臺外某處，「這裡角度賊刁鑽，有牆擋著看不見。往那邊去有兩棟樓，那就是教師公寓。其實教師公寓也都是兩人間，但他們有客廳有廚房，跟正常房子沒什麼區別。欸，對啊，為什麼沒有安排你們住在教師公寓呢？」

因為系統是個傻逼，見不得人舒坦。

陽臺窗玻璃擦得很乾淨，不過外面有一層鐵柵欄，把大片的玻璃分割成小塊，有點壓抑。

秦究伸手搖了搖，「不錯，還算結實。但是你們那些主觀臆造的產物，這東西攔得住？」

小胖子說：「這不是裝來攔妖魔鬼怪的，這是攔我們的。」

「攔你們幹什麼，生怕你們比鬼跑得快？」

「跳樓啊。」小胖子說：「二層以上都裝了，連骨折都甭想。」

「……」

小胖子是個熱情的導遊，角角落落都介紹了一遍。課業繁重的學生都有這毛病，只要能讓他從課堂裡短暫脫離出來，帶著兩位客人上山下海都沒問題。

游惑有一搭沒一搭地聽著，順手翻看屋裡的其他擺設。他拉開一個抽屜時，動作頓了一下。

因為抽屜裡有東西。

那是鑰匙串。除了兩把鑰匙，還有一只迷你小熊掛扣。

游惑愣了一下，抓起鑰匙問章鳴：「這東西哪兒來的？」

這串鑰匙他認識，是于聞的。

小熊鑰匙扣是他的小女朋友掛上的，于聞生怕親爹多問，壯著膽子拿他哥搪塞了一下。

他對老于說：「這是暗戀我哥的女生塞的，我哥沒要，我就掛上了。」

這種鬼話老于居然信。

因為于聞單方面找游惑串過供，所以他認得這隻熊。連熊屁股上的刮擦痕跡都一模一樣，確實是于聞的沒錯。

而小胖子的話進一步證實了他的想法。

「這間宿舍之前住過人。」章鳴說：「就是上一批轉校生和他爸，姓于。老于叔來陪讀的，但他生病了，躺了好幾天，我也沒說上話。小于哥我倒是混熟了！這應該是他們不小心落在這兒的。」

游惑沒想到會在這裡看到于聞和老于的痕跡。

他問小胖子，「他們後來怎麼樣了？」

「小于哥嗎？」小胖子說：「他很厲害的，還救過我一回呢！那批轉校生就他和陪讀的老于叔，還有另一個男生沒出事。不過月考剛結束，他們就又轉走了，肖主任親自送的。」

「很厲害？」聽見這種描述，游惑差點以為自己弄錯了。

小胖子點頭說：「對啊。呃……被鬼追的時候還是會慫的，但關鍵時刻很靠得住的。可能因為他比我們大一點吧，說要罩著我們。」

「他說以前他也是靠哥哥罩著，現在一棟樓除了生病的老于叔就他最大，輪到他罩別人了。」

小胖子想了想，去掉濾鏡，用理性的口吻評價了一下，「除了話有點多，沒毛病。」

這讓游惑很意外。但確實是個好消息，老于和于聞還活著，這大概是今天最好的消息。

沒多久，肖主任他們就來了。

給了游惑、秦究兩套洗漱用品和兩張校園卡，還貼心地準備了一個緊急藥箱。

「校醫院給備的，現在情況特殊，每個宿舍都發了一盒。」肖主任說：「感冒退燒藥各一盒，主要是消炎止痛類的，還有一捲繃帶和一小盒安眠藥。」

秦究看見安眠藥就笑了。他指著身邊的某人說：「我們這位優……不，甲老師其他不提，睡眠品質好過這裡所有人。比起安眠藥，我可能更需要一盒清涼油，風油精也行。」

游惑直覺沒好事，「……你要這兩樣幹什麼？」

秦究說：「你覺得呢？」

「……」游惑不想覺得。

肖主任乾笑兩聲，心想：把學校交給這兩位真的沒問題嗎？她有一點點絕望。

鄭老師在旁邊提醒說：「晚飯之後學生晚自習，一會兒吃完你們要不要去教室那邊看看情況？」

秦究點了點頭，「行啊。」

「那你們跟俞珞走吧。」肖主任指著旁邊一名年輕女老師說：「俞老師是章鳴班主任，教語文。我一會兒還得處理一下受傷老師的事，二位如果有什麼需要，儘管跟俞老師提。」

肖主任忙得腳不沾地，陀螺似地轉走了。

「要不先去吃飯？我們學校晚飯時間挺緊的。」俞老師聲音啞得厲害，她咳兩聲緩了緩抱歉地說：「我今天八節課，嗓子說啞了，別介意。」

游惑：「八節？」

這個班高考是只考語文嗎？一天八節？

俞老師小聲說：「生物和英語老師都受傷了，至於數學和化學老師……心理室建議這兩天別給學生安排壓力太大的課，壓力越大越容易做惡夢，語文平和一點，刺激小。」

游惑：「……」

俞老師：「偷偷說，我覺得肖主任安排您跟乙老師去我們班，應該也是這個用意。」

秦究一臉新鮮，第一次有人怕他倆受刺激。

可能是故意的。他轉頭就問游惑：「甲老師，你做夢嗎？」

游惑：「……」

他面無表情逼視秦究片刻，又對俞珞說：「不做。」

俞珞：「我以前也不怎麼做夢的。備課到深更半夜都是倒頭就睡，但這幾天每天都做。我覺得……只是我覺得啊，可能誰都跑不掉。」

誰都跑不掉？聽見這句話，兩位失憶人士若有所思。

游惑不知道秦究是怎麼樣的。反正他是真的極少做夢，既沒有惡夢，也沒有美夢。也許曾經某個夜裡，他極偶爾地夢見過什麼。但醒來後除了零星遺留的情緒，他總是什麼都想不起來。

乙某人難說，他覺得自己肯定跑得掉。

白天青春洋溢的學生，到了晚自習便慢慢沉寂下來，好像勇氣都隨著西落的太陽一起下山了。

高三的晚自習也是要上課的，分析講義、分析題型，或者做一些重點練習。

小胖子章鳴一進教室就安靜了，老老實實地回到自己的位置上。

「來，往後傳。這兩篇閱讀做一下，下節課講解。」語文老師俞珞站在講臺上，把一疊練習卷分成六份，遞給了每組第一桌。

怕同桌湊對聊天，教室裡都是單人單座。游惑掃了一眼，這個班四十六個人，有一組最後兩張桌子空著。

他和秦究一進教室就引了所有人的目光，小鬼們伸著脖子、隔著過道悄聲議論。

「這倆誰啊？」

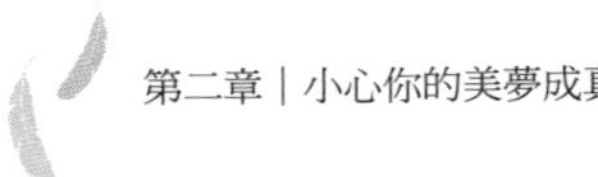



「不知道，剛剛在操場上我就看見了。」

「聽說是校長請來的。」

「請來幹什麼？」

「還能幹什麼……用腳趾頭想想也知道啊。」

「做法抓鬼？」

「跳大神？」

「跳大神的長這樣？」

這是男生。

「……」

這是女生。

她們不說話，都是就近抓一個女同學的胳膊猛搖。靠表情和眼神就夠了，不用動嘴。

這是顏狗的默契。

游惑兀自走到空座旁，拉開椅子坐下。

秦究坐在他身後。

這兩個位置雖然椅子空著沒人坐，但桌上有書本有筆袋，也許原本坐在這裡的學生受傷沒來。

那些小鬼又藉著傳卷子掉頭張望。

俞珞撐著講臺清了清嗓子，小鬼們頭轉回來了，眼珠還在瞄，意猶未盡，弄得她好氣又好笑。

她心想，要是多看幾眼帥哥就不做惡夢，校長能把這兩位的照片貼滿神州大地。

可惜不可能。短暫的刺激根本達不到那種效果，她太瞭解這幫小兔崽子了。

果不其然，學生很快老實下來，埋頭啃卷子。

只有這組末尾的女生臉還紅著。她把多餘的卷子擱在游惑桌上，又悄悄瞄了他和秦究一眼，訥訥說：「你們要嗎？」

沒等游惑回答，她說了句「給」，就匆匆轉回去了。

卷子到了游惑這就停了，沒往後傳，畢竟這是給學生做的，他倆又用不著。

游惑隨手翻開卷子，垂眸掃了一眼閱讀文章。

俞路謹遵心理室的提議，特地挑了兩篇風格詼諧的閱讀，一方面分散學生注意力，另一方面也能緩解一下夜裡的氣氛。

用心良苦，也不知道對學生有沒有用。

游惑一目十行地看著，教室沒人說話。

冷白的燈光投落下來……一片安靜中，有人用手指點了點他的背。很輕，也有點癢。

游惑垂著的眉眼動了一下，目光卻依然落在卷子上。

又過了一會兒，他才往後一靠，背抵上秦究的桌子，偏過頭。

他在等秦究說話。

可過了好幾秒，身後一片安靜，遲遲沒有下文。

游惑轉過頭去。就見秦究靠在椅背上，一手擱在桌面，指間撚轉著一枝筆。

他的目光落在游惑的側臉上，似乎有一瞬間的出神。只是在游惑轉頭的時候，又回過神來。

教室裡有學生悄聲咕噥，還有人在借筆芯和修正液，都很小聲。筆尖和試卷的沙沙輕響成了背景。

秦究就這麼看了游惑幾秒，抬了抬下巴輕聲道：「突然忘了要說什麼，你繼續。」

游惑看了他一眼，背依然抵著桌沿。

這會兒沒有學生咕噥，教室又是一片安靜。他沒說話，片刻後才轉回去。

秦究手裡的筆轉了一圈，游惑忽然抬了一下手，一張卷子向後遞過來，落在秦究桌上。

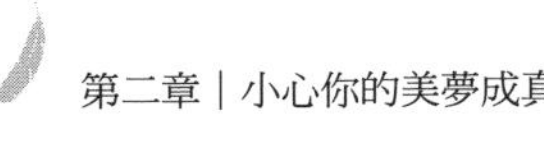


除了印刷出來的題目外，卷子上有兩處手寫的痕跡。一個是姓名欄，被人填了個「乙某」。另一個是閱讀第一題的橫線上，多了一句話——前面那個學生是韓靈。

小胖子的熱情是有用的，至少給過他們一些資訊。包括一些不敢跟老師說的。比如……這個招夢遊戲其實是從他們班傳出去的，第一個玩的人就是韓靈。

她在圖書館翻到了一本舊書，紙頁泛黃，出產於上個世紀不知哪個年代，售價零點三六元，一看就特別適合搞迷信。

這個年紀的學生好奇心最為旺盛，尤其對這種神神祕祕的東西。

韓靈把遊戲內容拍了下來，拉了另外三個朋友試了一回。

可能是日有所思夜有所夢吧，她當時剛好丟了一枝很貴的鋼筆，晚上就夢見自己找回來了。半途一睜眼，鋼筆就在她枕頭旁邊。

半夜發生這種事，其實非常嚇人。

那一瞬間韓靈並沒有覺得高興，而是直接嚇清醒了。

據小胖子說，韓靈那天晚上一動不敢動，盯著鋼筆硬挺挺地僵了兩個多小時，直到室友起床上廁所，她才壯膽坐起來。

那一晚上她跟室友都沒再睡覺，淨跟鋼筆大眼瞪小眼了。

第二天，這個遊戲就傳了開來。後來一傳十十傳百，學校裡千把人一混淆，源頭就模糊了。再後來又出了這麼大的事，他們就更不敢對外提了。

游惑和秦究選擇待在教室裡，就是想找這位韓靈聊聊。

秦究看著卷子上潦草勁瘦的字跡，抵住轉著的筆，隔一行回覆了一句話。

沒兩秒，游惑的背又被戳了一下。

卷子被秦究多疊了幾道，直接越過他的肩膀，拋落在桌上。

游惑打開一看，就見秦究回道——甲老師，據我所見你前面有六個學生。你指的是那位看你一眼就臉紅的小女生嗎？

游惑：「……」雖然知道這是調侃，但這話莫名有點不對味。

游惑動了動嘴唇，握著筆面無表情地看了一會兒，又擱下筆不打算回了。

第一堂自習轉眼過去。下課鈴一響，學生們倏然活了過來，筆袋拉鍊、卷子折疊的聲音此起彼伏，聊天聲也嗡地響起來，就像突然放出來一山蜜蜂。

一部分學生矜持地坐在位置上，一邊看著兩位來客，一邊聊著對夜晚的恐懼。

膽大的學生則直接圍過來了，七嘴八舌問著問題。

游惑對外話很少，半天吐幾個字，顯得冷冷的不好親近。秦究倒是邊開玩笑邊套話地問了幾句。

韓靈這個小女生不禁逗，也可能是被色相迷惑了頭腦。平時打死不敢說的話，對著游惑和秦究嘩嘩倒了個乾淨。

他們這才得知……起初，這個夢想成真作用於少數人，是真的成真，白天後效應也依然存在。後來越傳越廣，影響的人越來越多，以至於全校都陷進去後，夢想成真的效力也變了，持續時間也變短了。只在夜裡兩點左右生效，群魔亂舞會持續幾個小時，日出後又會忽然消失。

夢見的活物會具象化，但場景不一定。

有些清晰的比如桌子、椅子會跟夢裡一樣，但高樓大廈、車水馬龍這種大場景往往不會跟著出現，也許是夢中的城市大多只有虛影，並不清晰。

而他們最關心的一件事，韓靈也提到了。

那就是——怎麼樣才算清理乾淨。

韓靈偷偷給他們看了她拍的那張照片，因為那本書已經從圖書館消失了。

照片上，書頁裡提到一段，翻譯成人話就是：如果他們能在日出之前，徹底清除學校內所有具象化的妖魔鬼怪，這個「夢想成真」的效力才會從此消失。

也就是說，只有在短短四個小時內把全校師生奉上的大場面清理乾淨，他們才能離開這裡。

這個條件實在有點糟心。

但再糟心的事也不會影響到游惑的睡眠。

這天晚上，他十點剛過就睡了過去。然後，他就慘遭打臉，破天荒地夢見了一個場景……

這是一幢別墅，屋內布置以白和深藍灰為主，簡潔明瞭。

游惑夢見自己沿著樓梯往下走……

這個地方很奇怪。不是他在國外暫住的地方，不是他在國內的落腳處。不是醫院，不是學校部隊，更不是老于和于聞父子的家……總之，不是他認識的任何地方。

但他站在這裡，卻有種熟悉又陌生的感覺——他似乎知道自己該拐向哪裡，知道自己正要去往哪個房間，知道這個屋子的結構。

一舉一動都像是這裡的主人，所以覺得熟悉。但他並沒有因此生出什麼歸屬感來，所以依然陌生。他猜，這也許是自己作為考官A住的地方。

房子應該就坐落在監考區某一處，而他並不喜歡這裡。

不過這也正常，誰會把這種地方當家？

夢裡天色已晚，夕陽在上一瞬沉落。

二樓和一樓某側有大片的落地窗，每當游惑拐到那個角度，外面的燈火就會晃到他的眼睛。

透過玻璃和燈光可以看見，外面正下著雪。

明明剛剛還有夕陽，轉瞬雪就下得格外大……

他瞇著眼避開光，腳步卻沒有停在一樓。夢裡的游惑莫名知道，自己要去地下室……

這是多年前的某一天，剛入夜，大雪不停。

屋內溫度剛好，一件單衣就夠。

考官A出門一趟剛回來，肩上落了一層雪絮。

他脫下外套上樓，把衣服掛進臥室，正要順便洗個澡，樓下突然有了動靜。

這是系統內給監考官安排的住處，一片風格統一的別墅。別墅區左邊是用於處罰考生的雙子樓，右邊是裝模作樣的小公園，平日異常地安靜。

於是，樓下的動靜就顯得非常突兀。

考官A是獨居，不愛呼朋引伴，住處很少有其他人。但這兩天是例外——

某位叫秦究的違規考生正住在這裡。

當然，他住的不是臥室，而是禁閉室。系統不允許違規考生過得太快活。

樓下的動靜停了一會兒，又響起來。

不是什麼聒噪的聲音，就是輕輕的敲擊聲，不慌不忙。能聽出來，敲的人帶著一股玩笑意味。

考官A聽了片刻，順著樓梯來到地下室。

地下室按照原本的設計是個活動區，也有客房。後來為了安置秦究，系統愣是把客房改成了一個內嵌的禁閉室。除了沒裝監控，跟正常禁閉室屬性一樣。

敲擊聲就是從禁閉室裡面傳來的。

他按下手指打開門。

禁閉室裡東西不多，一套桌椅和一張靠牆放置的床就是全部傢俱，牆上裝模作樣地掛了些工具。

那時候還是考生的秦究就坐在床沿。

廊燈從門外投照進去，剛好落在秦究身上。他瞇起眼睛偏頭擋了一下光，抬起的雙手被皮繩綁著。越過張開的手掌，可以看見他嘴角噙著一抹懶洋洋的笑。

「又怎麼了？」考官A撐著門問。

「沒什麼。」秦究說：「聽見某位公務繁忙的大考官回來了，禮節性打個招呼而已。」

他的眼睛又瞇了一下，仍然適應不了過亮的光線。

考官A回頭看了一眼廊燈，背手把禁閉室的門關上了。

他關得很重，發出「砰」地一聲響，似乎不情不願。

屋內陡然黑了下來。

「有燈不開？」考官A冷冷地說著。他啪地拍下一個開關，牆角某處地燈亮了，比廊燈昏暗很多。

「喔，我倒是想開。」秦究抬了抬自己的手說：「但是很不幸，被人綁成了這樣，行動不便。而綁我的人在外逍遙了大半天，不給吃的不給水，直到現在才回來。如果不是我主動打了招呼，恐怕想不起我來……這算不算過度處罰呢？大考官？」

眾所周知，考官A是監考官中最年輕的一位。年輕到令人出乎意料。但不論考生還是同僚，都會下意識忽略他的年紀，因為他太強了，在系統內的地位又極高。

唯獨秦究是個例外。這位考生第一次見到考官A，就不怕死地調侃了一番。

在得知考官A比自己小兩歲後，便在稱呼前面加了個「大」，張口「大考官」，閉口「大考官」。這個稱呼由其他任何人叫出來都沒問題，事實上也確實有人這麼叫，算是對主監考官的尊稱。但出自秦究之口，就帶了兩分漫不經心的調侃。

考官A看了一眼掛鐘，說：「我下午四點出門辦事，現在是六點十分。」

一共兩個小時十分鐘，這是用臉算出來的大半天？

至於不給吃的不給水，那就更是放屁！

他冷嗤一聲，把桌上的杯盤推了一下，「這是豬食？」

那當然不是豬食，擺盤就很精緻，還貴。

這是另一位監考官叫商業區餐廳送來的，為了白天的一些事給他賠罪。

他不餓，就把吃的塞進了禁閉室，誰知某些考生並不領情。

秦究伸直了腿，換了個更為放鬆的姿勢。他撩起眼皮，不大有興趣地掃過杯盤，說：「跟昨晚的不一樣。」

考官A：「……」

「昨晚那頓就很不錯，滋味有點特別。」秦究說：「蝦煎焦了，除此之外都很好。」

「……」考官A面無表情把一旁的垃圾桶勾過來，把水和煎肉都倒了進去，「你自己選的，那就餓著吧。」他倚坐在桌沿，倒完涼透的晚餐，把盤子丟回桌上。

禁閉室裡發出噹啷兩聲響，又恢復了安靜。

一時間只有兩人的呼吸聲。

考官A抱著胳膊，眸光從薄薄的眼皮垂下來，落在秦究身上。

沉默都有一種劍拔弩張的味道。這種劍拔弩張悄悄持續了片刻，考官A終於開口：「違規這麼多次，什麼目的？」

秦究挑起眉，「違規還要目的？」

考官A沒說話。

秦究又說：「考試的宗旨不是在於選拔麼，據我所知是這樣。題目難度挺大的，我想不到特別完美的辦法通過它，只能退而求其次。如果有更好的方法，我何必違規呢？誰不怕處罰。」

考官A：「鬼話說兩句就夠了，適可而止。」

秦究笑起來。他笑了一會兒，說：「我認真的，你信嗎？」

「不信。」

秦究一臉遺憾，看得人牙癢。

「第一次清理考場，你裡面埋了一個干擾器。」

「第三次清理考場，你把題目引導得邏輯混亂，那個考場後來投入使用，半途就全盤崩潰，到現在也沒修復成功。」

考官A一條一條地數著。

秦究聞言不急也不惱，辯白說：「惡作劇而已。」

考官A：「第五次，你說弄丟了一張重考牌。」

秦究：「那片樹林四面八方長得一個樣，有可能是我掏指南針的時候把牌帶出來了，我記得當時就跟你提過？」

考官A停了一下：「再上一次，你藏了小抄。」

秦究：「助人為樂。」

考官A不說話了。他淺色的眼珠被燈光映得更淺，靜靜地盯著秦究。

秦究也回視他，並不避讓。

半晌，考官A瞥開目光，掃了一圈又落在那盞地燈上。

過了片刻，他忽然說：「算了，交個底。」

秦究：「什麼底，說說看。」

「我有無數機會可以拷問你這些問題，但選在這裡，知道為什麼嗎？」

秦究想了想說：「不知道。」

考官A：「……」

秦究看著他的臉色，忽然笑了一下，說：「行吧，認真回答，因為這裡是禁閉室。」

考官A眸光一動：「這麼說你知道。」

「恰好聽過這麼一個說法。」

「禁閉室是系統唯一不能檢測的地方，這是最初設計理念留下的餘地，算是規則下的避風港。」

秦究頓了頓，又說：「我還聽說，今年之前這個避風港都沒有打開，是有人向系統提出做法不合規，才給禁閉室開了豁免。」

考官A聽完，說：「聽誰說的？」

秦究：「查過的人、參與的人、剛好知道的人。」

這話相當於某種坦白。

考官A靜了一會兒，說：「所以你確實是帶著任務來的，然後盯上了我。」

這應該是個疑問句，但他說得很平靜。

秦究：「考官A跟系統有很深的淵源，這是我得到的資訊，不特殊對待一下，實在說不過去。你說呢？」

考官A冷哼了一聲，算是應答。

這種反應似乎取悅了對面的考生，他盯著考官A看了很久，又說道：「我剛見到你的時候，覺得你跟系統是一邊的，和設計人員、維護人員以及其他參與者中的鴕鳥一樣，捂著眼睛和耳朵，假裝看不見系統的問題，因為控制不住了，貿然阻止倒楣的是自己。」

「但是後來發現，似乎不是這樣。」秦究說：「不過你太難猜了，不知道是你演得太好的原因，還是我的某些原因。你的立場我一直不能確定，其實就在剛剛，我還動搖了一下。」

考官A從眼角看著他，依然說不上熱情：「現在呢？」

「現在？我們換個方式吧。」秦究說：「你能給我一句準話嗎？大考官？我猜了很久你的心思了……」他頓了一下，又說：「再猜下去，我都快要懷疑自己的身分了。」

「身分？什麼意思？」

「你知道哪種關係的人把猜測當情趣嗎？」

考官A看著他，沒說話。

秦究也沒說話。

安靜再度蔓延了好一會兒。

考官A忽然開口說：「給禁閉室開豁免，這件事我幹的。算準話嗎？」

秦究的眼睛含著亮色，他說：「算吧，勉強可以算。」

考官A又看了一眼時間，終於直起身。

秦究這才發現他連軍靴都沒脫，似乎還要出門。

「你慢慢勉強去吧。」說著他便要往門口走。

秦究的聲音在他身後響起來，「你不給我鬆個綁嗎？」

考官A腳步一頓，面無表情地說：「你明明一分鐘就能弄開，一定要裝得這麼慘嗎？」

身後響起了輕笑聲，接著是窸窸窣窣的繩響。

「行吧，不過你說錯了一點……」

考官A沒再回頭。

他剛走到門前，身後就多了一個人。

「……其實只要幾秒鐘而已。」

秦究在他身後站定正要說什麼，忽然伸出拇指在他頸側抹了一下，問道：「領口有點潮，外面下雨了？」

指腹摩擦而過的觸感溫熱乾燥。

考官A握著門把手沒動，只有眼睛很輕地眯了一下。
過了片刻，他說：「沒有，下雪了。」

游惑在這時候忽然醒來。
就像這些年偶爾的幾個夢境一樣，清醒的瞬間，內容便模糊不清，怎麼也捕捉不住，只能在急速模糊的影子裡抓到零星。
游惑只記得夢裡似乎有秦究，還有繩子和房間。再細節的部分就想不起來了。
外面不知哪裡響起幾聲撞擊的動靜，悶悶的。
游惑從床上坐起來，捏著鼻梁緩過睏勁。剛揉兩下，他忽然覺得不對勁……
夢想成真，夢想成真。他如果真夢見了秦究，那不是……
游惑猛地睜開眼。
他先是看見了對床的秦究，跟他一樣剛剛清醒，同樣有一點點懵。
接著，他默默轉頭，看見了宿舍裡多出來的人——在他床邊不遠處，一個被皮繩捆著手的人正懶洋洋地坐在書桌上。
而在剛睡醒的秦究旁邊，一個身穿襯衫長褲軍靴的人正靠在陽臺門邊，抱著胳膊垂著眼皮，冷冷地看著他們。
他的右臂別著一枚制式徽章，上面鏤有「監考A」幾個金屬字。
誰夢得誰，涇渭分明。
游惑：「……」

秦究：「……」

氣氛特別凝固，月光特別美。

難忘今宵。

一個捆綁、一個制服，還有兩個在床上……

此生不會有比這更糟糕的畫面了。

誰先說話誰尷尬！這道理是個人都懂。

於是游惑和秦究之間氛圍緊繃，卻誰都沒有開口。

但很不幸，還有倆不是人的。

被捆的那位打破沉默，「這玩的是哪一齣？」

他話語稍頓，目光落在陽臺門邊，將戴著臂徽的考官A上下掃量一番，又轉眼看向游惑……

往來兩次，終於做出了選擇——

他坐在書桌上，一隻腳踩在椅子沿前傾身體，對床上的游惑抬起手說：「是不是先給解個綁，大考官？」

大考官……一個稱呼，直擊靈魂。

他這話說完，氣氛頓時更要命了。

陽臺那位考官A嘴唇抿得很緊。

床上的監考官秦究眯了一下眼睛，顯露出一絲微妙的、他自己都難以覺察的不爽。

游惑的表情最為麻木。

這話坐實了他夢見自己捆秦究，還不知道捆來幹麼。多長臉啊！

沉默正要蔓延，被秦究打破了。

他衝數年前的自己抬了抬下巴，說：「我很納悶，解綁這種繩結需要求助？」

桌上的考生歪了一下頭，漫不經心地看過去，「不一定，具體看心情。不過你是哪位朋友，套偽裝之前徵求過我的同意嗎？」

秦究短促地笑了一聲，很難說是好笑居多還是嘲諷居多。

被捆的「秦究」也跟著笑起來。他手腕一扭一扯，眨眼的工夫，皮繩已經鬆下來，變成了他手裡把玩的工具……

他不緊不慢地捋直了皮繩末端。

游惑：「……」

這架式，再發展下去得先打一架。

這跟他們以為的不一樣——

那些學生給他們解釋過：「具象化的夢只有表層的東西，沒有靈魂。」

「打個比方吧，你夢見自己跟人約會，夢裡對方特喜歡笑，脾氣特好。那具象化出來的人也總會笑，脾氣特別好，他只會有這兩種表現，你不會在他身上找到第三種性格特徵。」

「再打個比方，你夢見自己又跟人約會。夢裡那人對你說他小學成績特別差，什麼都不學，淨想著怎麼玩兒。初一突然醒悟，一下子就追上來反殺了！那具象化出來的人，他的背景經歷就僅限於這些內容，反殺之後怎麼樣？高中去了哪兒？大學又去了哪兒？他都不知道的。」

「夢見吃人的怪物就會一直抓人吃，夢見鑽床底的女鬼就會一直鑽床底，差不多就這個意思。」

那些小鬼拉著他們說得極盡詳細。

游惑和秦究概括了一下，所謂夢想成真，就是一群智商、情商普遍低下的複製品。

你以為它是什麼樣，它就是什麼樣。

眼前這個被捆的「秦究」卻不大低下。

戴著臂徽的「考官A」也一樣。

屋裡八目相對的場景讓「考官Ａ」有一絲困惑，也有點不耐煩。他靠著門框，始終是一副旁觀模樣。他和游惑有一樣的習慣，走神或思考的時候會摩擦耳垂，區別依然是沒有耳釘。

屋內劍拔弩張的時候，「考官Ａ」也不是什麼省油的燈。

這點游惑自己最明白。

他不知道秦究夢見了什麼，把他「不省油」的這面放大得如此突出。

「給個解釋。BUG還是考場效應？」

「考官Ａ」目光掃過兩個秦究，又落在游惑身上。

說話的同時，他的手往後腰摸去了。好像只要有人說錯一句，他當場就能把這裡轟平。

游惑：「……」

他居然能理解。在不知前提的時候，看到跟自己一模一樣的人站在面前……高興是不可能高興的，反正不是妖魔也是鬼怪。

以他的性格，沒當場搞到對方現原形就已經仁至義盡了。

作為一個知道前情提要的人，游惑難得擠出一絲耐心解釋說：「考場效應。」

「繼續。」戴著臂徽的「考官Ａ」說。

「夢境成真的效應，這個考場上的人，夢見的東西都會具象化。」

「所以？」

「睡了一覺，夢見一些場景，所以你們出現了。」

游惑的耐心正在逐步告罄。

「考官Ａ」冷淡地說：「所以你們是真的，我跟他是假的？」

「對。」

「怎麼證明？」

「嗯？」

「考官A」說：「我覺得我是真的，你覺得你是，怎麼證明？」

游惑：「……」

算了，直接打吧。打服了就沒這麼難解釋了。

這是半夜兩點二十三分，寄宿高中變成了眾合地獄。

韓靈縮在床上，被子一直拉到鼻尖以下，只給自己留了呼吸的餘地。

她一動不敢動，聽見牆壁上傳來一聲一聲的悶響。

咚——

咚——

咚——

像是有什麼重物掛在牆外，正在風中搖晃，一下接一下撞在牆壁上。

就連她的床，也在撞擊中咯咯搖晃。

她知道那是什麼，惡夢她總能記得格外清楚——

那是一個吊死在牆壁外的人，渾身上下都裹著麻袋，袋口在脖子上收緊，只露出青白色的腦袋。那咚咚咚的撞擊聲，就是腦袋磕在牆壁上發出的。

即便經歷過很多次，每天晚上她依然會怕到發抖。

她縮在被窩裡抖了五分鐘，聽見了側牆龜裂的聲音。她想——今天要玩完，可能跑不掉了。幾聲碎響，粉白的牆皮撲簌撲簌掉了幾塊。

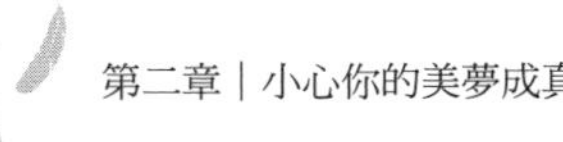


韓靈終於沒忍住，撕心裂肺地尖叫一聲，猛地從被窩裡竄出來。她長髮披散，穿著紅色睡衣都來不及換。

拽著室友剛衝出門，走廊迎面走來一個同樣長髮紅衣的女生。

「啊——」

「啊——」

兩聲尖叫同時響起，倉促的腳步聲在樓裡亂成一團。

嗓門一亮，拉開了學校夜生活的序幕。

屁大點的地方物種豐富、應有盡有。

一個接一個學生從宿舍衝出來，擠入人群。

牆壁突然豁開大洞，白色的人臉一下一下懟進洞中，瞪圓的眼珠一轉不轉地盯著宿舍屋內。

有八隻手的怪物掄著斧頭追人，也有少了半截身體的女鬼用手掌走路，伸著脖子在走廊爬行。

洗手間的尖叫此起彼伏，天花板不知什麼時候缺了一塊木板，露出一平方大小的黑洞，黑洞裡有東西睜著眼睛靜靜地看著人。有時候長髮會從上面垂落下來，有時候門縫裡會默默探進一個五官模糊的頭。

操場早已天翻地覆，像一片荒郊野外的亂葬崗。到處都歪斜地立著破舊的墓碑，不知哪個年代的墳被刨了一半，棺材蓋露出一條縫。

各式各樣的死法、各式各樣的鬼。

還有喪屍、凶獸、怪物……大的堪比哥吉拉，小的如昆蟲螻蟻，但同樣要命。

那些學生什麼瘮人夢什麼，以至於螞蟻不搬吃的，專往人眼睛和腦子裡鑽。

還有甚者，夢見的是天災。

轟隆一聲——宿舍樓一陣搖晃，立櫃翻倒，水杯潑灑，燈管脫落下半截。

小胖子章鳴拽著室友死命往門外拖，一邊拖一邊喊：「快點！快跑——」

他體型不怎麼樣，速度卻很快，跑起來像顆彈球。彈球第一時間滾到樓梯口，又想起什麼般滾回來。

「你幹什麼去！」室友喊叫。

「隔壁！我去隔壁看看——」

小胖子有很重的英雄情節，這種時候居然逆流而上，硬是擠到了某個宿舍門口。他掄起拳頭，砰砰砰要砸門。

剛砸一下，門自己開了，他一個踉蹌衝進去。

「快走快走！你們怎——欸？」他差點兒撲進陽臺，被人用腳攔了一下，又被另一個人拽住了後脖領。

用腳攔他的人坐在陽臺窗沿，他記得肖主任的介紹，這是乙老師。

而他轉頭一看，在背後拎住他的人好面熟……

也是乙老師！

小胖子張著嘴，看看身前，又看看身後，覺得自己可能眼花。

緊接著他又發現，宿舍裡還有兩個甲老師……

他不是花，可能是瞎。

小胖子愣了幾秒，這才反應過來，恐怕是造夢的鍋。

游惑、秦究二……不，四人最終沒能打起來。

因為這所學校在千鈞一髮之際，開始了一晚一次的群魔亂舞。他們短暫拋開其他事，打算把礙事的麻煩解決掉再議。

考生「秦究」曲腿坐在窗臺上，垂眼看著樓外，即時播報說：「一群猴子……看不清是什麼，

姑且算猴子吧。」

「說重點。」

「考官A」也抽了工具，從窗子鑽出去。

「重點就是，那群長了屍斑的猴子從我腳下五公尺處竄過去，現在正在啃牆皮。」

「啃什麼牆皮？」

「字面意義的牆皮。」

考生「秦究」往下一指說：「那兒呢，像啃肉一樣，這麼下去樓要塌。」

「考官A」翻上了旁邊的平臺。

宿舍樓頂有一片平臺，以前開放給學生曬被，後來又鎖上了，不讓學生過去，理由還是怕跳樓。

「考官A」就站在平臺窄窄的邊沿上，高瘦的個子映著宿舍樓搖晃的燈，挺拔俊冷。

因為他們膽子太大，動作太利索，小胖子直接看呆了。

夜色中，考生「秦究」轉頭衝「考官A」說：「站得穩嗎？我不介意下去接你一把。」

「操你自己的心吧。」

考生「噢」了一聲，衝屋裡兩人挑了眉說：「要清理哪些東西來著？」

秦究對著窗外一抬下巴說：「所有。」

不同時期的秦究對視一眼，連嘴角弧度都一模一樣。

考生「秦究」一指樓頂平臺的「考官A」，說：「我們一組，你們一組，看誰更快一些吧。」

說完，他便轉頭出去了。

小胖子：「……」

他木然地看著窗臺，又木然地看著秦究和游惑，「他出去了。」

停了兩秒，他又頂著更加木然的臉說：「這是六樓……」

秦究「喔」了一聲，說：「有點危險。」

小胖子：「啊？」

漢語的「有點」不是這麼用的。

然而他一轉頭，就見平臺上那位帥哥也沒影了。

小胖咕咚嚥了一口口水。他終於有一點點意識到，自己逆流而上可能不是來當少年英雄的……他可能是來當熊的。

轟隆——

宿舍樓乍然一聲響。像是有什麼巨大的鞭子抽在了樓腰上，宿舍一陣劇烈晃動，屋頂、地面都開始塌陷。

「快走快走！」小胖子跳著喊。

「不急。」秦究說。

「我急！你們肯定也急！快！」

一旁游惑扯了窗簾。

他兩腳踹碎玻璃窗，窗簾擰好一勾一拉，再扣上考生「秦究」那兒拿來的皮繩，試了試穩固。

秦究意外地看著他，「你用得著這個？」

游惑用腳尖踢了踢小胖子的背，說：「他用。」

小胖子一臉驚恐。

游惑把窗簾另一頭甩給秦究。

秦究摁住小胖子給他上扣，「你今天夢見什麼大場面了？」

小胖子在搖晃和塌陷中嚎：「我不知道！忘了！侏羅紀大戰喪屍潮引發規模性地震什麼的——」話說一半，他就被窗簾捲得嚴嚴實實，被秦究擱在了窗臺上。

「一會兒可能有點刺激。」秦究安慰小胖子說：「但是不刺激你就來不及下樓了。」

宿舍樓搖搖欲墜。

游惑半蹲在窗臺上，一手握著空蕩蕩的窗框。他垂下眼，跟秦究的視線對上。

這是半夜驚醒之後，他們第一次這樣看著對方，面色都有一瞬的複雜。

秦究說：「現在閒雜人等都不在，趁亂問你一句話。」

游惑：「……說。」

「什麼時候知道的？」

他說得沒頭沒尾，游惑卻完全跟得上。

「沒多久，剛結束的那輪考試裡知道的。」游惑頓了一下，又補充道：「關禁閉的時候。」

他說完又看著秦究。

秦究知道他在反問，說：「居然一樣，我也是……關禁閉的時候。」

不知為什麼，他忽然覺得有點好笑，也真的笑了出來。

游惑偏開頭，嘴角彎了一下。

很奇妙，徘徊不去的尷尬居然在這一瞬全部消失。

似乎再也不重要了。

秦究還想再說點什麼，裹成蛹的小胖子忍不住了，「我還在……我我我不想插話！但是……樓真的要倒了啊——」

游惑站直身體，身影跟之前站在平臺上的「考官A」一模一樣。

不，準確而言，是那位夢中出來的「考官A」和他一模一樣。

他在夜色中看了一眼，灰白色的猿猴狀怪物成群結隊，撲向即將崩塌的大樓，狼吞虎嚥地嚼著那些牆皮和砂礫。

側牆轉眼被啃出一大片缺口。

游惑把皮繩另一端繞在手上，忽然轉頭對秦究說：「你可以上來了。」

「數三下。」

三、二、一！

大樓轟塌，小胖尖叫。

他們縱身跳下去的時候，游惑看見不遠處的考官A剛搞死一片白猿，襯衫和軍靴上的金屬扣在夜色中居然很顯眼。

他忽然很好奇秦究夢見了什麼。

秦究在風裡低聲說了一句：「一些早年瑣事。」

說早也不算太早，至少不是考生時期的事了。

他夢見自己已經進了監考官的隊伍，用著最初的代稱Gin，成為了考官A的同僚。

那時候監考官一共五十人，各有脾氣和立場，在考場規則執行上常有分歧，時不時需要開會吵一架。

他夢見的就是一場例會。

會上吵了些什麼，他已經記不清了。而且夢裡的爭吵往往沒頭沒尾，含糊不清。他只記得那場例會上，他和考官A分別坐在長桌兩端，遙遙相對劍拔弩張，意見永遠是對立的。

他們開口不多，但儼然代表著兩個陣營，只需要起個頭，其他人就能順著話爭吵下去。還有幾位和事佬，一會兒給考官A圓場，一會兒給他圓場。

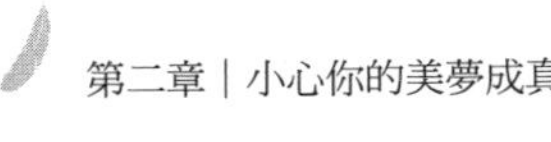


偶爾的間隙，他會越過長桌，和考官A的目光對上。

這種時候，和事佬們又會趕緊跳出來擋一下，生怕他們看兩眼關係更差。

例會中場休息的時候，有人去洗手間，有人去倒咖啡或水，更多的人繼續留在會議室嗡嗡地說話。

考官A聽他們說了幾句，起身走了。

沒過一會兒，秦究也出去了。

走廊很長，兩邊有一扇扇凹陷進去的門。

秦究不緊不慢地走著，在經過某個拐角的時候又忽然停住。

餘光裡考官A倚在某扇門邊，似乎正看著這裡。

秦究腳步一轉，正要拐過去。

身後剛好走來幾位同僚，他的肩膀被人拍了一下，某位和事佬說：「會上吵吵就算了，交流意見嘛，難免有點摩擦。休息時間就算了吧？走走走，我正好有個事要請教你。」

他抬起眼，就見不遠處也有監考官駐足，考官A轉過頭去跟人說話，又是一貫冷冷的模樣。

秦究輕「嘖」了一聲。夢裡的他一瞬間有點煩，但很奇怪，這種負面情緒居然不是對著考官A的。他覺得旁邊的和事佬磨磨蹭蹭，一點屁事也要糾結，又覺得同僚們話太多了，非常聒噪。

最煩的是系統無所不在的窺探感……

那些人依然說個不停，他摸著脖頸帶著幾個監考官走開了。

離開前，考官A淺色的眸子又轉過來看著他。

然後他就醒了。

大樓轟然落地，煙塵四起。

小胖子一路滾到樓底，窗簾裏的繭正好展開。除了暈得想吐和屁股疼，並沒有受什麼傷。

在他身邊，游惑乾脆落地，藉勢緩衝了一下。

他半蹲起身時，秦究剛巧落在身邊，游惑感覺自己耳垂忽然被人撥了一下。

秦究低聲的嗓音響在耳邊：「有一個問題想問很久了，你為什麼戴耳釘？」

其實，惡夢的傳播就像傳染病，是一天比一天嚴重的。

這所學校的學生就是典型的例子。他們看見同學夢到的東西，受了啟發，當晚靈感井噴，夢到的東西就更加豐富。由此疊加，惡性循環。

最直觀的就是——之前好歹沒拆房子，今天直接倒了兩棟樓。

男女生宿舍分別在兩個大院子裡，隔著一條校內小路面對面，樓與樓之間並不對齊，為了避免男生從走廊看到女生陽臺。

圍牆欄杆像箭一樣指著天，威脅著企圖亂竄宿舍的熊孩子。平日裡要多注意有多注意，現在倒好，女生宿舍直接倒了一棟，砸在了旁邊那棟男生樓上。

從天而降一群女生，那些吱哇鬼叫的男生頓時端莊起來。

青春期的少年有種蓬勃的保護欲，當即壯起膽子給女生開道，保駕護航。

沒航幾分鐘，他們就發現自己可能有點誤會。那些女生跟他們想的完全不一樣——

高聲尖叫的是她們，哭得特別慘的是她們，亂抓亂撓打鬼的也是她們。

好幾個男生躲閃不及，被當成鬼撓了。

因為姑娘們打架是閉著眼的。

韓靈就是這群倒楣姑娘之一，叫得最慘，打得賊凶。

她跟著傾倒的大樓空降男生宿舍，一路哭哭啼啼。一邊哭，一邊揪著吊死鬼的頭髮往樓下跑。

打得凶，是因為她內心還是害怕的。沒有英雄來救她，她只能自救。

她連摔帶爬下了樓，踹開那個糾纏不休的吊死鬼，赤著腳奔跑。

平時體育課跑完八百公尺她都會吐，現在已經不知幾個八百公尺去了，她還在跑。

學校一片混亂，已經分不清哪裡是哪裡。

韓靈慌不擇路，繞著宿舍區跑了三圈，終於擺脫鬼打牆，結果卻衝進了更要命的操場。

不知哪個缺德棺材沒加蓋，她一腳踩空，整個人摔進棺材裡，腐朽的酸臭味熏了她一臉。

她感覺自己腳崴了，手蹭破了一大片，膝蓋磕腫了，哪哪都疼。

就在這時，她聽見頭頂傳來嗖嗖幾聲輕響。

她驚恐回頭。

七八隻行屍踏著砂礫圍過來。它們皮肉腐爛，有的眼珠脫落一半，有的只剩黑洞洞的眼窩。頭皮要麼被掀了，要麼毛髮稀疏，髒兮兮地糾纏在一起。行屍垂著手，喉嚨裡咕嚕咕嚕像在交流。

它們一轉不轉地盯著她，口水拖著長長的線條流下來。

完了，這下她真的要死在這裡了。

那些行屍朝她伸出了爪子。

她企圖往後縮一點，但已經退無可退，這座棺材就要徹底屬於她了……

她下意識閉起了眼，結果就聽喀嚓幾聲。接著是什麼東西落地的聲音，悶悶的。

韓靈壯著膽子睜開眼，就見圍過來的行屍已經倒了一片，兩個人影一近一遠站在土堆邊。

近一些的那個身形極其好看，手裡拎著一把不知從哪裡搞來的瘦長薄刀。

韓靈沒見過這種刀，反正跟平時常見的都不一樣。刀形窄瘦，刀刃鋒利，含著一泓冷光。

拿刀的人動作俐落乾脆，一刀一個小朋友……不，一刀一顆行屍頭。

他似乎嫌那腦袋髒，砍完刀尖總會挑一下，腦袋就會被遠遠撇開，飛落在草叢裡。

等他切完手邊最後一個轉過身，韓靈就看清了他的臉。

這人她認識，晚自習還坐她後桌呢。

韓靈下意識叫了一聲：「甲老師！」

對方：「嗯？」

呃……甲老師什麼時候換的靴子？

韓靈愣了一下。愣神間，又有一波行屍從另一側撲過來。

韓靈驚叫一聲：「小心——」

結果就見遠處那個身影轉過來，他一手撐著高高的墓碑，躍過溝壑。

他落腳的地方挑得很……唔，別致。

就落在甲老師身邊。

腳踏地面的瞬間，抓著甲老師的手腕側身一劃，說：「大考官，軍刀借我用一下。」

話音落地，行屍頭也跟著落了地。而且是一口氣砍了六個。

這位借刀砍頭的人韓靈也認識。

晚自習坐她後面的後面。

不是乙老師又是誰？

不過……乙老師頭髮怎麼短了一點？

而且，為什麼乙老師要管甲老師叫「大考官」？

沒等韓靈想通，就聽甲老師冷淡的聲音響起來：「扔遠點。」

「遵命。」乙老師吊兒郎當回了一句。

然後……韓靈就看見腦袋在上空亂飛。

兩位老師可能打遠了幾步，人反正是看不見了，只能聽見行屍們慘叫一片。

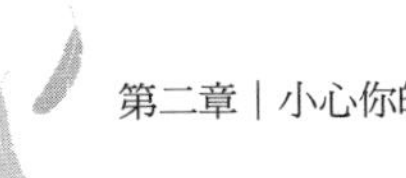



期間，甲老師說了一句：「你能不能自己找把刀？」

語氣非常凍人，反正韓靈覺得是她，可能就不敢說話了。

但乙老師居然還笑，然後回了句：「沒空。」

——嗯……應該是沒空吧。畢竟挺驚險刺激的呢。

韓靈心想。

下一秒，一顆行屍頭被挑飛過來。它劃了個拋弧線，好死不死，瞪著眼睛往韓靈這裡落過來。

她本能地尖叫一聲。

剛開了嗓，就聽「嚓——」地一聲。

一個身影穩穩落在棺材邊，一隻好看的手伸了過來，中途截下那顆腦袋，「嘖」了一聲扔遠了。

韓靈睜開眼，就見乙老師半蹲在那裡，居高臨下衝她抬了兩根手指，打了個隨意的招呼說：「抱歉，嚇著沒？」

韓靈叫了一聲：「乙老師。」

對方：「啊？」

英俊的男人挑起眉。

很久以前常有人叫他軍官，後來總有人叫他秦哥或者考生，叫老師的倒是頭一回，有點稀奇。

「考官A」走過來，甩了刀尖的血。

「站得起來嗎？」他問韓靈。

韓靈點點頭。

「這是學校？有能藏人的地方麼？」考生「秦究」問。

「有一個地下車庫，但是……但是……有可能那裡也有鬼。」韓靈心想：那裡平日車多人少，不僅安靜，指示燈還是綠的，是個夢見鬼的風水寶地，這會兒恐怕也是重災區。

「帶門嗎？」

「車庫進出口那邊我記得有門槽，應該可以封住。」韓靈說：「據說最初的設計就是兼做防空洞的。」

「喔，那就行。有多少鬼，搞死就是。」考生「秦究」說。

韓靈：「……」

這種豪邁她不懂。

韓靈從棺材裡爬出來，一看周圍，整片墓地都被清了一遍。

她知道行屍應該不止這些，但其他的可能……呃，嚇跑了？

至少暫時沒有靠近。

她說：「我帶你們去車庫。」

小女生紅著臉在前面走。把後背交給這兩位，誰都不會害怕。

「秦究」走了幾步，搓了搓手指說：「大考官，借兩張紙巾。」

「考官A」瞥了他一眼，「你哪隻眼睛看到我帶了紙巾？」

很奇怪，刀碰到行屍他就一臉嫌惡，但這麼一隻接過行屍腦袋的手在他旁邊晃，他居然不想剁掉，也沒有走遠。

前面的韓靈走了兩步，從口袋裡摸出一包紙，默默遞過去。

又默默轉回來……

不知道為什麼，她覺得此刻自己不大適合說話。

一來是看見帥哥括弧兩位，她有點靦腆。

二來，反正……就不適合說話。

「秦究」說了句謝謝，抽了兩張紙擦手，又遞給「考官A」一張。

「考官Ａ」看著那張紙沒接，「幹什麼？」

「擦刀。這麼挑剔的考官A居然能抓著沾滿屍液的刀走這麼久。」

聽到「沾滿屍液」這幾個字，「考官Ａ」繃著臉，面無表情地把紙抽了過來。

腳步沙沙的，紙巾摩擦的聲音又很輕。而操場上一時沒有別的動靜。

過了片刻，「秦究」突然說：「你不高興。」

「考官Ａ」擦刀的手頓了一下，又擰著眉頭看向他：「誰？」

「你。」

「考官Ａ」收回目光繼續擦刀。

「我想想……難道是因為我在學生宿舍叫了另一位大考官？」

「秦究」走著走著，轉過身來，一邊後退一邊歪頭去看「考官Ａ」的表情。

「……」

「考官Ａ」被看了一會兒，終於沒忍住，動了動嘴唇說：「走你的路。」

「問明白了我就好好走路。」

「……那你倒著吧。」

「秦究」忽地笑了一下。

他又說：「大考官，你覺得我們和另外兩位，誰是真的，誰是假的？」

「考官Ａ」癱著臉說：「我。」

但過了片刻，他忽然說：「我覺得像在做夢。」

「嗯？」

他感覺自己似乎在做一場夢。現實是什麼樣的，他很模糊，不過夢嘛，總是含糊而沒有邏輯的。

「我隱約記得，你當了監考，但你說自己是考生。」

「是嗎？」

「考官Ａ」沒有再說什麼。

畢竟他自己都模模糊糊的，說不清楚。好像這個地方，除了他還是他，性格長相都沒變，其他都是割裂的。沒有過去沒有未來……

也許那兩位是對的？

他們是夢裡的人？

他想了想，突然沒頭沒尾地問了「秦究」一個問題：「在宿舍，你為什麼覺得另一位是真的？」

「秦究」翹起嘴角：「你在吃醋嗎？大考官？」

前面的韓靈差點絆個跟頭。

「考官Ａ」：「……」

「秦究」又說：「好吧，認真點。」

他瞇著眼睛想了一會兒。

因為什麼呢？

也許是宿舍裡沒有開燈？

他第一眼看見「考官Ａ」的時候，莫名覺得他有點遠，明明只是站在陽臺，總共也只有五六公尺之遙，他卻覺得遠得有點看不清。

就好像，總有各種討厭的東西，隔在他們之間，妨礙他把對方看得更清楚一點。

他想，如果月光再亮一些……也許就能看清了。

他想了想，對「考官Ａ」說：「屋裡太暗了，可能因為他戴了耳釘，看起來更清楚一點。」

【第三章】

# 這考場是真被玩出了 BUG

宿舍樓下，白毛猴子死了一大片。

小胖子章鳴已經說不出話了，兩位大佬效率驚人，殺猴打鬼彷彿風捲殘雲。他連害怕都忘記了，莫名地感覺到了爽！

最騷的是，生活區的旗杆斷了，倒在地上。那位甲老師把它當成了竹籤，把打死的鬼怪全都懟了上去，烤串一樣地串了百來個。

小胖子和一群男生擠在一起，活生生看餓了。

秦究一轉頭，看見游惑抬起一腳，宿舍區最後一隻滿地爬的鬼劃了個弧線，精準地釘在了旗杆上。

他站在高高的殘垣斷壁上，手裡拎著一條鋼筋，輕輕敲著鞋尖。他朝遠處望了一眼，又低頭對游惑說：「你是不是餓了？食堂還亮著燈，去掃點貨？」

游惑：「……」

一旁的男生：「………」

游惑冷冷站了片刻，轉頭問小胖子，「幾點？」

小胖子：「……兩、兩點剛過十分鐘。」僅僅十分鐘，宿舍區就被清空了……要這麼說來，他們還真來得及去食堂吃個宵夜。

小胖子又連連搖頭，心想：我這是什麼鬼想法。

秦究跳下來，跟游惑一起往食堂方向去。

小胖子他們面面相覷，心想：不會真吃吧？然後跟一串鵪鶉似地跟了過去。

沒走幾步，秦究忽然說：「你之前的問題還沒回答呢……大考官。」

他說完前半，原本已經停下了。但又覺得還不夠完整，似乎還少了點什麼，直到補完後面那個稱呼，他才覺得……這樣才是對的。就像是……夢裡出來的人給他打開了一道豁口，風裹著鮮活的

空氣灌了進來。

游惑下意識偏了一下頭，可能怕某人再來撥一下。

他抿著嘴唇下意識說：「因為亮。」

秦究：「嗯？」

游惑說完才覺得這理由太古怪了，他說：「忘了，我睜眼就戴著它，上哪兒記得為什麼。」

被秦究這麼一問，他才意識到，自己似乎從沒考慮過要把它摘下來。

他不記得為什麼戴了，但他不想摘。

這一晚，對全校師生來說都很難忘。

因為太爽了……他們從來不知道還能這麼玩兒——

兩位大佬本就擅長控場，四位更是效果翻了不止一倍。

他們把哥吉拉、喪屍潮那種級別的怪物當風箏放，遛著大怪碾壓鬼，鬼滿學校逃竄，順便又能搞死更小的那些玩意兒。

用小胖子的話來說：「那些妖魔鬼怪那個慘吶……被攆得跟狗一樣。」

大魚吃小魚、小魚吃蝦米、蝦米啃泥。

一條食物鏈先搞死了百分之九十的怪物。剩下那百分之十雖然麻煩，但也在天亮之前清理了。

凌晨四點三十七分，學校西側兩個實驗室火光沖天。

數不清的行屍走肉像洶湧的海潮，被它們包裹啃食的巨大怪物肉眼可見地坍塌下去，轉眼成了白骨。而當喪屍潮要退下來的時候，等著它們的只有越不過去的熊熊大火。

焦糊味伴著嘶聲咆哮，瞬間傳遍整個學校。

幫忙的老師們跌坐在安全距離之外，一臉狼狽地歇著氣。

出力最多的兩個化學老師說著悄悄話。

一個說：「我就知道，學這門遲早要燒一次實驗室的。這下好了，一燒燒倆。」

另一個說：「明明是炸……」

「差不多，誰小時候沒唱過那首歌啊，背書包炸學校什麼的，圓夢今宵。」

「……你差不多一點，上課為了讓學生開心講單口相聲就算了，現在肖主任就在前面呢，不要亂講話。」

肖主任高跟鞋早不知扔哪兒去了，套裙也已經看不出原來顏色。即便這樣，她席地坐下的時候姿態依然很講究，兩腿交疊著偏向一側，很矜持。

她啪啪點著手機，旁邊的語文老師俞咯沒忍住，勾頭看過來，「肖主任，您這是？」

「記錄損失。」肖主任一邊打字一邊說：「塌了兩棟學生宿舍，兩間實驗室被燒了，操場毀了一半，四條路裂了，護校河小橋斷了一座，桌椅板凳若干……」

俞咯平日裡其實有點怕這位主任，對方做事一板一眼，長年繃著個臉特別嚴肅。但這次，她實在沒忍住說：「肖主任……這些損失乍一看很多，但其實已經很好了，至少今天晚上人員無傷。昨天的這個時候，咱們還在被滿學校的怪物追著到處跑呢。」

她覺得不管怎麼說，這些損失都不能扣到那兩位……呃，現在是四位頭上。

誰知肖主任劈里啪啦打完最後一樣，從眼鏡後面看了她一眼說：「幹什麼？小俞老師？妳以為我要甲乙兩位報帳啊？我平時是挺嚴厲的，也不好說話，但不代表我不分黑白不知好歹啊。我記這個是給校長看的。」

俞咯：「啊？」

肖主任說道：「給領導看看我們有多慘，要點錢。小姑娘啊……去洗洗臉吧，一會兒去謝謝那兩位。」

「……」小俞老師木然兩秒，笑嘻嘻地跑了。

她把臉上的污漬洗了，跟鄭老師一起去找游惑和秦究。

他們在炸了的實驗室背面找到大佬，然後兩個人都不好了……因為大佬打起來了。

小俞老師和鄭老師面面相覷，滿頭問號。

「怎麼回事啊？」鄭老師是個急脾氣，當場就要衝過去拉架，又被小俞老師揪住了。

鄭老師不甘不願地縮在牆角，觀戰片刻。

以從小豐富的鬥爭經驗來看，他覺得這四位根本打不出結果。兩邊都很瞭解對方，招數路子幾乎一模一樣，反應意識又差不多。

他默默看了三分鐘，有點慶幸剛剛小俞老師拽了他一把。就他那莽勁，衝進去，四位大佬肯定還是毫髮無傷，他這個拉架的沒準要被誤傷得鼻青臉腫。

兩位年輕老師商量了一下，決定去叫幫手。

遠處是烈火灼燒的聲音，近處是風掃過的呼哨。金屬相碰的鏗鏘動靜和衣料摩擦聲夾雜在其中……鎖喉必被反鎖，扣手又被反扣。

激烈是真的激烈，勝負也是真的沒有。

成千上萬的怪物沒讓他們頭疼，自己打自己才是最麻煩的部分。又一記攻擊作廢，僵持幾秒後，兩邊的人同時撤開。

秦究和游惑背抵著殘垣，俐落翻到斷牆後面。他們把斷牆當做掩體，靠在後面喘了口氣。

秦究忽然失笑，扯了一下領口說：「這架沒法打。」

這麼冷的天，游惑鬢角居然出了汗，他抿著嘴唇，呼吸聲有點重。

他平復了一會兒，說：「你下手再重一點就沒這麼難打。」

剛剛秦究鉗住「考官A」的時候，只要再凶一點，對方起碼會有兩秒的反應空白，但他關鍵時刻鬆了一下。

秦究偏頭看了他片刻，不緊不慢地指出：「A先生，要這麼計較的話，我只好說彼此彼此了。」

游惑：「……」

你哪來這麼多叫不完的稱呼……他心想。

不過秦究說得沒錯，還真是彼此彼此，他對上另一位「秦究」也有這樣的情況。

而且客觀來說，對面也一樣。

他們就是打到半途意識到了這一點，極其默契地換成「自己打自己」，結果更要命，一直不停的話，估計能打到下個世紀。

「現在怎麼說。」秦究乾脆靠在牆壁上。

「剛剛的話他們能聽懂麼？」游惑不鹹不淡地咕噥。

他們剛才並不是純打架，而是藉著打架的名義又交流了一下。跟另兩位「自己」說了這個考場更具體的情況，以及沒完成清理的後果。

秦究：「也許吧。」

他有種感覺，那並不僅僅只是夢裡的人。他總覺得……那就是他自己、就是游惑。

某個時期的游惑、某個時期的他自己。所以，他們總在交手的關鍵時刻鬆力。

秦究後腦杓靠在牆壁上，忽然向游惑眨了一下眼，問：「你究竟夢見了什麼？」

那輕輕的眨眼讓游惑愣了一秒，接著他又回過神來，偏開頭說：「一間屋子，好像有桌椅？還有一張……」

床。很簡單的一個詞，游惑突然卡了一下殼。

「一張什麼？」秦究問。

游惑瞇了一下眼睛，「一張弓。」

秦究：「啊？」

游惑冷著臉胡說八道：「嗯，我拿著弓箭，可能要打你吧。」

秦究：「嗯？」

又過了兩秒。

游惑聽見旁邊人低低笑了一聲。

數十公尺外，考生「秦究」和「考官A」背靠在教學樓牆角，警惕著另兩位的動靜。

「秦究」看了會兒對面，忽然開口：「考官，剛才那兩位說的，你信嗎？」

「你呢？」

「秦究」說：「信。」

「考官A」有點意外：「那你還打這麼久？」

「秦究」嗯了一聲。

其實「考官A」也信，因為對面給兩位的時間線是統一的，而他和考生「秦究」不是。邏輯上來說，如果一定有人是非真實的，只能是他和「秦究」。

他同樣清楚這一點，也同樣打了這麼久。

牆角一片安靜，有那麼幾秒，他們誰都沒說話。

過了片刻，「秦究」懶懶地轉過頭來，漆黑的眼珠映著依稀天光，「其實我也覺得自己像在做夢，在我的認知裡，我們好像對立了很久。」

「考官A」看著他。

「秦究」忽然衝他眨了一下眼，說：「破天荒當了一次隊友，當然要好好過把癮。你覺得呢？」

「考官A」沒說話。過了一會兒，偏頭失笑。

「秦究」看著他頸側清瘦的線條，一瞬間居然生出一種想法：想咬一下試試。

他收回目光，舔了一下牙尖。

遠處，天邊的夜色一點點變淺，由濃稠的黑色變成了清透的灰。

他知道，天就快要亮了。

要不了多久，這個考場的計時就要停止，而他們是最後兩個待清理的夢。

「秦究」頭也不回：「大考官——」

「嗯。」

「好像總是我在叫你，你叫我什麼？忽然很想知道。」

「考官A」愣了一瞬。

這應該是他的一個夢，一個斷片的夢，沒有過去和未來。所有場景只有一間會議室，一條走廊，一群面容模糊的同僚，還有秦究。

在這個夢裡，他沒有叫過秦究的名字，也沒有喊過其他什麼稱呼。

但是，他聽見這個問題的瞬間，腦子裡卻倏然冒出一個答案來。

就像是深埋在潛意識裡，私下叫過很多次一樣。

他說：「Gi。」

「什麼？」

「Gin，去掉最後一個字母。」

「都這麼叫？還是只有你？」

「……」

「這算是暱稱嗎？」

「……」

「行吧，我記住了。」

「秦究」噙著一抹笑，說：「天要亮了，敢賭一把嗎？」

「考官A」說：「有什麼不敢？」

斷牆背後，游惑忽然問秦究：「如果是你，你會怎麼做？」

如果你發現自己是夢境裡的人，和現實僵持不下，有可能會引發一系列後續麻煩，會怎麼做呢？

秦究說：「可能會玩點刺激的。」

聽見這個問題的瞬間，他骨子裡的囂張和瘋勁又漫了上來。

他想……不，他莫名地很篤定：「往左邊看。」

游惑看過去，橘紅的火光在夜色裡異常灼眼。

秦究說：「我會賭一把大的，走進去。」

說話間，他們突然聽見有人吹了一聲口哨。

帶著逗弄又傲慢的意味。

他們相視一眼，站起身。

不遠處，考生時期的秦究和監考官游惑並肩而行。

躍動的大火在他們身後拉了長長的影子，橘紅色的火光在那一瞬間熱烈而肆意。

秦究看著過去某個時間節點上的自己，背對著這裡揮了揮手，依然是一貫懶洋洋的傲慢姿態，

他和某個時間節點上的游惑一起，頭也不回地走進火裡。

那一瞬間，秦究再一次覺得似曾相識，他甚至能想起烈火裹身的感覺……

不遠處，大片的師生衝了過來，驚叫聲和抽氣聲此起彼伏。

小胖子的聲音突兀地傳出來，他說：「臥槽，今晚要是再做夢，我估計要夢見這個了……」

不僅是他，所有人這一天下來都有這個感覺。

晚上再做夢，要麼夢見大佬撲火，要麼夢見大佬打怪。

小胖子話音落下的剎那，所有景物倏然凝固。

系統的聲音突然響起。

【預測到異常因素，考場當機，清理任務中止，請違規考生立即離開。】

再這麼來一晚，一千多個學生、一千多個游惑及秦究。

那特麼比喪屍潮大戰哥吉拉還恐怖。

如果系統是個人，一個字就能代表整句話——滾！

看得出來，這考場是真被玩出了BUG。

那些人和景物靜止的時候，居然有一樣是例外的——就是那片異常熾烈的大火。

游惑若有所思地看著那裡。滾滾煙塵瀰漫開來，能見度變得很低，那些鮮活的師生逐漸模糊，最終湮沒在青灰色的煙霧裡。

這很容易讓人產生失落感。因為總有那麼幾個瞬間，他們顯得異常真實。

好像真的有這麼一所學校，有位喜歡穿套裙的刻板主任，幾個總也睡不好覺的青年教師，一個圓滾滾的小胖子，一群連鬼都打的女生。

游惑想，他們之中會不會有曾經的考生？就像當初的趙文途一樣，因為答題失誤或是什麼原因，被轉化為NPC，留在這裡。

「又在走神？」秦究偏頭問。

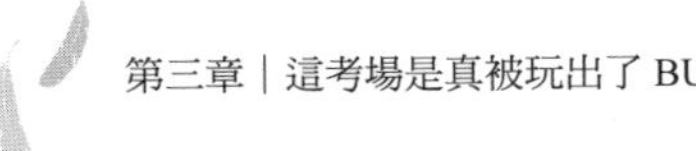


「……沒有。」游惑腳步頓了一下。

他拉高衣領掩住口鼻，遮擋瀰漫的煙塵。又在秦究沒注意的時候，皺著眉摸了一下耳根和頸側。

托秦究手欠的福。

現在他只要稍微湊近一點說話，游惑的耳朵就開始預警。

就好比有人作勢要撓你癢癢，離你還有五公分呢，你就開始豎汗毛準備癢了。

不同的是，這屬於本能的條件反射，游惑卻是後天培養的。

培養次數：一次。

培養時間：一秒。

立竿見影，效果拔群。

可能神經元長多了吧。大佬自嘲地想。

兩人在煙霧中走了一會兒，除了視野迷蒙，居然沒覺得多嗆。

游惑忽然說：「問你個問題。」

「嗯？」秦究並不意外地看了他一眼，「什麼問題？」

「你監考這麼久，見過幾個順利通過的人？」

「順利通過？」

秦究沉默片刻，嗤笑一聲說：「這有兩種情況，你問哪種？」

「兩種？」

秦究指了指自己，「一種在你面前，順利通過考試，然後轉化成了監考官。這種人我見得很多，監考區隨便碰到一位都是。」

游惑：「……」

他本想說：我問的當然不是這種，但不知怎麼的，他忽然想起巴倫支的商船上，秦究說的話。

「說到這個……」游惑問：「你說你現在的地址收不到信？」

秦究說：「嗯。」

「你出去過嗎？」

「沒有。」秦究說：「當然，有一部分事情我已經想不起來了，記得的這部分裡沒有。順便可以回答你剛剛的問題——另一種順利通過的人，成績一般，表現不算突出。按照規定，他們不會變為監考，可以離開這裡。」秦究頓了一下，說：「我確實見過，不多，而且越來越少。至於他們離開之後，是不是真的回家了，會不會記得這裡發生的事，我就不清楚了……」

畢竟他沒有出去過。

那一瞬間，游惑想說：那這考試究竟有什麼意義呢？

但他轉而又想，一個已經失控的玩意兒，哪裡還能用正常思維去衡量它的意義。

他記得021說過，這系統是聯合研發的，最初用於軍事人才篩選。

按理說部隊搞出來的東西，不大可能出現這種失控的情況……

但聯合研發就難說了，也許有心人在研發階段就悄悄埋了種子。

那麼……出去的人還能記得這裡的事嗎？

外部的人發現系統失控了嗎？

這麼多人被拉進這裡考試，沒人覺察到不對勁嗎？

不過……這裡每一個考場的時間都是隨機的，並不一致。

沒準，系統內的時間和現實的時間不一樣。

他們在這裡過了幾個月，也許現實只有一兩天？甚至幾個小時？這都很難說……

比起一個失控的系統在想什麼，他更關心有沒有人離開？能不能離開？能不能……讓所有困在這裡的人離開。

他掃視一圈。

在他眼裡，身邊除了秦究和煙塵，什麼也沒有。但秦究說過，考場上，系統無處不在。在這裡討論怎麼搞死系統、怎麼找漏洞，並不是一個好主意。

所以游惑沒再多問。

顯然秦究也想到了這點。

他特地岔開了話題，「怎麼今天突然想起來問這個？」

「第一天就想問了，你答嗎？」游惑瞥了他一眼。

「第一天？」秦究不緊不慢地往前走，回憶片刻說：「……我帶著紙條把你抓回來的那次。」

明明也沒過很久，卻好像是上輩子一樣。但回想起來，又清晰得歷歷在目。

游惑補充道：「濫用職權抓回去的。」

「濫用職權？」秦究疑惑地看他，也不知真忘了還是假忘了。

在游惑的盯視中，他「喔」了一聲：「你是指我把你寫成小姑娘？」

游惑：「……」

見他腳步一停，秦究吊兒郎當地舉了一隻手說：「先別急著瞪，我有權申訴一下。」

「……」

秦究：「我很冤，考官先生。」

——你冤個屁。

游惑冷冷的臉上寫著這幾個字，不為所動。

秦究說：「你知道……」

游惑：「我不知道。」

「好，你不知道……」秦究改口說：「你沒發現那天154和922拿的紙條是手寫的嗎？」

「手寫怎麼了？」

「你之後再仔細看看就會發現，哪個系統通知是手寫的？都是直接拿到的資訊。」秦究不緊不慢地解釋說：「系統最初給我的資訊上寫的就是你。後來半途跳成了一個小姑娘，再後來又跳成了你，反覆改了三回。」

游惑冷聲罵了系統一句「智障」。

秦究：「嗯，說得對。」

「難得看系統那麼拿不準，跟卡了機一樣兩邊跳，154那個棺材臉……」

游惑瞥了他一眼。

秦究食指抵在嘴唇上，「……這句就別跟他說了。154又跟催命一樣地催促我們出發，我就抄了個小姑娘丟給他，反正我是要跟過去的，違規的人具體是誰到考場就知道。」

「再後來就不用我說。」秦究說：「小姑娘不存在，我自然認為是你了。」

他這麼一說，游惑就弄清楚了。

當時違規的是舒雪，而舒雪有個特殊情況——她算系統BUG，很多情況下，她甚至不被認為是考生或者活人。而黑婆把自己的女兒附加在了她身上，所以系統所指的小姑娘應該就是這位。

秦究也好，154、922也好，當然找不到小姑娘在哪裡。那違規的只能是他了。

「這個解釋能接受嗎？」秦究停下腳步。

天邊一道亮光忽閃而過，隆隆悶雷聲緊跟其後。煙塵被電光剖開，變淡變薄，徹底散盡。

眨眼的工夫，他們周圍的景象已經變了。

狼藉的學校沒了蹤影，他們腳下是一片濕漉漉的地面，四處是不知多深的懸崖，面前是一幢熟悉的高樓，大片的落地窗在夜色裡反射著幽幽冷光。

那是雙子樓中的一座，他們跳下來的那棟。從底下往上看，大樓顯得極高。

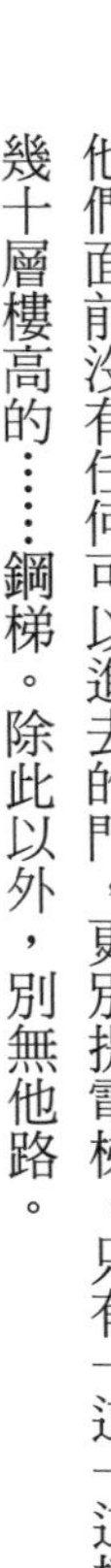

他們面前沒有任何可以進去的門，更別提電梯，只有一道一道橫釘在牆面上的鋼梯。

幾十層樓高的……鋼梯。除此以外，別無他路。

熟悉的聲音又在此刻催促。

【請考生立即離開此處，回到處罰中心。】

還立刻……你立刻一下我看看？

秦究仰頭目測著距離說：「看來系統是真氣瘋了。」

游惑「呵」了一聲。

秦究看了一會兒，忽然叫了他一聲：「大考官。」

游惑轉頭看他。

「我有沒有說過，第一天見到你的時候，我心情不大好。」秦究也看著他。

游惑眉心輕皺起來。

「別皺眉，我還沒說完。」秦究又說：「這其實是154他們的說法，我覺得不大準確。」

「你的說法是什麼？」

「我？」秦究頓了一下，又說：「現在記不清了。之前當著你的面說過幾句關於你的混帳話，那些內容真真假假，我其實分不大清。既然第一次見你沒有老朋友的感覺，姑且當它們大半是真，就當……我們以前確實關係不怎麼樣。」

那一瞬間，游惑心頭跳了一下。說不上來是什麼感覺。

他發現秦究也瞇著眼抿了一下唇。

片刻後，秦究衝高樓抬了抬下巴，言語間透了一絲痞氣，「不過不管多差，我已經忘了。打個商量吧，大考官。不管以後想起什麼，別記仇怎麼樣？」

游惑靠在一旁聽著，未置可否。

他想了片刻，伸腳一踢秦究，說：「趕緊爬。」

這倒楣天梯對游惑而言並不危險。

他對高處毫無懼意，體力又足夠好，爬到頂不過是出點汗而已。

秦究在他上面一點，兩人速度耐力相近，距離始終沒變。

不知過了多久，游惑聽見上面傳來布料摩擦的沙沙聲。

秦究已經翻上了平臺，他的聲音傳過來說：「到了。」

游惑「嗯」了一聲，加緊兩步。

平臺近在咫尺，游惑正要翻上去，秦究卻在邊沿蹲下來。

不遠處，彎月給夜幕的雲鍍了一層銀邊，清透的輝光灑在他肩上。

秦究背著光，英俊的眉眼輪廓更深。他衝游惑曲起小指，低沉的嗓音中透著一絲笑意：「之前說的話，你考慮得怎麼樣？願意勾它一下嗎？」

游惑：「……」

他也不急著上去，乾脆抓著鋼梯頂端，平緩著呼吸。

他目光落在秦究筋骨瘦長的小指上，又撩起眼皮看向秦究，「勾完怎麼說？」

「勾完今後就算朋友。」

這其實是秦究之前就想好的說辭，但在說到「朋友」這兩個字的時候，他覺得似乎還不夠味，還缺了點什麼。

但他只是極輕地停頓了一下，就說完了。

游惑表情沒變。他總是那樣，高興不高興總是那樣冷冷淡淡的。

他沒吭聲，過了好一會兒才伸手拍了秦究的手掌一下。

他的手指從秦究手掌中掃過，觸到小指的時候輕輕勾了一下。

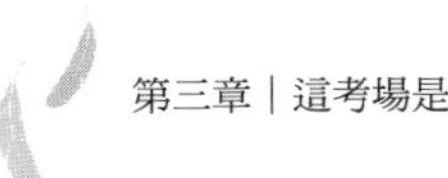

老人萬萬沒想到，有人會站在高樓天臺上拜把子。

電梯旁，收到系統咆哮通知的監考官已經到了，021、078、154、922一個不少。

他們本就一副如臨大敵的模樣，看到那兩位在天臺拍了個手，四位監考直接嚇傻了倆。

922手裡的橘子掉在地上，失魂落魄。

021張著嘴看了片刻，扭頭就是一聲罵。

落地窗一收，游惑和秦究一前一後走進屋內。

老人指著面前的金屬臺說：「你們摸摸，摸摸！燙得能煎雞蛋了，整個資料庫全部卡死。」

游惑是沒有想到，考場卡死還會影響到上面的控制臺。

他走過去碰了一下，確實燙得很。

螢幕上卡在切換的緩衝介面，也不知維持了多久。

秦究手指彈了幾下，毫無動靜。他問老人：「您這看的什麼？」

「無聊，隨便翻翻以前的記錄懷舊。」老人想了想又補充道：「不過……都不記得誰是誰了。這一頁卡了有二十分鐘了，還沒翻到下一頁呢，托你們的福！」

秦究藉他的金屬臺靠著，衝154他們招了招手說：「你們收到的資訊怎麼說？這個清理任務是算中止，還是全部結束？」

154是個老實人，「結束了，考場都當機了，系統應該也不會自虐到再給你們派新的吧……」

秦究點了點頭說：「有點道理。」

「清理任務結束，你們還有個抽籤權沒用，抽完就可以去考生等待處了。」154說：「我們把牌帶來了，922——922？」

「啊？」922一個激靈，終於回神。

他從口袋裡掏出一疊牌，塞給154說：「你洗一下吧，我手軟。」

154看神經病一樣看著他。

「行吧……」154接過牌洗了兩遍，見其他三人沒有要動的意思，嘆了口氣走到自家老大和游惑面前說：「來吧，一人一次。」

鑑於之前的經驗，游惑現在看到卡牌就牙疼。他拱了秦究一下，說：「你先。」

秦究一聽就笑了。

他知道游惑的手氣，也沒推辭，隨便從154手裡抽了一張。

翻開一看，他就撇了撇嘴。

臨時抱佛腳

註：作為一名不那麼用功的考生，多年考試幫你練就了一個奇妙的能力，學名「考前綜合性突擊速記」，俗名「臨時抱佛腳」。佛腳不是誰都能抱的，能把佛腳抱出水準的人，往往有著極好的瞬間記憶、極強的心理素質、極嚴重的拖延症、極難糾正的惰性。獲得佛腳卡的考生，在使用本卡的瞬間，有一定機率迅速學會一項考場內能力。

記住，只能學一樣喔。

不怪秦究撇嘴。這實在算不上是一張好牌。

僅限考場內，只能學一樣，還不能打包票學會那個能力，只是有一定機率。

這對游惑、秦究這樣的大佬來說，真的是個……十分雞肋的破牌。

秦究的糟糕手氣，給了游惑一點安慰。

他走到154面前，也隨手抽了一張出來。

總不至於回回被發好人卡吧？

這個念頭剛消失，他翻牌一看。

艸，又特麼是三好學生。

就連老人都沒忍住，「噗」地一聲笑出來，說：「好牌。」

游惑的臉又綠了。

老人家意識到自己可能說錯了話，趕緊跟過去。

不知道為什麼，他明明第一次見到這個考生，但他莫名地就很想親近對方。嘲諷可不是什麼親近人的好方式。

抽卡流程走完，154他們招呼了一聲，示意游惑和秦究可以走了。

游惑跟老人打了一聲招呼，往電梯方向走。

其他監考官也已經陸陸續續進了電梯。

唯獨秦究在那個金屬臺旁邊停了一小會兒……

因為老人口中「卡了二十分鐘」的螢幕終於活了過來，介面緩衝了兩秒，按照老人之前的指令往後又翻了一頁。

秦究隨意掃了一眼便打算走。

結果腳已經邁出去了，目光又緩緩挪了回來。

老人看的是很多年前的違規記錄。

記錄按照時間排列，一般一頁能放十條。至少剛剛那頁就有十條。

但新翻的這一頁很特殊，居然只有孤零零的一條記錄，列在頁面中間，上面寫著：

違規人：考官A

違規事項：與＊關係過密。

關係過密？

考官A？

星號？

一條記錄寥寥數字，隨便拎幾個出來都是槽點。

秦究平時並不無聊，也沒有閒著沒事翻別人違規記錄的愛好。但他畢竟頂著001號監考官的名頭，許可權很高，即便不主動查找，也看過很多人的違規記錄。不說別人，他自己的就不少。

考官A這種，他真的第一次見。

打碼是什麼見鬼的操作？

系統裡來來去去的人那麼多，連監考帶考生，活著的、死了的，這些年下來能湊一座小小的城。臉都看不全，誰認識誰啊，用得著打碼？

退一萬步說……違規違規，都違規了，曝光出來不是很正常？遮遮掩掩是哪門子的道理？開後門的？

秦究斂眉垂目，在「考官A」這個名字上戳了一下。

螢幕又跳轉一頁，刷出了「考官A」名下的所有記錄。

秦究違規次數很驚人，畢竟他光是來清理考場就清了十二次，再加上大大小小其他違規……數都數不過來。

相比而言，考官A的頁面就乾淨很多，每一條違規記錄末尾都有一個小小的標誌，顏色不同。

這代表在系統眼裡，該條違規事項的嚴重程度——小打小鬧是無傷大雅的綠色；惡劣一點是黃色；再嚴重就是橙色；最高一級是紅色。

秦究見過的大多頁面，要麼全是綠色，要麼綠色中夾雜一兩點黃和橙，紅色是最為罕見的。

我們的考官A游先生，違規記錄寥寥，一共五條。三條橙色、兩條紅色。

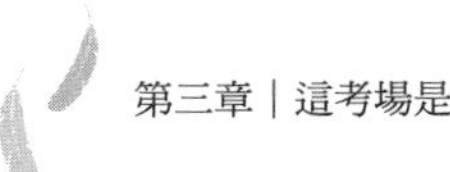



沒了。

秦究忽然想起某位同僚的描述。說當年的考官A年輕傲慢，冷冷的有點不近人情，幾乎是系統完美的代表者。

現在看來……完美的代表者恐怕是放屁，系統第一個不答應。

這位考官要麼不違規，要違都是往大了搞。

按時間排序，那條「與＊關係過密」是考官A名下第一條記錄。

奇怪的是，這條居然也是橙色級別。

怎麼個關係過密能密成橙色？

秦究盯著那條看了好幾秒。

他本以為其他記錄裡會有這位「星號」的資訊，誰知考官A名下記錄，所有涉及其他人的部分全都打了個碼。紅色那兩條更甚，連違規事項都是空的。

這個態度很明顯了——考官A被除名之後，系統不僅刪完了監考體系內所有跟他相關的照片、資料，還切斷了他跟所有人之間的關聯……就連違規記錄都沒放過。

秦究猜測，就算游惑現在過來按個手印，恐怕也不會顯示什麼綁定關係。

至於系統為什麼還保留著這幾條記錄，沒有全部刪乾淨……也許是為了警示後人？

那麼問題來了——星號是誰？

「老大！」154按著電梯，喊了一聲：「您還有事？」

游惑站在電梯最裡面，他看見秦究手指在金屬臺上點了幾下，接著抬頭看過來。

也許是巧合，他的目光越過154、922他們幾位，和游惑的視線撞上了。

明明幾分鐘前還在天臺堵著路耍無賴，這會兒卻好像……不大高興？

游惑目光中透著疑問。

秦究收回視線，劃掉螢幕說：「來了。」

他平日裡常會笑，走過來的時候嘴角卻平直下抿。這種表情在他身上很少見，不經意間流露出來，就會給人一種無形的壓力。

電梯門合上的時候，078就直面著這種壓力。他身前站著秦究，左邊021臉色像服了毒，右邊922又丟了魂，身後游惑比他高一點，一扭頭就會迎上對方垂下的視線。

078一陣窒息。

五分鐘後，這種窒息達到了巔峰。

起因是秦究之前放過話，要帶游惑回住處看看。

那片別墅區就在雙子樓旁邊，箍在院牆中，出入口有門禁。

078進去了沒事，但游惑只是往裡邁了一步，整個門禁區就「滋啦」閃過一抹電光，響起了警告聲。

【警告，禁止通行。】

秦究和游惑同時看向078。

078不知道自己做錯了什麼要受這個罪。

好在系統即時補充。

【監考官住宅區，危險考生不得入內。】

「什麼意思？」秦究不滿地問。

監考區的系統音要比考場靈活很多，還能跟秦究互動。

它說：【這是危險考生禁止令。】

秦究：「什麼時候的規定？我怎麼不知道？」

【監考區安全條例第十三條第五款，已實行四年十一個月又七天。】

「行吧，就算有這麼一條。」秦究說：「危險考生的定義是什麼，他哪點符合？」

【……】

門禁系統足足五秒沒出聲，只有「滋啦滋啦」的電光胡亂閃著，表達著它無聲的控訴。

154看不過去了，忍不住悄聲說：「老大，他哪點不符合……」

於此同時，門禁螢幕憤然刷出一長段話——

有下列行為之一的，屬於危險考生：

一、考試累計違規超過三次的。

二、故意破壞題目及考試工具的。

三、故意攻擊監考官的。

四、故意毀壞考場的。

五、有類似其他惡性行為的。

以上，游惑全中。

154咳了一聲。就連021都默默扭了頭。

【請相關監考官將危險考生帶離住宅區，按規定安置在考生等候處，處罰時間結束前，考生不得離開指定房間。】

如果單單是這樣恐嚇一句，游惑根本不會當回事。

結果系統又加了一句。

【如若違反，考生加罰，相關監考官視為執行失誤，一併處罰。】

「……」這相當於變相連坐，游惑面露一絲厭惡，臉色變得有些臭。

【請監考官立即執行。】

078衝021瘋狂使眼色，「那個……走吧？」

021點了點頭，裝出不耐煩的壞脾氣模樣，對游惑說：「聽見了帥哥？究竟走不走？」

游惑「嗯」了一聲。他獨來獨往慣了，下意識抬腳就走。

021踩著高跟鞋匆匆跟上。

結果大佬剛走兩步又剎住了。

021：「怎麼了？」

游惑一手插在長褲口袋裡，另一隻撚著耳垂。

他半邊臉背著光，從021的角度，看不清他的表情，也看不出他在想些什麼。就見他站了片刻，轉頭往回看過去。

不遠處，秦究居然還在門口，背影被路燈拉得很長，正跟154和922說著什麼。話到中途，他似乎有所感應，忽然朝這邊抬了眼。

「怎麼了？」秦究問。

游惑想了想說：「既然算朋友，我是不是要打個招呼再走？」

秦究：「……」

他的表情在那一瞬變得有點複雜。具體怎麼複雜很難形容，可能也服了毒吧。

游惑看了他一會兒，說：「打完了，我走了。」

然後放下撚耳垂的手插進口袋，轉頭離開。

021：「……」

她頂著一腦袋「WTF」，原地晃了兩下，再次蹬著高跟鞋噠噠噠地跟上去。

住宅區門口靜了片刻。

154偷偷瞄著秦究的臉色，半晌後忍不住說：「老大，你……哪裡痛？」

秦究回神，擰著眉說：「什麼痛？」

「喔，沒有，我看你臉色不是很舒坦，以為你清理考場碰傷哪裡了。」154說。

「沒有。」秦究摸著脖頸，斬釘截鐵地說。

「那就好。」154說：「要不咱們進去吧？」他跟著耗了很久，早就犯睏了。

誰知秦究剛抬腳，門禁系統又詐了屍。

【警告！危險考生不得入內！】

154正過門呢，差點兒被電到褲襠，他頂著棺材臉迅速後撤一步，斥道：「什麼東西？」

系統倔強地重複了一遍。

【危險考生不得入內！】

大螢幕上關於危險考生的定義閃了兩下。

154盯著螢幕看了幾秒，緩緩轉向秦究，「那個老大，它可能……把你也劃成考生了。」

秦究：「……」

於是不久之後，游惑、秦究兩位危險分子在等候處走廊相遇。

一個被懟進318，一個被懟進324。

清理任務提前完成，剩下將近兩天的時間，他們都得待在這個房間裡。房間其實不小，有點像飯店套房，吃住是夠的。

但……非常無聊。

游惑在屋裡轉了一圈，給手機充電。他已經習慣了把手機當成計時器、答錄機和單機遊戲機，沒想到一劃開螢幕，居然顯示他連上了網路。

游惑愣了一下，問隨行盯人的078：「這裡有網路？」

078生無可戀地窩在沙發一角，「有啊，不過不是常識範圍裡的網路。」

游惑隨便點開幾個軟體，發現都能用，疑問道：「什麼意思？」

「怎麼說呢……你用這個網路搜索東西，看各種外來消息，這些都沒問題。」078想了想說：「但是，你要往外發東西就不行。換句話說，你可以接收資訊，藉機看看外面什麼樣，但外面收不到你的消息。」

078攤在那裡，摸了摸自己的指甲，咕噥說：「有進無出。」

聽了他的話，游惑點開瀏覽器，隨便搜索了幾個關鍵字。

網頁跳轉很快，搜索結果看不出限制。

他又點開社交軟體。軟體介面還停留在假期，他被拽來考試之前。

他很少跟人聊天，訊息介面總共只有四個人，最上面的是于聞，這位表弟算是最話癆的一位，時不時就會給他發點什麼，有時候分享個視頻，有時候分享個新聞。

游惑有時候會回他幾個字，看到得太晚就會略過不回。

好的是，這位表弟不需要回應，他的樂趣只在於分享，按了分享鍵之後就不管了，沒什麼負擔。

老于話少，每年出沒於幾個定期時間。

逢年過節發個中年人專用表情包，剩下的基本就是問他：回不回國？什麼時候回？去不去哈爾濱？

至於另外兩位，則是他養傷時候的醫生和特護。

他待的醫院跟部隊聯繫緊密，負責他的醫生也是個華裔，姓吳。對方時不時會問他一些關於復健和恢復的事情，最新幾條是問他回國之後感覺怎麼樣。

關於腦傷和眼傷，最初就是這位吳醫生給他解釋的。

只說是訓練傷，從沒提過任何和「系統」相關的資訊。

游惑看著介面上的往來資訊，突然覺得有點奇怪。

系統是國內外聯合研發的，就算是被一些不懷好意的人做了手腳，埋下種子。幾年過去，部隊負責人員不會毫無察覺吧？

不可能那麼遲鈍。但如果他們知道，為什麼要瞞著他呢？

某種程度上來說，他也算是系統失控的受害者了，難道沒有權利知道自己的傷情來源？

退一萬步說，如果幫助他想起往事，部隊也能多瞭解一些系統內部的資訊，不是嗎？他們是出於什麼考慮，對他隻字不提的？

078還在咕咕噥噥，不過沒一會兒，他的話語就變得含糊起來，似乎快要睡著了。

窗外，夜色深濃。

考生等候處並沒有什麼人，四周顯得很安靜。

游惑看著聊天介面出了一會兒神，試著給吳醫生發了一條訊息：醫生，你聽說過考試系統——

句子剛輸入一半，游惑手指頓住。他想了想，把後面半句刪了，只留下「醫生」兩個字。

消息發出去之後，旁邊的小光圈一直在轉，顯示正在嘗試發送。

過了大約一分鐘，那個小光圈跳成了驚嘆號。

游惑手指按上去，跳出一個對話方塊問他：要不要重新發送？

他點了一下。

小光圈再次開始轉動。過了一分鐘，又變成了驚嘆號。

078說得沒錯，接收資訊不成問題，但他發不出去。

游惑靠在沙發裡，垂眼看了一會兒，關掉了聊天介面，沒再嘗試。

他又切回瀏覽器，用他和于聞父子出事的那條街名作為關鍵字搜索一番。

十幾頁翻下去，沒有找到任何新聞。

這說明他們三個被送進來考試的那天，在常人眼中，那個路口並沒有發生什麼事——沒有大新聞，也沒有什麼怪象。

而所有的搜索結果，都停止在十月七日。

真的有時間差？游惑心想……

對游惑來說，突如其來的網路夠他打發無聊時間。但對秦究來說，這種有進無出的網路他早就習慣了，比起刷手機資訊，此刻的他更傾向於閉目養神。

922特地跟154換了班，來老大這邊隨行盯人。

他心不在焉地翻著冰箱，找了點食材，又心不在焉地進了廚房，煎了雞蛋和熏肉。

922把食物裝進兩個盤子，端到了茶几前。

他擱了一份在秦究面前，捏著叉子在自己這份熏肉上扎著洞……

「老大……」922瞄了他一眼，說：「我們聊聊天？」

自從發現游惑是考官A，他心裡就一直憋著這事，越憋話越多，早就想找機會跟秦究聊聊了。

誰知他還沒組織好語言，就聽秦究「嗯」了一聲，直起脖睜開眼，意味不明地看著他。

還沒開口，922就被看慫了。

「老大？你……你這麼看著我幹麼？」922問。

秦究說：「沒什麼，問你個問題。」

922：「喔，什麼問題？」

「關係過密，一般指什麼意思？」秦究說。

922雖然排名不算太高，但也是個三年的監考官了，系統常用語言再瞭解不過。

他張口就來：「這不就是不正當關係的委婉說法？系統不是總這麼用嗎？您忘啦？」

秦究手指鬆鬆地合在一起，指尖輕敲了幾下繼續問：「不正當關係，你覺得有哪些？」

922：「……」

他默默看了盤子一眼，心想：老大也沒吃餿飯啊，怎麼今天這麼奇怪。

他斟酌了一下，說：「情、情人關係吧。」

秦究：「……」

922僵硬地咬了一口熏肉。

「那……因為關係過密違規，觸到橙色級別，會是什麼情況？」

922艱難地嚥下熏肉說：「……找了個特別麻煩的人，搞了一段地下情？」

他說完，連忙喝了一口水。再抬頭時，發現秦究臉板得像上墳。

922：「……」他想跟154換回來……

艱難的兩天總算熬了過去，放過了考生也放過了監考。

兩天後，四位重考人士聚集在了重考區，準備進入新的考場。

021推了推墨鏡，拿著一張紙條說：「因為是重考，所以這門科目依然是歷史，一會兒直接從這扇門進去，考場已經準備就緒了。」

「祝你們好運。」

重考省去了選擇科目的環節，自然也沒有那個十字路口。

游惑進門就被濃霧撲了一臉。

秦究先一步進去。

上一秒，他還轉過頭來要對游惑說什麼。

下一秒，高大的身影就淹沒在蒼白的霧氣裡……消失了。

考了這麼多場試，這片濃霧也穿過好幾回了，這是第一次，游惑有種空落落的感覺。

無數個相似或不相似的瞬間蜂擁而至……

某年某天，他坐在會議桌前，有人越過爭執的人群朝他看了一眼，拎著外套推門離開；某年某天，他領著一群人穿過長長的走廊，和另一群人擦肩而過，腳步頓了一下，卻連招呼也沒打；某年某天，他驅車駛過街道拐角，有人斜倚著燈柱，在後視鏡裡倏然遠去；又是某年某天，視野裡所有輪廓都暗淡模糊，有人笑著坐在他面前，窸窸窣窣似乎在掖圍巾，他好像聞到了血味，但他已經看不見了……

「先生？」

「先生？您還好嗎？」

游惑輕眨眼睛，回過神來。

濃霧不知什麼時候散了，他面前橫著一條土路，黑色馬車停在路邊，馬車夫一副中古世紀的打扮，說著口音濃重的話。

想必已經進了考場。

游惑轉頭看了一圈，沒有看到其他人的身影。

馬車夫說：「您看起來很不舒服，臉色很差。」

游惑原地站了一會兒，說：「沒事。」

馬車夫依然不放心地瞥了他幾眼。

游惑揉了揉眉心，懨懨地問他：「你是誰？」

「我是來接您和夫人的。」馬車夫說：「您忘了嗎？您答應要去卡爾頓莊園做客的。」

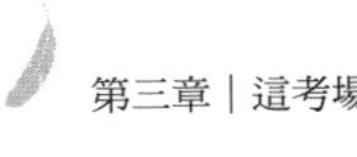



游惑手指一頓，看神經病一樣地看著他，「接誰？」

馬車夫說：「您和夫人啊。」他拉開馬車門，比了個請的手勢，「夫人已經在車上了，您上來吧，車裡備了食物，吃一點也許會舒服很多。」

游惑眉頭皺得能夾死蚊子。

他蹬上馬車一看，車篷裡坐著個比他還懵逼的小姐，頂多二十歲吧。

車廂上，還掛著一幅圓框油畫，畫著一隻餅臉的貓。

馬車夫不由分說地把他推進車篷，一邊關門一邊說：「這一帶天氣不好，尤其這個季節。」

他跨坐在車頭，拎著韁繩朝遠處望了一眼說：「那邊黑雲已經過來了，再晚一點恐怕要下雨，先生夫人坐穩了，咱們得快一點兒，才能趕在雨前到莊園。」

車篷內其實很寬敞，正對車門的座位鋪了精美的軟墊，兩側還加固了扶手，那陌生女子就坐在那裡。她身邊還有足夠的空間，再坐一個胖子也綽綽有餘。

女子愣了半天，拍了拍身邊說：「那個……你也是考生？那坐這裡吧。」

沒等游惑開口，她又連連搖手說：「你別誤會啊，我沒有要占你便宜的意思。我也剛上車，比你早兩分鐘吧，那個馬車夫張口就是一句夫人，嚇我一跳。我跟他理論半天了，沒用，就不改。」

游惑「嗯」了一聲，淡淡說：「系統搞的鬼吧。」

他依然沒有在她身邊坐下，而是坐在側位上，和她保持著禮貌又陌生的距離。

這女生也不是考第一場了，見識過系統的德行。

不過還是咕噥了一句：「什麼破系統還幫人已婚……」

「對了，這邊有麵包和酒，你要不要吃一點？你看起來好像是不大舒服……」

那是一個銀桶，裡面放著硬邦邦的麵包、兩串葡萄，還有幾個銀酒壺。

游惑覷了一眼，「妳吃了？」

姑娘搖了搖頭，「我不餓，在休息處吃飽了來的。」

游惑點了點頭。他有些心不在焉，又掀開窗戶看了一眼。

「你在等人？」女生問。

游惑抵著窗戶的手指頓了一下，片刻後應道：「嗯。」

可惜，馬車夫沒有要繼續等的意思。這條路也沒有再來人。

遠處雖然有黑雲壓過來，頭頂的太陽卻依然熾烈。這裡已經是仲夏了，陽光塗抹在樹梢，將綠色照成白。

游惑在車裡坐了一會兒，才驟然意識到熱，好像之前都沒回魂似的。

他脫了冬裝外套，只留了一件白色T恤。

女生說：「我這座位底下有個箱子，可以把外套塞進去。」

「謝謝。」

「我叫周祺，你呢？」

「游惑。」

周祺「喔」了一聲，發現對方話是真的少，也不打擾了。她支著頭看向窗外，不久便出了神。

馬車行駛了大約半小時，車夫喝了幾聲，轉頭說：「一會兒會穿過城鎮，還要接一對客人。」

游惑睜開眼，眼裡毫無睏意，這是他第一次在進考場的路上沒睡著。

聽見車夫的話，他又挑開了窗。

這是某個邊陲小鎮，房子多是石造的，女人穿著中古世紀累贅的裙袍，男人則是灰白色的布衫，領口恨不得開到肚臍。

明明是白天，鎮子裡卻並不熱鬧。人們表情木然，眼珠暗淡，臉頰瘦削透著病氣。他們瞥一眼馬車，就匆匆關上了門窗。

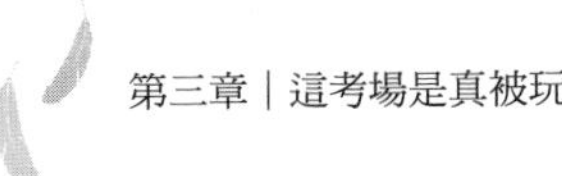



馬車在鎮子裡繞了個彎，在某個樹林邊停下。

林子裡，熟悉的濃霧縈繞其間，游惑目光落在那裡。

樹枝撲簌搖晃，濃霧裡鑽出來一個女人。

游惑目光直接劃過她，依然落在濃霧邊緣。

馬車夫又走上前去，對那個女人說：「夫人，我來接您去卡爾頓莊園，您先上車？」

說話間，濃霧裡又鑽出來一個人。

這次是個男的。具體是誰沒看清，反正不是秦究。

周祺正趴在車門上往外看，身後突然「噹啷」一聲響。

她驚了一跳，回頭一看，就見那位叫游惑的大帥哥撒開窗子，小鐵片做的擋板噹啷搖晃，而他已經抱著胳膊閉起了眼睛，對新來的兩位同伴毫無興趣。

唔……看上去心情極差。

當然，新來的兩位心情也好不到哪裡去。

一男一女剛進門，整個車篷就被低氣壓填滿了。

周祺：「……」自我介紹都不知道要不要做了。

但她是個熱情的姑娘，憋了半天還是禮貌地說了一句：「額……我叫周祺，你們也是考生吧？」

那個女人看上去三十多歲，剪了短髮，很幹練。她靠著周祺坐下，說：「抱歉啊，被塞過來考試心情不好。剛剛嚇著妳了？我是0……」

她說了一半，忽然卡殼，又尷尬改口說：「我叫趙嘉彤。」

周祺：「嗯？」

趙嘉彤又拱了拱身邊的男人：「說話。」

那個男人身上還帶著酒氣，頭髮亂得像雞窩，下巴上有一圈青碴，顯得有點頹廢。

他搓了搓臉，抬起帶血絲的眼睛看了周祺一眼，嗓音低啞地說：「1006。」

周祺：「啊？」她愣了一下，突然反應過來：「監考官？」

趙嘉彤又拱了身邊的男人一下，他又改口說：「不好意思啊，昨晚到今天沒睡，有點懵。我叫什麼來著？」

「……」兩個女人對臉懵逼。

至此，趙嘉彤終於受不了他了，揉著額頭說：「他叫高齊，嗯……我倆都是監考官。」

周祺「啊」了一聲，「監考官也要考試的嗎？」

趙嘉彤說：「犯了點錯誤，被罰過來考一場。」

她說著，瞥向高齊，他剛從馬車的銀桶裡撈了一只酒壺。

趙嘉彤板著臉把酒壺搶過來，說：「你能不能有一天醒著？嗯？」

周祺縮了縮脖子。她剛縮回來，餘光瞥見心情極差的大帥哥又詐屍了。

他聽見對面兩位監考官的話，終於把頭轉過來，睜開了眼睛。

趙嘉彤捏著酒壺，抱歉地說：「不好意思，吵醒你……」

話說一半，她眼珠就瞪圓了。她盯著游惑的臉，手裡酒壺哐噹一下掉在地上。

酒水潑了一車。

周祺又來了精神，「嗯？」

她看了看游惑，又看了看趙嘉彤，後者半天沒找到詞，只顧著用手肘瘋狂捅高齊。

高齊正悄悄拿第二壺呢。

「就一壺，一小壺！」他護著手裡的酒，抬頭一看。

哐噹……又掉一個。

周祺：「嗯？」

這是什麼魔法？

游惑蹙了一下眉，抬腳讓開亂淌的酒液。

高齊終於憋出一句話：「操他媽，考官Ａ！」

周祺不知道這個「考官Ａ」代表什麼，估計來頭不小。

因為這位高齊先生已經破音了。她也就看演唱會能破音。

趙嘉彤也喃喃說：「考官Ａ……我的天，是你嗎？」

高齊：「你沒死？」

趙嘉彤：「你不是被除名了嗎？」

高齊：「你居然沒死？」

趙嘉彤：「怎麼還能回來？」

高齊：「你怎麼會沒死？」

游惑：「……我跟你有仇？」

三句話死三回。

高齊被問得一懵。他盯著游惑，嘴唇開開合合好幾次，終於說：「有仇？欸……他問我有沒有仇？」

高齊搖了趙嘉彤兩下，說：「我的天，他居然問我有沒有仇？」

「你他媽走了之後，最頹的人就是我了，你居然問這種話？」

游惑：「嗯？」

「氣死我了。」高齊說著，又撈了一壺酒。

趙嘉彤：「……」這次她沒有攔著。

高齊咕咚咕咚灌了一大口，帶著血絲的眼睛盯著游惑看了很久。

這位奇男子，喝了酒之後居然奇跡地冷靜下來。過了片刻，他說：「你是不是……忘了以前的事了？」

游惑心想：這觀察力真是敏銳，發了這麼一大通脾氣，終於說了句人話。

「嗯，不記得了。」他說。

高齊面色複雜，又點了點頭說：「也是，也是……都除名了，肯定不會讓你記得那些的。不過你怎麼會又進來呢？」

游惑說：「我怎麼知道？跟家裡人吃飯，三個一起被拉來了。」

「那應該是被連累了……」高齊說。

趙嘉彤疑惑地嘀咕：「系統為什麼沒有把你重新送出去？」

高齊說：「妳也喝酒了？進來了就得按規則走，系統想送也得合規啊！」

趙嘉彤：「喔對。」

游惑應道：「目前看來是這樣。」

他之前還有些疑惑，為什麼021那麼小心翼翼，秦究就直接管他叫大考官。

現在想來，他人進來了就是成功。而021還得藏著自己的立場和身分，至於秦究……反正從來都是刺頭。

高齊咕嚕灌下整壺酒，把銀壺往桌上一拍，長吁了一口氣：「算了，不談那些了。既然你都不記得了，那就重新認識一下吧。」

「我啊，以前排號D，嘉彤排E。咱們以前都是一派的。」

游惑：「一派？」

「喔，對了，這個說法過時了，你一定沒聽說過。」

那是很早以前的說法了。那時候，監考官剛從十來位擴充為五十位，因為一下子添加了很多外來者，又因為系統失控初現端倪，想法和立場碰撞便凸顯出來。

五十位監考官隱隱分成了兩派。一派是以初始監考官為主。他們是最初接觸系統的人，見過系統正常運轉的時候，多多少少有點感情。他們主張系統的偶爾失控是漏洞，要在不斷升級的過程中一處處填補，潛移默化地完善它，不要直接和規則作對，因為他們都身在系統規則內。

另一派則大多是新加入的監考官，這群人本來就各個都是雙刃劍，十個有八個是刺頭，行事作風長年在規則邊緣遊走，個別人尤其突出。

他們的想法更激烈一些，但凡出問題的地方直接突破規則強行更改。

說白了，就是把系統當成一個間歇性的危險分子，一派認為要在不激怒對方的前提下慢慢說服，另一派認為錯了就打。

其實當時大家心知肚明，後來加入的監考官大多來自部隊，不少是帶著任務來的。因為系統核心藏在這裡，想要做點什麼，只能先入虎穴。

可一旦進了這裡，就身處於規則管制之下。跟規則硬碰硬的下場，他們再清楚不過。

強硬一天兩天，沒事。

一個月，勉強還行。

一年呢？誰熬得住？

更何況每次硬碰硬，不僅僅是強硬派自己遭殃，還會連帶到其他人。

時間久了，再硬的骨頭都能被磨掉棱角。

所以最初，強硬派的人是多數。後來一個、一個、一個倒向了溫和派。

考官A被除名的那次系統BUG，就是對強硬派的警告。

那次之後，就再沒有明面上的強硬派了。

換句話說，不用分派了，所有人都一樣。

高齊說：「現在說這個，也就當聊天吧，沒什麼意義了。當年見面恨不得打一架的人，我現在見了都能打招呼了。也就只有那麼一兩個，還是不大順眼。」

聽見這個開頭，游惑就猜到了結尾，但他還是問了一句：「比如？」

「比如001啊。」高齊說著，又「喔」了一聲：「你不一定見過001，就是當年永遠跟你對著幹的那位。」

游惑心想：果然。

「當初開會，最後永遠有一方摔門而去。我記得有一次吧，我通知開會的，安排座位不小心把你倆放在了一起，那個刀光劍影……最後還壞了一個杯子、一支手機。」

高齊說著，咂了咂嘴，「居然還有點懷念了，我一定是喝多了。」

趙嘉彤說：「你哪天不是喝多了？」

高齊又說：「不過讓我跟001握手言和還是不可能，當年要不是他，你也不至於差點死了。」

他咕噥了一句，又強調說：「完全不可能。」

就在眾人說話間，馬車繞過卡爾頓山，轉到了後面的莊園附近。

馬車夫說：「先生、夫人，一會兒就到了。」

就在這時，馬車上掛著的餅臉貓說話了。

【考生已從各處乘馬車而來，駛往最終考試地點。】

【考試即將正式開始。】

【本場考試科目：歷史】

【考查知識點：世界史，糟糕時代。】

【本輪考試為大型考場，考生共計二十六人，由系統分為十三組，每組兩位考生，組內考生分

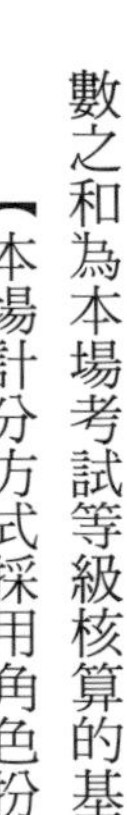

數之和為本場考試等級核算的基礎。】

【本場計分方式採用角色扮演模式，沒有答題卡，沒有標準答案。除原定分數外，有額外加分的機會，也有額外扣分的可能。】

【考試結束時，組合分數排名為C的參與重考，D的直接淘汰。】

【本次考試分數只在每夜十二點整公布，除此以外，只有每組考生自己知道即時變動。】

【現在播放考試題目。】

【一三四七年，卡爾頓山附近黑死病蔓延，鎮子上有一半的人死於這場瘟疫，卡爾頓莊園也不例外。公爵夫人、剛出生的兒子、管家以及大半僕人都在這一年先後去世。這一年的復活節，公爵悼念亡人，客人們紛紛前來致以哀思，並對公爵保證，他們帶來了認識的醫生，會治好這裡所有人的病。】

【題目要求：作為客人，考生不能違背公爵提出的每一個要求，否則整組處罰。】

【有任何問題，可詢問本場監考官154、922、021。078監考官因身體不適，暫時告假。】

馬車裡的四人面面相覷。

片刻後，周祺小心翼翼問了一句：「紛紛前來的客人，是指我們吧？」

趙嘉彤：「應該是。」

「……有醫生嗎？」

「沒有。」

「那治什麼啊！」

高齊說：「這其實不是重點，以我的經驗來看，題目要求往往才是重點。與其擔心有沒有醫生，不如擔心那個公爵有沒有怪癖，會不會提一些奇怪的要求。」

馬車剛好停下，馬車夫此時正要給他們開門。

他張口第一句就是：「唔……一會兒就進莊園了，我冒昧提醒幾位一句，公爵老爺其實挺好相處的，就是有一些奇怪的毛病。你們……你們……你們小心。」

「……」

下一秒，車窗被打開，餅臉貓油畫被當場扔了出來。

高齊率先下來。

卡爾頓莊園門口已經聚集了不少馬車。

天色陰了下來，黑雲籠罩，電光在頭頂劈了兩道，給城堡式的建築平添幾分詭異，隆隆雷聲緊跟著砸下來……

「沒個好天……」高齊咕噥了一句，轉頭看著被送來的考生們。

他掃了一圈，目光倏然頓住，臉色立刻就不好了。

趙嘉彤緊跟著下來，說：「你幹麼？見鬼了？」

高齊說：「他媽的還真見鬼了！」

「啊？」

高齊一指不遠處，說：「001！」

趙嘉彤跟著看過去，就見秦究從一輛馬車裡下來。

電光連劈幾道，好多考生被驚得直縮脖子。唯獨他，只是抬頭望了一眼便收回目光，轉著頭掃視廣場。

「真不巧……他好像在找人？」趙嘉彤說：「欸？他是不是看過來了？」

高齊脊背一繃，「我日，他不是看過來了，他是直接過來了！他要幹麼？」

【第四章】

# 我們是朋友

趙嘉彤性格溫和，跟秦究雖然有隔閡，但也不會放在臉上。

高齊不一樣。秦究過來的時候，他如臨大敵。如果不是趙嘉彤摁著，他袖子都捲好了。

「你幹什麼？」趙嘉彤瞪了他一眼。

高齊：「條件反射。」

趙嘉彤沒好氣地說：「平時在監考區也沒見你這麼反射！」

「酒使人平和。」高齊睜眼放著洋屁。

「……」

「況且我跟他很少碰上，他001，我1006，雖然都是兩個零……」高齊自嘲地說：「級別差得就多了，想反射也不給我機會啊。」

趙嘉彤：「你差不多一點。都說001休養回來記憶受損，壓根不記得那些過節了。」

「我知道啊，但真的假的誰說得準呢？」高齊說。

「你這話真是……假裝這個有什麼好處。」

「好處多了去了。」高齊掰著指頭，「省得跟人解釋那天發生了什麼，省得被人找麻煩，省得避嫌。我都從排序E一路退到四位數了，他一個中心人物，休養完該怎麼樣還怎麼樣，這好處還不夠多嗎？」

「……」趙嘉彤沒話說了。

實際上，早期那一批監考官大多都是這麼想的。系統BUG導致誤傷什麼的，那是說給後來人聽的。早期的、明裡暗裡較過勁的那批監考官，心裡都清楚是怎麼回事……

無非是有人暗自蓄力，悄悄做了準備，打算一舉搞垮系統。但因為種種原因——有人洩密？有人臨陣倒戈？又或者有人故意作對？導致行動失敗，系統反將一軍。

但凡牽涉其中的監考官，該懲罰的懲罰，該監控的監控。

在出事之前，其他人並不清楚具體細節。但出事之後，看結果也能知道一二。

被系統憤而除名的是考官A。繼續當001號主考官毫無影響的是秦究。

看，很明顯了。

他們詫異於表面是系統完美代表的考官A，居然幹了強硬派才會幹的事。也詫異於表面強硬派的秦究，最後居然保了系統。

那件事之後，系統做了自我修復和自我升級。

差不多有一個月的時間，監考官全都待在監考區，考生全都待在休息處。

高齊一度很生氣，一直以來他都把考官A當做朋友，但對方悄悄搞事居然一點兒都沒透給他。在那個月，他才知道，這是那位冷面朋友另類的保護，以免系統一個一個地處理他們。

成功了，大家一起解脫。

失敗了，也就他一個人的事。

那一個月之後，系統變化很大。一方面對監考官的監控力度更高了，添加了很多規則，另一方面也更古怪了。哪裡怪，他說不出來。反正……有點瘋吧。

那之後，早期的監考官們逐漸從核心抽離，變成後來者的下屬，變成他這樣的末位號。

而後來的那些監考官們，不知道系統用了什麼邏輯和方式說服他們，又或者統統洗過腦。

那些進入系統的人，會在不知不覺中忘了現實生活的事。

不是實質的遺忘，而是……你會猛然發現，他們聊天從不提「我以前是做什麼的」，「我小時候發生過什麼」，除非你主動去問。彷彿人生是從進系統才開始的。

那之後，再沒出過跟系統對抗的硬骨頭。

其他撇開不談。就這背景，高齊怎麼可能跟秦究和好。

他鼻孔出氣，指著秦究說：「妳看見了，是他先過來的。」

趙嘉彤懷疑酒喝多了是不是影響智力，說話都會變幼稚。但她沒精力懟，因為秦究已經走到了近處。她也有一點緊繃。

「你來幹什麼？」高齊拋了一句。

秦究腳步一頓，目光下移，似乎剛剛才注意到他，表情微微有些訝異。

他抬了一下手說：「下午好，你怎麼在這兒？」

高齊：「裝，欸，繼續裝！你沒看到我們在這兒，直奔過來幹什麼？」

秦究挑起眉。

就這麼一個動作，在高齊眼裡就是嘲諷。

接著，秦究又倏然失笑，「我不大能理解這份莫名其妙的敵意……」

高齊扭頭衝趙嘉彤做了個口型：看，失憶的好處。

趙嘉彤：「……」

秦究在馬車前站定，「不過我不是來找碴的，我是來找人的。」

「妳聽聽，他果然是要找……」高齊對趙嘉彤吐槽到一半，突然頓住問道：「找啥？」

秦究兩手背在身後，漫不經心地活動了一下肩骨說：「找一個人，別急著瞪眼，跟你沒什麼關係。」

「你來我們馬車找人，跟我沒關係？這說的什麼鬼話……」高齊嘲諷完，一臉警惕，「找誰？」

剛問完，他聽見一個聲音在背後響起，居高臨下砸在他頭頂。

「找我。」

「啊？」高齊回個頭差點兒把脖子回斷。

就見游惑弓身從車裡鑽出來，手裡拎著脫下的外套，瞥了他一眼說：「我。」

高齊：「……」他指著秦究問游惑：「你知道他是誰？」

游惑：「秦究。」

高齊：「……」

這位大佬怕高齊不知道秦究名字，又貼心補了一句，「001號監考官。」

高齊：「……」

這位中年男子不信邪。他又扭過頭，指著游惑問秦究：「你知道他是誰？」

秦究抬頭看向游惑。背手的姿勢明明挺紳士的，卻又透著一股沒個正形的痞氣。

他笑了一下，說：「要找我們大考官手續還挺多，這是新聘的門神？」

門神臉都青了。

「誰跟你是你們？」

「哪門子的你們大考官？」

「們在哪兒？」

「沒有們，把們吞回去。」

高齊像個追著人啄的公雞，連續發來靈魂拷問。

問得秦究上半身往後讓了讓。

他有一瞬間的納悶，但很快從記憶深處扒拉出幾句話來。

好像很久以前有人跟他說過，這位1006號監考官，不僅僅是認識考官A，還是考官A曾經的朋友。當初聽說這些的時候，考官A對他而言，只是一個沒什麼意義的代稱，一個早已被除名的前輩，年紀比他略小兩歲，曾經很厲害，和他互不順眼。

僅此而已。

所以這些隻言片語，這些親朋關係，與他而言都是無關緊要的廢話，從沒上心。沒想到一兩年後，居然會有派上用場的一天。

他神奇地理解了眼前這位不大熟的末位監考官，把「您喝多了吧」這句話吞了回去。沒有在意對方不友善的態度。

游惑撐著車柱跳下來，對高齊說：「剛剛沒提，001我認識。」

聽見「沒提」兩個字，秦究又挑起眉。

游惑繼續對高齊說：「我來這裡的第一場考試，他是監考官。」

高齊納悶說：「一般來說，正常考完監考官都不會出場吧？」

游惑說：「違規就出場了。」

高齊又納悶地說：「那也是把你塞進禁閉室就完了吧？」

「違規了幾次。」

「他來貼身監考的？」高齊又警惕起來。

「不是。」游惑說：「貼身監考那場，他幫忙燒了考場，被罰成了考生。」

「所以你們現在是？」高齊搓著臉，表情很蛋疼。

「我們……」游惑說著頓了一下，看了秦究一眼又收回目光，說：「是朋友。」

「……」這下換秦究疼了，他頂了頂腮幫，表情意味不明。

高齊有點意外地看向秦究，神色複雜。

趙嘉彤輕輕捅了他一下，用口型說：失憶。

高齊了然。心想：是了，他現在相信秦究是真失憶了。不然打死他也不會跟考官A攪到一起，還朋友……多打臉吶！

考官A失憶了，001也失憶了。

所以現在這樣平和地認識，和平地相處，和平地成為朋友，勉強可以理解……個屁！

高齊心裡啐了一口。看在考官A的面子上，勉強忍一忍可以。

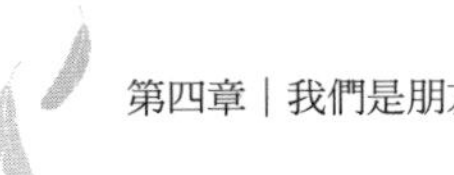


和解不可能。

他趁著游惑秦究不注意，悄聲對趙嘉彤說：「朋友都特麼是扯淡，也就現在雙雙腦子壞了才能當朋友。不信妳等他們恢復記憶再看。」

趙嘉彤：「……確定還能恢復？」

高齊說：「誰知道呢，我倒是聽說過一些……回頭給A試試。」

趙嘉彤蹙眉說：「靠不靠譜？你不要亂來，你當系統是死的？」

高齊撇了撇嘴，「我現在是考生。」

不遠處，馬車嘚嘚繞著圈，車夫在理鞭子。

游惑對秦究說：「我以為你被系統發配去別的考場了。」

「我也以為，但還是下車找了一遍。」秦究理了理脫下的外套，哼笑一聲抬眼看著他說：「看來運氣還不錯。」

仲夏的天氣突然有點乾。游惑舔了一下唇縫，一手插著口袋瞇眼看向不遠處的城堡，「考試題目聽過了？這次兩兩分組。我……」

正說著，周祺也下來了。

馬車夫特別沒眼色，牽著馬過來打招呼說：「二位先生和夫人都送到了，那我先回鎮子裡了，有什麼需要，可以來鎮子裡找我。」

他又轉頭對周祺說：「夫人，我多一句嘴，在這裡，最好不要離自己的先生太遠。」

說完，他把周祺推過來，說了句「再會」便跑了。

周祺一臉懵逼。

秦究沒說話，游惑也沒有。

安靜了兩秒，游惑正要開口。秦究轉頭往不遠處看了一眼，一個身材高䠷的女人走過來，衝著這邊的某個人說：「你來找朋友？」

「嗯。」秦究回了她一句，轉頭對游惑說：「系統強行兩兩一組，我也多了位夫人。」

游惑：「……」過了片刻，他「嗯」了一聲。

周祺：「……」她至今想不通自己為什麼要站在這裡。

馬車夫們很快撤離，城堡前的石頭廣場上只剩下一對一對湊成「夫婦」的考生，不知道系統在搞什麼鬼。

頭頂上，雷聲又響了一聲，城堡大門洞開，發出吱呀——的聲音。

一個穿著禮服的高瘦老人走出來，銀灰色的頭髮梳得一絲不苟，在腦後紮了個揪。他對眾人鞠了個躬，說：「下午好，先生夫人們，我是這裡的管家道格拉斯。公爵老爺身體不舒服，用過下午茶就睡了。我來給諸位安排房間，稍作休息，晚宴如期舉行。」

他說著，大致掃了一眼賓客，然後提了個奇怪的要求說：「一對一對來。」

雖然題目說瘟疫肆虐，但城堡裡的僕人們依然收拾得很精心，幾乎看不出這是正在遭受苦難的地方。道格拉斯拽著一張羊皮紙，每進一對賓客，都會在紙上記幾筆。

不知道他記的是姓名還是編號，但既然是系統裡的NPC，相信他一遍就能分清所有人。

不出意外，僕人給每一對「夫妻」都安排了一間房。

大多數考生不敢亂說話。

在考場裡，能有個地方好好睡覺就不錯了，有人作伴更是好事，男女也就沒那麼講究。

到游惑這裡，周祺先說了一句：「請問……能不能分兩個房間？」

游惑意外地看著她。

他當然想過要提，不過當著這麼多人的面，對人家女孩子也不好。他本打算分好房間後，跟周祺說一聲，直接換房，換一個女人來跟周祺住。

這種地方，兩個人還是比一個人安全。

誰知管家道格拉斯聽見這話，走過來，他灰色的眼珠一轉不轉地盯著周祺：「抱歉，夫妻必須住一間。」

周祺：「……離婚不行？」

游惑皺了皺眉，把周祺往旁邊輕排了一下。

於是道格拉斯的目光就盯上了他。

老管家說：「公爵有要求，只接受恩愛的夫妻來做客，單身不行，分居不行，離婚更不行。」

游惑：「……」

這種神經病是怎麼活到現在的？

題目說了，公爵的要求必須滿足，否則整組懲罰。他是無所謂，但同組的周祺呢？

游惑勉強忍下，臭著臉對管家說：「分吧。」

沒過一會兒，房間全都分好了。

游惑在靠近東塔的三樓，秦究和那位叫楊舒的姑娘住他左邊，高齊和趙嘉彤住他右邊。

房間倒是很大，分裡外間。有白布屏風，有餐桌椅、梳妝臺，有獸皮長椅和地毯，還有臥室和澡桶。唯一的毛病就是城堡裡盥洗室很少，要去一樓。

床上有厚重的帷幔可以罩上。

周祺進屋萬分尷尬，先進臥室轉了一圈，然後咕噥說：「你有沒有聞到什麼味道？」

「什麼？」游惑正琢磨著找人換房，有點走神。

周祺撩起帷幔嗅了嗅，搖了搖頭，又蹲在床邊嗅了嗅，依然搖了搖頭。

「不知道……有股不大好聞的味道。」她想了想說：「有點臭。」

游惑：「……」

這女孩左嗅嗅，右嗅嗅，屏風椅子都沒放過，最後揉了揉鼻子說：「沒找到來源，可能是我鼻子出問題了……不過我確實有點過度敏感，心理因素作祟吧。」

游惑徵求了一下她的意見，「左邊右邊兩位小姐，選誰？」

周祺：「哈？」她愣了一下，終於反應過來，「喔喔喔，沒關係，其實都可以。要不……要不就右邊吧。畢竟在馬車上聊過天。」

游惑抿了一下唇。

周祺：「……」

唔，左邊……也可以。雖然那位楊舒姑娘看著有一點點盛氣凌人……

她剛想開口，游惑已經轉身往門口走了。

房間門是木質的，打開的時候會發出酸掉牙的響聲。白天還好，如果夜裡安靜的情況下……能讓人寒毛直豎。

門一開，游惑剛要出去。

就見門外兩邊同時上來一個男僕說：「不能調換房間。」

不僅門口有兩個，十里八鄉……不，長廊上每個房間門口都站著僕人。

周祺生怕這帥哥出事，趕緊拽他回來說：「算了算了，先別換了。大不了咱倆輪流睡床，剪刀石頭布吧，今天你睡床，我就睡外面，明天我睡床，你就睡外面，反正有門有屏風。」

「不用，妳睡床。」游惑說：「我無所謂，椅子就行。」

話音剛落，陽臺上突然傳來一聲輕響。

兩人轉頭看去，就見高齊躡手躡腳地進來，挫著臉對游惑說：「A，幫忙幫忙，我可不敢跟趙嘉彤一間屋，我萬一喝多了呢，回頭對她影響不好。我能不能在你這兒湊合湊合，門口全是NPC，我想了想，第一天就跟人動手不大禮貌。」

游惑：「……」

高齊又看向周祺說：「喔對了，小女生，我跟趙嘉彤說了，她一會兒從陽臺接妳過去，放心，我們技術很溜，摔了我墊底。」

周祺受寵若驚，連忙點頭說：「這樣就麻煩你們了。」

高齊先把小姑娘收買了，再轉頭大狗似地問游惑：「行嗎？」

游惑：「……行吧。」

趙嘉彤是個身手敏捷的女人，但他們沒想到周祺也很厲害。

這女孩一步橫跨，劈著叉就去了隔壁，翻下去的時候柔軟又靈活。

把女孩們安頓了，高齊頓時放鬆下來。他很久很久沒有見過老朋友了，儘管這位老朋友已經不認識他了，但沒關係，沒有什麼阻擋得了友情！

一切都可以培養嘛！一場考試出生入死一下，一個房間說說知心話……

喔對，考官A不愛說話。他單方面說說知心話，就成了嘛。

高齊進臥室轉了一圈，把外套掛在了衣架上。

他走出臥室，在桌邊找了個質樸的銀杯子，倒了一杯水，剛喝一口，就聽陽臺又是一聲輕響。

游惑正把屏風挪去旁邊，踢了踢它的底座。聞聲抬頭朝陽臺看過去。

「你怎麼來了？」游惑問。

就見秦究半蹲在陽臺石欄上，手臂垂著，有些吊兒郎當。

這人對危險的地方情有獨鍾，絲毫不怕自己掉下去。

「來探個風。」他拖著調子問游惑說：「貴夫人在嗎？」

游惑：「……不在。」

秦究翹起嘴角笑了一下，他撐著石欄跳下來，玩笑說：「那最好不過，我來找你偷情。」

噗——屏風後面，高齊水噴了一桌子。

秦究眯起眼，「你還藏了人呢？」

游惑：「……」戲精上身啊這是？

「操，差點嗆死我……」高齊用袖子抹著嘴，從屏風後鑽出來。

秦究拎著他的外套不緊不慢走進屋，掃視著房間布置。他在游惑面前站定，朝高齊的身影瞥了一眼。

游惑順著他的目光看過去。高齊一邊咳嗽，一邊從牆上摘了條布巾，動作帶起袖間風，壁燈火舌一陣輕晃，屋裡的光跟著暗了又亮。

游惑收回目光時，剛巧和秦究的視線撞上。對方突然「嘖」一聲，聲音又輕又低。

好像他真的是一個被掃了興致的紈絝情人。

屏風後高齊又咳了兩聲，窸窸窣窣地擦桌子。聲音其實不大，卻突然顯得有點鬧……

「誰，你居然還好好地站著。」高齊突然出聲。

游惑倏然移開視線，「什麼站著？」

他看向屏風旁。

高齊擦完一桌水從屏風後面繞出來，手裡疊著布巾，用下巴指了指秦究，「我說他，居然能站著進來。」

「怎麼？不能站著？」秦究說：「那我應該用什麼姿勢進來？」

「做夢的姿勢。」高齊說。

他瞥了游惑一眼，咕噥道：「失憶了脾氣都變好了……」

他想起當年開會時候考官A那張冷凍室裡出來的臉，能耐著性子聽人說傻逼話就已經是他心情好了。如果有人當面衝他來一句「我來找你偷情」……

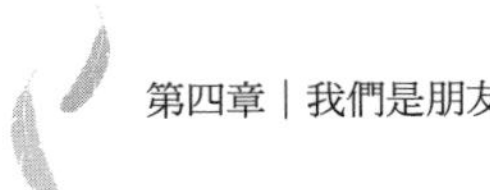



天，他大概會一杯水潑過去，讓對方冷靜冷靜再說人話吧。

高齊齜牙咧嘴一番，對秦究說：「這要是以前，當場給你蹬下去信不信？」

秦究把外套丟在獸皮椅上，解著袖扣點頭，「信，可以想像。」

他說著抬眼看向游惑說：「是挺凶的。」

游惑：「……」

高齊：「……」

不知道為什麼，高齊覺得這話味道怪怪的，很有幾分促狹的意味。但他說這個不是為了讓某些人得寸進尺的。

偏偏正主不吭聲。

——您高冷寡言別寡在這時候好嗎？

高齊覺得自己此刻活得像個太監。

他有心想把以前那些過節都倒給兩人聽，但他又覺得，絮絮叨叨的更像太監。

其實他心裡知道，這兩位知道自己的身分，也知道對方的身分，恐怕同樣沒少聽說曾經的過節。都是成年人了，既然人家覺得可以不計前嫌暫時當個同伴，他何必挑這種時候費口舌呢？畢竟是考試期間，多個朋友少個麻煩才是最好的。

高齊在心裡嘆了口氣……他什麼時候這麼婆婆媽媽過？

沒有！

也就對A這個朋友了。

也許是因為當初A出事，他卻沒能做點什麼，有一點愧疚吧……又或許重新見到老朋友有點亢奮，所以現在操心得像個媽。

高媽氣悶地倒了第二杯水，一屁股坐進椅子裡，聽著游惑問秦究：「你要住這兒？」

「讓住嗎？」秦究問。

游惑又衝隔壁抬了抬下巴說：「你那位夫人一個人？」

聽見他這種問法，秦究笑了一下。

「楊小姐非常排斥與人合住，她說男女都不行。」他聳了聳肩說：「我跟她說過，如果碰到什麼事就叫一聲。」

這種性格的女生也是難得一遇，挺讓人意外的。

秦究又看向游惑。他人都已經在這兒了卻還要問一句：「所以讓住嗎？」

高齊咕咚咕咚地灌水，聽得牙痛。他心想：都是朋友，怎麼說話方式完全不同。

不過總體聽下來，還是他更朋友一點。隨便解釋兩句，A就點頭了，從頭到尾就說了四個字，乾脆俐落。扯什麼夫人……

游惑看著秦究說：「床歸我。」

「那麼大呢，不考慮分我一半？」秦究說。

高齊：「啊？」

「不是，這事能不能有個先來後到了？」他說。

秦究一手搭著椅背，轉頭看他，「為什麼要有？」

高齊：「……」

一個據說是多年朋友，一個是……朋友。

總之，對上了令人頭痛。

游惑看著他倆，想了個折中的辦法，「算了，我睡外面，床給你們。」

秦究：「嗯？」

高齊：「啊？」

離晚宴還早，外面電閃雷鳴又下起了雨。

高齊打了好幾個哈欠，連帶著游惑和秦究也犯了睏。

「不行，我得睡個午覺。」高齊咕噥著進了臥室。

游惑正打算在獸皮椅上將就一下，就聽高齊說了一句：「算了算了，我還是睡外面吧。」

又怎麼了？睡個覺而已，這還沒完了？

「什麼顏色不對？」

游惑皺著眉看過去，就見高齊指了指床說：「我建議晚上都打地鋪吧，那床顏色不對。」

他們走進臥室，拉開厚重的帷幔，就見整張床不論是床單還是被子，都呈現出一種泛著棕黑的紅。

「這裡壁火有點暗，我不知道你們看不看得出來。」高齊指著那一床暗紅說：「像血，乾掉的那種。」

秦究摸了摸被子。

游惑拎起被子一角聞了聞。

高齊心道這兩位怎麼都直接上手啊。

「有味道嗎？」

游惑搖了搖頭，「沒有。」

被子上什麼味道也沒有，只有非常清淡的花香，就好像這一床的顏色是用各種花料染就的。

「我估計也沒什麼味道，真這麼明顯的話，一進屋就該聞到了。」高齊說。

游惑忽然想起周祺的話，她在臥室裡轉了兩圈，就說聞到了一股若有似無的臭味。他把周祺的話告訴兩人，高齊當即趴在床上使勁聞了聞。

秦究則在整個屋裡轉了一圈。

「還是沒聞到，可能那丫頭鼻子特別靈。反正不管有沒有味吧，以我的經驗，這種顏色和血相近的東西十有八九有問題，最好別沾。」

他們又提醒了左右兩間房的人。

趙嘉彤說：「我一開始真沒注意，還是小周告訴我屋裡有股怪味。」

小周說：「我祖傳的狗鼻子。」

楊舒則「喔」了一聲，說了句謝謝，就拆著長髮回屋了。

三位姑娘性格迥異，高齊咕噥了一句，縮回了腦袋。

他們避開臥室，各自找了個地方午睡。

外面雷聲依然未歇，雨水打在陽臺石壁上，發出劈啪聲響。潮濕的水汽撲進來，稍稍驅散了屋內的悶熱。

不知過了多久，一陣不屬於仲夏夜的寒意掃過。就像……有一滴冰水落在後脖頸上，順著皮膚一路滑下去。

趴在桌上睡的高齊突然一抽，搓著脖頸上豎起的汗毛，他在半夢半醒間抬起頭。

屋內昏暗，壁燈不知什麼時候熄了大半，只有臥室的一束光在輕輕搖晃，將帷幔照得半透，映出裡面那張大床。

床上坐著一個人。一動不動。

高齊猛地一激靈。

他狠狠搓了臉，伸手去搆獸皮椅上的人。

連拍三下，游惑依然保持著手臂擋光的姿勢，只露出下半張臉，睡得極沉。

高齊：「……」他嘴唇嚅動兩下，又背手去拍另一位。

秦究坐在一張扶手椅裡，支著頭，也睡得極沉。

高齊心想：我日。

他繃著脊背，悄悄捏著手指關節。

火光突然晃了一下，帷幔裡的人影瞬間暗了一下，帷幔又不透光了。

高齊聽見一陣窸窸窣窣的布料摩擦，就好像床上的東西正在挪動。

等到火光重新亮起來，帷幔在光下輕輕晃動著。

高齊這才看清，床上坐著的是名女人，頭髮挽得很高，脖頸和肩背皮膚從裙子裡裸露出來，晃眼一看就是一大片白。

她似乎聽見了外面的呼吸聲，回頭看過來。

很奇怪，她轉頭的動作非常僵硬，也非常緩慢，好像轉快了頭就會掉下來似的……

高齊被這種想像嚇了一下。

他咧了咧嘴，剛把這種情景從腦中揮散出去，就和那個女人的視線對上了。

隔著帷幔，他其實看不清對方是不是真的在看他。只能看見同樣極白的臉，鼻子嘴唇都很模糊，只有那雙黑洞洞的眼睛異常懾人。

她眨了一下眼睛，突然整個人塌了下去。

胳膊大腿七零八落，腦袋滾下來，掉在了床下，以嘴朝上，眼睛在下的狀態一轉不轉地盯著這邊。

高齊當場就蹦了起來，不過不是溜走。瘆人歸瘆人，但他經驗豐富，心裡清楚得很。這種情況正面剛比背對著這玩意兒跑安全多了。

他抄起一把凳子直奔臥室。

腦袋已經滾到了床底，他掄著凳子砸上床，又拽下自己掛在衣架上的外套，在壁燈上一走而過。

火光猛烈搖晃，差點兒被他搧熄。

外套著了火，瞬間燒了起來。

高齊把火團扔去了床底下。

一般來說，床底的腦袋會被火驅趕，給他片刻的緩衝。而這時他只要把床上的斷肢掃蕩掉就行了。

然而他掀開帷幔一看，空空如也。

凳子掉在地上，發出哐噹一聲響。

胳膊大腿都沒了蹤影，他僵了一下，突然蹲下。

床底下只有燃燒的外套，不見那顆頭。

高齊渾身一僵。

突然有一隻手拍了拍他的肩。

「我操——」他猛地一驚，轉頭就打過去。

結果他揮出去的拳頭被人一把鉗住，接著被扭到身後。

三下五除二，他就被控制住手腳懟在地上。

他剛要罵人，一杯冷水當頭潑過來。

高齊一個激靈，閉上眼再睜開。

就見臥室裡燈火通明，壁爐上的火輕輕搖晃。之前看見的情景就像一場夢，毫無痕跡。

秦究膝蓋壓在他背上，低頭看他。

游惑手裡拿著個空杯，說：「清醒沒有？」

「什麼清醒沒有？」高齊懵了。

他掙開秦究的桎梏，手腕上兩條紅痕，感覺自己關節都要被卸了。

「我一睜眼就看見你坐在床上，手裡拿著一把刀，要切自己的頭。」秦究說。

「不是，我看見一個女人，頭掉在了床底，我拿外套點火燒她來著。」高齊說著指了指床底說：「就扔這……」

欸？他話音一頓，床底下只有一把滾落的刀，刀邊還沾了一點血跡。而他的外套，還好好地掛在衣架上。

高齊一咕嚕爬起來，摸了一把脖頸，一手血。

面面相覷間，木門被人敲響了。

管家道格拉斯蒼老的聲音說：「先生夫人，我來通知你們，晚宴馬上開始。公爵老爺的晚宴一向很隆重，需要更換禮服。另外老爺有個習慣，他希望所有客人戴上面具，保持一點復活節的……神聖感。」

說著，門吱呀一聲開了。

僕人抱著兩套禮服進來了，秦究眼疾手快掩住臥室門。

僕人張望了一番，把衣服掛在屏風上，自己走到門口等著。

「請先生夫人儘快換上，我給二位帶路。」

秦究拉開臥室門看了一眼。屏風上掛著一套舊世紀的男士禮服，繁複典雅。還有一套特別華麗的大裙子……

秦究又把門給關上了。

1006號監考官資歷深厚，是個見過世面的，一手的血沒有嚇死他，他只是扯了塊布巾，擦了手又擦了脖子，捂在傷口處。

「什麼禮服，你這副表情？」

有剛才的事在先，高齊對秦究態度好了幾分。他拉開臥室門看出去，哎呦一聲說：「還有裙子呢？」

「挺好看的，誰穿呢？」他促狹地衝屋裡兩位擠眉弄眼。

剛擠一下，他就發現這兩位正用一種可怕的目光看著他。

可怕到什麼程度呢？就是一種理所當然、毋庸置疑的打量，好像他只要再多待幾秒，大裙子就要套他脖子上了。

「……」高齊瞬間收起笑，木然片刻，拔腿就跑。

「晚宴再見！」他一咕嚕翻上陽臺，以年輕十五歲的迅猛姿態逃回隔壁。

他溜得太快，門外的男僕覺察到動靜不對，探頭進來卻和游惑來了個面對面。

「發生什麼事了，先生？」男僕朝屋裡瞄。

游惑扶著門，擋住他大半視線，「沒事。」

他剛要關上，男僕抵了一下門說：「我聽到了一些聲音……」

「跟你無關。」

「可是……」

游惑不耐煩地打斷他，「夫人換裝你要看嗎？」

說完砰——地關上了門。

屋內，秦究剛從臥室出來，他正拎著那套大裙子說，挑起眉說：「哪位夫人換裝？」

調侃就調侃吧，這屬混蛋的玩意兒還拎著裙子隔空在游惑身上比對了一下，「唔」了一聲。

游惑：「……」唔你姥姥。

他手裡拎著高齊「自裁」用的刀，刀尖朝隔壁指了指說：「滾去隔壁換你的禮服。」

秦究笑著放下危險物品，跳上陽臺走了。

這座古堡真的極大。

一對對賓客穿著禮服、戴著面具從屋內出來時，居然讓人生出一絲錯覺。

好像時空已然錯亂，古堡內其他客人都是真正的中古世紀貴族。

周祺原本東張西望在看古堡內的布置，這時卻小心翼翼地往游惑身邊靠近了幾步。

游惑看了她一眼，「害怕？」

周祺訕訕一笑，說：「穿得差不多，面具也差不多，有點分不清誰是誰。我剛剛站遠兩步看你，感覺你也像這裡的人，就我一個是混進來的考生，有點嚇人……」

游惑手搭著長廊石壁，俯視著下面來來往往的人，沒有要動身的意思。

男僕在旁邊催促：「先生、夫人，我帶你們去晚宴大廳。」

游惑眼也不抬：「等人。」

男僕說：「晚宴快開始了。」

游惑：「喔。」

男僕說：「公爵老爺正在等你們。」

游惑：「等吧。」

男僕：「夫人已經在了，您還要找誰？」

作為NPC，他似乎不能理解除了「夫妻」以外的關係。

游惑沒理他。

男僕又說：「可以先去晚宴大廳再找。」

游惑聾了。

說話間，隔壁木門吱呀一聲開了。

秦究推門就見游惑站在長廊邊。禮服襯得他高䠷挺拔，轉頭看過來時，腰胯間的布料微微褶皺，面具遮住了他上半張臉，花紋繁複華麗，和下半張臉的冷淡唇角反差強烈。

秦究腳步一頓。

那一瞬間，他突然覺得游惑脖頸間的立領束得太緊了，以致於他想過去扯開頂端的扣子，掀掉一半面具，咬上去或者吻上去，總之想做點什麼破壞那種一絲不苟，讓那個冷淡的唇角露出點別的情緒。

也許是頭頂的壁燈昏暗曖昧，他居然覺得那樣的游惑並不陌生，他甚至能想像出對方繃不住冷淡的樣子。

幾乎就像曾經見過似的。

不過也只是幾乎而已，那種微妙的熟悉感轉瞬即逝，快得就像倏忽而過的錯覺。

「現在好了嗎？」男僕又問，他板著一張臉，但眼神閃爍有些不安，好像游惑再不動彈，他能當場哭給大家看。

游惑「嗯」了一聲，直起身來。他看見秦究扯了一下禮服的衣領，不緊不慢地走過來，正要開口說什麼。另一扇門也打開了，高齊滿臉尷尬地挪出來，一邊扯著袖子一邊跟趙嘉彤抱怨：「這東西穿著可真難受，領子不是領子，腰不是腰，欺負我們脖子短嗎……欸？這是在等我？」他揪著衣襬問游惑。

游惑身形頓了一下，對高齊點頭說：「你快點。」

高齊一臉感動。

游大佬略感心虛。

他們本就住得最遠，換禮服又一點不著急。等他們動身的時候，三樓已經沒有其他考生了。

他們三對賓客其實有三個帶路僕人。

那三位男僕腳步飛快，如果可以，他們大概會選擇拽著這幾位考生跑下去。

古堡內總體色調偏暗，公爵老爺似乎對那種和血相近的顏色情有獨鍾，窗簾帷幔、禮巾桌布都是這種色調。

走廊牆壁上每隔數十公尺就會有一幅肖像油畫，油畫上是一家三口。

一位穿著紅色裙袍的女人坐在扶手椅裡，左手肘架在一邊，雪白的脖頸和肩膀線條柔和漂亮，顯得溫婉端莊……她右手舉著一個面具，擋著自己的上半張臉。露出來的嘴唇鮮紅豐潤，嘴角上揚著在笑。

她身邊還站著一個小男孩，頭髮梳得一絲不苟，穿著精巧的白色小禮服。一手搭在女人的手腕上，另一隻手也舉著一個面具。

在這對母子身後站著一名高瘦男人，他微微彎著腰，撐扶在扶手椅的椅背上。同樣一手持著面具擋住臉，唇角帶笑。

這應該就是公爵一家了。不過現在夫人和孩子已經去世，只剩下公爵一個人。

三位男僕帶著他們一路疾走，穿行過廊柱和幾處空房間，終於來到某條走廊的盡頭，那裡高大富麗的門虛掩著，隱約能聽見觥籌交錯的人語聲。

男僕看了一眼時間，終於慶幸地鬆了一口氣說：「還行，趕上了。」

他把幾位客人推進門，自己出去了。

晚宴大廳裡，長長的桌子從房間一頭延續到另一頭，居然足夠十三組考生坐下用餐，甚至座位還有富餘。

最末端的幾個空位應該是留給游惑他們的，桌首處端坐著的那個男人應該就是公爵了。

老管家道格拉斯雖然「老爺」長「老爺」短地喊他，但他並不老，甚至非常年輕，就像……二十來歲。

十幾個小孩穿著雪白的禮服，同樣戴著面具，站在大廳一角的高臺上吟唱著歌。

公爵看向游惑他們，用銀匙敲了敲杯子，他「噓」了一聲，整個大廳都安靜下來。

「道格拉斯，這幾位客人遲到了嗎？」公爵問身邊的管家。

他的聲音很奇怪，像是習慣了低沉嗓音，刻意壓下來的，有一點微啞，聽得人不是很舒服。

道格拉斯搖了搖頭說：「沒有，老爺，時間剛剛好。」

「喔……」公爵點了點頭。

他雖然看著年輕，行為舉止卻並不像個小夥子。也許是當慣了上位者，氣場使然。

「沒有遲到……」公爵輕聲重複了一遍。

又微笑著說：「那麼就坐下來吧，酒已經斟好了，別拘束。」

桌上的食物異常誘人。搖晃之下，杯壁上掛著清晰的酒淚，被燈火照得剔透。烤雞外皮焦黃，飽滿油亮，散發著熱騰騰的香氣……這些和馬車上提供的乾麵包形成了鮮明對比。

考生們一個個都有些扛不住，但他們不大敢吃。

幾場考試下來，他們警惕性很高。

倒是游惑，坐下之後就不客氣地端起酒杯淺飲了一口。

周祺「欸」了一聲，沒攔住。

「你真喝啊？」她朝公爵那邊瞥了一眼，悄聲說。

游惑說：「渴了就喝，有什麼問題。」

這次的食物比以前考場好多了，手藝跟922相比也不會差，他當然下得了嘴。

「但是……」周祺覺得自己還算不上朋友，攔不住，於是轉頭想找秦究幫忙。

結果秦究喝得比游惑還多一點。

周祺：「……」

公爵哈哈笑起來說：「這樣的客人我喜歡……」

他又轉頭對道格拉斯說：「我喜歡，不介意讓他們多休息休息。」

道格拉斯點了點頭說：「好的，老爺。」

離公爵最近的考生隱約聽見這話，猶豫幾秒，也開動起來。人就是這樣，只要有兩三位帶頭，其他人就會迅速加入。

眨眼間，那些端著酒杯只晃不碰的人都試著啜了一口，感覺不像毒藥，又陸陸續續動起了刀叉。

就在這時，大門又開了。

一對男女匆匆忙忙進來，男人的禮服領口都繫錯了扣，顯得焦灼又狼狽。女人的大裙襬也沒整理好，縮在男人身後，有點緊張地挽著對方的手。

游惑朝他們看了一眼，心道系統也不是純種牲口，起碼「夫妻」並不都是強湊的，有一些應該是真的情侶。就算不是情侶，在這種生死難說的考試裡搭伴，多少有點吊橋效應。

公爵擱下杯子，轉頭問管家：「道格拉斯，這對客人總該遲到了吧？」

道格拉斯點了點頭說：「是的，老爺。」

他蒼老的眼睛看向那對考生，又無波無瀾地對公爵說：「遲到了好一會兒。」

公爵點了點頭說：「知道了。」

他聲音不高，但大廳很靜，其他人都安靜著沒插話，就顯得異常清晰。

那對考生當即就開始抖，臉色變得慘白。

公爵抬手說：「沒關係、沒關係，不要害怕。我只是例行問一問，來，坐到這裡，給你們留了座。酒已經斟好了。」

男人拍了拍女人的手，深吸了一口氣，壯著膽子往長桌那頭走去。

在公爵身邊，確實留有兩個空位，就好像特地為遲到的客人準備的。

周祺依然盯著公爵，片刻之後小聲對游惑說：「那對考生我認識，第一輪我們同考場，男的叫張鵬翼，女的叫賀嘉嘉，本來就是情侶，感情還挺好的……」

她說著，又看著公爵低聲咕噥了一句：「我男朋友本來也在的，可惜第二場我們就走散了。」

游惑問她：「妳這是第幾場？」

周祺說：「第四場。」

她成績勉強還可以，以致於抱著一點希望，男朋友比她厲害一點，只要不碰上太奇怪的考題，應該都會考得比她好。那麼五場結束……沒準兒他們能一起出去。

她說著話，又朝公爵看了半天。

游惑問：「妳怕他？」

周祺一愣，搖頭又點頭，「怕肯定是怕的，他是題目啊，誰知道他會幹點什麼。不過我老看他是因為……他嘴巴長得跟我男朋友有點像。我挺想他的。」

她委委屈屈地喝了一點酒，瞄了游惑一眼，又瞄了秦究一眼。

長嘆一口氣說：「更想了。」

游惑：「……」

美餐過半，公爵又敲了敲杯壁說：「感謝各位遠道而來，陪我懷念我的艾麗莎和科林。相信……相信他們如果知道了，也一定會非常感動。我聽道格拉斯說，你們承諾可以救治這裡的鎮民。」

他頓了頓，用溫和的聲音說：「那些可憐的人，我替他們感謝你們。」

「白天道格拉斯會安排馬車送你們去鎮上，但傍晚前請務必回來。我做不了什麼，但請給我一個為諸位提供美餐和溫軟床鋪的機會。」

他說著，突然偏頭咳了幾聲。

悶悶的，但整個人都在發抖，像是在努力把咳嗽抑制在胸腔內。

道格拉斯扶住他。他用布巾擦了擦嘴角，轉過頭來的時候嘴唇鮮紅。

餐桌上人輕輕驚呼。

公爵說：「這兩天有點不舒服，小毛小病，不用擔心。對了，諸位在這裡住著，面具就不要摘了吧。」公爵突然補充道：「這樣整整齊齊，多漂亮。」

「……」誰要長得整整齊齊？這公爵怕不是有強迫症。

但鑑於大家提前有了心理準備，知道公爵一定會有一些怪癖，也就沒太放在心上。

接著公爵又說：「我的房子有一點大，夜裡很容易迷路，所以多喝一點酒睡個好覺，這樣夜裡就不用起床了。」

他哈哈輕笑兩聲，「另外還有一個請求，剛剛也說了，我身體不是很舒服，夜裡睡眠不好，不希望被人打擾，所以如果有喜歡夜裡起床的朋友，請不要去西塔樓一層。我睡不著的時候脾氣不大好，很怕冒犯了各位。」

眾人點了點頭，又有一點惶恐。

但美酒和美餐吸引力實在很大，而公爵始終表現得很溫和，沒多久，考生們就又埋頭吃了起來。孩童的吟唱作為背景，輕飄飄的，讓人不自覺有點想睡覺。但大家在努力維持清醒，內部聊著天。

這次的考題有點怪，以前第一天就會發生點什麼，或者給出一些隱性題目要求。再或者也會有排名倒數第一會受到什麼什麼懲罰之類。但這次很奇怪，什麼也沒提。

高齊和趙嘉彤咕噥了幾句，揪著手裡的麵包轉頭問游惑：「……A，你覺得呢？」

「什麼？」

「我跟趙嘉彤在商量。咱們明天是先去鎮子上探探情況呢？還是趁人不在，探探這城堡的情況。公爵估計是個大麻煩，暫時先別招惹他。」他跟趙嘉彤說了自己做夢的事，對那個夢耿耿於懷。

他感覺這古堡一百二十個不對勁。

「趙嘉彤支持去鎮子，比較穩妥。我支持探城堡，你投誰一票？」

游惑說：「我想先去探探監考處。」

趙嘉彤：「啊？」

高齊：「啊？」

「不是……監考處招你惹你了？先探他們幹什麼？」高齊不理解了。

他又轉頭看向秦究，捏著鼻子好聲好氣地問：「你呢？現在趙嘉彤支持去鎮子上探探，我支持先探城堡，這位A要去探監考處。一人一票，就看你了？」

「我？」秦究說：「我想招惹一下公爵。」

高齊：「……」

他為什麼要跟這麼兩個變態玩意兒一起考試？

不遠處，桌首旁，公爵抵著嘴角又咳了幾聲，轉頭對遲到的考生張鵬翼、賀嘉嘉輕聲說：「今晚你們有空嗎？」

周祺幾乎沒動過面前的食物，她抿過一小口酒，真的只是極少一點。

因為端起杯子的時候，坐在桌首的公爵非常怪異地看了她一眼。

怪異在哪裡呢？就好像他不想看過來，但眼珠不聽使喚，硬是要扭轉過來似的……有種極不協調的僵硬感。

只看了一眼，他就繼續笑著和身邊兩位考生說話了。

但周祺嚇得夠嗆，她嘴唇剛沾上酒液，就匆匆把杯子擱下了。

晚宴在夜裡十點結束。

男僕在前面帶路，領客人回房間。而這一路，周祺都有點心不在焉。

「小周妳還好嗎？臉色怎麼這麼差。」趙嘉彤擔心地問。

「面具擋著，妳還能看到她的臉色？」高齊嗜酒，又喝得舌頭大了。

「嘴唇發白看不出來？」趙嘉彤把他拱開，「你一邊去。」

游惑、秦究走在前面，聞言轉頭看過來。

「怎麼了？」

周祺猶豫了幾秒。她腦中冒出一個很荒唐的想法——剛剛公爵看她那一眼，彷彿是在提醒她別喝酒。

但這真的很荒謬，公爵作為題目NPC，實在不像好人，會給她這樣的提醒？就算真的給提醒，會只提醒她一個人？她何德何能呢？說不通。

而且，面前這幾位大佬對食物酒水的態度很隨意，吃了就吃了，可能經驗豐富外加實力強，根本不在意有沒有問題。

高齊喝得尤其多。

這時候對他們說酒可能有問題，那不是膈應人嗎？

周祺又把話嚥了回去，搖頭說：「沒事，我只是不喜歡這裡，待久了不舒服，有點怕。」

楊舒不冷不熱地說：「不吃東西不喝酒，餓得吧。」

周祺心想：我還真不大餓……

但這位盛氣凌人的小姐姐她不想惹，就點頭說：「可能是。」

趙嘉彤踢了高齊一腳，「你來之前不是去了休息處？買吃的了嗎？」

「沒有。」高齊從口袋裡摸出一包菸，無辜地說：「就買了這個。」

「……要你有屁用。」趙嘉彤說：「又是酒又是菸，你能有一樣好習慣嗎？」

高齊被她叨叨慣了，也不生氣，只是舉手投降說：「好，我不抽，行吧？」

他說著，把菸塞進了游惑口袋裡，「喏，送你了。」

游惑：「我不抽菸。」

高齊又把打火機掏出來，一併塞過去，邊塞邊說：「我也沒見過你抽，但你不是監考的時候總習慣帶一包嗎？」

「為什麼？」趙嘉彤很好奇。

雖然曾經都是跟著考官A的人，但並不是所有人都能跟A那麼熟絡。反正趙嘉彤以前一直有點怕他。好奇，但是怕。

高齊在旁邊回答說：「我哪裡知道為什麼。」他說著，又偷偷瞄考官A本人。

游惑頭也不抬。

高齊對趙嘉彤一攤手，用口型說：別問了，大概本人都忘了為什麼。

所以說腦子壞了真的無解。

高齊和趙嘉彤扼腕嘆氣。

游惑捏著打火機，正要把它放進口袋，旁邊突然伸來兩根修長手指，夾住打火機抽走了。

光看手也知道是秦究。

「幹什麼？」游惑問。

「有點好奇，借來看看。」

秦究和他並肩走著，將指間的打火機撥了一圈，忽然問：「是以前有誰總跟你借火嗎？」

也許是他嗓音太低沉了，又或許是離得很近。游惑心裡一動，就像險些遺忘的東西被人提起，突然又有了一絲印象。

他看著秦究手裡的小玩意：「你怎麼知道？」

「因為你問過我，抽不抽菸。」

秦究說著，抬眼看向他。

游惑安靜片刻，把打火機又抽了回來放進口袋，「你說你不抽。」

秦究停下步，游惑沒停，轉眼就走在了前面。

高齊跟趙嘉彤拌完嘴一抬頭，疑惑道：「怎麼了？你幹麼停這兒？」

秦究搓了搓自己空空的指尖，抬頭說：「沒什麼，想了點事情。」

「什麼事？」高齊轉頭看了一圈，「你發現什麼了嗎？」

「跟考試無關。」秦究頓了一下說：「一點私事。」

公爵的酒助眠效果一流，眾人回屋後悄悄換了房間，很快有了睏意。

半夜，城堡一片寂靜。

管家道格拉斯提著一盞燈，站在二樓某個房間門前，篤篤敲了幾下。

不一會兒，門被打開了。

男人抓了抓頭髮，睡眼矇矓地問：「誰啊——」

老管家皮肉下垂，面容蒼老。油燈的光自下而上照著他的臉，把開門人嚇得一抖，徹底醒了。

他不是別人，正是之前晚宴遲到的張鵬翼。

「管、管家先生？」

道格拉斯點了點頭說：「很抱歉先生，打擾到您睡覺了。」

張鵬翼使勁揉著臉，手指在輕輕發抖。

他不想睡的。晚宴上公爵的問題嚇到他了，他跟嘉嘉都很怕，根本沒打算睡覺的，但卻莫名睡了過去，現在又莫名醒了。

「有……有什麼事嗎？」張鵬翼往屋裡瞄了一眼。

很奇怪，他醒了，嘉嘉卻依然睡得很沉。

以前不是這樣的，他翻個身嘉嘉都會醒。

道格拉斯慢吞吞地說：「不知道先生還記不記得，公爵老爺說過，晚上找您有點事。」

就這一句話，張鵬翼膀胱都脹了起來。

「可以明天白天嗎？」

「很抱歉，我覺得您最好現在去一趟。」

張鵬翼又朝走廊瞄了一眼。

城堡裡明明住了很多人，但這會兒卻靜極了。既聽不見人語，也聽不見鼾聲。

他又想起公爵在晚宴上的提醒，好像所有住在這裡的人到了夜裡都會自動沉睡似的。不僅如此，白天守在門外的僕人也不見蹤影，走廊上的壁火熄了大半，只剩老管家手裡搖晃的光。

張鵬翼冷汗都下來了。

他心裡一急，張口叫了一聲：「救命——」

「啊」字沒出口，慢吞吞的老管家面容突然猙獰，一根鐵棒當頭砸下。

張鵬翼的呼救戛然而止，栽倒在地。

屋裡的大床上，賀嘉嘉就像聾了一樣，依然在沉睡，無知無覺。

老管家又恢復成面無表情的模樣，伸手抓住張鵬翼的衣領。他手背的皮膚滿是褶皺，蒼白的底色上布滿青紫的筋，明明又老又瘦，他卻能面不改色地拽著張鵬翼拖行。

走廊裡，布料和地面摩擦的沙沙聲，從二樓到一樓，最終停在西塔某間臥室門前。

老管家敲了敲門。

公爵的聲音從裡面傳來，很輕也很啞，「是道格拉斯嗎？」

「還有誰呢，老爺。」

「你今天速度有點慢。」

「抱歉，老爺。」

「沒關係。」

大門吱呀開了，兩個男僕面無表情地握著門把手，彷彿沒看見老管家還拖著一個人。

公爵戴著面具站在那裡。

明明是仲夏夜的天，他卻像怕冷一樣搓了搓手。

「沒關係，對你我有世上最多的耐心。」公爵輕聲說：「沒有你，我可怎麼辦呢？」

「我一直都在。」

道格拉斯把張鵬翼拖進偌大的臥室裡。

公爵跟在他身後，依然呵氣搓著手，嘴角帶著笑，和油畫上的人有一點像，又……不完全一樣。

他看也不看地對男僕說：「出去。」

兩位男僕一令一動，出去後把臥室大門關上了。

道格拉斯把張鵬翼扔進一張扶手椅中，慢吞吞地捧來一堆蠟燭，一個一個地點上。

公爵站在扶手椅前，摘了張鵬翼的面具，捏著他的下巴端詳著。

他「嘖」了一聲，說：「我不大喜歡這張臉，你還把他弄破了。」

「抱歉，老爺。」

「沒關係，可以不用他的。不過我也不喜歡他的身材。」公爵又挑開對方的衣領。

他咳了幾聲，嘴唇帶了血色，遺憾地說：「不過算了，我心臟撐不住了。」

張鵬翼突然覺得一陣冷，接著頭痛欲裂。

他隱約聽見了說話聲，頓時一個激靈，睜眼一看。

就見自己坐在陌生的房間裡，四周白森森的蠟燭擺了一圈，還有一些枯樹枝。他電視劇沒少看，一瞬間想到了什麼中世紀巫術之類神神鬼鬼的東西。

但下一秒，這些念頭就清空了。因為恐懼占了上風——他發現自己不能動。

老管家道格拉斯站在圈外，公爵卻站在圈裡，就在他面前。對方俯下身，雙眼穿過面具的孔洞盯著他。

張鵬翼聞到了一陣古怪的味道，腐朽的、寒冷的……

公爵笑了一下。

近距離看，會發現他的笑容非常僵硬，就控制不大好，只能牽動一下嘴角。

「看著我。」公爵說。

他的眼珠帶著蠱惑的力量，張鵬翼莫名變得有些茫然。

「好心的客人，你願意幫我一個小忙嗎？」公爵輕聲問。

張鵬翼張了張口。

他的嘴唇和大腦似乎分了家，他想說「不」，但嘴唇卻不聽話地要說「好」。

他跟自己較著勁，眼睛在掙扎中上翻，顯得狼狽又可憐。

公爵又「嘖」了一聲，對道格拉斯咕噥說：「更醜了。」

張鵬翼卻沒聽見。他感覺下巴上的力道又緊了，他再次看見了對方的眼睛，然後所有的掙扎慢慢停止。

片刻之後，他啞著嗓子表情空茫地說：「願意。」

公爵笑了，「萬分感謝。」

臥室裡有悶悶的響聲，像是什麼東西扎進了皮肉裡，好一會兒才停止。

接著，是重物被拖走的窸窣聲。

牆角立著一塊花紋繁複的鏡子，公爵站在鏡子前擦著手指，細細打量著裡面的人。

他換了張鵬翼的禮服，上身扣子敞著，脖頸和腰腹處有細密的血線，像是均勻的針腳。

道格拉斯給他扣著扣子。

公爵說：「我考慮了一下，還是不用他的臉了。」

「那這位先生的夫人呢？」道格拉斯說：「看得出來他們很恩愛。」

「恩愛啊……那最好不過了。」公爵說：「一會兒還是去試試吧。」

公爵又摸了摸自己的下巴，說：「這張臉還是要儘快換掉，我覺得它這兩天不大聽話。」

說話間，他神經質地轉了眼珠，左右動了兩下脖頸。就好像……他的頭在掙扎。

管家說：「我知道了，老爺。」

「這樣拼拼湊湊太麻煩了，如果能有一位完美的客人就好了。」公爵想了想，又說：「這次晚宴運氣好，我看見了兩位這樣的客人。如果他們之中有誰能違背我的要求，犯一丁點兒小錯誤，那就再好不過了。」

「希望他們是不遵守規矩的人。」管家應聲說：「我會為您祈禱。」

公爵抬起下巴，讓管家把扣子扣到頂。

他看了管家一眼，說：「道格拉斯，你這次的身體太老了，什麼時候能換掉？」

道格拉斯：「等您和夫人團聚。」

公爵眼神溫和了一些，說：「快了，不是說，這位客人的夫人和他很恩愛嗎？那我的艾麗莎就快回來了。」

他又轉而看向道格拉斯說：「等你換回年輕的臉，我想找個畫家，在那些油畫上添幾筆，把你也畫上去。」

夜色更深，天又烏雲密布。幾聲驚雷滾過，剛停沒多久的雨又下了起來。

石壁變得潮濕，水氣形成一道道長痕。

道格拉斯提著油燈回到了張鵬翼的房間門口。

他對身後的人說：「您先進去。」

公爵穿著張鵬翼的禮服，走進屋內，徑直進了臥室。

深紅色的床上，賀嘉嘉蜷縮在被子裡，睡得正沉。

公爵在床邊坐下，摘下對方的面具，看著她的睡顏。

胸膛裡，心臟跳動聲變得又快又急，他閉眼感覺了一下。

對道格拉斯說：「很好……非常好，我能感覺到……」

床邊再度多了一圈白色蠟燭。

公爵的眼神都溫柔了許多，他輕輕拍著賀嘉嘉的臉說：「親愛的，醒醒。」

上一秒還在沉睡的人，居然真的醒了。

她半閉著眼睛含糊地問：「鵬翼？你怎麼起來了？」

公爵輕撫過她的臉，低頭看著她的眼睛，說：「醒醒，睜眼看著我。」

「對……就是這樣。」

「好心的姑娘，願意幫我一個忙嗎？」

雷聲陡然變大。

那間臥室正上方的三樓，周祺突然驚醒，心臟突突直跳。

她突然夢見了走散的男友，對方站在一塊巨大的穿衣鏡前，穿著古堡裡的禮服，手裡拿著摘下的面具。

他臉色蒼白，對她說：「祺祺，我有點冷……」

她想走過去，對方卻讓開一步說：「別過來，別看我的眼睛，好好睡覺，這裡好冷……」

接著她就驚醒了。

旁邊的趙嘉彤身上散著紅酒的淺淡香味，睡得很沉。

周祺在床上坐了一會兒，身上忽冷忽熱。她想起夢裡男友的話，又躺了回去。

她們沒有沾那張床，而是睡在了地毯上。

她睜著眼睛，看著牆壁上滑下來的水氣，就好像有人在哭……

她縮了縮身體，靠著趙嘉彤又閉上了眼。

凌晨三點。

三樓靠近東塔的房間突然響起了手機鬧鈴。

鬧完，被摁掉。

幾分鐘後繼續，又被摁掉。

游惑終於撤開手臂睜了眼，他帶著滿肚子起床氣，皺眉看向一邊。

秦究站在他身邊，垂眸看著他，「再不醒，我就要採取激烈手段了。」

游惑閉上眼睛緩了一會兒，終於坐起身來。

他帶著一身低氣壓，說：「叫我幹什麼，我訂了鬧鐘。」

秦究晃了晃手機，指著螢幕問他：「你是指這個響了八回的鬧鐘嗎？」

游惑攤著臉摸了一下空空如也的長褲口袋，和秦究對視片刻說：「我的手機為什麼在你手裡？」

「它太鬧了，我偷的。」秦究彎下腰說：「既然醒了，物歸原主。」

他們睡覺當然不會穿著束手束腳的禮服外套，只有裡面雪白的襯衫和長褲，口袋緊貼著胯骨。游惑看著某人撤回手指，手機從口袋裡露出一角。

高齊從臥室裡拿了外套出來，就看見游惑從獸皮長椅上站起身，垂眸把手機往口袋裡推了一下。這裡的禮服也是長靴，乍一看還真有點當初監考的模樣。

高齊愣了一下，說：「同樣是靴子，怎麼套你們腿上就又長又直的，我就勒得慌……」

游惑抬眼看著他。

高齊覺得他張口也說不出什麼好話，連忙打斷說：「算了，當我沒說。那個……真要現在去騷擾公爵？我怎麼覺得這主意那麼餿呢？」

「你可以不去。」游惑說。

高齊覺得友情有了裂縫。

他正想再勸兩句，陽臺上突然跳下來一個人。

趙嘉彤對他們說：「先別忙著去騷擾公爵了，先把同伴的命救了吧。」

游惑一愣。

趙嘉彤指著旁邊說：「小周不大對勁，你們來看一眼？」

【第五章】

# 我會為您物色最恩愛的客人

周祺的狀態確實很糟糕。

面具之下，嘴唇乾裂發白，露出來的半張臉燒得通紅。

她被趙嘉彤挪到了長椅上，衣服、毯子裹了幾層，捂得嚴嚴實實。

趙嘉彤進來就摸了摸她的額頭，說：「喏，燒得滾燙的。」

游惑他們幾個大男人當然不好上手就摸，也不用摸，看一眼就知道燒得不輕。

「怎麼回事啊？」高齊問。

趙嘉彤回答說：「我哪裡知道，就是納悶呢。前半夜她還好好的，雖然有點蔫，但聊天說話沒什麼問題。我既沒聽見她打噴嚏咳嗽，也沒聽她說太熱太冷。比我還先睡著，我怕夜裡風變大，還特地避過了陽臺正風口。」

「那怎麼好好的就變成這樣了？什麼時候的事？」

「就剛剛。」趙嘉彤說：「她不舒服嘛，蜷著就靠過來了。我本來睡得挺沉的，做了個惡夢又被她一燙，驚醒了，睜眼她就是這樣的。」她看著周祺昏睡的模樣，擔心道：「說發燒就發燒，又是在考試期，我就擔心是不是考試內容。」

「考什麼，誰燒得溫度高？」高齊咕噥著。

「你別亂打岔，系統雖然越來越……」趙嘉彤比較委婉，沒有說出什麼直白的罵人話。她用肢體表達了一下，繼續說：「但基本法則是遵守的。大家都沒事，只有小周一個人發燒，她一定是觸發了什麼。我就怕這個。」

秦究在屋裡走了一圈，一一確認，「床沒動？」

趙嘉彤搖頭，「沒有，她比我還敏感。」

「屋裡擺設更改過嗎？」

「也沒有。」

「面具、禮服？」

「沒脫過也沒摘過。」

「夜裡有沒有獨自出過門？」

趙嘉彤猶豫了一下，「這我就不知道了，但應該沒有，誰跟……」你們似的？她清了清嗓子，及時嚥下後半句，「……她膽子不算小，但也絕對不大。就算夜裡要去洗手間，應該也會叫醒我一起去。」

「那就只有晚宴了。」秦究說。

他們其他都很一致，唯一不同的是周祺沒吃東西。

高齊突然說：「會不會是這樣……題目說不能違背公爵的要求，那個病秧子公爵要求我們享用晚餐，而小周沒碰，所以這就是所謂的懲罰？」

游惑斬釘截鐵地否定了，「不會。」

「為什麼？」

「她沾過酒，喝一滴也是喝。」游惑說：「另外題目說的是整組懲罰，我沒發燒。」

也是。高齊點了點頭，「這就有點費解了。」

找不到源頭，他們很難讓周祺好起來。

屋子角落有清水，趙嘉彤浸濕了布巾，掖在周祺額頭處，希望能幫她降一點溫，起碼先醒過來。但周祺就像是陷入昏迷一樣，不論是叫她還是拍她，絲毫沒有要睜眼的意思……哼哼都沒有。

說話間，陽臺上傳來一聲響。

幾人轉頭看去。

來的人是楊舒。

眾人一愣，「妳怎麼來的？」

「翻陽臺來的，還能怎麼來？」楊舒說著，手裡還拎著那巨大的裙襬。

她拆了綁帶，一臉不耐煩地把裙襬紮上去，露出兩條長直的腿……赤腳。

高跟鞋大概被她扔在房裡了。

三位男士紳士又禮貌地轉開了臉。

誰知楊小姐說：「轉什麼，平時大街上沒見過穿短裙的？」

「……」三位男士無話反駁，又轉了回來。

高齊和趙嘉彤偷偷交換了眼神，瞄了一眼周祺，又瞄了一眼楊舒。

心想：都是系統強塞的夫人，怎麼差別這麼大呢？

楊舒咕噥著「破裙子真拉低效率」，一邊從層層疊疊的裙襬裡翻出一個簡單的包。

別說幾個大男人了，趙嘉彤都看得一愣一愣的，「……妳這從哪兒掏出來的？」

「這裙襬三層還有撐子，妳試試往第二層的裙褶裡塞東西，保證一天都掉不下來。」楊舒說話的時候總是微抬下巴，顯得盛氣凌人不好相處。

她從包裡掏出一個小盒子，裡面居然是擺得整整齊齊的藥片。

「妳怎麼知道她病了？」趙嘉彤一愣。

楊舒說：「我不知道，就聽見妳在隔壁說她不大好，我來看看怎麼個不好法。」

高齊疑惑地說：「那妳哪來的藥？」

楊舒比他還疑惑，「隨身帶藥很奇怪？」

高齊閉嘴了。

楊舒走到周祺旁，毫不客氣地動起了手。

她翻了周祺的眼皮，又捏著對方嘴巴迫使她張開嘴，對著光看了看，最後按了按她的脖頸。

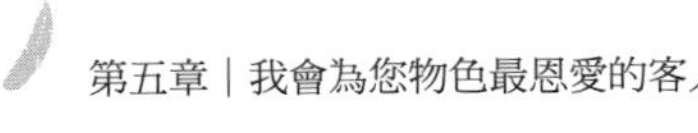


動作乾脆，很不溫柔。

游惑看了會兒說：「妳是醫生？」

楊舒說：「不算。」

她嘴裡說著不算，卻又撒開手，頭也不回地對眾人說：「十有八九是嚇的，被什麼嚇的不知道。目前狀況還行，挺平和的，就是體溫高一點，有水嗎？」

趙嘉彤把盆往前一遞。

楊舒：「……喝的，不是洗抹布的水。」

趙嘉彤搖了搖頭，她生怕這位小姐說「那就喝洗抹布的吧」，立刻道：「吃藥是不是？乾噎也行，以前部隊跟人學過一招，可以幫她噎下去。」

楊舒抱著胳膊，不大放心地看著她。

直到周祺真的嚥下藥，楊舒這才用審視的目光看向趙嘉彤，「妳部隊的？」

「是啊，不大像？」趙嘉彤苦笑一下，說：「這兩年是有點懈怠了。」

楊舒撇了撇嘴，也沒寬慰什麼。

她手指掃過屋裡的人，衝游惑點了一下，評價說：「你應該是部隊的。」

又對著秦究點了一下，「你也應該是。」

最後移向高齊：「你肯定不是。」

高齊：「……」中年男子差點兒嘔出一口血。

楊小姐冷靜地分析，「你這狀態差遠了，但也不排除是裝慫。」

高齊點頭也不是，搖頭也不是。

「妳說妳不算醫生？什麼意思？」

眾人對這姑娘也有幾分好奇。

「學這個的，具體門類跟你們也解釋不清。」楊舒說。

「喔……我以為妳部隊衛生所的。」高齊咕噥說：「小丫頭看人還挺準。」

楊舒皺了皺眉，顯然不喜歡「小丫頭」這種稱呼。

「之前有專案跟部隊打過交道。」她簡單解釋了一句，就轉開了話題，顯然懶得多聊。

周祺病得突然又不明原因，這個節骨眼上搞事不合適，游惑和秦究便把計畫往後推了一點。

反正也沒了睡意，眾人便沒回房間。一邊等周祺退燒，一邊聊著這次的題目。

高齊和趙嘉彤你一言我一語，試圖從公爵和管家說過的話裡摳信息量。

楊舒不附和也不插話，只坐在那裡聽。

用高齊的話來說：特別像個評委。

他們聊著的時候，有兩個人完全沒配合——

秦究衝游惑說：「我一直在想，這次的考試有個例外。」

「什麼？」

「之前提過的整組懲罰。」

高齊原本豎起了耳朵，一聽見這話，當場翻了個白眼，心想：得！還是在琢磨違規那些事兒。

「以前的考試，如果有懲罰會明確說出來，至少會說明懲罰方式。」

比如外語那場，系統直接說了「要入棺」。

再比如上一場，系統也直接說了「由當日凌晨零點排名最後一組的考生承擔死亡責任」。

雖然內容不算詳細，但至少有資訊。

這次卻只說「整組懲罰」，罰什麼？怎麼罰？提都沒提。

游惑也早早注意到了這點。畢竟和違規相關的內容，總是更容易引起他的注意。

秦究問他：「你覺得系統什麼意思？」

游惑冷冷嘲諷說：「傻逼系統，換位思考不起來。」

高齊和趙嘉彤突然一起轉頭看著他。

游惑：「嗯？」

高齊用一種不可思議的語氣說：「你居然會說髒話啊？」

游惑：「……」

他表情逐漸變涼，秦究忽然低笑了一聲。

高齊連忙解釋道：「不是不是，就……有一點驚訝。以前很少聽你說。」

在他的印象裡，這位年輕的朋友高冷寡言是真，嘲諷氣人也是真。大考官氣人的時候，字字如冰針，量少卻奇疼，這是眾所周知的。

但作為朋友，高齊能在生活中的種種細節裡感覺到考官A是收著的。

其實大多數監考官都是收著的，換誰長年處在被監控的環境中，都會下意識把「真實的自己」藏起來，收斂的、克制的，儘量達到跟系統風格一致的狀態。至少看上去是這樣。

但考官A不同。

曾經有人私下開玩笑說，考官A之所以排A，除了本身很強之外，也因為他跟系統本身就像。

他比所有監考官都更適應系統的步調，冰冷的、不講情面的。正常年輕人會有的情緒，在他身上被收到最小。

他會不耐煩、會不高興、會挑剔、會嫌棄。但比這更濃烈一點的情緒，諸如氣急敗壞、惱羞成怒、興奮或是傷心，包括這樣直白地罵人……在他身上是不存在的。也就跟另一陣營對峙的時候，能顯出幾分鮮活來。

以前高齊見慣了，覺得理所當然。

現在他才忽然想起來……當年的考官A也不過是個二十來歲的年輕人。

如果不是受系統牽制，他應該會像一般年輕人一樣，有鮮活的情緒。也許會因為長相出眾略有一點傲，但高興了會笑，生氣了會罵，有討厭的人，也有喜歡的人。

而不是成為某個機器或是程式冷冰冰的代言者。

他會有正常人該有的人生。

之前在馬車上，高齊覺得游惑脾性舉止依然和當年一樣，變化不大。他以為系統留下的烙印和影響太深了，即便失憶也沒法把考官A完全推回起點。

直到這一刻，在游惑跟秦究聊天的時候，高齊終於在這位舊友身上……看到了一絲年輕人會有的鮮活氣。

他不大習慣，但很高興。

非常、非常高興。

連帶著看秦究都順眼多了。

藥很有效，周祺的燒最終退了。

楊小姐捆著裙子抬著下巴，驕傲地翻回自己屋。

高齊和趙嘉彤也鬆了口氣，咕噥道：「可能我們想多了，就是正常發燒。」

游惑卻不這麼覺得。

他問了秦究時間，又看了外面的天色。

高齊做了好幾年監考官，對考試有點手生。直覺方面不如正經考生靈敏，他奇怪地問：「怎麼了？有什麼問題？」

游惑剛要張口，秦究說：「覺得時間有點巧吧。」

游惑又把嘴閉上了：「嗯。」

「什麼巧？」高齊又問。

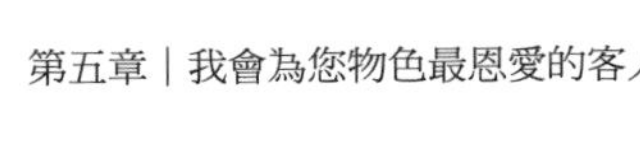


「周小姐退燒的時間吧。」秦究說。

「什麼意思？」

「不覺得周小姐醒過來的時間剛剛好嗎？」秦究指了指陽臺，「天亮了，夜裡的種種禁忌解除了，她退燒了。」

就好像……發燒是為了確保她安安靜靜地待在屋裡，哪裡也別去。

高齊失笑說：「不會吧，什麼考試題這麼好心？還帶這種功能，怎麼可能？」

「是啊，挺奇怪的。」秦究指了指游惑說：「考官先生不是在確認嗎？」

游惑：「……」話都被某人說完了，他連開口都省了。

他站在大門背後聽外面的聲音，瞥了秦究一眼，「你姓蛔？」

秦究說：「偶爾能觸發一下這種功能。」他遛遛達達跟在游惑身後走到門邊，手已經握住門把手了，忽然又補了一句：「不過有前提條件。」

游惑看了他片刻：「……比如？」

「比如……得看衝著誰？」

秦究說完已經把門打開了一條縫。

門外，消失了一夜的僕人們突然又回來了，畢恭畢敬地站在那裡，一邊一個。

他們面無表情，姿勢僵硬，就好像在這裡守了一整晚一動不動似的。

晨光從幾處窗子照射進來，彷彿一夜無事發生。

男僕聽見門響轉過頭，和秦究目光對上了。

秦究泰然地打招呼說：「早上好。」

男僕說：「早上好。」

門又砰地一聲關上了。

兩秒之後，男僕突然扭頭死死盯著門，「嗯？」
另一位聲音嘶啞地問：「怎麼了？」
「住在這間的先生……長這樣？」
「好像不是。」
一門之隔的裡面，秦究按著門衝游惑一笑，說：「快跑。」
游惑：「……」
下一秒，高齊就感覺兩個人影從眼前一閃而過，轉眼上了陽臺，縱身一翻，相繼沒了蹤影。
經過他身邊的時候，還推了他一把，直接把他懟去了門邊。
男僕不顧禮儀從外面打開門，看見的就是斜倚在門邊拗造型的高齊。
兩人面面相覷。
男僕說：「剛剛是您開的門？」
高齊：「對啊。」
男僕：「……」
雖然戴著面具只有下半張臉，但是……
他又不信邪地去了隔壁的隔壁。一開門，秦究拎著外套從臥室出來，神態自若中帶著微微訝異，「有事？」
楊舒鋪散著大裙襬坐在地毯上理她的包，她轉頭衝男僕說：「誰教你的禮儀，不敲門就亂進淑女房間？滾出去。」
男僕：「……」
他關上門，在外面冷靜兩秒，心想：我是瞎了嗎？
周祺雖然退了燒，但整個狀態都不好。正如楊舒所說，好像被嚇到了，早飯也沒吃下去。

她這樣，同組的游惑就多了一點顧慮。

於是這天上午，他跟秦究破天荒老實了一回，或者說順勢改了策略，決定採納趙嘉彤的意見，跟著劇情線先去小鎮看看。

早上八點，古堡外面停了一片黑色馬車，死氣沉沉地等著。

客人們陸續上車，繞過卡爾頓山的一角，消失在路上。

古堡西塔樓，公爵站在窗子後面，撩著簾子遠遠看著。

「老爺。」管家道格拉斯站在他身後，恭恭敬敬地問：「您在看什麼？」

公爵說：「不知道，突然看看那些客人，不知道今天會有多少人完好無損地回來。」

他說完話就抿起了唇，嘴角下沉，看上去心情非常糟糕。

整個房間瀰漫著危險的壓迫感，腐朽的、帶著死亡的氣息令人沉默。

道格拉斯沒有說話。

片刻之後，公爵突然出聲說：「這次又沒有成功。」

他轉頭問管家說：「這是……為什麼呢？」

他摸著自己的胸口，這一處已經換了人，張鵬翼的心臟正在胸腔裡跳動，慢慢跟他融為一體。

「我能感覺到，他喜歡那個女人。」公爵低頭說：「就像我喜歡著我的艾麗莎，雖然那個女人的面容和艾麗莎比差得遠，但……艾麗莎那麼溫和的人，應該不會太過責怪她。為什麼呢？為什麼艾麗莎依然沒有回到我身邊呢，道格拉斯？」

管家垂手站著，蒼老的聲音說：「我不知道，也許是那位夫人還不夠愛這位先生。」

公爵的心情總算好了一點點。

他想了想說：「是的，那就是了。」

「不過我還是不高興。」公爵輕聲說：「我試了太多次了，也等了太久了。我的耐心都快耗盡了。」

管家說：「一定會有那麼一天的。」

公爵說：「對了，這對好心的客人，你處理了嗎？」

他輕聲說：「雖然我的艾麗莎沒有回來，但他們畢竟幫了我一點小忙，做了一點小小的貢獻。不能讓他們就那麼陳列在那裡。」

管家垂下眼說：「處理了，按照您的吩咐，像以前一樣，讓他們安息了。」

「那就好，那就好……」公爵說：「不會給我帶來什麼麻煩了吧？」

管家蒼老的聲音說：「不會，老爺。」

公爵拍了拍他的肩膀，「你做事我放心……你是從幾歲來這兒的？」

「四歲，老爺，你救了我的命，我就一直在這裡了。」

公爵說：「這世上除了艾麗莎，你對我最好。」

「應該的，老爺。」

「你永遠不會背叛我，對嗎？」公爵盯著他的眼睛說。

「不會。」

「你永遠會聽我的話，對嗎？」

「是的，老爺。」

「那趕緊換個年輕身體吧，我看那位……那位叫什麼的客人就很好。」

公爵琢磨著說：「那兩位客人的身體太完美了，身高，肌肉，線條，力度……你一個我一個，分了吧？」

道格拉斯猶豫片刻，點頭說：「好。」

「可惜客人們總是很害羞，也很膽小。今天早餐我觀察了那兩位很久，我覺得他們太紳士、太安分了，你能想點辦法讓那兩位完美的先生犯錯誤嗎？讓我不大高興的那種，這樣我就有充分的理由給他們一點小小的懲罰。」

道格拉斯想了想說：「我試試。」

暴力管家道格拉斯琢磨了一會兒，決定跟著客人們去小鎮——在那裡，有一整個白天的時間可以引誘客人們犯錯。

不用犯什麼大錯。

來訪的客人他們見得多了，那些膽小鬼也不敢幹什麼太出格的事。一點小小的過失，就足夠他們哆嗦了。

仲夏的天氣悶熱潮濕，鎮上依然是一副死氣沉沉的模樣。

直到大批馬車在鎮子裡停下，繞著水池圍成圈，鎮民才三三兩兩地從窗戶裡探出頭。

「是來治病的嗎？」他們問。

考生中有人應道：「對，沒錯！」

不遠處，小教堂的門開了，一位穿著黑裙的修女跑到馬車前：「你們終於到了，跟我來吧。」

考生們相互看了一眼，陸陸續續跟在修女身後。

修女伸手清點了一下，「一共二十四位是嗎？」

很多人下意識點點頭。

過了片刻，突然有人低聲叫道：「不對，不是二十六名考生嗎？」

眾人安靜片刻，議論聲嗡然響起。

「張鵬翼還有他女朋友……」

「對，就是昨晚遲到的那兩個，他們人呢？沒來？」

「也許……也許睡過頭了？或者打算放棄小鎮這邊的得分點？」

很多人冒出了一些可怕的想法，但沒人希望那些想法成真，於是一個個都在做好的猜測。

片刻之後，又一起沉默下來。

「那兩個考生住哪間房間？」游惑突然問道。

趙嘉彤說：「沒注意，好像在樓下？」

「你們房間正下方。」秦究說。

「你怎麼知道？」趙嘉彤訝異地問。

「昨晚多看了一眼。」

游惑看向秦究，還沒說話。

秦究點了點頭說：「行，晚點去看看。」

趙嘉彤：「……」我聾了嗎？

小教堂晦暗陰沉。一進門，大家就忍不住屏住呼吸。

這氣味太可怕了，汗酸味、腐肉味、血腥味混雜在一起，要多難聞有多難聞。教堂的桌椅都拆掉了，到處放著破舊的床，粗略一數有二十多張，每張床上都蜷著一團物體……

「我的天……」

「那是人嗎？」

感嘆聲接連響起。

有些喉嚨淺的已經開始乾嘔了。

修女垂目說：「這些都是病人，已經病了很久了。公爵心地善良，總會邀請一些客人來這裡，據說都是醫術很好的人，跟你們一樣。」

高齊咕噥說：「這純屬造謠……」

游惑看向近處那張床。

就見床上人臉上長了大大小小的瘡，一側下巴血肉淋漓。

他縮在看不清原色的被子裡，在哀吟聲中抓著自己的臉，指尖殷紅一片。

修女嘆了口氣，又說：「可惜，真正能幫到病人的醫生並不多。有些醫生沒有能讓他們從病魔中解脫，反而還被傳染上了。」

她一邊說著，一邊把考生領到位。

全部分配好他們才發現，這裡一共有二十六張床，如果張鵬翼和他女朋友還在，那剛好一個考生對應一個病人。

由此可見，幫助病人應該是第一個得分點。當然，也可能是第一個送命點。

修女走到最後一張床前，輕輕「啊」了一聲。

那張床只有一團髒兮兮的被子，沒有人。

「哎，又動歪心思了。」修女咕噥的話淨落游惑耳朵裡。

她快步走到門邊，對眾人說：「有一位不聽話的病人溜走了，我得去把他找回來。至於剩下的病人，就交給你們了。」

「對了，提醒一下，他們病得實在太久了，脾氣有點壞，你們……小心對待。另外，千萬不要碰到他們的瘡口，一旦沾上就會被傳染。」

她兩手拉著門，歪頭對眾人說：「被傳染可是很可怕的一件事，會死喔。」

「祝你們好運。」

說完，她關上了門，落鎖聲從外面傳來。

就在門鎖落下的一瞬間，一隻手突然拽住了游惑的小臂，帶著腥臭的潮濕黏滑感。

游惑低頭一看，他負責的那位病人帶著滿手血淋淋的瘡口，緊緊抓住了他……

還有臉衝他哭。

高齊當即爆了粗口，從腰間抽出刀。

刀是他出門前捎上的，就是之前夢遊用來自裁的那把。他直覺小鎮沒好事，別在腰側以防萬一，沒想到這麼快就派上了用場。

他高齊向來重朋友，誰不長眼動他兄弟，他就剁誰的手。

不開玩笑。

誰知他刀尖剛要扎過去，就被另一人搶了先。

那隻手修長有力，一把攥住「病人」長滿瘡口血肉稀爛的手臂，反向一擰。

就聽「喀嚓」一聲。

那隻爛手抽搐幾下，掉落在地，咕嚕嚕滾了三圈。

所有人都愣住了，包括舉著刀的高齊。

他目瞪口呆，看向那位動手的狠人。

不是秦究又是誰！

他抿著嘴角，不大在意地甩掉手上的血水，又轉頭問楊舒說：「我記得妳帶紙巾了？」

盛氣凌人的楊小姐都被他剛剛的舉動驚到了，機械地從裙褶裡翻出包，把紙巾遞給他。

而秦究居然還紳士地說了句：「謝謝。」

高齊：「啊？」

「你抓他幹麼？」楊小姐終於沒忍住，替高齊說出了心裡話。

秦究眼皮沒抬，抽了兩張紙出來又說：「黑死病拖不了這麼久，況且妳剛剛說了，什麼病爛成

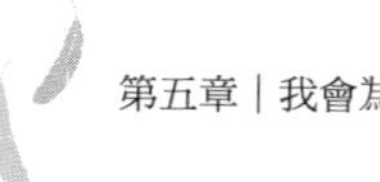



這樣也活不成，卸隻胳膊沒什麼問題吧。還是說你們真打算給他打針吃藥治一下？」

楊舒心想：誰跟你談治不治的問題了？重點是這個嗎？

但她還沒開口，一聲慘叫響了起來。

那位被卸了手的病人後知後覺反應過來，哭臉瞬間變卦。

他這一聲慘叫，喚醒了屋內所有「病人」，嚎聲越來越多。

考生們驚了一跳，下意識捂住耳朵。

下一秒，那些蜷縮在被子裡的病人便竄出來，血淋淋的手抓向床前的考生。

一時間，驚呼和尖叫充斥著整個教堂。

秦究感覺一隻手勾上自己的脖子，手指虛握成拳，以免蹭到他的臉。

接著他就被人拽了一下，繞過側邊方形高柱，貼在了柱身背後。

游惑從秦究脖頸間抽回手臂，皺著眉說：「你瘋了？」

「你說這個？」秦究舉起沾了血污的手，「我這人一向很瘋，你不知道嗎？」

教堂的彩窗高高在上，陰沉的天光穿過玻璃，只剩下幾縷。

秦究一隻眼睛落在光裡，他玩笑似地擋住游惑視線說：「別這麼瞪著我。照那修女說的，你已經被傳染了，害怕麼？」

游惑：「不怕。」

考試裡的病，想也知道絕不會正常到哪裡去。但他連棺材都進過，還怕所謂的「傳染病」？

「那不就行了。」

「一個人生病很孤單的，大考官。」秦究抖開紙巾，遞了一張過來，說：「我給你做個伴。」

游惑心裡忽然被人輕撓了一下。

教堂裡兵荒馬亂，一片狼藉。

考生們一方面害怕，一方面有所顧忌——打吧，怕碰到瘡口，也變成爛人。不打吧，這特麼要追到什麼時候？

高齊、趙嘉彤倒是身手了得。但雙拳難敵四手，更何況這有四十多隻堪比生化武器的手。他們藉著床壓趴了四個「病人」，又靠被子纏住兩個。

楊舒不是部隊出身，打是肯定不能打。但她和周祺都不拖後腿，兩位女孩敏捷和柔軟程度一流，躲閃間還靠高跟鞋砸倒一個。

但他們畢竟不占上風。這些病人已經不要命了，他們還是想要一要的。

「操！刀太短！」兩個黑乎乎的血人兜頭砸過來，高齊怒罵一句，把趙嘉彤攬到身後。

他下意識偏開頭閉上眼，心想：他媽的不就是感染嗎！來啊！有本事對準臉！

千鈞一髮之際，就聽「咚」地一聲。預料之中的血肉沒有糊上臉，倒是傳來了重物落地的聲音。

高齊睜眼一看。就見那兩位「已被傳染」的大佬橫叉一杠，掄著擔架床就去懟爛人了。

所謂強的怕橫的，橫的怕不要命的。

不要命的……怕又強又橫又不要命的。

游惑和秦究儼然一副「破罐子破摔」的架式，百無禁忌。

那些病人打架就靠一身瘡，真論起身手，比這兩位差得遠。

於是前前後後只花了十五分鐘，昏暗的小教堂「煥然一新」。

床七倒八歪壞了大半，那些所謂的「病人」一個一個都被兜進了床單被子裡，從腳裹到脖子，只露出將爛不爛的頭。

二十五個人齊齊堆在空地上，乍一看，活像一組保齡球。

游惑拎著一把鐵方凳，冷臉站在其中一顆面前，形成一種無聲的威脅。

病人：「……」他動了動眼珠，仰頭一看，對上了另一位大魔王的目光。

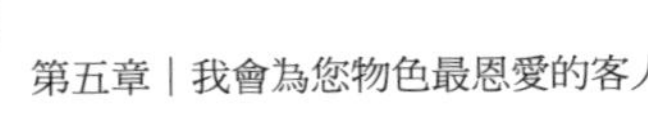


秦究就站在他身後，一隻手隔著被子壓在他肩膀上，彎腰問：「那位修女走得匆忙，說得太籠統，我們理解起來有點困難，所以跟你們請教一下，你們這是什麼病？」

病人：「……」他懷疑自己說錯一句話，面前的凳子就會掄上來，而身後這位會直接掰著下巴擰掉他的頭。

旁邊的考生們已經看醉了。一方面覺得爽得不行，一方面又有點恍惚……

高齊神色複雜地對趙嘉彤說：「欸，這兩個……嘖，讓我這個平和的中年人很為難啊。」

趙嘉彤：「為難什麼？」

「這麼看著，我們更像反派啊，妳不覺得嗎？」高齊握著拳頭悄聲喊口號：「正義終將戰勝邪惡——我們就是那個邪惡。」

趙嘉彤：「……」還真有點像……

趙嘉彤說：「要不讓他們換一種問法？」

高齊說：「那不行，我就客氣客氣。」

被砸爛還是被擰斷？

這是一道送命題。

那個病人囁嚅片刻，啞著嗓子說：「不是黑死病……」

楊舒抱著胳膊在旁邊翻了個白眼，「廢話。」

「鎮子上曾經是有過黑死病，但已經過去了。該死的人死了，燒得乾乾淨淨。冬天下了一整個季節的雪，凍著凍著，病就不見了。鎮子上死的人還不如卡爾頓城堡裡的多呢……」病人緩緩說著。

他的眼珠太大了，轉兩下，似乎就能從眼眶裡掉出來。有幾個瞬間，左右眼轉動的幅度甚至不一樣。

楊舒在旁邊皺了皺眉，轉頭看著城堡內的光線，赤著腳悄悄走開了。

病人繼續說：「要說黑死病，公爵老爺倒是得過。」

旁邊另一位病人也啞聲說：「不止，公爵老爺、夫人、孩子、管家、還有僕人……多了去了。」

「就是，黑死病傳起來飛快，那些醫生戴著面具，裹著黑袍，把自己從上到下封得嚴嚴實實都擋不住呢，城堡裡的人誰能避免？」

那些病人長得像死人，說話更是鬼裡鬼氣。好多考生聽出了雞皮疙瘩，但沒人打斷。

「後來啊，不知過了多久，城堡那邊傳來了消息，說是公爵老爺找到了一個巫醫，病快要好了。也許是希望積德行善？給我們每戶都送了吃的。」病人說。

「對，我記得呢……說是怕傳染，就不請我們去城堡做客了。送了新鮮的牛羊肉和大桶的酒。黑死病之後，我們頭一回吃得那麼好。我那天好像吃得太飽了，夜裡吐了兩回，發起燒來……」

聽見這話，游惑問：「食物有問題？」

那個病人搖了搖頭說：「不會呀，只有我一個人病了幾天，其他人可沒問題。」

其他病人紛紛附和。

「我反反覆覆地發燒，幾天之後吧，可能身體不行了，就長起血瘡來，一長一大片。再後來……我……」那個病人歪著頭想了很久，說：「我忘了……好像就一直在這教堂裡病著。」

病治不好，他一直躺在教堂。

身邊的人逐漸多了起來，和他一樣都帶著滿身瘡，血肉模糊。

「時不時會有一波醫生過來，就像你們一樣。但具體的我們也記不清了……可能撓死了一些？也可能傳染了一些？」

有一個考生終於忍不住，問道：「你們究竟……還活著嗎？」

病人茫然片刻，說：「我忘了。」

時間太久了，這種折磨也太久了。他們已經忘了自己是不是還活著了……

楊舒的聲音突然傳過來：「你們來我這裡。」

游惑直起身，循著聲音看過去。楊舒不知什麼時候轉到了教堂角落裡。

在她頭頂上，有教堂最大的彩窗。

游惑衝那邊一偏頭，對秦究說：「過去看看。」

兩人終於放過那個病人，一前一後走到楊舒身邊，其他考生也紛紛圍聚過來。

近距離看，他們才發現彩窗上畫著的並不是教堂常有的受難圖，而是一個戴著兜帽和面具的人，四周圍著一圈蠟燭。外面的天光就透過那些蠟燭照射進來，從這個角度看過去，那些被裹著的病人早已不是人了，臉上一點兒血肉也沒有，只有白森森的頭骨。

那些頭骨就那麼睜著黑洞洞的眼，茫然而整齊地看著眾人。

高齊咒罵說：「我就知道什麼歷史題都是幌子，哪家歷史長這樣？」

黑死病是假，巫術是真。

一個考生一邊哆嗦，一邊認真地說：「可能我小說看多了條件反射，我感覺這像詛咒。」

另一個考生問：「陽光一照，看起來就是骷髏……這病怎麼治？怎麼讓他們解脫？都殺了？」

游惑想了想，轉頭問秦究：「我去綁修女，你去不去？」

秦究笑起來：「這種壞事怎麼能少了我。」

其他考生：「啊？」

高齊說：「我也去。」

秦究問：「你有被傳染嗎？」

高齊說：「沒有。」

「不巧，我有。」秦究笑著拍了拍他的肩膀，「老實待著吧。」

高齊：「……」被傳染是什麼可以得意的事嗎？

「……既然把我們送到這來了，病人的數量又是對等的，總有我們能做的事吧？我是說，那位修女不是說過嗎？以前也有醫生能讓病人從怪病中解脫，雖然很少，但並不是零啊。」

游惑、秦究離開後，考生們並未閒下來。他們試圖從病人口中得到更多資訊，或者在教堂裡找到更多線索。

高齊和趙嘉彤成了這群人的領頭。

「這些病人都這樣了，所謂的治病肯定不是字面意義上的。」高齊細看著石柱底端的雕刻內容，說：「都找找，發現什麼儘量共用一下。」

趙嘉彤接著補充說：「先找和病人相關的東西，畢竟他們是目前的題目關鍵，雖然他們自己已經……」

她想說「人不人鬼不鬼」，最終還是同情心理作祟，改口道：「已經記不清事情了，但總會留下一點痕跡，隱藏著提示也說不定。」

「有道理。」

「來吧，分頭找。」

考生們紛紛應和，分散到了教堂各個角落。

令高齊和趙嘉彤意外的是，居然有毫不相熟的考生問他們：「那兩位怎麼辦？就真的讓他們這麼出去嗎？不會出事吧？」

人總是這樣，在危險環境下更願意縮在安全區域內，教堂內部他們已經摸清了，比未知的區域安全很多。在他們看來，雖然那兩位非常厲害，出去依然充滿危險。

高齊心想：初代監考官老大和二代監考官老大湊一起，害怕啥啊。

不過他還是謙虛了一下，安撫說：「那倆很穩的，心裡有數，真碰到什麼會第一時間回來求助的。」

考生離開後，趙嘉彤突然感嘆了一聲。

高齊：「怎麼？」

「覺得挺意外的。」

「哪裡意外？」

「這兩年考試越來越刁鑽，甚至不講道理。」趙嘉彤說：「很多時候就是明晃晃想把人全都困在這裡，這種環境一般會讓考生往負面發展，我以為他們會更冷漠更……獸性一點。」

自私自利都是最輕的，有人會為了活下去滿懷惡意。

她沒想到，自己碰到的考生居然會一致對外，會願意分享資訊，會為某個不算熟悉的同伴擔心。

高齊想了想說：「因為沒到那個程度吧，至少這場考試還沒到。」

「也是。」

高齊摸著石柱，片刻後又說：「妳這麼一說，我倒突然能理解A為什麼總這麼出格了。」

趙嘉彤一愣：「為什麼？」

「我就覺得以他的性格不至於事事都要這麼搶眼。他雖然很傲，可能骨子裡也有我以前沒覺察的瘋勁，但也不至於這樣。」

趙嘉彤點了點頭，「是啊，說實話我挺意外的，我差點以為是被001給帶的。」

高齊說：「沒準兒他就是為了讓考試看上去沒那麼可怕呢？甚至有點小兒科，像個玩笑。讓同場的考生覺得，遠遠沒到放棄人性來拚殺的程度。」

趙嘉彤若有所思。

高齊停頓片刻，又面色複雜地說：「所以當初001當考生的時候那麼無法無天，可能也是這麼想的？」

如果真是這樣，他倒是能理解那兩位現在為什麼會走得這麼近了。

突然，不遠處傳來周祺的聲音：「齊哥，彤姐，你們來看看。」

他們抬頭看去。她和楊舒正蹲在一個側翻的擔架床邊。

楊舒指著床底說：「有血字。」

大家聞言都圍了過去，在床底看到一片歪歪扭扭的字跡。

從這些字跡可以想像，某個病人曾經藏在床底，在意識尚且清楚的時候用血肉模糊的手指，留下了這段話——

修女和公爵都是魔鬼，是瘋子！他們害了我……

教堂後門出去連著一片破敗的花園。

兩邊是長廊，穿行過去就是一座尖頂小屋。

游惑和秦究一路掃蕩過去，沒有發現修女和二十六號病人的蹤跡，倒是尖頂小屋的門虛掩著一條縫。

兩人對視一眼，悄無聲息側身進去。

這間屋子應該很久沒有住人了，四處都是厚厚的灰。鏡面、燭臺、桌椅都結著乳白色的蛛網，散發著輕微的霉味。

秦究掃開面前的塵埃，抵著鼻尖四下轉了一圈。

游惑一臉嫌棄，悶咳了兩聲。他用指尖勾開抽屜和木箱，翻找片刻，突然被一本舊書吸引了目光。

屋裡的書要麼放在書架上，要麼收在木箱裡，只有那一本擱在壁爐的爐臺上，邊角參差不齊，

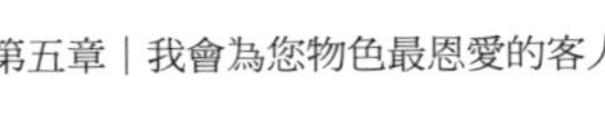



一看就被撕扯過。

他翻開書看了幾頁。

「找到什麼了？」秦究走過來，悄聲問。

「一本巫醫書。」游惑指了指扉頁暗淡的落款，「神父的，濺了血、缺了頁。」

很巧，缺掉的幾頁從前文來看，正是關於某種復生的巫術。

書裡說，這是一種非常邪惡的巫術，復生的同時需要付出血肉代價，極其慘烈。內容在前言這裡戛然而止，後面十多頁都被毀了，帶著撕扯灼燒的痕跡。

這就很明顯了——

從他們來這裡到現在，並沒有見到神父的蹤跡。恐怕不是死了，就是在那二十六位病人裡。

……也許就是失蹤的這位。

這裡唯一的負責人是修女，但整座教堂都沒有她居住的痕跡。要麼她住在鎮子其他地方，要麼她根本不是正常人。

突然，一聲哀嚎打破了小屋的安靜，聲音模糊沉悶……

秦究側耳聽了片刻，伸手指了指地板，悄聲說：「在底下。」

那聲音是從地下某一處傳上來的，這裡應該藏著一間地下室。

他們在書桌之下找到了活板門，為了不礙事，又把禮服外套脫下來搭在了床邊——唯一一個沒結蜘蛛網的地方。

綢質襯衫和長靴依然不適合鬥毆，但總算沒那麼束手束腳。

活板門下是長長的石階，陰黑潮濕。盡頭居然是幾條長巷。

地底的風不知從何而來，吹得石壁上火光微晃。

他們隱約能聽見女人嘶啞的低語，穿過條條窄巷，忽遠忽近，很有鬧鬼的氣氛。

巷子裡堆著累累白骨。

聽說歐洲的某些古堡之下就有這樣的巷子，堆放著因黑死病死去的人。

游惑皺著眉，對秦究比了個手勢，循著聲音往更深處拐去。

深處藏著幾個房間，鐵柵欄箍著，應該是地牢。第一個房間鋪著發霉的草，草堆裡癱著幾隻動物，身體是起伏的，應該還活著，但離死也不遠了。

游惑探頭看了一眼，用口型對秦究說：「兩隻豬，四隻山羊，一條蛇。」

秦究：「地底下養寵物，品味挺獨特。」

游惑：「……味道更獨特。」他繃著臉屏住呼吸。

修女的聲音就在前面，隔著一間地牢粗糙的石牆。

她壓著嗓子，聲音嘶啞地說：「只差五個，只差五個祭品了，你為什麼總想著逃走呢？」

另一個聲音在哀吟，發著抖。

「你看，其他病人多乖啊。只有你，你知道自己現在是什麼樣嗎？」修女輕聲問。

哀吟聲停了，哆嗦地說：「知道……知道，書裡寫著，我記得很清楚，用那種邪術要付出血肉的代價，你們把代價全都轉嫁到了我們身上……我應該，我應該……不大像人了。」

「居然記得這麼多東西，讓我有點意外。」修女咯咯笑起來，說：「不過，不是不大像人，而是根本不能稱為人了。你知道外面的陽光照在你身上，會是什麼景象嗎？照在手上，手就是白骨，照在臉上，臉就是頭骨。現在是仲夏，你如果走出去，全身站在太陽底下，會嚇瘋多少鎮民呀。」

「這應該由你們領受。」那個聲音嗚咽著，「你，還有公爵，這是你們應得的詛咒。」

修女說：「是啊，感謝你們這些好心人的幫忙，讓我們免受這種痛楚。這樣吧……」

地牢裡響起窸窸窣窣的聲音，像是大裙襬從石面上擦過。

「我提前給你一個解脫，免得你總是亂跑。而且你的精神力強悍得讓人出乎意料，不錯……這

很不錯。我以前怎麼沒發現呢？」修女說：「剛好，這個女人的身分我用膩了，我想換回男人。」

「不要，別點蠟燭……求你，別點蠟燭。」哀吟者語無倫次地說：「你不可以，我已經爛了，爛了，沒有血肉了。你換了也沒用。」

修女說：「看來你偷了書也沒有仔細讀它，你在陽光下變成白骨是詛咒的作用，我找一個身體替你，你就不用這麼破爛不堪了。這多好啊，你把身體借我，我把詛咒轉到這個修女身上，她代替你回病床，怎麼樣？」

「不要……不要！你會砍我，砍碎我，我見過公爵這麼做！」

「不會，我保證。」修女勸說起來，居然有點循循善誘的意思，「公爵老爺只是最開始用錯了方法，導致他總是零零碎碎地更換身體，不過這也是因為他太挑剔，等他找到足夠完美足夠強悍的軀殼，我想……他會試著不弄得那麼難看。」

那個失蹤的「病人」還在低泣，反覆說著「不要，求你了」，但修女並沒有理他。

游惑和秦究潛行過去，悄悄倚在牆邊，瞄了一眼。

就見地牢中，修女披頭散髮，正圍著一個血人擺放蠟燭，整整放了一圈。

蠟燭的火焰突然跳了一下，變得殷紅，詭異可怖。

修女手指輕撫著血人的頭頂，彎下腰來閉上眼睛低聲念了幾句。

蠟燭火焰瘋狂抖動的瞬間，游惑對著秦究彎了彎手指，打了個手勢。

綁架嗎？

一起啊。

這兩位先生毫無顧忌直搗地牢的時候，一個高瘦的身影穿過教堂偏門，鑽進了積塵的小屋。

不是別人，正是公爵的管家道格拉斯。

他頂著一張蒼老的臉，輕輕咳嗽了幾聲，目光落在床邊的禮服上。

「啊……抓到了。」道格拉斯低聲說：「白天不穿禮服，是個讓老爺不大高興的小錯誤。」

不過看樣子，那兩位先生誤入了地牢。

如果被巫醫搶了先，那就有點慘了……

嘖，可憐的人。

道格拉斯心裡嘀咕著。

他熟門熟路地找到活板門，順著石梯下地牢，試圖在巫醫動手之前，把那兩位先生撈回來。

道格拉斯穿過長巷時聽見了響動，不自覺加快了步伐。

他以為自己會看見這樣的景象：兩位先生被捆綁著，狼狽地跪在地牢裡顫聲哀求，套著修女皮囊暫活的巫醫站在蠟燭之中，手擱在他們的頭頂上，笑著等待對方貢獻出身體。

而當他真的站在鐵柵欄前，真實的景象映入眼中，他差點兒一口氣沒喘過來。

蠟燭是有的。

人也是齊全的。

就是位置反了……

跪在圈裡的人是巫醫，鉗著她的是那兩位先生。

旁邊的角落裡暈著一個血淋淋的病人，那是曾經的神父。而蠟燭圈裡，除了巫醫，還躺著一隻豬。

那兩位先生一個用膝蓋頂著巫醫的背，另一個抓著巫醫的手，擱在豬的腦袋上。

巫醫快瘋了。

道格拉斯也要瘋了。

令人害怕的是，那兩位先生第一時間聽到了他的動靜，齊齊轉過頭來。

其中一位歪了一下頭，笑著說：「巧了，又來一個。」

另一個說：「那我再去抓一隻。」

抓一隻什麼？管家不想知道……

他只是來引誘對方犯點小錯的，不想把自己搭進去。絕不！

兩位客……不，兩位悍匪恐嚇人的時候毫無心理負擔，巫醫甚至產生了「其實我善良又無助」的錯覺。

那些動物是他弄來放血做牲祭的，萬萬沒想到會派上這種用場。

他可以更換各式各樣的軀殼，男女老少都能忍受，砍碎了他都能重新組起來……但是畜生不行，關在地牢裡奄奄一息快發霉的畜生更不行。

這比什麼威脅都有用。巫醫在豬的注視下幾乎有問必答。

從他口中，游惑和秦究知道了事情的大致原委——

卡爾頓山一帶確實爆發過真正的黑死病，這種病蔓延起來氣勢洶洶，偌大的古堡幾乎無人倖免。公爵夫人體質虛弱，兩天就送了命。

公爵老爺作為和她最親密的人，也很嚴重，只比她多堅持了兩天。

再然後是男女僕人。

管家道格拉斯是堅持得最久的，他帶人把死去的僕人清理了，給公爵和夫人封了棺。

準備下葬的前一天，巫醫來到了古堡。

那時候的巫醫還沒有和修女借身體，他躲藏在上一個軀殼裡，老態龍鍾，走一步都要晃三晃。

這樣一個似乎隨時會去世的人，對道格拉斯說：「我可以讓你的老爺、夫人起死回生。」

「去找一對和他們相似的人，越相似越好。」

「樣貌、身分是其次，最重要的是心和靈魂。」

巫醫這樣對道格拉斯說。

給了希望之後，他又補充了一句提醒：「復活的過程有一丁點兒血腥，但這是一個神聖的儀式。你作為復活他們的人，需要心甘情願獻祭自己。」

道格拉斯說：「好。」

當天深夜，他騙了一對途經此地的夫婦，弄暈兩人拖進臥室。

又把準備下葬的棺木撬開，把公爵老爺和夫人帶回來。

他在寂靜空蕩的臥室裡剁下了公爵的頭顱、四肢、胸膛和腰腹，又將它們拼合在一起。蠟燭油沿著刀口滴了一遍，凝出乳白色的封膜。

他灌了幾杯酒，在巫醫的注視下席地坐了片刻，又依葫蘆畫瓢剁了艾麗莎。

白色的蠟燭圍著他們擺成一圈。

巫醫指著那兩位倒楣的過路人，問道格拉斯：「好了，就剩最後一步了。我再向你確認一遍，你找這兩位可憐人確實和公爵、公爵夫人相似嗎？不像的話，可不會成功喔。」

他背對著巫醫，頭也不回地說：「很像，他們非常恩愛。」

道格拉斯半跪在路人夫婦面前，用酒將他們潑醒。

路人夫妻崩潰的哭叫聲中，道格拉斯伸手擱在了那對夫妻頭頂。

公爵老爺當晚死而復生。

他肢體腐壞的部分，替換成了那個路人的身體，包括長了瘡的大半張臉。

在他睜眼的瞬間，年輕的管家道格拉斯以肉眼可見的速度蒼老下去，轉瞬成了老人。

一切都如巫醫所說……

遺憾的是，公爵夫人卻復活失敗了。

巫醫舔了舔嘴唇，說：「我至今都記得公爵當時的表情，旁邊是被剁的妻子，鏡子裡是他自己拼合而成的臉，地上全是血，旁邊還有一位老得完全陌生的管家……嘖。」

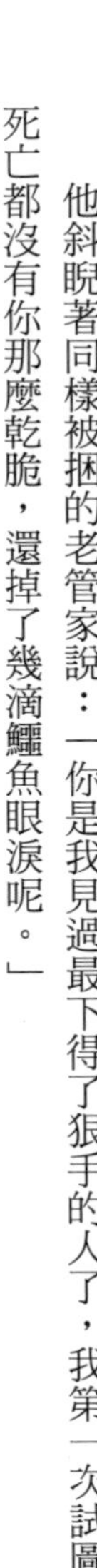

他斜睨著同樣被捆的老管家說：「你是我見過最下得了狠手的人了，我第一次試圖讓自己脫離死亡都沒有你那麼乾脆，還掉了幾滴鱷魚眼淚呢。」

「不過公爵也很讓我意外。」在巫醫眼裡，古堡人才輩出。

管家剁人像砍瓜切菜，一點兒負擔沒有。而復活的公爵也只驚慌了幾分鐘，就泰然接受了所有。

巫醫說，古堡裡的僕人們太多了，一個個復活太麻煩。他有辦法讓他們繼續存在，不算活著也不算死去，就像困於古堡終身守衛的幽靈。

公爵對他表達了感謝。

巫醫又說：「您的夫人怎麼辦？重新下葬？」

公爵找來一個大木箱，指使道格拉斯把艾麗莎裝進去，回答說：「沒關係，我可以時常邀請一些客人……要是愛侶或夫妻，就像我和艾麗莎一樣。」公爵說：「我有足夠的耐心等待，道格拉斯會始終陪著我，對嗎？」

道格拉斯附和：「我一直都在，我會為您物色最合適、最恩愛的客人。」

主僕兩人出奇契合。

在巫醫提出「復活以及不斷更換身體都會受到詛咒，血肉盡失」時，他們毫不猶豫瞄向了卡爾頓山背面的小鎮。

「詛咒是怎麼轉移的？」游惑鉗著對方手腕。

巫醫遲疑著不大想說，手指跟游惑較著勁，企圖往後縮一些，起碼離豬再遠一寸。然而不論他怎麼使勁，對方始終穩如泰山。

巫醫臉都他媽憋紅了。

「你怎麼忍心對女人下這麼狠的手？」他頂著修女的皮囊，質問游惑。

游惑無動於衷，「還可以更狠。」

巫醫氣結。

他趁著游惑離得近，死死盯住游惑的眼睛，硬的不行來軟的，又企圖蠱惑游惑：「這位漂亮的紳士，其實我還有很多……唔！」

話說一半，秦究膝蓋往他背上一壓。

巫醫身子一塌，當場親了豬一口。

秦究看了游惑一眼，要笑不笑地低頭威脅巫醫說：「迷魂湯灌錯人了，這位漂亮的紳士現在很不耐煩你看不出來？不過比起他，我更壞一點。」

他低沉沉的嗓音響在巫醫耳邊，像個魔鬼，「剁一頭豬，我沒問題，剁你這個人，我同樣沒問題。你如果總這麼不配合，恐怕連一整頭豬都撈不到，我迫不及待想給你單拼一顆頭。」

「豬羊雙拼也可以。」

巫醫：「……」

漂亮紳士跟魔鬼一唱一和，冷冷地說：「三選一，給你三秒時間考慮。」

巫醫覺得他碰到了變態。

「三。」

「二。」

巫醫立刻開口：「靠得食物和酒。」

「公爵為鎮民準備的美食和美酒都是媒介，吃了這些東西，就約等於承諾要自我獻祭，吃得越多，捆綁越深，越早受到詛咒。」

「食物和酒？」游惑忽然想起周祺吃不下東西又突然發燒的反應，轉頭問管家：「古堡提供給客人的也是這種？」

道格拉斯沒吭聲，顯然是一種默認。

巫醫插話說：「當然了，好不容易騙來的客人，就算公爵用不到你們的身體，也可以借你們擋一部分詛咒，何必浪費了呢？」

游惑和秦究對視一眼，不約而同皺起眉。

這個話不能細想。如果詛咒的範圍不僅止於鎮子，還包括考生，那麼教堂裡那些不死不活血淋淋的人，恐怕也不全都是鎮民。

「詛咒怎麼解？」游惑問巫醫。

巫醫說：「你們不是偷聽了很久麼，我說過，轉移到另一個人身上就行了啊。」

「我說的是徹底解除。」

游惑彎下腰，冷冷看著他。

巫醫跟他對視片刻，敗下陣來，破罐子破摔地說：「殺了受詛咒的人，或者殺了公爵。」

「你……」垂著頭的管家突然彈起來，剛要張口，被秦究塞了一嘴豬蹄。

巫醫咯咯笑著，重複道：「殺了公爵就好了。」

一面之詞難免有詐，秦究看向角落裡蜷著的血人，說：「神父？」

血人像死了一樣，過了片刻，虛弱地抬起頭點了點，「我記得這個……」

秦究：「謝謝。」

他的目光在巫醫和管家之間掃量著，突然玩笑似地說：「審問暫時結束，大考官覺得他們表現怎麼樣，ＡＢＣＤ排個等級？」

游惑鬆開手，用下巴指著巫醫說：「這個Ｃ，重考一輪。」

巫醫：「……」

他又指了指道格拉斯：「Ｄ，直接淘汰吧。」

秦究抬手在額角碰了一下，痞痞地行了個禮：「給我半分鐘。」

道格拉斯嘴角邊皺紋下拉，麻木中透著一絲生無可戀。

地底陰暗的環境讓人忽略了時間，游惑和秦究拎著禮服從小屋裡出來，天色已近傍晚。

遠方的天空又布滿了陰雲，含著濕潤的水氣朝這裡聚攏。

他們套上禮服回到教堂，卻發現眾人圍著那群保齡球，氣氛有點詭異。

高齊老遠就衝他們說：「可算回來了，再不見蹤影我們就要去掘後院了。」

「這是幹什麼呢？」秦究往人群看了一眼。

高齊說：「我們找到一些線索，知道治好病人是什麼意思了。」

眾人把幾張擔架床翻過來，給游惑和秦究看背面的血字。

「有重複部分，綜合來說就是一句話……」高齊深吸一口氣，說：「殺了他們就是解脫。」

他還著重指了其中一張床板說：「這個肯定是考生留的，殺一個病人三分，上不封頂。」

全部殺完，也許這場考試就結束了。

但游惑粗略一數，除去放任自由的神父，這裡原本二十五個病人，現在依然是二十五個，一個也沒少。

沒有一個考生動手拿分。

秦究挑了一下眉。

沒等他開口，考生中有人咕噥了一句：「除此以外還發現了一些痕跡，我們覺得……這些病人裡，起碼有四五個跟我們一樣，是某一場的考生。」

如果只是單純的NPC，他們殺起來不會有負擔。活到現在，誰沒殺過幾個小怪啊。但當他們得知其中有真正的人，就誰都下不去手了。

三分，對大多數人而言很可觀。但就像高齊和趙嘉彤說的，沒到程度。

他們還沒被逼到為了三分殺考生的程度，這是多值得慶幸的一件事。

不過這種氛圍很快就被打破了，因為秦究把地牢裡打聽來的內容告訴了所有人。

眾人的臉當時就綠了，其中以高齊最為青翠。

他喝的酒比在場所有人加起來還要多，如果詛咒應驗到本場考生身上，他妥妥前三。

暴雨在入夜前砸了下來。古堡佇立在雨幕之下，像靜伏的野獸。

西塔樓一層寬大的臥室裡，公爵正在衝男僕們發脾氣，他砸了一只杯子，弄濕了一幅油畫，踹翻了房內所有能踹的東西……

因為管家遲遲不見蹤影。

十多輛馬車接回了所有客人，唯獨不見道格拉斯。

引誘客人犯錯誤不是他最拿手的嗎？什麼事讓他耽擱到了現在？

公爵轉著手上的戒指，氣壓低得沒人敢靠近。

有那麼一瞬間，他懷疑道格拉斯跟那個巫醫搞到一起去了，也許背著他偷偷做了點什麼。

但很快，他又說服自己。誰都有可能對不起他，除了道格拉斯。

「老爺，晚宴時間到了。」一個男僕提醒他。

儘管僕人早就不算活物了，行為舉止透著一股僵硬的死氣，但他們依然會感到畏懼。

公爵緩了片刻，沉著臉交代：「如果道格拉斯回來，請他滾來這裡等著我，我要好好教育他什麼叫守時。」

說完，他換上公式化的微笑，轉身去了晚宴大廳。

今天的晚宴非常奇怪。

客人們盯著酒和烤雞，面色凝重。只有三位先生表現突出——

游惑和秦究就像不知道詛咒一樣，一如昨夜，不緊不慢地嚐了所有食物。

至於高齊……反正沒救了，他索性放開來喝。

公爵輕輕敲了敲杯壁，微笑著說：「怎麼？我親愛的客人們今天食欲不振？這是我讓廚房精心準備的，不吃的話，我可能會有些傷心。」

「……」好，你是題目你臉最大。

考生們深吸一口氣，頂著一副壯士斷腕的表情，用叉子勾了一點點雞皮……

公爵兩手交握，面具後的眼睛彎了起來。

夜裡十點，晚宴結束。

公爵坐在桌首，目送考生們離開大廳。他的視線始終追逐著那兩位完美先生，心裡盼著道格拉斯早點回來，給他帶回來一點令人高興的小消息。

最後一個考生離開，一個男僕匆匆跑過來。

「公爵老爺。」

「嗯，是不是道格拉斯回來了？」

男僕灰白的臉色居然能變出好幾種色彩，他僵硬片刻點了點頭說：「唔，剛剛回來了……」

「那他人呢？在臥室等我了？」

男僕猶豫地說：「沒有。」

公爵皺起眉，「為什麼？」

男僕往後縮了縮脖子說：「管家……嗯……一回來就鑽進了自己臥室。」

公爵有點生氣，也有點納悶。

他讓男僕帶路，板著臉殺到了道格拉斯的臥室。

考生＿＿＿＿＿＿＿＿ #EX—LIBRIS

## 優秀學生，再接再勵。

註 這是對考生風采的肯定，你在群體中表現突出，也許是領袖、也許是智者、也許是勇士，請繼續保持。



考生＿＿＿＿＿＿＿＿ #EX—LIBRIS

## 保送（雙人兩場）

註 抽到的考生可以免除相應考試，按照該場平均分計入總成績。你是一位幸運兒，你有珍重的伴侶嗎？你有同行的朋友嗎？你可以和他共用這場幸運。



考生＿＿＿＿＿＿＿＿ #EX—LIBRIS

## 一張小抄

註 使用此卡，可要求監考官提供一份資料說明答題，但有 20% 的機率拿到無用資料，祝你好運。

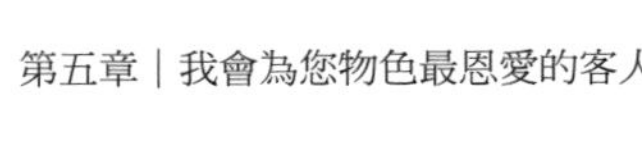


「道格拉斯你究竟在玩什麼把戲？」公爵推門便是一句斥責。

意料之中的回應並沒有到來，意料之中的人影更是不存在。

「他人呢？」公爵瞪了男僕一眼。

男僕指了指臥室某角落說：「在……在呢……」

公爵定睛一看：一隻裹著管家襯衫的豬癱在那裡，襯衫領口還別了一張羊皮紙。

公爵大步走過去，摘下來一看。

紙上的手寫體龍飛鳳舞：

公爵老爺，我是道格拉斯，您讓我去找客人的小麻煩。

這個小麻煩，您還滿意嗎？

祝您愉快。

「……」公爵差點氣到去世。

他發著抖揉掉羊皮紙，轉身就往臥室走。一邊走一邊對男僕說：「我今晚，就要這兩位客人的身體！一個也別想跑！」

這一晚，客人們睡得不如前夜沉。

也許因為晚宴的食物他們只碰了幾口，也許因為知道了古堡曾經發生的事。他們本就覺得這裡陰森森的，現在變得更加不安。

敏感如周祺又說聞到了臭味，比之前濃郁。

趙嘉彤搜了床底和櫃子，就連枕頭、被子都沒有放過，邊邊角角捏了一遍，愣是沒找到來源。

臨睡覺前，周祺突然趴在門邊的牆上，鼻尖貼著石壁嗅了片刻，說：「彤姐……好像是從牆裡傳出來的。」

一句話，聽得趙嘉彤寒毛倒豎，但她湊過去，就什麼也聞不到。

「小周，妳老實說妳以前幹哪行的？」趙嘉彤跟她開了句玩笑，試圖緩和氣氛。

周祺擺手說：「沒，真不是神棍。就是狗鼻子而已。」

她扯了自己的外套當被子，在地毯上躺下，看著頭頂的蠟燭吊燈出了會兒神，突然說：「不過以前也沒有這麼敏感過，可能這場考試比較特別吧。」

趙嘉彤在她身邊躺下，心裡想著：確實特別。

特別到……就好像這考場上有什麼東西，冥冥之中一直在向周祺發出警示。

趙嘉彤閉著眼睛暗自琢磨，一邊仔細注意隔壁的動靜。

就A和001搭夥幹的混帳事，她若是公爵她都要瘋，不找他們算帳就有鬼了。一旦公爵來找麻煩，她就暗中尾隨出去看看。

然而，當外面真的有動靜時，她卻沒能按計畫行事。

因為周祺又發燒了。

這女孩燒得滾燙，還碰上了夢魘。她皺著眉較著勁，嘴裡含含糊糊嘟囔著夢話，卻怎麼也拍不醒。

趙嘉彤湊近過去，勉強聽見她說：「……我想……幹麼不讓我見……」

然後就是嗚嗚咽咽地哭。

連續兩晚高燒，太蹊蹺了。

趙嘉彤不禁想起秦究的話……這病像是故意摁著周祺，不讓她深夜往外跑。

是不想讓她碰到什麼事？還是不想讓她看見什麼人？

【第六章】

# 帶頭刷分！
# 早日考完早日休

深夜時分的長廊壁火昏暗，傍晚滿城堡都是的僕人不見蹤影，各個房間門前空空蕩蕩，就好像他們從來沒有存在過。

突然，樓梯那傳來了腳步聲。幾位男僕拐上三樓，領頭的那個手裡提著油燈，其他人在他身後排成了列，他們的臉在搖晃的燈火中半明半暗，五官繃著，神情僵硬冷漠，透著一股死氣。

可憐的管家道格拉斯變成了一頭豬，暫時無法幫公爵老爺解憂，於是捉人的任務就落到了他們肩上。

「就在前面。」領頭的男僕低聲說。

他指著不遠處的屋門，指使另一個男僕，「去敲門，其他人把房間圍上。」

「另一位呢？」敲門的僕人抬起手，又遲疑著問道：「老爺不是讓我們抓兩個？」

領頭說：「隔壁就是，請完這位再去請那位，我們人多勢眾，不急。」

「喔，好的。」

同伴們圍成半圓，那個僕人敲響木門。

篤——剛敲第一下，門就開了。

男僕：「咦？」

游惑扶著門，毫無波瀾地看著他。

男僕張著嘴忘詞兩秒，機械地說：「先生，晚上好。您……沒睡？」

「你說呢。」游惑比這位男僕高，看他的時候目光下瞥，不死不活的人被這麼看兩下，都凍得慌。

男僕再度卡殼，半晌沒接話。

還是提燈的那位補充說：「沒睡正好，公爵老爺想請先生過去聊一聊。」

他說話的時候，側面的某個男僕手背在身後，攥緊了一把鐵棒。印象裡，客人受到邀請總會驚

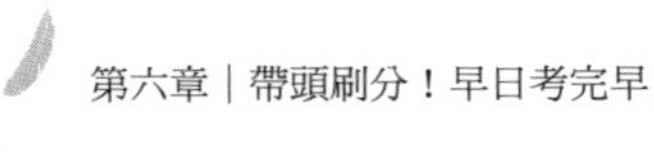


慌失措，試圖叫喊。道格拉斯管家總會隨身帶點兒工具，這根鐵棒就是他常用的。

男僕做好了準備，只要這位客人一叫，他就掄過去。

誰知對方說：「喔。」

男僕一個慣性，差點兒把棒子掄到領頭臉上。

他們青白的臉上緩慢擠出一個尷尬的表情，提燈那位往後退了一步，給游惑讓出路。

誰知這位客人邁了一步又頓住，轉頭衝臥室說：「走了，快點。」

男僕愣了一下，說：「怎麼，夫人也沒有睡嗎？」

游惑聽見「夫人」兩字，瞥了他一眼。

男僕正了正臉色說：「公爵現在只點名邀請先生，夫……」

他想說夫人稍後再說。

結果游惑把門縫拉大，露出身後那位比他還高一點的男人。

男僕：「啊？」

他「夫」不下去了。

他盯著秦究下半張臉，當機一秒，退開來看了一眼門牌，然後冷靜地問：「公爵老爺說過夫妻一間房，深更半夜，先生您為什麼在這兒？」

「你說呢？」秦究說。

男僕：「……」他品味了一下，表情麻木，「公爵老爺不喜歡不忠的人，我們本來也要找您，既然如此，兩位都請跟我來。」

秦究毫不在意，泰然自若地出來了。然後，他又轉頭看向房內。

裡面，第三個聲音打著哈欠，含含糊糊地說：「欸，等我把鞋套上。」

僕人：「咦？」

高齊一邊拽靴子，一邊蹦出來，鬍子拉碴和男僕來了個臉對臉。

「……」僕人青白色的臉變幻莫測，片刻後一揮手，「全部帶走！」

開玩笑，三個男人……古堡裡怎麼能容下這麼亂的東西！

就衝這一點，老爺一定會把他們嚇到哭出來。

走廊依舊昏暗，一模一樣的油畫高高掛在石牆上，畫中的人一半隱在黑暗中，好像正透過面具，自上而下地窺視著他們

秦究身後跟著三位男僕，以半包的架式圍著他，走在最前面。

游惑身後同樣圍著三位男僕，落後他們七八公尺。

再往後兩步，是高齊和其餘僕人。

男僕手裡的油燈吱呀作響，光像一汪不平靜的水，忽明忽暗，在秦究背後落下搖晃的長影。

游惑從油畫上收回目光，看到的就是這樣一幕。

他忽然覺得，這樣的場景他似乎見過很多次……同樣長長的走廊，同樣揮之不去的窺視感。

秦究身後總會跟著一群人，他身後也一樣，偶爾能聽見高齊拖得長長的哈欠。

有時是他們迎面而來，有時是一前一後地走著，就像現在一樣。

不論哪種，總是隔著不長不短的距離。

不知為什麼……他總覺得秦究會突然停步，拿著檔案或是別的什麼，和簇擁著他的人懶洋洋地交談。

而他，則帶著高齊那幫人……腳步不停。

側身而過的時候，秦究會在交談之間投來目光，一觸即收。

「你怎麼越走越快了，仗著腿長是吧？」高齊的聲音響起來。

游惑倏然回神，這才發現自己不知不覺加快了步子，離前面幾人只有幾步之遙。

秦究在轉過拐角的時候停了步，目光越過三位男僕落在游惑身上。

這次沒有一觸即收，他衝游惑眨了一下眼說：「快來，別讓公爵等急了。」

在他們下到一樓，離西塔底的臥室越來越近時，古堡內其他房間陸續有了動靜。

如果男僕們走慢一些，就會透過扇扇木門，聽見手機鬧鈴聲此起彼伏。

不一會兒，三樓的某間房門悄悄打開了。

一個腦袋探出來，左右看了一圈，轉頭對屋裡的人說：「應該下去了，我剛剛還聽見一點動靜呢。」

緊接著，不遠處另一扇門也開了。

第二顆腦袋探出來，還衝著這邊招了招手。

然後是第三扇、第四扇……

眨眼的工夫，大半考生都從屋裡鑽出來了。

這是他們之前的約定，既然殺了公爵就能解除詛咒，此時不動手更待何時？

早日考完早日休。

他們壓低聲音，悄悄比劃著手勢，同時往一樓潛去。

西塔一層偌大的臥室靜得嚇人。

公爵披著長長的斗篷，絲綢下襬掃過地面，他正繞著一頭道格拉斯擺蠟燭。

他的臉白得驚人，就像血已經不再流了，嘴角的弧度表明他此刻心情極差。他很生氣，既是對面前裝死的豬，也是對即將到來的客人。

蠟燭擺好，他直起身，扯了一塊布巾仔細擦著剁骨刀。
瞇著眼舔著嘴唇說：「道格拉斯，你這個疏忽讓我有一點點擔憂，沒有你，我要制住他們兩位，會耗費一些力氣和時間。當然，這一點力氣和時間微不足道。」
畢竟大多時候，客人們都是嚇暈的狀態。
「希望那些蠢僕人把那兩位先生拖行過來時，臉是朝上的。我囑咐過他們，但很難說他們會不會記得，畢竟……畢竟他們真的太蠢了，還是和活人有差距。」
他摸著刀刃，又咕噥說：「不過活著的時候，也沒見他們聰明到哪裡去。我始終記得，有一回艾麗莎只是著了涼，那些蠢貨也能把她照顧得越來越嚴重，拖了一個月才好轉。」
公爵頓了頓，朝床底下瞥了一眼說：「我的艾麗莎……哎……等我處理好那兩位先生，我就替妳去找他們的夫人，再等一等，再等一小會兒……」他輕聲開著玩笑，說：「先讓咱們的管家有個人樣兒。」
門外傳來了腳步聲。
公爵興奮地哼了一句曲調，將刀背在身後，站在大門前準備迎接可憐的客人。
結果門一開，男僕垂著眼恭恭敬敬對進來三個人。
三個男人……
三個個子比公爵高、力量比公爵足的男人。
「……」公爵瞬間收起笑。
其中最高的那位完美先生看了一眼豬和蠟燭，笑著說：「喲，準備工作都做好了？」
他說著，從口袋裡掏出兩副白色的紳士手套，拍了拍，遞往身邊。
另一位冷冰冰的完美先生接過來，套在手上，然後摸出一把刀說：「速戰速決，乾淨一點。」
這位縫補起來的公爵，身體裡居然還有熱血流動。

最後一刀釘下去，血液飛濺出來。

游惑歪頭避讓，卻還是沾了幾星在頸側。

殷紅的血液流淌下來，沿著清瘦頸線勾出蜿蜒的痕跡，突兀刺眼，卻莫名透著一股吸引力。

秦究鉗住公爵瘋狂掙扎的雙手，單膝跪壓在手掌上，抬頭就看到了這一幕。

壁火晃動，他們離得很近。近得能感覺到彼此動作間帶有的體溫。

秦究盯著那兩道蜿蜒血線看了幾秒，用手指點了點自己脖子說：「這裡……」

「嗯？」游惑聞聲抬頭，淺色的眼珠透著疑問，兩手卻毫不猶豫地將刀壓得更深。

他做起這種事來有股冷調的危險氣質，和瓷白脖頸上流淌的紅痕一樣具有蠱惑力。

秦究收了話音，在抖動的火光中看了一會兒說：「沒什麼，血差一點沾到衣領。」

他說著，伸手過去抹掉了血線。

白手套的布料比絲綢粗厚，摩擦過皮膚時，幾乎能感覺到上面清晰的紋理。

游惑的脖頸有一瞬繃得很緊，但並沒有讓開。

他只是微微側頭，輕而飛快地瞇了一下眼，目光就落回到秦究手上。

手套並不完全貼合，鬆鬆地裹著對方瘦長的手指。

「擦掉了。」秦究搓了搓指肚，將拇指和食指上的血跡攤給他看，「不過……是我剛才手重了，還是大考官皮膚太薄？」

他朝游惑頸側瞥了一眼，說：「你脖子這邊有點泛紅。」

高齊貢獻了一波刀光劍影，正在清理周邊戰場。

他翻看完公爵屋裡的東西，正想跟游惑、秦究說點什麼，剛走一步又本能地縮回了腳。

公爵還在抽搐，而那兩人之間氣氛古怪。

說不上來哪裡怪，但就讓他邁不出去那條腿。

可能那一圈蠟燭有結界吧。高齊心想。

公爵的動作越來越小，最後手指抽動兩下，面具下的眼睛圓睜著，瞳孔慢慢散開。

游惑鬆開手，拔刀站起來，一邊摸著脖頸一邊踢了踢他的腿肚說：「總算死了。」

「真死了？」高齊這下才湊過去，圍著公爵僵硬的屍體轉了一圈，伸手挑開他的面具，又用刀尖撥開他的衣領。

細密的痕跡像針腳，這形成了一道分界線，分割出不一樣的皮膚。近距離觀察，讓人有種不寒而慄的反胃感。

「操……還真是剁了拼的。」高齊低罵了一聲。

話音剛落，房間裡突然響起了一個久違的聲音——

【檢測到得分項。】

【考生游惑、秦究、高齊觸發得分點共一項。】

【一、公爵心臟停止跳動。】

【具體計分如下：刺殺公爵共計九分，按出力比例分配。最後一刀共計一分。】

【各考生分數已重新核算。】

高齊加到了兩分。

秦究刺殺加到四分。

游惑刺殺加到三分，最後一刀加了一分。

高齊愣了半天，咕噥說：「跟著你們太放縱了，我差點兒忘了還要算分。」

別說他，就連游惑、秦究自己都愣了一下。

這場考試系統安安靜靜，以致於他們差點兒忘了它的存在。

「不過有點怪啊。」高齊說：「公爵死了，那些病人不是應該解脫了嗎？那我們應該達成條件

了，為什麼不是直接結束考試，而是加分啊？」

「可能病人恢復需要時間。」秦究說。

高齊點了點頭，「那應該也要不了多久了，說不定明天天一亮，就全好了。」

這個想法讓他高興起來。

他直起身，卻發現游惑正盯著公爵的臉，一副若有所思的模樣。

「怎麼了？」高齊問。

游惑說：「臉有一點眼熟。」

「認識的？」秦究也看過去。

游惑搖了搖頭。

這種眼熟還遠不到認識的程度，他感覺這兩天似乎見過這張臉，但只是一掃而過，印象不深。

直到高齊掏出手機，打算給縫縫補補的公爵留個紀念時，游惑突然想起來。

「周祺男朋友。」

「誰？」

高齊和秦究都是一愣。

「你怎麼知道人小周男朋友長什麼樣？」高齊納悶。

「手機螢幕照片。」游惑解釋說。

周祺的手機螢幕是她男朋友的照片，晚宴發呆也好、掏手機照明也好，這張臉每天都在周祺手中明明暗暗。

當初分在一間房，周祺為了避免尷尬跟游惑提過一句。

說的時候臉和耳朵通紅，神色裡擔憂居多，但也透著一絲藏不住的笑意。

有眼睛的都能看出來，這對年輕的情侶感情很好。

周祺說，如果能從這裡活著出去，她要做的第一件事就是拽著男朋友直奔禮堂。

「你這麼說我想起來了！」

高齊的臉色「刷」地變了，蹲下來盯著那張臉翻來覆去看了好半天，喃喃地說：「好像還真是……那小周……」他說著卡了殼，半天嘆了口氣：「那姑娘如果知道，我的天……」

臥室一片沉寂。

三人看著公爵蒼白的臉，心情複雜。

這裡一旦安靜，外面的動靜就變得明顯起來。

高齊忍不住抬頭看向大門，皺著眉說：「什麼情況？外面幹什麼了？」

他們忽然意識到，其他考生應該已經出來了，按照約定，只比他們慢幾分鐘而已。就是爬……也該爬進門了，怎麼到現在都不見人影？

轟——外面又響起一聲動靜，像是有人搬起什麼重物砸在牆壁上。接著是隱約模糊的人聲，混雜著叫喊。

聽起來兵荒馬亂。

「出去看看。」秦究說。

游惑甩了刀尖上的血，走向門口。剛走兩步，他又想起什麼似地退回來。

他撿起地上的面具，重新戴在公爵臉上。

不知道周祺會不會下樓。

她應該再看一看這個年輕人的臉，但不該在這種情境下，也不該以這種方式。

三人一出臥室，就被古堡裡的鬼哭狼嚎驚了一跳。

從來沒有這麼直觀意識到房間的隔音有多厲害。

狹長昏暗的走廊上，油畫在咯咯抖動，木框磕在石壁上，好像隨時會砸落下來。乍一看就像來了地震，整個古堡都在跟著顫抖。

但事實是他們腳下很穩，顫抖的只有長長的、潮濕的牆。

鬼哭聲就是從牆裡傳出來的，就好像……這厚重的石牆裡封著數不清的人。

壁火搖曳下，牆上的陰影就像活了一樣，掙扎著從石壁上脫離一部分，帶著潮濕的水聲，朝走廊上的人勒過去。

考生們亂成一團。

砸牆的、撕打的、翻滾的……有些在躲避，有些……活像中了邪。

三人想都不想衝過去，並指成刀，一刀一個，眨眼的工夫便放倒一片。

拐上二樓的時候，高齊看見三樓某兩間房間門打開了，頓時扯著嗓子喊道：「老趙！清醒嗎？清醒先把他們弄暈……」

趙嘉彤和楊舒同時探出頭來，楊舒瞄了一眼就彎下了腰。

游惑懷疑她在脫她的高跟鞋。

果然，下一秒，鞋子劃過一道弧飛了出去，也不知扔誰臉上了。

趙嘉彤則拎起大裙襬，反身就是一個飛踢。

還不忘喊回來：「去你的老！」

「小趙！身手不錯！」高齊說著又敲暈倆。

「這是什麼情況……」趙嘉彤喊著：「小周又發燒了，我要不要把她弄下來？」

「別！」高齊想起公爵的臉，立刻說：「先別，樓下更要命，樓上人還少點，妳們一會兒把門關上鎖好，剩下的我們來！」

游惑一刀削向黑影，卻像扎進了水裡。黑影順勢凹下去，又迅速往他手臂上爬。

游惑厭惡地「嘖」了一聲，抽刀甩開，避到一邊。

他順手把一個正要跳樓的考生揪了回來，轉頭就被一片白光晃了眼。

那是秦究開的手機燈。

光亮掃過的地方，一片伸向游惑的黑影被打散，飛速縮了回去。

「……」游惑無語片刻，也掏出了手機。

「還特麼能這樣？」高齊把一個考生拖離牆邊，開了手機電筒，像握著一把光劍。

黑影順著變換的陰影在牆上飛速蠕動，剛竄出來，被高齊拍回去。

再竄出來，又被游惑拍回去。

又竄，秦究等著它。

黑影：「……」

到最後，高齊站在走廊上，一會兒將手機搖向左邊，一會兒搖向右邊。

樓上楊小姐清脆的聲音傳下來：「讓你掀人裙子！再掀啊！」

「太煩人了——這東西——怎麼打？」趙嘉彤拽回裙襬。

楊小姐躲開一道偷襲，轉身撲上走廊另一端。她勾頭往下一看，就見高齊腳都不動，就那麼從容地搖著手機。

「……你給誰搞應援呢？」

剛問完，楊小姐突然反應過來，敲了自己腦袋一把說：「關鍵時刻居然傻了。」

很快，黑影在燈光的應援……不，照耀下無所遁形。

它們以各種扭曲的姿態，在石壁上來回湧動，給兩位小姐噁心得不行。

男女混合的鬼哭聲異常刺耳，忽輕忽重地持續了一陣。

塔樓某處突然傳來鐘響，哭聲戛然而止，黑影也瞬間展平鋪在石牆上，再看過去，已經變成正常的陰影了。

地震似的抖動平息下來，游惑撒開那個差點跳樓的考生。

這是一個小個子男生，得虧他腿短，爬石欄費勁，不然游惑也撈不住他。

他呆立片刻，猛地搖了搖頭，這才把自己弄清醒。剛回神就順著石欄往下滑，一副虛弱的受驚樣：「我……我……我剛剛是不是差點下去了？」

游惑安撫說：「是。」

小男生貼著牆軟了一會兒，說：「謝謝，嚇死我了……」

「究竟怎麼回事？」高齊和秦究走過來問。

「不知道。我們不是定了鬧鐘嘛，看到你們到一樓，我們就跟下去了。」男生指著西塔樓方向說：「當時外面守著不少男僕，我們趁著人多膽子大，跟他們幹了一架。」

「本來想打暈他們就進去找你們，出點力。結果也不知道怎麼的，那些男僕突然就跑了。」

「跑了？」秦究問。

男生想了想說：「也不能叫跑吧，就往大門那邊去，然後就……消失了。我感覺他們好像有點害怕，然後牆就開始晃了，我們以為城堡要塌了呢，還準備衝進臥室把你們喊出來。剛衝過去，那些牆上的影子就活了，還哭！」

他搓了搓手臂上的汗毛，「哭得我頭暈腦脹的，感覺跟做夢一樣……我看見……看見有人被砍頭。公爵就這樣，一手揪著他的頭髮，一手拿著刀……那男的拚命蹬腿想跑，我也在跑，但是有人揪著我的衣領不讓我動。」

男生看了游惑一眼，說：「然後你就知道了。」

這狀態聽著耳熟。

游惑和秦究同時看向高齊，高齊撓了撓腮幫子說：「那跟我第一天差不多啊。」

恐怕不止他們兩個，剛剛那些中了邪似的考生，應該都有類似的情況。

「所以，我看見的是曾經被砍的考生？」高齊臉色有點難看。
他想起夢裡那個突然塌在床上的女人，又想起小周男朋友的頭，心裡很不舒服。
「死了那麼多人，鬼氣森森也正常。」高齊嘆了口氣。
誰能甘心被砍成那樣，拼接成別人的軀體。
他轉過頭，見游惑盯著牆壁，納悶說：「不過為什麼這牆的反應這麼大？油畫有問題？」
一說到牆，大家第一反應都是那些畫。
每隔幾公尺掛一幅，畫的都是變態公爵他一家，夜裡看到確實很詭異。
考生們陸陸續續甦醒，議論著剛剛發生的事情。
有幾個心大的考生則溜到了公爵臥室旁，想看看公爵死成了什麼樣。
游惑站在石牆邊，正要伸手摸一下，突然聽見不遠處一片嘈雜。
他轉頭看過去，就見公爵臥室旁，一群考生潮水似地退回來，就像見到了什麼嚇人的東西。
下一秒，他就明白了。
一個考生驚呼：「公爵不是死了嗎？」
游惑和秦究對視一眼。
對方蹙了一下眉說：「不會是我想的那樣吧？」
游惑：「……去看看。」
他們匆匆趕到公爵臥室，半開的門縫裡漏出燭光。
旁邊的考生瘋狂打著手勢，游惑走到門縫邊一看——剛剛被他們殺死的公爵正站在鏡子前，一邊活動著脖頸，一邊把扯開的衣領扣上。
他終於明白，為什麼系統沒有直接送人出考場了。
因為考試根本沒有結束，王八蛋公爵又活了。

就好像剛才的一切都是假的。

如果不是系統說了【公爵心臟停止跳動】，他甚至懷疑那是巫術造出來的幻象。

秦究拉了一下手套，衝門裡一偏頭，說：「再來一回？」

游惑以實際行動表達了肯定——他拿著刀推門就進去了。

一切就像場景重現。

公爵老爺理了理頭髮，拿起桌上的刀，一轉身……

三個男人又排成了一排。

公爵：「……」

這次公爵堅持了三分鐘，第二回被刀釘在地上，在抽搐中慢慢死去。

系統音再度響起，給三人又加一次分。

再然後……公爵又活了。

這次三人沉默幾秒，把刀交給了膽大的考生，指點了幾句便讓到了一邊。

一個小時，整整一個小時。

公爵老爺刷新八回，考生們不爭不搶，組團輪流上。

基本做到了同發展、共富裕。

八次下來，在場的這部分考生都加到了滿意的分數。

卡爾頓山頂，一座尖頂小屋孤零零地站在夜色裡。

小屋一共兩層，地上一層、地下一層。

154拎著油燈從地下室上來，對另外兩人說：「這麼晚了，你們是不打算睡了嗎？」

021翹著長腿修指甲，「地下室淹了沒？」

「還行，有一間禁閉室門口積了點水，我弄乾淨了。」154說。

922仰在地板上，晃著腳說：「哎……」

154沒好氣地問：「你又哎什麼，一晚上哎十來次了。」

「沒。」922又晃了晃腳，說：「覺不覺得這場考試特別安靜？習慣了禁閉室常打開的狀態，老大跟A……呦那誰這麼老實，我都睡不著覺了。」

他差點兒說溜嘴，幸好反應快，拗了過來。

021朝他瞥了一眼，「你說你是不是思想有問題？沒人犯規還嘆上了。」

其實021心裡也在「哎」，但她得維持人設不能崩。

154想了想說：「安安靜靜挺好的，犯規多了罰的不還是老大自己嗎。我祝他們這次安安靜靜到結束。」

話音剛落，系統踩點發來通知。

半分鐘後，他們捏著一張違規通知單，閉嘴驚豔。

通知單上白紙黑字寫著：考生游惑、秦究、高齊帶領十六名考生惡意刷分，共計十九人違規，請監考官立即處理！

922：「……」

021：「……」

154：「……」

監考官頭要禿了。

人多，會降低恐懼感。

人多，會提升趣味性。

人多……很多嚴肅的事情會變得有點滑稽。

就好比高中上學時候，老師指著窗外對一個學生說：「你給我站出去！」

這是懲罰。

對一個班的學生說：「你們統統給我站出去！」

這是展覽唱大戲。

三位監考官把所有違規考生帶回來的時候，就是這種感覺。

荒謬得讓人哭笑不得。

922看著小屋裡烏泱泱的人頭，假正經都裝不下去了。

他認真地說：「我可能開了個轟趴。」

154揉著太陽穴，還在努力裝，「……別鬧。」

其實真的有點像。

922又感慨說：「監考處什麼時候這麼熱鬧過。」

154放棄掙扎：「……是啊。」

922：「老大就是老大。」

154：「……啊。」

剛「啊」完，系統反手就是一個違規提醒。

兩位監考官的小紅燈都「滴滴」亮起來。

021在旁邊冷笑，心想：讓你們喜形於色瞎感嘆，我們學長最牛逼。

她用高跟鞋尖踢了922這個傻子一下說：「別杵著了，把人帶去樓下，這裡根本不夠站。」

922說：「小姐，樓下就夠嗎？我們只有三間房間。一次進三個人，排隊能排到明天這時候。」

「這種時候就別講究單人單間了吧，讓他們一起。」154說。

地下室充分延續了監考處的特點，跟考場風格保持一致。

這裡長得就跟教堂下面的地牢一樣——

順著石階下去會看到一條地下巷道，牆上半弧形的石槽裡燃著壁火，分割出明暗兩個色塊。巷子盡頭就是三間橫著的房間，像石頭築的牢房，立著狹窄的黑色小門。

也許是為了營造一種幽閉感，整個地下室只有剛剛那一處火光，其他都半隱在昏暗的影子裡。

021下來就皺著眉。

922直白地咕噥說：「那麼多種禁閉室，我最不喜歡這個風格。」

「別抱怨了好嗎？這已經是我清掃之後的，之前更模擬，到處都潮乎乎的。」154沒好氣地說。

考生們在巷子盡頭站定，面面相覷。

某個膽大的舉手問道：「監考官，能不能問一下懲罰內容是什麼？」

「啊，你不知道？」922下意識說。

考生很懵：「我……應該知道？」

三位監考官愣了一下，突然意識到自己被游惑和秦究弄麻木了，差點讓忘了真正正常的考生其實對懲罰一無所知，會有點忐忑。

154在旁邊咳了一聲，板著臉一本正經地說：「本場考試第一次違規的情況下，違規考生要被關禁閉，一人三個小時。」

「會有生命危險嗎？」

「一般不會有。」154說。

一般？幾個膽小一些的考生臉色又變得很難看。

154猶豫了一下，補充說：「你們會在禁閉室裡看見自己最害怕的場景，或者人或者東西。心裡有數就不會有生命危險。」

剛說完，他的小紅燈又「滴」了一聲。

他第一反應是今晚的系統特別不客氣，一惹就毛，比平時嚴厲多了。

但當他把第一扇禁閉室的門打開，暗自慶幸多人大雜燴也許會降低危險時，他才突然意識到……不是系統特別不客氣，而是他不知從什麼時候起，立場越來越偏向考生。

或者說，他們這幾位監考官偏向考生的立場越來越明顯，有時候字裡行間甚至不加掩飾。

他們越來越不守規矩了。

以前看見紅燈亮，他會在瞬間變得謹慎。而今天，紅燈亮了兩回，他甚至都沒掃上一眼。

不僅是他，922和021也一樣，這大概是受了某兩位的影響。

「你發什麼呆啊。」922突然拍了他一下，「想什麼呢？」

154回神說：「沒想什麼。」

922又看了他一眼，這才轉身去安排考生。

這傻子試圖把十九個人塞進同一間禁閉室，可能也想暗地裡給他們降低風險。畢竟人數多到一定程度，恐怖場景也許會變成四不像，誰都嚇不著了。

更何況有同伴的前提下，還能相互幫個忙。

不過剛塞到第五個，地下室裡突然響起了系統的聲音。

雖然語氣毫無起伏，卻依稀能感覺到它憋了很久，有點忍無可忍。

【警告，單間禁閉室人數上限為五人，超額違規。】

922說：「那三間也才十五個，還有四個人呢？」

【其餘違規考生應當在禁閉室外長椅上耐心等待，不得嬉鬧喧嘩。】

922：「喔……」

他又企圖把秦究、游惑和高齊分別塞進三個門裡，有這三位帶著，那禁閉室估計更好過了。

誰知系統又出聲了。

【考生龐安、孟岑晨、李昊、張銳、徐欣欣依次進入二號禁閉室。】

922：「……」

得，開始叫號了，這還不是轟趴，這是銀行。

系統又報了五個名字，讓那幾位進入三號禁閉室，然後說：

【考生秦究、游惑、高齊、趙鴻請等待。】

聽到這裡，922終於皺起了眉，傻子如他都感覺到了撲面而來的惡意。

據他瞭解，這位叫趙鴻的考生表現也很突出，是除了那三位之外本場考試拿分最多的人。

把這四個卡在第二批，系統的用意太明顯了——

一來能避免禁閉室變得太簡單。二來，別人三個小時就能結束回到考場，他們得在這裡待六個小時。既是延長處罰時間，也變相把他們從考場支開了。這幾位不在，誰知道復活的公爵會做出什麼事情來？

他都能想明白，老大肯定也明白。

922把最後一組考生送進禁閉室，轉頭瞄了秦究一眼，卻發現對方捏了捏鼻梁，看起來似乎不大舒服。

「怎麼了老大？」他和154湊過去。

秦究已經放下手，看上去又和平時沒什麼不同，「什麼怎麼了？」

922又覺得自己可能眼花。

他們沒再多說什麼，打了個招呼便陸續上樓。

禁閉室外真有幾張長椅，說是長椅，其實就是石頭臺。

考生趙鴻還沉浸在刷分的亢奮裡，一時間坐不下來。

他來回踱了幾步，剛想說「大佬們，來！我們商量一下後續怎麼辦」，就聽大佬一號扔了一句「睏，我睡會兒」。

游惑隨便找了個角落的「長椅」躺下，枕著手很快就睡著了。

趙鴻又看向秦究。

他在游惑旁邊那張石臺坐下，說：「我也靠會兒。」

說完也沒了動靜。

秦究已經在閉目養神了，聞言沒睜眼，懶懶地開口說：「待久了被傳染了吧。」

高齊納悶地看著他，咕噥說：「A現在有點嗜睡我知道，你怎麼也來了？」

高齊「呵」了一聲，心想：媽的又來炫耀。

趙鴻又看向他，他指著石臺說：「要不咱倆也睡？」

趙鴻：「……」你們來監考處是補覺的嗎？

高齊說睡就睡，地下室裡很快響起來輕輕的鼾聲。

趙鴻躺在石臺上，隱約能聽見禁閉室裡的叫聲，不至於撕心裂肺，但透著驚恐。

他聽了一會兒，更睡不著了，索性睜著眼睛發起呆來。

秦究和游惑離趙鴻很近，他目光轉著轉著，難免掃到那兩位身上去。

不知道是不是光線昏暗的緣故，秦究睡著之後眉心微皺，居然顯出一絲倦意。

趙鴻跟他們不算熟，對他們的印象就是：厲害得過分。

他下意識想：他們也會累啊？

但轉而又覺得自己這想法真怪，人怎麼可能不會累？

他正打算繼續發自己的呆，視線收回來的時候掃過游惑擋著臉的手肘，突然「嘶」了一聲停住了。

因為游惑手腕旁多了一大片紅色。

趙鴻定睛一看，發現那居然是傷，一大片血淋淋的傷。

這太奇怪了。因為十幾分鐘前游惑剛躺下的時候，這片傷口還不存在。

趙鴻驚愕片刻，突然反應過來——教堂那些人傳染來的毛病開始生效了……

游惑知道自己在發燒，渾身骨關節泛著一股痠勁。

也許正是因為有些疲憊，他這一覺睡得不算踏實，破天荒做了很多零碎的夢。

他又一次夢見了那幢熟悉的房子、又一次夢見了地下室。

夢裡，四周的環境跟監考處一樣昏暗，只開了一盞廊燈。

他從禁閉室裡出來，背手關上門。

不知為什麼，他髮尾和脖頸間有汗濕的潮意。不過他襯衫領口的扣子卻一絲不苟，只把袖子翻上去了一些，捲到了手肘。

他沿著樓梯上去，從客廳沙發靠背上拿了一套乾淨衣服，轉頭往一樓的洗手間走。

剛走沒兩步，房子裡突然響起了一個聲音。

現實裡這個聲音就很令他厭煩，沒想到夢裡更甚。

【監考官A，為什麼你從禁閉室出來要洗澡？】

游惑皺了一下眉，隨即恢復成冷冷的模樣。

「全天二十四小時這麼盯著，有意思？」

系統的聲音又響起來。

【這是我的職責所在，也是我的能力所在，最重要的是符合規定。】

這和考場上的系統有微妙的不同，說話方式更像人。

不過922他們確實說過，監考區的系統要比考場上更智慧，而且除了禁閉室，無所不在。

夢裡的游惑沒有吭聲，自顧自地從抽屜裡拿出一條毛巾。

系統不依不饒。

【你還沒有回答，為什麼從禁閉室裡出來要洗澡？】

游惑腳步一頓，片刻後又冷淡地說：「因為悶。」

系統不吭聲了，幾秒後說了一句。

【可是據記錄顯示，十五天前氣溫還沒回升，你從禁閉室出來也是這樣。】

游惑把衣物丟在洗手臺上，撐著檯面安靜片刻，說：「我說了，因為悶。你打算什麼時候把禁閉室挪到地上？」

系統：【不挪，禁閉室環境的舒適度決定著懲罰的力度，永遠不會挪的。】

系統的態度很堅決，游惑早已習慣，沒有多說。

但某些不是人的東西卻不甘寂寞，還在嗶嗶。

【在考試結束的瞬間違反規定是很惡劣的行為，根據資料獲取和類比，這種考生大機率帶有投機取巧和鑽漏洞的心理，換用一種口語化的表達就是耍小聰明。】

游惑眼也沒抬，好像說話的東西根本不存在似的。

他其實長年這樣，對屋子裡時不時出現的聲音置若罔聞，只在極偶爾的情況下回答兩句。比如一些必要的事，比如被問煩了。

剩下時候都把對方當空氣，該吃飯吃飯、該睡覺睡覺。

如果對方是個人，恐怕會被這種冷待激得暴跳如雷。

可惜對方不是，再像也不是。

所以系統把游惑的冷淡當做理所當然，在毫無回應的情況下也能說很久。

【該考生犯規次數比同考場其他考生的次數總和還要多，僅踩點犯規已達九次，根據樣本總結提煉，這種行為已經不僅止於小聰明了，而是狡猾。】

【狡猾。】

【危險。】

【自大。】

系統一個詞一個詞往外迸，說著那個考生的壞話。

按照最初的設定，系統只負責最直觀的考核，點評這種事是監考官的職責。即便後來逐漸失控，擴大了職權範圍，它也很少這樣單獨評價某一個考生。

有一到兩個形容詞，就實屬罕見。能讓系統說三個詞，那考生就牛逼大發了。

而這位，系統跟開閘洩洪一樣，源源不斷往外迸。

【傲慢。】

【懶散。】

不知道的還以為它在背詞典。

游惑終於出聲打斷它：「說完了？」

【沒有。】

游惑把手機扔上洗手臺，說：「那就變成有。」

【你是在維護考生嗎？】

「你想多了。」游惑面不改色，冷冷地說：「我只是嫌吵。」

系統放心地說。

【根據資訊比對和個性化匹配，你和那位考生發生肢體衝突即打架的機率為百分之五十二點一一，口角衝突的機率是百分之四十六點三二，平和交流的機率為百分之一點一六，愉悅聊天的機率為百分之零點四零三三三，成為朋友約等於零。】

「……」夢裡的游惑內心有一瞬間感到無語，甚至有點哭笑不得。

說不上來是對系統，還是對它胡扯的這段話，又或者……是對它形容的那位考生。

夢裡的一切都有些模糊，遑論心理狀態。

不僅游惑自己，系統也恍然未覺。

它無處不在，幾乎什麼都看得見、什麼都聽得到，但對情緒的感知力依然很弱。

它在報完這段數據後，語氣篤定地說。

【由此可知，你維護他的可能性非常小。如果是人來計算，這一點資料就會忽略不計，直接認定為不可能，但我不會。】

【我始終保留這份可能性，你和這樣的考生是可以成為朋友的，機率為百分之零點零零六六六……六七，不過這個機率沒有實現的條件。】

【那位考生最後一門已經重考幾次了，總會有所體悟。這次禁閉關完，他應該會做一定程度的自我改正，只要基本符合規定，他就要離開考場了。】

聽見「離開」這個詞的時候，游惑終於有了反應。

薄薄的眼皮輕抬一下，又落了回去。

他表情依然平靜無波，手指卻抬起了水龍頭。

水流嘩嘩淌進池裡，他略微有些出神。

【你不是要洗澡嗎？洗澡前洗手是一種資源的浪費。】

游惑愣了一下。

他不想讓系統看出他心不在焉，繃著臉沖洗了一下手指，才把水龍頭重新關上。

水很涼，跟夏夜的天氣截然相反。沖打得手腕濕漉漉的，甚至有點疼。

一瞬間的痛感幾乎讓游惑從夢裡抽離，處於半醒半睡的狀態。

一方面，他就是那個撐著洗手臺的人，另一方面，他又像在旁觀過去某個時刻的自己。

很奇怪，作為旁觀，他並不知道禁閉室關著哪個人，也不知道系統說誰會離開。

但夢裡的他情緒莫名變得有些複雜。他很遺憾，但又鬆了口氣。

系統又重複強調了一句。

【如果他發揮正常，通過考試的機率極大。】

游惑在夢裡擦了擦手指。

他依然記得那些轉化為NPC的考生，也許趙文途留給他的印象實在很深。

於是他問：「你真能放他離開？」

意料之中也是意料之外。

系統並沒有乾脆回答，它考慮了一會兒說。

【過於危險的人不適合直接放出去，我會按照相關規定處理的。】

游惑皺了一下眉，把擦手的毛巾扔回檯面。

【另外，你這週去了兩次總控中心，比規定次數多了一次。】

游惑一副懶得理它的樣子，徑直走進了浴間，裡面很快響起水聲。

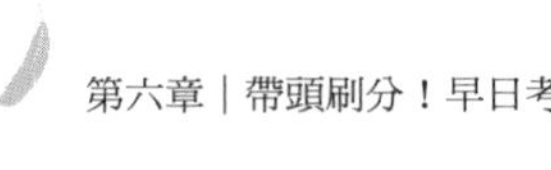


他也不是第一次這樣，系統沒有繼續追究，它難得自覺，沒有在這種時候咕咕噥噥。

資料顯示，人在洗澡的時候最放鬆，五感都會弱化一些。它即便說話，洗澡的人也不會聽進去。

許久之後，游惑弄乾頭髮，換了身衣褲，接了杯清水往樓下走。

系統又開口了。

【這兩次考生禁閉，你單日內進地下室的次數比以前多。】

游惑站住腳步，「你要真想渴死幾個考生，自己去抽考場的水，別死在我這裡。」

系統這下老老實實閉了嘴。

游惑端著一張冷淡的考官臉走進禁閉室。

他轉過身來低頭鎖門，身旁突然多了一個人影。

那人不輕不重地抓住游惑的手腕，別到腰後，另一隻手順勢拿走他端來的水杯。

「水灑了沒有第二杯。」游惑側過臉，對身後的人說。

被這麼制著，他居然沒有生氣。

也許是因為對方並沒有真正用力，就像在跟他開玩笑。

他看不到背後人的臉，卻能感覺那人就著這個姿勢，懶洋洋地喝起水來。

餘光能瞥見對方抬起來的手肘，襯衫鬆垮垮地捲著。獨屬於另一個人的氣息籠罩過來，帶著並不令人討厭的壓迫感。

夢裡，那種氣息說不出的熟悉。

游惑直接給熟悉醒了。

身邊有匆忙來去的腳步，還有低低的議論聲。聽起來人不少，正因為什麼事而感到焦急。

意識清醒的瞬間，夢裡的場景倏然遠去，一點點從記憶裡抽離。

反倒是某些細節殘留下來……

比如被人擒住的手腕，以及被抵住的腰側就……微微有點疼？

游惑迷糊間有點納悶。

隨著他越來越清醒，這兩處地方變得越來越疼。

這位大佬終於覺察到了不對勁。

他皺了皺眉，高齊的聲音在耳邊響起：「欸欸欸！動了動了，是不是要醒了？水呢？小姑娘別這麼小氣，咱倆好歹算同事，跟妳借兩杯水怎麼了？」

021小姐的聲音緊跟著響起來：「還有藥。」

「對，還有退燒藥　。算我賒帳行嗎？再不濟妳從我卡裡扣，兩杯水、兩份退燒藥，就按照休息處超市的標準物價來扣，行嗎？」

021還沒說話，922的聲音又響起來：「154！我找到了紗布！但不大多……不知道夠不夠他們兩人用。早知道少帶兩盒肉卷了。」

游惑終於半睜開眼，隱約看見922雙手合十對154拜了拜，「錯了錯了，誰想到這次這麼嚇人。下回我一定減兩盒。」

154說：「來之前我怎麼說的？是不是讓你帶點實用的？你就知道吃。」

「你們幹什麼？」游惑問。

張口才發現自己嗓子燒得又乾又疼，像磨了兩遍鋼絲球，渾身關節像是澆了酸汁。

他試圖坐起來，高齊撲過來，「別動！求你老實一點先別動。」

在其他人看不到的地方，021咬了一下嘴唇，擔憂的目光跟游惑撞上。

高齊說：「你現在冷嗎？」

「現在是夏天……」游惑沒好氣地說，嗓子依然沙啞。

「來，你先把水喝了。我跟021要的，不夠我再弄一點來。」

游惑伸手要去接，動作卻頓在半途。

他終於知道為什麼手腕的痛感越來越清晰了，因為那裡少了一大片皮肉。

和普通的破皮不一樣。血並沒有大股大股地湧出來，只源源不斷地往外滲，猩紅濕黏，幾乎能看見一點點白骨。

如果不是長在他自己身上，他甚至懷疑是不是活人的手。

高齊深吸一口氣說：「你……你是不是特別疼？」

游惑愣了一下，說：「還行。」

醜是真的。

「你做個心理準備，應該是……詛咒效果出來了。」高齊說：「我們剛剛想給你抹點藥，處理一下傷口，但是……不是正常能處理的。」

他們第一眼看見的時候，那塊傷還只是少了皮，只有兩枚硬幣大。

這還不到半小時，就已經擴散得有半個巴掌大了，深可見骨。

想也知道，這種傷口怎麼可能「還行」，痛得喊出來都正常。

高齊說：「你現在在發高燒，你自己有感覺嗎？我懷疑這種破皮爛肉的情況會越來越嚴重，我們剛剛討論了一下，這個應該跟公爵有關係。」

從鎮民的話來看，正常的詛咒擴散是需要時間的。

那位鎮民說過，他先是高燒不退，幾天後開始長瘡破皮。而游惑這才多久？

「那個公爵每復活一次，詛咒就會起一次作用。咱們殺了他那麼多次……」

詛咒近十倍奉還。

高齊說：「雖然作用不大，但退燒藥還是吃……欸？你幹麼？」

他話說一半，游惑突然一骨碌起了身。他在021、高齊、922複雜的目光下，第一時間走到秦究身邊，問：「他有幾處傷？怎麼還沒醒？」

154一手端水一手拿藥，愣在原地。

他沒想到游惑會突然過來，差點兒忘了自己要幹什麼。

「老大傷在手上。」922走過來，聲音依然壓得低：「聽1006說，他傷口出現得比你晚，可能醒得也晚一點。」

154這才回神，把藥泡進水杯裡說：「具體幾處還不知道，沒有檢查過。」

秦究的手垂落在旁，大半個手掌都慘不忍睹，跟游惑的傷口半斤八兩。

明明是一樣的血肉模糊、一樣的深可見骨。

游惑卻覺得秦究的傷口更加可怖一點。

也許傷口落在別人身上，總是更刺眼吧。

「怎麼不查？」他問154。

「老大睡覺的時候不喜歡別人……欸？」154解釋到一半，游惑已經伸手去挑秦究束住的衣領了。

剛動一下，發燒中的秦究皺起了眉。

他的面具摘在一旁，地下室火光昏暗，他的嘴唇看不出一絲血色，和臉一樣。

平日裡他總是懶散又囂張，周身帶著一種遊刃有餘的精悍氣質，彷彿永遠不知疲憊。

這種帶著倦意的病容實在罕見，就顯得格外嚴重。

游惑手指頓了一下，動作放得更輕。

他正要繼續去挑，就被人抓住了手腕。

922「嘶」了一聲。

還好游惑用的不是那隻受傷的手，不然以秦究鉗人的力道抓在傷口……

噫——雞皮疙瘩都要起來了。

922搓了搓手臂。

154嘆了口氣把話說完：「他不喜歡別人碰，十有八九會被攻擊的。」

話音剛落，秦究醒了。他半睜著眼，眸光帶著濃重的睡意落在游惑臉上。

少有的高燒讓人分不清是夢是真。

秦究很快又闔上眼睛，英俊的眉宇間睏倦未消，但皺得沒那麼緊了。

他抓著游惑的手撤了力道，但並沒有鬆開。閉眼的瞬間，抵著游惑手腕的拇指輕輕摩擦了兩下。

這是一個極其自然的小動作，帶著近乎親昵的安撫意味。

其他人根本沒注意，只有游惑能感覺到。

他手指蜷曲了一下。明明一動就能讓開，但他卻好像突然犯了懶勁，沒有抽走。

愣神沒兩秒，秦究再度睜開眼。

這次他徹底清醒，目光再度落到游惑臉上，又掃向周圍其他人，終於翻身坐了起來。

手腕上的體溫倏然撤走，游惑活動了一下關節。

「麻了？」秦究嗓音透著沙啞，說：「我睡覺戒心有點重，有傷你哪裡嗎？」

顯然，那兩下只是他無意間的動作，已經不記得了。

游惑搖了一下頭說：「抓了一下，沒用力。」

「你手怎麼了？」秦究目光落在他垂著的手腕上，眉心再度皺緊。

922一腦門磕在154肩膀上，忍不住說：「我天，我真的服了……」

游惑：「……你先看一眼自己的手。」

154一副慘不忍睹的表情，也不知道是被這兩位的傷口嚇的，還是被這兩位本人嚇的。

都特麼能看見骨頭了，注意力居然在別人身上，這是痛覺神經麻痹呢？還是心大？

可能牛逼的人真的與眾不同吧。

混跡在監考堆裡的考生趙鴻心想，他這輩子都當不成大佬了。

簡單一解釋，秦究就明白了現在的情況，「所以殺公爵的方法有誤。」

高齊：「……我們說了半天，是讓你明白詛咒嚴重性的，你倆現在有生命危險，生命危險知道嗎？一不小心你倆以後就都要住在教堂，跟那群血人稱兄道弟了！誰跟你聊殺公爵的方法？」

「我知道。」

高齊：「你知道個屁！」

秦究挑眉看著他。

高齊跟他對峙幾秒，突然抹了一把臉。心想：窩草，我什麼時候被帶歪了，好像001不是我死對頭而是我兄弟似的。

他捂著臉動了動嘴唇，咕噥說：「A的鍋沒跑了，我一定是被朋友的朋友也是朋友這種鬼才邏輯影響了。」

高齊轉頭就去鎮壓游惑了。

他和秦究坐在一張長椅上，正在922、154的合力催促下，在021無聲的逼視中……拒絕吃藥。

154攤開的手心裡，七七八八好幾種，什麼退燒的、消炎的、止痛的，應有盡有。

021小姐翻臉如翻書，上一秒還勉勉強強不肯掏藥，見游惑腰側也在滲血後，扭頭就奔去了樓上房間，抱了一個急救包下來。

「一顆夠了。」游惑說著，拱了秦究一下說：「管管你的人。」

一句話，高齊當場百感交集。

多年以前，游惑還穿著監考制服的時候，常會丟給秦究一句：「管管你的人。」

而秦究總會回一句：「我的人？行，回頭管教的時候邀請大考官旁聽點評，怎麼樣？」

地點是會議室、總控中心、走廊、處罰大樓……等等，氣氛永遠是緊繃的，火藥味濃重。A的臉永遠是冷的，001的語氣永遠是挑釁的。

這已經監考處的日常了。

沒想到時隔多年，同樣的話從同樣的人口中說出來，居然可以完全不一樣。

秦究看著游惑一手的血，眉心依然會蹙起來，然後交代154說：「一顆肯定不行。」

游惑反手就指回去，對154說：「先給他。」

秦究：「……」

154還沒開口，021忍不住了，這位小姐當場翻了個白眼，撥了兩堆藥說：「行行好可以嗎？這是逼你們吃毒藥還是怎麼的？剛剛這位考生給我欣賞過教堂NPC，都快爛沒了。看在那些NPC的份上，能不能先把男性自尊心放一放，承認生病難受痛得要死很難？」

她把兩堆藥丟進杯子裡，一人塞了一杯，說：「全部喝掉！」

游惑和秦究拗不過這位小姐，本著紳士的態度，勉強把藥吃了，又去裹了紗布。

效力不算很明顯，但聊勝於無。

藥力作用之下，兩人又睡了一會。

三個小時很快過去，禁閉室的大門終於打開，第一批考生鬼哭狼嚎地跑出來，抱在一起瑟瑟發抖抹鼻涕。

好在雖然狼狽，卻沒人受傷。

剩下四個人就好安排許多。

922他們惦記著游惑、秦究兩人的身體狀況，有心想把他倆放一起，也算有個照應。

三個小時，誰知道禁閉室裡傷口還會不會繼續擴散。

誰知系統又不懷好意地出聲了。

它這次目標明確，什麼廢話也沒說，直接報著名字分了禁閉室。

秦究進了一號。

高齊進了二號。

考生趙鴻進了三號。

完。

明明可以兩人合用，系統偏不。

游惑再一次被排除在外，順延成了第三批。

秦究一進禁閉室，922跟154兩個便離開了地下室。

跟其他禁閉室一樣，這座小屋也有一個單間，裡面是三塊隨時可以連接禁閉室的螢幕，被稱為監控室。

受老大影響，在154和922的詞典裡，沒有監控考生這個說法。

這是他們第一次使用監控室，因為實在不放心獨自關在裡面的秦究。

螢幕很快亮起來，兩人拉了椅子，一本正經地坐下來。

他們對考生的隱私沒有興趣，所以看監控是一件漫長而無趣的事情，更別說看秦究的監控……別的違規者還有點刺激，他這就是長久不變的廢墟。

922看了一會兒，忍不住找154聊起天來。

「老大這片廢墟在哪兒啊？」922好奇地問：「我好像從來沒見過。」

154說：「不在常規地方，你當然沒見過。」

「不在常規地方？什麼叫不常規？」

「就是一般情況下，連監考官都去不了的地方。」

「喔。」922點了點頭，似乎明白了。螢幕上，其他兩個禁閉室熱鬧非凡，對比得秦究那塊螢

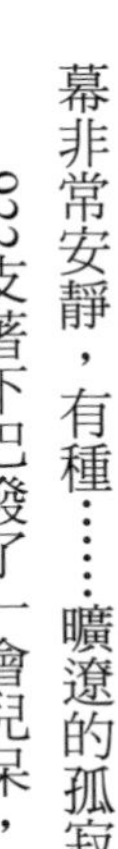

幕非常安靜，有種……曠遼的孤寂感。

922支著下巴發了一會兒呆，突然想起什麼般說道：「嘶——不對啊，一般情況下，監考官都去不了的地方，154你怎麼知道的？」

關完禁閉的那群人正由021送回考場。

021在卡爾頓山腳停下步子，指著前面一片荒煙蔓草圍繞的鐵柵欄說：「往前走十公尺，柵欄有個缺口，從那裡鑽進去，就可以看到古堡。」

禁閉室裡的餘驚未消，眾人深一腳淺一腳地離開了。一個個透露著過度驚慌後的疲憊，沒人說話，他們安靜地穿過柵欄，古堡黑幢幢的影子巨獸一般靜伏在前面。

「快點吧，還有幾個女孩留在古堡裡呢。」終於有人驚醒過來，突然加快了步子。

這麼一提醒，其他人紛紛一個激靈。

「操，差點忘了！一共幾個來著？四個還是五個？」

「管他幾個，那公爵禽獸不如，誰知道他會幹出什麼事來！」

如果是以前，他們會畏懼回考場。

但現在不同，他們每個人都動手殺過公爵。

雖然對方總能死而復生，但沒關係，心底的恐懼已經克服過了。

他們很快趕到了古堡，一進門，就被走廊裡濃重的血腥味嚇白了臉。

「怎麼回事……」

血味最為濃郁的二樓角落，趙嘉彤拎著一把刀站在某個房間門口。

礙事的大裙子已經被她脫了，換上了她自己的衣服，臉色前所未有地難看，幾乎有些肅殺。

之前的大戰太過混亂，她數漏了人。

以至於……公爵在古堡中遊走的時候，她只保住了她數到的幾位。

這個房間就是被她漏下的那個。
裡面住著一個非常容易害羞的姑娘，嘴角有梨渦，笑起來很甜。
趙嘉彤跟她沒有說過話，但記得她的笑。
此時，那張臉被公爵擺放在床頭，灰白色，沾滿了血，再也笑不出來了……
而公爵正從床邊抽身，他搖了搖頭，舔掉手指上的血跡，嘆了口氣說：「還是失敗了……可憐的小姐，睡吧，做個好夢。」
趙嘉彤提著刀就殺了進去。
她單槍匹馬，殺了公爵五次。
而在她不知道的地方，秦究正坐在廢墟裡，瘦長的手指被天光一照，白骨森森。
他對著陽光動了兩下，骨骼碰撞出咯咯的輕響。
看著自己的身體慢慢腐朽，是一件令人崩潰的事。
皮肉消融，白骨一點點顯露出來……這個過程就像將死亡拉成了慢鏡頭，每一秒鐘、每一處細節都被清晰地記下來，放大成折磨和煎熬。
但秦究還好。他遠沒有到崩潰的地步，只是感到遺憾。
也許是因為這個過程太魔幻了，讓人覺得不大真實。
也許是因為他真的過於自信了。
他自始至終坐在廢墟那個老位置上，外套脫在一邊，白色的綢質襯衫沾了大片的血。
他曲著一條腿看著自己的手骨，耐心地等著。
等到身上的血滲無可滲，才拆開了922塞給他的紗布。
他對欣賞破皮爛肉沒有興趣，所以沒脫襯衫，直接將紗布纏在了襯衫外。
021進監控室的時候，看到的就是這個場景。

她皺著眉問：「怎麼這樣裹？別告訴我001號監考官根本不會處理傷口，開什麼玩笑？」

922說：「怎麼可能不會。」

「那他這是幹什麼呢？」

「擋血吧。」

021一愣：「啊？」

「擋血，不是止血。」154說。

果然，監控螢幕上，秦究在襯衫之外又裹了一層紗布，手指……不，手骨上也裹了。

那些血又沾染在了新一層紗布上，但滲透力已經沒那麼強了，換言之，血已經沒那麼活了。

他架著手肘晾了一會兒，目光看著遠處不知在想什麼。

等血跡乾透，他才重新穿上禮服外套，從口袋裡掏出手套又戴上了。

等到禁閉時限將至，他站起身，禮服修長筆挺，除了最初幾個動作有些凝滯，幾乎看不出絲毫問題。就好像他的傷依然只停留在手掌一樣。

只有意志力強悍到極致的人，才能做到這個份上……

但有什麼必要呢？真的只是硬骨頭作祟，不想露出任何軟弱面？

021看著螢幕，心裡咕噥著。

螢幕裡，秦究兩手交握著將手套往裡抵了抵，又抬頭掃了一圈。

他似乎在找什麼東西。

很快，他停住目光，居然隔著螢幕和021對上了。

「……他不是在看我們吧？巧合吧？」021指著螢幕問。

154「唔」了一聲說：「應該就是。」

「真的假的？他還能感受到監控在哪裡？」021問道：「怎麼可能？」

922點頭說：「真的，他以前在監考處，總能指出系統的視線集中在哪裡……」

154想了想補充說：「他特別、特別討厭受束縛，比一般人更討厭，所以這方面一直有點敏銳……」

說話間，秦究真的對著螢幕比了個手勢，示意監考官去一趟，然後抵著嘴唇「噓」了一聲。

021：「……」

她想了想，還是悄悄去了禁閉室。

游惑還在睡，她想起秦究那個手勢，噤聲繞過他走到禁閉室旁開了門。

秦究站在門邊，壓低嗓音說：「我比其他人先進來幾分鐘，公平來說，是不是可以先出去？」

021皺起眉：「你……」

秦究又抵了一下嘴唇。

021瞥了不遠處的游惑一眼，也悄聲說：「你幹麼？」

秦究挑眉不語，只問她：「答不答應？」

021瞪著他，愣了一瞬間突然明白過來。

他想先走一步，想提前回去做某件事，也許有點瘋也有點冒險，所以想避開其他人……

不對，一般人根本跟不上他的節奏，也無法跟他結伴。

他想避開的只有一位。

021看著秦究。

這人明明一副病容，臉色蒼白，卻依然有著強勢而旺盛的精神力。

她突然有些茫然。因為那些往事和傳聞，她以前是真不喜歡這個順位第一的主監考，但這兩場接觸下來，秦究總能讓她意外……她突然開始懷疑自己認知有誤了。

兩分鐘後，021監考官生平頭一次順了秦究的意思，掐著最早的時間點，把他放出監考處。

【第七章】

# 到底是誰先發瘋的？

古堡中，空氣裡瀰漫著濃重的血腥味。

有死去考生的，有公爵自己的，也有牆上那些黑影的。

幾次下來，趙嘉彤終於發現，那些黑影並不是隨機出現。只會在公爵最虛弱的時候張牙舞爪。

她殺了公爵五次，那些黏稠的黑影也出現了五次，像永世不得安息的亡靈。

直到第一批回來的考生帶回了「游惑秦究遭受詛咒」的消息，趙嘉彤才終於回歸理智。

她被其他人攔在牆角，喘著粗氣紅著眼，眼睜睜看著公爵又一次死而復生，拖著長長的披風走下樓去。

「殺不死，燒不壞，拆開還能合上……」趙嘉彤說：「究竟要怎麼樣才能弄死他？」

最重要的是，在不受詛咒的情況下弄死他。

現在游惑和秦究變成什麼樣，她已經不敢想了，一想就難受得不行。她不想看見那兩個活生生的人變成不能見光的亡靈，永遠被困在黑暗陰濕的老教堂裡。

「就算想到辦法，現在也不敢試。」有人一針見血地說。

「對，沒法試。試了那兩位傷得更快。」

「不止，按理說我們喝過酒、吃過東西，相當於都將身體貢獻出去了。這詛咒肯定會漸漸蔓延開來的。」

「是啊！」有人納悶地問：「我們都吃了東西的，為什麼沒事？」

「你吃了多少，人家吃了多少？我覺得可能是公爵一夜之間復生太多次，詛咒轉移得很急，就先挑了兩個。一來他們吃的東西多，二來他們最厲害，三來他們最先動手殺公爵。」

「說到這個……我看他們晚餐沒有刻意少吃，不會就是為了吸引火力吧？」

眾人面色沉重心情複雜。

「我不知道有沒有記錯，這場考試期限是多久？題目有說嗎？我怎麼沒有印象了？」有人突然

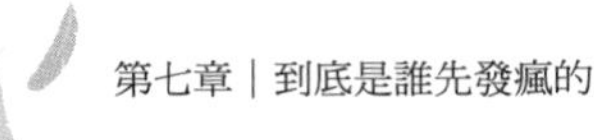


問道。

趙嘉彤低聲說：「沒有，題目沒給確切時間，我可以確定。」

眾人沉默許久，問：「那豈不是連熬時間都不行？該怎麼出去？」

「既然……」有人在沉默中開了口：「既然殺不了公爵，那就只能殺病人了。」

解脫有兩種——

殺了公爵，所有巫術回溯到最初。

殺了所有病人，死個痛快。

第二種方式他們始終在極力避免，但如今看來，已經避免不了了。

有幾個考生咬了咬牙，當場就要去鎮子上。

結果剛跑幾步，就聽見趙嘉彤說：「所有病人……是不是也包括剛受詛咒的？」

那幾個考生瞬間剎住腳步。

「……以前的考生是怎麼通過的？」

「也許有人下得了狠手，也許連續幾場都沒人通過。那些NPC還是不是最初的NPC，說的話是臺詞還是真的，誰知道呢……」

「反正我下不了手。」

至少目前還不行。

眾人徹底被這個問題困住，掙扎、糾結，遲遲找不到兩全的方法。

而公爵殺完人總會歇一陣子，始終沒有再上樓來。

不知過了多久，古堡大門被人推開，秦究回來了。

趙嘉彤幾乎立刻衝了下去，到一樓才發現楊舒比她跑得還快。

這位嘴上沒好話的小姐心腸還算柔軟，聽說了詛咒的事，藥包就一直攥在手裡，見到秦究當場就掏出了針。

誰知001先生避開了針頭，笑了一聲說：「省著點吧，我用不著。」

楊舒眼睛都豎起來了，「放屁，你是醫生我是醫生？我說用得著就用得著，省就不必了，我這裡還有，另一位回來照樣要扎。」

楊小姐一貫強硬，恐怕跟021很有話聊。

秦究估摸著，不讓她如願自己可能走不了，勉強答應下來。

楊舒說：「手臂露出來！」

秦究卻沒有照做，「手臂就算了，我怕把妳針頭撅了。一定要打針的話，打這裡吧，好歹剩點好皮。」

他說著，把衣領往下拉了一點點，像個吝嗇的鐵公雞。

楊舒舉著針筒愣了片刻，突然明白了他這話的意思。

很稀奇，這樣倔脾氣的姑娘眼睛居然有一點點發紅。

她眨了眨眼睛，突然收回了針筒，把趙嘉彤往前面一推，轉身匆匆走了，「我還是去看看周祺，萬一醒了呢。」

趙嘉彤比她好不到哪裡去。

她萬萬沒想到，自己居然會有替001揪心的一天，也突然領會到這位排名一號的主監考真的很強，強到她快看不下去了。

「你……」

「還行，還在忍耐範圍內。」秦究打斷道：「不過可能得先休息一會兒，其他的事，等人都回來了再說吧。」

趙嘉彤本來還想說幾句，一聽他說要休息，立刻說：「那你趕緊去睡一會兒，我不拽著你了，

人齊了再說。」

秦究打了個招呼，匆匆上樓。

走了幾步又轉頭對她說：「我睡覺不喜歡有人敲門，所以……」

「高齊回來我讓他先在我們房裡待著。」趙嘉彤說。

「謝了。」

五分鐘後，古堡腳下的草地傳來輕響。

秦究站起來，往身後星星點點的陽臺看了一眼，朝某個方向走去。

那裡有條馬車道，順著車道繞過卡爾頓山腳，就可以看到坐落在夜色中的小鎮。

游惑被021弄醒的時候，第二批關禁閉的考生已經不見蹤影。

他看著敞開的禁閉室窄門，問021：「妳又給我加劑量了？」

021指著922說：「問他，我不管事。」

她丟下這句話便走了，面容鎮定，但很像落荒而逃。她上樓就鑽進了監控室。

922拍了拍自己的肩說：「你這邊也壞了一大片，剛剛血都滴在地上了，我們就……就給你扎了個止痛針。」

他吞吞吐吐地解釋完，以為游惑要跟他計較一下。

沒想到對方只是出了一會兒神，問他：「他們走多久了？」

「二十分鐘吧。」

游惑點了點頭，起身進了禁閉室。

922咕噥了一句「見了鬼了」，也溜上了樓。

如果是平時，系統這樣惡意將人分隔開，游惑肯定要做點什麼噁心一下它。

但今天卻例外——他想單獨做點事。

不知道結果是好是壞，所以這一次不想拉上秦究。

黑暗中的三個小時異常漫長，但終究還是過去了。

021把游惑送到山腳，繃著一張例行公事的臉指著鐵柵欄說：「穿過去就能看見古堡。」

誰知游惑卻問：「往哪邊走是鎮子？」

021：「啊？這邊。」

她指著反方向的一片荒草地，說完才驚覺不對，「你現在去鎮子幹什麼？」

「刑訊逼供。」

游惑扔下這句話，轉頭消失在夜色裡。

他穿過草地上的水霧，那座鎮子果然就在面前。

中央水池旁，小教堂陰森森地站著，彩窗裡透出幾星壁燈光亮，像憑空浮著的鬼火。

游惑強行忽略掉各處不適，從教堂側面翻進了後院，單刀直入進了地牢。

巫醫被堵了嘴捆得結結實實，縮在地牢牆角。

他的兩隻手已經被替換成了豬蹄，所以知道游惑和秦究真的什麼都敢做，並不只是嚇一嚇他而已。

游惑揪起他的衣領，一拳掄醒他問：「公爵究竟怎麼殺？」

巫醫下意識想摸一下被打的地方，卻只能動一動醜陋詭異的蹄子。他面色陰沉了一瞬，又忽然笑起來：「哎呀，發現問題了？」

「公爵怎麼殺？」游惑冷聲問。

巫醫眼珠轉了一圈，不知在想什麼，也許想賣個關子或者談個條件。

游惑扔垃圾一樣鬆開手，轉頭拖了一隻羊來，面無表情地舉起了刀。

他和秦究有多嚇人，巫醫見識過，一度留下了心理陰影。

此時一看他要剁羊腿，當場蜷起自己的腿，喊道：「必須他自願去死！」

游惑停下手，刀鋒離羊腿只有幾寸。

巫醫長吁一口氣。

「說具體的。」游惑盯著他。為免再出現之前的錯誤，他得把巫醫的話逼完。

「被殺的瞬間，他必須是心甘情願的。」

「怎麼可能？」游惑皺起眉。

巫醫盯著他的刀尖，一看他又往下落了一寸，連忙說：「不是完全不行！」

「什麼意思？」

「你忘了，他用的是別人的身體。」巫醫輕聲說：「他這裡跳著的是別人的心臟，想讓他心甘情願也不是不可能啊，想辦法喚醒一下殘留的良知？」

「告訴你一個祕密。」巫醫對他說：「有的軀體意志力非常驚人，公爵瀕死的時候，那些殘留的東西也許會被逼出來，能幫幫忙也說不定呢。殺了公爵之後，記得有多遠走多遠，別讓他接觸到活人氣息。」

游惑將信將疑：「公爵死了，你會怎麼樣？」

巫醫嘆了口氣說：「有點麻煩，不過也不至於絕望。」

從他這裡也挖不出新的東西了，游惑把他扔回去。轉身就走。

回到小屋裡的時候，突然聽見了窸窸窣窣的輕響。

有人哀吟著叫了他一聲。

游惑循聲找了一下，在床底看到了血淋淋的神父，對方抓著他的靴子，啞著聲說：「你不是剛走？怎麼又回來了？」

顯然，可憐的人縮在這裡已經分不清今天明天了，下午的事記到了半夜。

神父輕聲說：「燒城堡，記得……殺死公爵後一定要燒城堡。別聽巫醫的，要燒啊，火能救贖亡靈。」

而在他們看不到的地下，巫醫又偷笑起來，「軀體死了三天以上，神都喚不醒。」

公爵只是去了一趟管家臥室，安撫了一下那隻豬，再回到房間就發現不對勁了。

床上的帷幔多了褶皺，露出一角，可以看見黑漆漆的床底。

那是他的禁區！

「艾麗莎？」公爵慢慢走過去，在床邊半跪下來。

床下空空如也，那個深紅色的箱子不知所蹤。

他的艾麗莎沒了！

「誰？」公爵異常憤怒，眼睛發紅。

身後突然響起短促的笑。

公爵猛地扭頭，就見窗臺不知何時坐了一個人。

「啊……是你，你又來了？」公爵努力放慢呼吸，讓自己的語氣顯得輕佻不屑，「現在的客人還真是鍥而不捨，明知會失敗的事，偏要一次一次來嘗試。」

秦究說：「這次不一樣了。」

「怎麼不一樣？」

「我去找了那位巫醫，用了一點兒不大光明的手段。」秦究不慌不忙地賣了個關子，「你猜，他告訴了我什麼？」

「什麼？」公爵臉色一變，盯著他瞇起眼。

秦究去了一趟地牢，又找到神父，分別問了殺死公爵的方法。

兩人給出的答案出奇一致。

他們一個狡猾多端、一個神志不清。秦究誰都不打算全信，所以來詐公爵。

公爵老爺生性多疑，如果能做點什麼讓他自亂陣腳，套話就會變得容易很多。

於是秦究藏起了床底下那位夫人。

秦究歪了頭，從窗臺上跳下來，無所畏懼地說：「你覺得呢？」

公爵一轉不轉地看著他，良久又笑出聲，「別嚇唬人了，我死不了，永遠死不了。」

「喔，這麼篤定？」秦究說。

他看起來胸有成竹，極度平靜。太有說服力了，公爵又開始將信將疑。

「我非常篤定。」他皺了一下眉。

秦究笑了，「你對巫醫的人品是不是有所誤解？一個……會教人邪術的不人不鬼的瘋子。」

「我當然知道。」公爵傲慢地笑了，「你以為我傻嗎？任由一個隨時會威脅到我的人活著？我當然留了後手，他知道的我都知道，他會的我也都會。」

秦究背在身後的手舉起一本書，「你是指這個嗎？他的巫術書你複刻了一本。」

公爵飛速瞥了一眼床底。

「你看，這也是巫醫告訴我的。」秦究說。

其實他只是在逼問巫醫的時候，隱約猜到了公爵也有一本書，又推斷出他最有可能藏的地方——就在艾麗莎的箱子下面。

沒人敢動公爵夫人，也就沒人能碰到那本書。

公爵冷笑一聲：「你猜的罷了。」

他脖子神經質地抽了兩下，像是腦袋又不聽話了。

「不止如此，他還告訴我，你跟他之間……」秦究停下話頭，慢條斯理地說：「你很緊張。」

說話說一半！

公爵心裡罵了一聲，但不可否認，秦究的話確實讓他緊張了，因為對方似乎真的知道很多。

古堡裡隱約有了嘈雜的人聲，公爵臉色更難看了。

秦究指了指大門，說：「需要我把你跟他的情況大聲說給外面的人聽嗎？沒準你那些男僕，或者其他有心人會記住，然後……」

「閉嘴！」公爵冷下臉。

秦究笑了，他晃著手裡的書說：「你看，你也不是真的什麼都不怕，藏著這本書不就是為了這個嗎？」

公爵嘴角抽動，臉色越來越難看。

其實剛剛那些，都是秦先生現場胡謅的，當然，謅也得有根有據——

公爵複刻那本巫術書是為了弄清楚自己身上的復活術，但弄清後為什麼不毀了呢？為什麼不像巫醫那樣燒掉呢？那樣就永遠不用擔心被人看見了。

既然他留著這本書，就說明他還需要它。

另一方面，就像他自己說的，巫醫的存在隨時會威脅到他，為什麼他還容忍對方活著呢？甚至井水不犯河水地禮讓著對方。

除非……因為某些原因，他不敢殺，或者不能殺。

他猜，公爵和巫醫之間有極深的聯繫，比如生死。

巫醫幫助管家復活了公爵，不可能把自己的生死無端交到另一個人手裡。所以這種聯繫是單向的，或者說，損失是單向的。

巫醫死了，公爵不可能活。而公爵死了，巫醫卻不會有事。

「你殺不了我。」公爵依然強調。

秦究一步步靠近他，「為什麼殺不了？書在我手裡，該看的我都看了。」

這本巫術書中，將死而復生的源頭成為宿主。殺死宿主的方法是一張圖，一個人舉著刀壓在宿主身上，刀尖離心臟只有毫釐，而宿主心甘情願毫無反抗。

公爵回來之前，秦究將那幅圖反反覆覆看了幾遍，跟巫醫說的其實差不多。

剛剛公爵的反應至少證實了，這本書是真的。

那他不妨試一試。

窗外黑雲密布，應該是白天，卻和黑夜毫無區別。

周祺在清晨退了燒，臉色卻依然很差，而且心神不寧。

趙嘉彤忍不住問她：「做惡夢了？」

周祺點了點頭，「嗯。」

「我聽見妳說夢話了。」

「嗯……亂七八糟地做了好多惡夢。」周祺說：「夢見男朋友了，拽著我一直跑一直跑，跟大逃殺一樣。後來他突然摔倒了，一下子落在後面，我轉頭去抓他……一堆手拿著刀要砍我們。」

周祺說著說著臉色更白了，「他護著我，那些刀全都……全都砍在他身上，全是血，我手上身上全是他的血。」

趙嘉彤趕緊倒了一杯水來，拍著她的背說：「好了好了，都是做夢……啊。」

高齊卻看著窗外，眉心緊皺沒吭聲。

突然間，走廊裡響起了男女老少混合的哭嚎聲。

周祺手指一抖，打翻了杯子，茫然地問：「這是什麼聲音？」

「不好！」趙嘉彤翻身站起來，「牆上那些影子又來了！」

「什麼影子？」

周祺夜裡始終在發燒，沒見過那些黑影張牙舞爪的模樣。但現在也沒時間跟她細細解釋。

高齊一咕嚕竄起來，「不是說公爵極度虛弱或者瀕死的時候才會出來嗎？」

「對啊！」

「誰又去殺公爵了？」

趙嘉彤皺著眉說：「不會吧，大家都知道殺多了詛咒會落到A和001身上，怎麼可能擅自去……」她突然頓住，和高齊對視一眼。

高齊抹著臉就是一聲：「操！」

別人是不會，難保不是那兩位自己瘋啊！

他們奪門而出。

本想讓楊舒和周祺在屋裡待著，還沒發話，她們就已經跟出來了。

走廊裡布滿了考生，舉著手機光追著影子照。

高齊和趙嘉彤想穿過人群，直奔樓下，卻突然聽見周祺在身後聲音發抖地說：「趙姐……趙

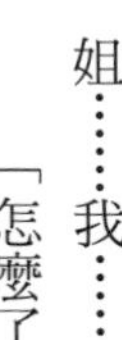



姐……我……」

「怎麼了？」趙嘉彤叫道。

周祺說：「我好像……聽見姜原的聲音了。」

她烏黑的眼睛睜得很大，盯著某一堵石牆，緊捏著的手一直在發抖，連帶著睫毛也在抖。好像只要眨一下，眼淚就下來了。

趙嘉彤猛地剎住步子，「什麼聲音？姜原是誰？」

周祺又努力睜著眼睛，沒讓眼淚掉下來。

她輕聲說：「我男朋友……哭聲裡面，好像有我男朋友。」

趙嘉彤倏然靜音。

她說：「不會的，小周。不可能。肯定是惡夢影響……」

「真的……趙姐，我真的聽見了。」周祺輕聲說。

趙嘉彤還想說什麼，高齊拱了她一下。

她轉頭瞪了高齊一眼，又在他的眼神下突然明白了什麼。

幾步之外，石牆突然發出劈里啪啦的龜裂聲。

一晚上折騰了十來次，每一次那些黑影都像瘋了一樣，牆壁終於有點不堪重負了。

十數道手機光照在裂紋上，石塊突然脫落了一大片。掉在地上時，眾人才發現，石牆的表層很薄，像是在牆上罩了一層殼。

高齊說：「離遠點，別被砸到！」

話音剛落，有人驚叫起來：「我日！這是什麼東西？」

黑影還在掙扎，哭嚎還在繼續，甚至有越演越烈的趨勢，因為所有的光都聚集在驚叫的人身上。

那個考生猛退幾步，嗓音都劈了，「牆裡有人！你們看啊！」

牆裡真的有人。

不，準確來說不是人，是人的肢體。

胳膊、腿、手腳還有頭……灰白色的殘肢嵌在石牆裡，隨著駁落的石殼越來越多，終於……一個個掉落下來。

眾人愣了一瞬，紛紛尖叫著避讓。僅僅幾分鐘的工夫，一整條走廊都成了人間煉獄。

趙嘉彤終於明白周祺說的臭味來源於哪兒了。

一顆睜著眼睛的頭顱滾到她腳邊，饒是部隊出身，她也狠狠慌了一把。

所有人，包括趙嘉彤和高齊在內，第一反應都是往後退。

唯獨周祺例外。

她目光死死盯著一處，跌跌撞撞往那邊跑。

「小周妳幹什麼？」趙嘉彤想拽住她，卻抓了個空。

周祺終於還是摔了個跟頭，就摔在她要找的東西面前。

那是半截上身，穿著藍灰色格子短袖襯衫，領口有大片的血跡，一直延伸到胸前。左胸處有個口袋，口袋上的扣子很調皮，是個閃亮的熊頭，一看就是有人開玩笑換上去的。

露出袖口的手臂慘白，像商場模特兒的假肢。

周祺忘了爬起來，抱著它一側手臂呆呆地坐著。

趙嘉彤、楊舒前後跟過去，神情透著說不出的難受。

「小周……小周，妳別這樣，穿這種襯衫的人很多的。」趙嘉彤聲音都啞了。

周祺也不說話，像沒聽見一樣。

過了片刻，她突然爬起來，抱著殘肢深一腳淺一腳，沒頭蒼蠅似地亂轉，低聲說：「其他的呢……還有呢……」

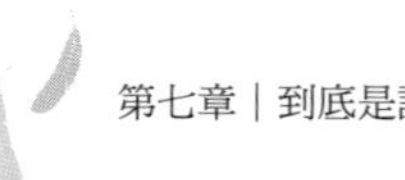



她瘋了一樣在走廊上轉著，又從不遠處找到一截套著牛仔褲的腿。

「頭呢，趙姐……幫幫忙好不好，楊舒，幫我看看。」她已經抱不住了，肢體要往下滑。她急得眼淚直掉，說：「幫我找一找好不好，頭在哪兒啊！」

高齊看不下去了，他死死咬著後牙關，緩了幾秒，拍拍周祺的肩膀說：「丫頭，別哭了，我知道在哪兒，我帶妳去……」

西塔樓一層的臥室裡，秦究攥著公爵的脖子，面具在掙扎中掉在一旁，屬於年輕男人的臉終於被逼出一絲血色。

但說話的依然是公爵，「你……白費……力……你……殺不……了我……」

「你……永遠……殺……不……了……我！」

他說著，居然試圖笑了一下。

秦究皺起了眉。

突然，臥室大門被人推開。

他轉頭看過去，高齊、趙嘉彤、楊舒都站在門邊，除此以外……還有一個茫然的女人。是周祺。

考生已經不戴面具了，她哭得發紅的臉便格外清晰。

秦究愣了一下，手上的力道下意識鬆了。

意料之外，公爵居然沒有趁機掙脫。

他低頭一看，就見公爵正側著臉，怔怔地看著門口，目光有一瞬間的失神。

下一秒，他又慌亂轉回來，用手擋著臉聲音嘶啞：「別看我，別看……讓她出去，出去！」

儘管聲音很低，在靜謐的臥室內依然顯得異常清晰。

許久後，周祺帶著鼻音的聲音輕聲說：「姜原？你……你還能說話？你還活著？」

她徑直衝進來，連滾帶爬，狼狽地跌在公爵面前。

公爵用手肘擋著臉，脖頸又神經質地抽動兩下。

他的嘴角扭曲片刻，終於說：「祺祺……別看了……」

周祺坐在他面前，使勁去扒他的手，卻發現對方的手指跟記憶中的不同……

整個手都不同。

她急忙擼起對方的袖子，又拉開領口，看見一道針腳似的紅痕，整個人癱軟在地。

過了好久，她突然摟著公爵的脖子，嚎啕大哭起來。

「我夢見你了，我一整個晚上都在做惡夢，好多人拿著刀……都砍在你身上，你不讓我看。你非要推我，怎麼都不讓我看。不管我哭還是罵，你都不吭聲……」

哭聲充滿整個臥室。

這種情況下，沒人說得出「那妳勸勸他，讓他心甘情願被殺」這種話。

更何況，秦究對這話始終抱有疑慮。

公爵突然怪異地扭曲兩下，摟著周祺的手指突然挪向她的脖子，猛地掐住。

周祺瞪大眼睛，眼淚還沒來得及收，茫然地看著他。

秦究一把攥住公爵的手腕。

「真是令人感動的情誼，這麼久了，居然還能……」公爵譏嘲的話還沒說完，又在扭曲中換了一副哀傷的神情，手指也卸了勁。

他這次沒有猶豫，一把推開周祺說：「祺祺，聽話……別離我這麼近，我……我應該……堅持

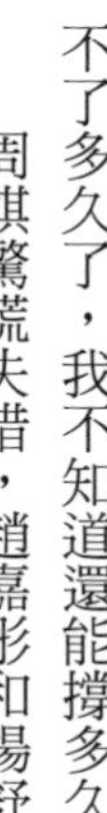

不了多久了，我不知道還能撐多久。」

周祺驚慌失措，趙嘉彤和楊舒過來拉住她。

公爵突然抓住秦究，「幫我……幫我好嗎，我不想再這樣了。」

「你……」秦究皺著眉，又看了周祺一眼。

公爵眼睛通紅，似乎在努力克制自己不去看周祺的臉，「這樣下去，總有一天會殺光你們的……我不想……不想某一天突然回神，看到手裡捧著誰的頭……捧著……祺祺的頭……我很怕啊，我太害怕了。」

「巫醫說，只有公爵心甘情願被殺詛咒才能解，一切因為公爵被害的人都能解脫。」秦究低聲說，「但是……」

「假的。」姜原掙扎了兩下，努力說：「我是他，我知道他……假的。他查過，我知道。這樣做的結果，就是他自願把積攢……積攢這麼久的永生的命奉獻給巫醫。」

他咬緊牙關，幾乎一個字一個字地往外迸：「真正的宿主……是巫醫啊！只有公爵能殺巫醫，但巫醫死了，公爵也活不了……」

要讓公爵不顧死活對巫醫動手，還要讓巫醫心甘情願被殺……

這就是一個死圈，所以才僵持了這麼久。

姜原似乎要趁著清醒，趕緊把話說完。他喘著氣，一邊跟真正的公爵較勁一邊說：「……我只知道，巫醫的生命力在於公爵，公爵活著，巫醫就很健康，公爵死了，只要不是獻祭而死，巫醫就會很衰弱。只是……只是公爵不可能這麼做。」

這似乎又是一個死圈。

但姜原已經堅持不下去了。他很難再說出完整的話，抽動扭曲的狀態越來越密集。

他眼角潮濕，頭也不轉地迸出最後幾個字：「走……帶她走……求你們……」

周祺哭得太凶，力氣幾乎耗盡。

趙嘉彤和楊舒一咬牙，把她抱了出去。

高齊沒動，秦究重新鉗住公爵，從帷幔上拽了繩子將他捆好。他抬頭對高齊說：「幫個忙。」

「你要幹麼？」高齊有點擔心他。

「放心，我有數。」秦究說：「信我嗎？」

高齊不吭聲。

「耗在這裡浪費時間，你不是這麼不乾脆的人吧？」

高齊梗著脖子，半天憋出一句：「你說。」

「去廚房，去找人，準備木柴和油，有多少要多少。」

「幹什麼？」

「燒城堡。」

高齊愣住：「什麼時候？現在？」

秦究說：「等我信號。」

高齊瞪著他，片刻後咬著牙說：「你說的，你得好好地站著，給我信號！」

秦究說：「行，我聽進去了。其他東西交給你了。」

他想到了一個辦法，有一點冒險，也有一點瘋。

如果游惑知道……

他將公爵安置在扶手椅裡，沿著椅子開始擺放蠟燭。

如果游惑知道……

會覺得刺激又痛快呢？還是會給他一拳？

如果是以前，他篤定是前者，現在……他卻突然不確定了。

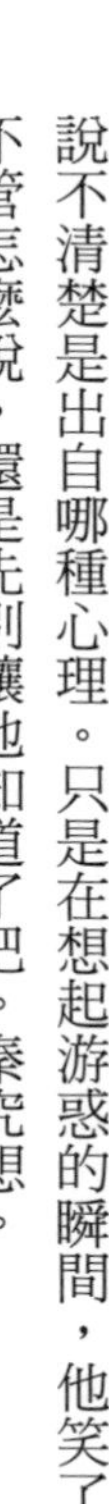

說不清楚是出自哪種心理。只是在想起游惑的瞬間，他笑了一下。

不管怎麼說，還是先別讓他知道了吧。秦究想。

他給蠟燭點上火，看著扶手椅裡拼拼湊湊的人，伸手捏住了口袋裡某張被遺忘很久的卡片。

他朝窗外某個方向看了一眼，然後一腳邁進了蠟燭圈。

游惑從神父那裡多問了一些話，又翻了殘破的巫術書，拼拼湊湊理出一個八九不離十的真相。

他想了想，又返回地牢把巫醫拎上了。

想要讓亡靈解脫，兩個人必須死。

公爵和巫醫。

神父說，一切消融的瞬間，大火焚燒城堡，也許……只是也許，那些因為這些邪術而死去的人，可以回來。

巫醫和公爵自始未生，他們也自始未死。

這值得試一試。

而且他也有了一個主意，但需要借公爵的手，希望那個變態可以識趣一點。

他從鎮上借了一輛馬車，拖著巫醫回到古堡。

古堡裡一片混亂，長廊上滿是考生。

游惑突然覺得有點不對勁，但並沒有停下腳步。比起其他，他手裡的事更急一些。

他拖著巫醫來到公爵門邊，推開一條縫。

昏黃的燭火從裡頭透出來，游惑一手拎著人、一手握著刀，垂眸看著落在腳尖的光亮，心頭突然一跳。

門吱呀一聲開了。

他怔怔地望過去，就見公爵窩坐在扶手椅中，面容猙獰，似乎正在經歷某種靈肉分離的暈眩和痛楚，整個身體劇烈地抽搐著。

好像有隻看不見的手揪在他胸前，將他整個人往上拎。

他的外套鈕扣被繃開，露出裡面的襯衫，幾道血線顯露出來。就好像那些細密的針腳正在……一點點地裂開。

頭顱、胸膛、四肢都以極其詭異的角度扭曲著。

下一秒，那些肢體終於掙脫束縛，徹底分了家……

又一具拼湊的軀體到了被拋棄的時候，它們的主人找到了新的替代者。

新公爵背對著臥室門，從扶手椅前直起身，他的手上一秒還覆在公爵頭頂，現在已經收了回來。

高大的背影被燭光勾勒出輪廓，那人動了動手指，像是在體驗某種新奇的感受。

手指活動間，能聽見咔拉咔拉的骨骼輕響。

那一瞬間，游惑感覺心臟血液被抽空了，倒流著朝手腳奔湧，以致於心跳得奇快。

燭火明明是暖光，卻刺得他閉了一下眼。等到再睜開，那位新公爵正轉頭看過來……是秦究。

目光對上的瞬間，游惑突然感覺不到手裡握著的刀了。

直到對方露出一絲明顯的心虛和愕然，他才慢慢感覺到指關節的痠痛……那隻勉強還剩點好肉的手，在不知不覺間攥得死緊。

他臉側牙關動了一下，緊咬片刻，試著叫了一聲：「秦究？」

嗓音沙啞，不知是因為詛咒帶來的病痛，還是因為緊張。

直到這一刻，他才後知後覺地發現，自己居然會緊張。

甚至……有點慌。

對方靜了片刻，不知是太過意外還是怎麼。

又幾秒後，他用同樣沙啞的聲音說：「我在。」

全身血液又回到了心臟。

這就顯得游惑臉色白得像寒霜，他閉著眼睛重重呼吸了兩下，掄著刀就過去了。

秦究象徵性地讓了兩下，除此以外幾乎完全不還手，三兩下就被掄倒在地上。

游惑跪壓在他身上，刀尖對著秦究頸側，距離只有不到兩公分。

「你發的哪門子瘋！」

秦究對威脅著他的刀尖毫不在意，他手肘撐著地，上半身微抬，安撫似地說：「沒有發瘋，放心，別生氣。我有底牌才會這樣。」

他的嗓音又低又沉，在臥室裡迴響，像夜色下微啞的大提琴音。

他夾起一張卡牌，對游惑說：「記得嗎？我抽到過這個，可以在考場內學會任何一種技能。」

聽了姜原的話，他突然意識到有一種讓公爵最接近死亡的辦法。

公爵占用別人的身體，是因為他借助巫術得以永生。而被他借用的人不行，所以對方死了，他鳩占鵲巢，順理成章頂下軀殼。

但如果公爵企圖占用的人根本不會死呢？

那公爵就無法掌控這個軀體。

所以他在那一刻，借用「臨時抱佛腳」這張牌，學會了公爵的「永生」。

游惑呼吸依然很重，臉色依然很冷，看起來一點兒也沒消氣。

他拎著秦究的衣領，一字一頓地說：「牌上寫著有一定機率，你哪來的自信自己一定能中這個機率？」

秦究張了張口。

他想說不要小看他的意志力，姜原能撐這麼久，他也不至於太差。

他還想說，麻煩的事從來不會有百分之百的把握，總得冒點險才行，你應該最瞭解不過。

以他一貫的性格，說出這樣的話太正常了。

但他看著游惑緊抿的嘴唇，繃著的肩背，突然對那種怒氣感同身受起來。

他突然用拇指抹了一下游惑下唇邊角。

因為詛咒，也因為他皮膚極白，頸側的筋脈變得清晰可見，青色的末梢順著下巴爬上來，隱在嘴角。

秦究最終說了一句：「我保證，以後不會再這麼冒險。」

游惑垂著眸，在他抹第二下的時候，偏頭讓了一下說：「留著這話騙鬼去。」

突然，不遠處傳來了焦躁的抓撓聲。

兩人抬頭一看，就見公爵分裂的肢體正瘋狂地想要出去，似乎要去找其他部位匯合。

大門很快被它們撓出一條縫，鋪天蓋地的尖嘯聲瞬間湧進來。

比任何一次黑影作祟都厲害。

這次不只是牆壁，整個古堡都被撼動了。

在他們看不到的地方，高齊和趙嘉彤殺著一條血路給眾人開道，從三樓一路護送下去。

所有曾經慘死在古堡的亡靈都出來了，殘肢、靈體……帶著仇恨肆意攻擊著所有人。

「怎麼突然瘋起來了？」趙嘉彤一腳蹬下去一個。

高齊說：「公爵快要死了吧！001說他有辦法！」

「什麼？他說有辦法你就信？他哪回不出格？」趙嘉彤簡直是用吼的。

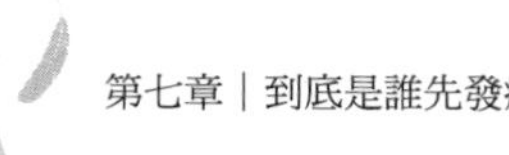



高齊說：「他哪回出格是別人能管住的？而且我有什麼立場管啊？」

趙嘉彤想了想，閉嘴了。

高齊說：「信他吧，我覺得他本質其實挺靠得住的！咱倆把其他準備好了，少讓他分心吧！」

趙嘉彤又說：「行！」

他們曾經都是部隊出身，知道分工、知道相互信任。

「對了，A呢？」趙嘉彤又想起來，「禁閉室待幾個小時了？怎麼還沒回來？」

高齊懵了一瞬，突然操了一聲抹了把臉說：「我有點不好的預感。」

「啊？」

「那倆出格一向是一起的。」

這次分開了，事出反常必有妖。

萬一一個比一個出得大呢？

沒過片刻，古堡大門被擂開，一群血人衝了進來，就連教堂那些也來湊熱鬧了。

那些亡靈有一部分嗅到了公爵和巫醫的味道，像循著肉而去的猛獸，直衝西塔樓。

臥室大門被轟然撞開，大批亡靈殘肢湧了進來，直衝兩人而來。

游惑收起刀，起身拉了秦究一把。

「消氣了？」秦究掃開一隻亡靈，問道。

做夢吧。

游惑一聲不吭連斬三隻。

秦究還想再說什麼，突然感覺身體倏然發涼。

這是一種很奇怪的感覺，就好像……某個靈魂正一點點抽離、消失。

他一把抓住游惑，卻是骨骼碰到骨骼。

兩人均是一愣，彷彿都能透過手套和袖口，看到下面狼藉的骨肉。

「別看了，你要說什麼？」游惑催促。

身邊亡靈不斷，閃避間秦究說：「公爵快死了，我能感覺到他快不行了。」

游惑皺起眉。

「如果真死了，那就沒人能殺巫醫了。」秦究說：「我得抓緊，不然就真的白冒險了。」

這話提醒了游惑。

他臉色有一瞬間的古怪，就好像也有點心虛似的。這樣一來，剛剛冷冰冰的怒容就撐不下去了。

游惑瞇著眼，把衝過來的殘肢甩出去，說：「來之前，我也有個打算……」

秦究愣了一下，轉眼就看到門邊被亡靈包圍的巫醫。

他立刻皺起眉，「不行！」

游惑：「誰先發瘋的？有什麼立場說不行？」

秦究噎住。

以游惑的性格，他要做什麼都是做了再說，不用給誰一個交代。但他看著秦究，最終還是掏出一張羊皮紙抖開，「詛咒到了一定程度，就算是亡靈了。」

既然已經死了，還怕再來一刀？

「不行。」秦究依然斬釘截鐵，他盯著游惑認真地說：「亡靈也不行。」

游惑回視著他，片刻之後，終於皺著眉點了點頭，「隨你吧。」

亡靈嗅到了公爵一點餘味，瘋了一般圍住秦究，游惑第一次沒有立刻幫忙，而是去門邊把巫醫拖行過來。

尖嘯聲吵得人耳膜發疼。

秦究匀開餘光，看了一眼巫醫。

對方現在模樣確實虛弱，蜷縮著輕輕發抖，像個病重的人。

秦究伸腳一踢，將巫醫踢進蠟燭圈內。

他其實已經想好了，既然拿到了永生的技能，能換一次就能換兩次。

最冒險的事就在於此，他想跟巫醫做個交換——

在公爵靈魂還沒徹底離體，而巫醫的靈魂又灌注進來的瞬間，自己給自己一刀。

這是最省事的辦法。

雖然靈魂被擠壓的感覺很難受，說是瀕死也不為過，但只是一瞬而已。

他已經有經驗了。

其實他清楚，游惑所說的方法真的可行，除了瞬間的疼痛和死亡逼近感，不會造成任何實質性的、不可逆轉的傷害。

但他依然不想答應。

巫醫進了蠟燭圈，燭火瞬間升高，像是感受到了那個靈魂，瘋狂抖動著。

而那些亡靈也像感同身受一樣，攻擊得更密集了。

秦究的視野出現了幾秒的盲區。

他隱約聽見低低的說話聲，像是某種巫術儀式中的詢問。沙啞的聲音聽得他心裡一冷。

他掃開亡靈的瞬間，一隻手搭上他的肩膀，接著體溫微低的身體倏然靠近，領口有些潮濕，帶著仲夏夜雷雨的氣息。

「大考官，外面下雨了嗎？」

他腦中倏然閃過這樣一句話。

一個冷硬的東西塞進秦究手裡，是刀柄。

緊接著，刀的另一頭刺到了什麼東西。

游惑沙啞的聲音響在他耳側，說：「別想瘋第二次。」

高齊很久沒見過這麼大的火了。

上一次見好像還是很多很多年前，在部隊的時候，救災或是什麼……記不清了。

自從進了系統，很多事他都記不清了。

大火包圍著整個城堡，燒得整個天空都變紅了。

趙嘉彤擔心地看著他，抹了一把臉上的灰說：「你怎麼樣？手怎麼還在抖？」

天知道，他從古堡出來的時候心裡有多慌。

他按照分工鋪好柴澆好油，衝擊公爵臥室要信號，卻看見A胸口插著一把刀，秦究架著他的手肘抱著他。

那一秒，高齊的心臟差點兒停跳！

好在姜原說的那些即時應驗。

巫醫心甘情願讓公爵刺了自己一刀，所有巫術一點點開始回溯。

他眼睜睜看著秦究和游惑身上的血跡逐漸縮小，破皮爛肉慢慢彌合，臉側的青筋一點點褪去。

游惑皺了皺眉，在秦究肩膀上重新睜開眼。

所有考生陸陸續續撤離城堡，讓到了周邊，大火在幾分鐘內燒得沖天。

廣場前的荒草地上，蜷縮著的血團依稀有了人的模樣。他們慢慢撐坐起來，看著自己的手和身體，茫然許久，又抬起頭。

光照透黑雲，被拉成一道道斜直的線，投落下來。

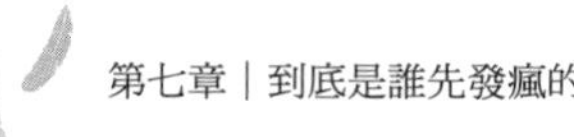


那些不人不鬼的亡靈在逼仄的教堂裡蜷縮久了，都快忘記天光是什麼樣了。而這一次，他們不用躲藏，可以筆直地站在光的下面，久違地……擁抱它。

又過了很久，火光裡突然鑽出來幾個人，跳著撲打著身上的煙。

眼尖的人驚叫一聲，喊道：「張鵬翼？」

更多的人站了起來，難以置信地看過去。

幾乎所有考生都圍聚過去的時候，有兩個人遠遠待在人群之外。

荒草盡頭有一排高高的鐵柵欄，像莊園古典的門。柵欄之後是一片濃重的霧氣，穿過霧氣，可以看到卡爾頓山頂的監考小屋。

但游惑並沒有穿過去，他只是靠著鐵柵欄遠遠看著古堡下亢奮的人們。

靈魂抽身之後，人會覺得疲憊睏倦。

他不喜歡吵鬧，這種時候更不想聽驚呼和尖叫。

他不大想動，況且身邊還有一個人在釋放低氣壓。

秦究從古堡出來就一直繃著臉。就像瀕臨爆發邊緣，又被強行收攏回去，悶悶地壓著。

事實上游惑也一樣。

他記得秦究的冒險，秦究記得他的，半斤八兩，誰都憋著一口氣，卻找不到任何宣洩的途徑。

游惑有點說不上來的煩躁。心跳得依然很快，像冒險的後遺症。而睏倦和疲憊又一陣一陣地往頭頂湧，但大腦又極度清醒。

他身上的綢質襯衫和馬褲長靴沒來得及換，殘留的血跡還散發著一絲鐵銹味。

口袋裡有什麼東西在硌人，游惑反應了一下，摸出來一看。

居然是高齊最初塞給他的菸和打火機。

他平時不抽菸，但這個瞬間，卻突然想要提提神。

秦究突然說：「借我一根。」

游惑遞了一根給他，又撥動打火機，自顧自點上了。

薄薄的煙迷蒙一片，幾乎和身後的霧氣相連，微微有一點辣。

游惑在煙霧中閉了一下眼睛，並沒有吸進去。

本打算撚了看煙慢慢燒，身邊的人突然靠了過來。

秦究伸手籠了一下煙霧，狹長的眼睛在霧氣中瞇了一下。

他唇間含著菸，低頭抵上游惑的那支。

紅色的火星明滅。

面前的影子覆過來又撤開，秦究站直了身體。

片刻之後，他摘了菸，低頭重新靠過去。

游惑背抵著鐵質的柵欄，霧氣穿過縫隙，帶著曖昧的潮濕氣。

之前的擔心和怒氣、心口間說不出的慾悶和煩躁，在這一刻終於找到了宣洩口。

詛咒的效力在消散，秦究手腕的最後一塊皮肉完全癒合。

安靜多日的紅色警告燈在此時瘋狂閃爍，滴滴的提示穿插著呼吸聲，響個不停。

遙遠的前方，是人群和大火。後方隔著霧的山上是監考小屋。

他們在警告聲中接吻。

秦究微微讓開，目光從眼眸裡投下來，落在游惑的嘴唇上。

他們鼻息很重，彼此交錯。

警告聲從沒響過這麼久，像壞了一樣。

但誰都沒去管它。

「大考官，你喘得有點急。」秦究低聲說。

都說淺色的眼珠天生透著薄情感。

但當這雙漂亮的眼睛映著繚繞的煙霧，在急促的呼吸中半睜半閉，又比霧氣還要潮濕迷蒙。

游惑偏開頭平復，卻收效甚微。

過了片刻，他才轉回臉來回答秦究：「……缺氧的正常反應。」

「正常反應……」秦究重複了這個詞，在粗重的呼吸中笑了一下，「光天化日之下和另一個男人吻在一起，也是我們大考官的正常反應？」

「……」游惑嘴唇動了動，片刻後說：「之前古堡裡的事就算揭過了。」

「古堡裡的事？古堡裡發生的事很多。」

秦究說：「你是指你前腳答應不冒險，後腳就趁我被圍攻偷偷跟巫醫做交換這件事？還是……在我反應過來之前強行抓著我的手捅你自己一刀的事？又或者……捅刀的同時用擁抱騙人在我懷裡一動不動，呼吸停止了一個世紀那麼長才重新睜眼這件事？」

游惑：「……」

「三件，你挑一個揭過。」秦究說。

游惑：「你呢，你想一換二自己捅自己，以為我猜不到？」

秦究垂眼看著他，突然說：「我現在的心跳創了新高，有點分不清是氣的，還是別的什麼。」

他的食指關節抵著游惑的下頷骨，拇指摸著他的下唇。

游惑心跳同樣很快。他瞥了一眼秦究的手指，聲音沙啞：「……有種心理叫吊橋效應。」

「吊橋效應？」秦究哼笑了一聲，他拇指輕撥了一下，在游惑嘴唇微張的時候又偏頭吻了過去，「吊橋效應包括被吻到脖子發紅嗎？」

秦究低頭過來那一瞬，也許是氣息太強烈的緣故，某個久遠之前的場景湧進游惑腦海。

模糊又熟悉……似乎是某個夢境的翻版。

那天和這場考試一樣在仲夏。

也許這個季節熾烈潮熱，很容易迸濺出衝動和情感。

那時候的游惑依然是考官A，秦究到了考生期的末端。

那是他的第十一次違規，花了一天清理考場，又在考官A的禁閉室裡關了兩天。

這是第二天的黃昏。

秦究端著一杯水，撐坐在桌沿，短髮濕漉漉的，乾淨襯衫敞著領口的鈕扣，肩背胸口的肌肉線條精悍有力。

他喝了一口水，偏頭對游惑說：「感謝親愛的大考官據理力爭，在禁閉室的洗手間裡加了浴室，不然這幾場禁閉下來，你恐怕要跟我斷絕來往。」

游惑站在一旁，等他喝完水把杯子帶走。

「系統就沒懷疑點什麼？」秦究問。

「這些設施很早以前的禁閉室都有，後來才省掉，現在只是改回去。」游惑說：「它能保證以後不會有跟你情況相似的考生？那些考生一樣要用到這裡。」

他說話的模樣冷靜得一如平常，秦究欣賞了一會兒，說：「它一定是被你這種表情給騙了。」

「……你究竟渴不渴，五分鐘喝兩口？」游惑說。

「又岔話題。」秦究老老實實喝了第三口說：「每到不那麼正經的事上，你就岔話題。你急著走？」

游惑說：「熱。」

禁閉室裡其實不悶，通風裝置還不錯，洗澡的潮氣很快就散掉了。

但依然有熱意殘留。

秦究說：「二十分鐘前這裡明明更熱，你也沒急著走。」

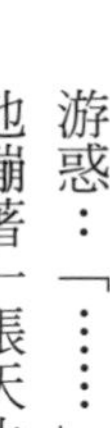

游惑：「……」

他繃著一張天生冷感的俊臉，從秦究手裡拿過杯子說：「之前說的事你記住就行，我走了。」

「什麼事？」

「……」

剛說完就忘。考官A想打人。

秦究從桌上跳下來，這才道：「你是說讓我考完趕緊滾，離得越遠越好，千萬不要當監考官這件事？」

游惑：「……」

他明明是希望秦究順利通過考試，離開系統，別再往這片火坑裡跳。

但……非要這麼解釋也沒錯。

「我帶著目的來的，你忘了？就算系統讓我滾我也得想盡辦法回來。」秦究說。

「你的目的跟我的一樣。我比你瞭解這裡，比你更熟悉系統，更容易讓系統放鬆警惕，也更容易達到那個目的。」游惑皺著眉說：「我不知道你有什麼理由非要被綁在這裡。」

擔心作祟，他罕見地感到急躁。

「理由？」秦究說：「我面前就有一個，正頭也不回地跟我放狠話。」

游惑在門前停住腳步。

「我突然有點好奇，在你眼裡我們現在算什麼關係？」秦究說。

游惑站了一會，片刻後說：「監考官和考生的關係。」

他說完，屋裡沉默持續了很久，身後那個一貫囂張肆意的人突然安靜下來。

游惑神情冷靜，抓著杯子的手指關節卻泛白。

又過了很久，在他打算去開門的時候，身後突然響起了很輕的腳步聲。

接著，秦究的氣息落下來。

他低下頭，在游惑耳邊說：「其他監考官和考生不上床，大考官。」

游惑眼睫顫了一下。

那幾乎是一個從背後抱上來的姿勢，但又帶著他們之間特有的對峙意味。

「你的嘴硬我早就習慣了，越擔心誰就越要刺誰。我沒見你這麼刺過別的人，衝著這點我說什麼也會回來的。」秦究說。

「就算系統把我扔出去，清掉記憶什麼都沒留，我也會回來的。」

古堡的大火燒了很久，絲毫沒有要熄的架式，似乎有太多東西該被灼燒乾淨。

公爵和巫醫的靈魂早已消散，留下的殘肢屍骸因為巫術回溯的緣故，紛紛復歸為人。

他們經歷了一回涅槃重生，大叫著從火中逃竄出去，重見天日。

一切生死在大火中回到起點。

城堡某個角落，一個紅木箱子突然震動幾下，有什麼人在裡面驚慌尖叫，想要離開。

自從公爵復生後，紅木箱子就一直放在他的床底。他每隔幾天就會呼喚著「我的艾麗莎」，會尋找和她相似的姑娘，砍掉她們的頭顱四肢，為了讓艾麗莎回來。

可長久以來，他從沒有打開過那個木箱子。他把它藏在床下，從放進去的那一天起，直到現在……一次都沒有打開過它。

那個巫術，要求被復活的人和犧牲品一起被蠟燭包圍。

公爵給自己做過無數次，細節再清楚不過。但他每一次……每一次去找那些年輕姑娘，都沒有

帶上艾麗莎。

不是因為害怕殘肢。

殘肢他見得多了，親手砍的數也數不清，他只是不想看到箱子裡的那張臉，不想看到箱子裡的那個女人。

因為那個女人根本不是艾麗莎。

真正的艾麗莎，在公爵復活的當天就被巫醫借走了。

巫醫說，他上一具身體太老了，老得撐不了多久了。他和公爵是相牽連的，他虛弱，公爵也會虛弱。他死，公爵也會死。

他需要一具適合寄居的身體，來保證公爵長久健康地活著。

其實可供選擇的軀殼很多，但管家選擇了和公爵最親密的那個。

他知道公爵夫人愛慘了自己的丈夫，如果巫醫寄居在夫人的身體裡，也許會受原主影響，永遠忠於公爵。

所以那天夜裡，管家只復活了公爵一人，巫醫占據了夫人的身體，作為回報，他召回了僕人們的亡靈。

但她並沒有留在古堡，而是去了鎮上的教堂，偽裝成一位修女。因為鎮子上的活人更多，足夠她使用。

管家怕公爵醒來後傷心，把騙來的那對夫妻中的女人剁了，弄出一片狼藉的慘相，又給她戴上面具。

他對公爵說：「復活失敗了，不知出了什麼問題。」

公爵在血泊旁站著，目光一轉不轉地盯著面具下的半張臉，之後對管家說：「裝進箱子吧。」

從此睜一隻眼閉一隻眼。

他可以請求巫醫換一具身體，但他沒有。

他只是默許地，把「艾麗莎」藏進了床下，讓全古堡的人陪她一起戴上面具，向所有人展示他有多懷念對方。

只是……永遠也不可能復活她。

紅木箱終於被撞開，一個頭髮散亂的年輕女人跳出來，在某個拐角處碰到了自己同樣悲慘的丈夫，相攜著離開這裡。

猩紅火舌包裹的走廊上，油畫散落一地，顏料被烤得乾駁龜裂，轉為焦黑，畫框燒得像碳。

公爵夫人的嘴角在炙烤中緊縮，從微笑著上翹變成平直，又微微下拉，像厭棄，也像悲傷。

她的身體躺倒在曾經富麗堂皇的臥室裡，而公爵原本的身體埋在某片焦土之下，他們相隔千百公尺，一個化為焦炭，一個腐爛成泥，永不會再有交集。

古堡之外，姜原連滾帶爬地跑進人群，周祺抱著他又笑又跳，最後嚎啕大哭。

更遠處的地方，監考處接到通知。

系統拉響了有史以來最長的一通警報，卻只給了三位監考官一張白條。

因為它找不到任何懲罰依據，也找不到任何規則來解釋……為什麼兩個沒有記憶的人，相隔幾年，身分對立，卻依然能搞到一起。

所以說愛恨真是奇怪的東西。

有的早早腐爛入土。

有的刻骨。

監考處門口停了三輛小馬車，車門大敞著，在風中吱呀晃悠。

馬車是來接監考官的。

車廂裡放著三位監考官各自的行李，人卻不知去向。

半個小時前，他們收到了通知說：大火燒了古堡，巫術回溯，本場考試結束。系統稍後將核算最終成績，監考官可以收拾收拾準備離開。

結果他們鑽進馬車沒多久，撕心裂肺的警報聲就響了起來。

馬車裡、馬車外、小屋中，三百六十度環繞立體音，炸得他們當即滾回小屋。

922抓著睡亂的頭髮，021剛卸了單邊眼妝。

他們在持續不斷的鳴笛聲中堵著耳朵，大聲問154：「這是幹麼呢？消防演習啊？」

154抖著手裡的紙條，也喊回去：「違規警報，聽不出來嗎？」

「聽不出來！沒聽過這樣的！長見識了！」922這個棒槌說道。

021皺著眉說：「BUG吧！考試都結束了，上哪兒違規？」

「紙條上寫了什麼啊？我看看。」922勾頭過去。

154把紙條拉直，「空白，一個字都沒有。」

「空白？」922有點驚訝。

他放棄堵耳朵，從154手裡抽了紙條過來，上看下看對著光看，咕噥說：「還真是空白，什麼意思？以前有過這種情況嗎？」

021被吵得不耐煩，毫不客氣地說：「沒見過，肯定是BUG。」

她轉身就要回馬車，警報聲突然更大了。

「……」021面無表情停了一會兒，轉回來說：「行吧，還不讓走。」

她剛要摸手機，就見154已經低頭打起字來，「等會兒，我查查。」

021納悶：「你有許可權查違規細節？不是當場主監考才能查嗎？」

154一愣：「啊？」

922說：「那只是一般而言嘛，查還是可以的吧，以前老大不記規則或者犯懶，就是154在查。」

警報聲太吵，021也沒心思糾結這種小問題。

她點了點頭說：「那可能我記錯了。」

半晌過後，154舉著手機屏說：「系統抽了幾分鐘，給了我這種答案。」

違規細節上標注著違規人是秦究。

……真是意料之中。

但意外的是違規事項。

這一欄先是滾出幾個字：系統安全受到威脅。

沒過一會兒，又變成空白。

片刻後又滾出一行字：監考官違反規定與考生發生不正當關係。

「啊？」三位監考官都很懵逼。

922忍了一會兒，沒忍住，「開什麼玩笑，不可能，喜歡老大的女監考官一點兒也不少，他幹麼要冒違規的風險去找女考生？」

021說：「這場確實不大一樣，不是強行配了夫人嗎？」

「那也不可能，這才多久，打打殺殺的來得及發展感情？」922咕噥說：「要這麼容易發展，用得著單身到現在？」

「嗯……」

三位單身狗陷入沉思。

「所以跟系統安全有什麼關係？」922靈魂發問。

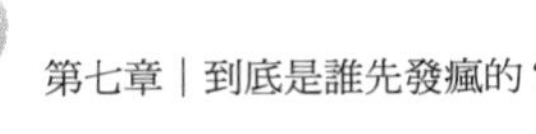


沒人能答。

在系統叫魂一樣的催促下，三位監考官放棄休息，打算先去山下考場觀望一下。

主要是看看秦究又、又、又怎麼了，讓系統瘋成這樣。

下了山他們才知道……系統不僅鬧抽風，還鬧罷工。

古堡燒成了焦黑一片，考生們荒草中坐了半個小時，系統愣是沒有核算成績，只顧在監考處撒潑了。直到監考官抵達考場，護法似地站在那裡，一隻黑烏鴉才在古堡前落下，按照流程開口說：

【病人痊癒，考生交卷，本場考試結束。】

【開始清算最終懲罰與獎勵。】

922：「……」

不知道為什麼，他覺得系統莫名有點慫。

考生們經歷了大悲大喜，此時過了那個勁，面露疲憊。

這其中以高齊最為明顯，他抱著膝蓋，腦袋靠著一個破舊雕塑，看上去……氣若游絲。

旁邊，趙嘉彤和楊舒時不時瞄他一眼。

922離他們最近。

趁著系統在總結整場考試，他蹲過去，戳了戳高齊的肩，「你還好吧？好歹是監考官啊，一場考試虛成這樣？」

高齊虛弱地看了他一眼，一副欲言又止的模樣，猶豫片刻又癱回去了。

「這是幹什麼了？」922指著他問趙嘉彤。

「誰知道。」趙嘉彤說：「剛剛火燒完了，我估摸該出分數了，讓他叫其他朋友過來，回來就這副樣子。」

她說著又去推高齊的肩膀，問：「你究竟幹麼了？」

高齊說：「服了毒了。」

趙嘉彤：「……那你毒死吧。」

「看，就這樣德行。」她對922攤開手，轉頭問楊舒這是什麼症狀。

楊舒說：「不知道，看著像受了驚嚇。」

受了驚嚇的1006監考官一直看著不遠處，他的好友考官A和老對頭001正並肩站在那裡，跟周祺和姜原說話。

游惑和秦究回到人群中就被那對小情侶拽住了。

姜原卸下面具脫掉禮服，換成了格子襯衫和牛仔褲，看上去不過二十剛出頭。即便哭得眼睛通紅，也掩蓋不掉身上的蓬勃朝氣。

可見同一張臉不同的靈魂，真的千差萬別。

他對游惑和秦究千恩萬謝，謝謝他們跟周祺同隊，謝謝他們沒讓周祺碰到致命危險，謝謝他們照顧周祺。而周祺則謝謝他們讓姜原活過來。

失而復得讓他們過度興奮，說話有些顛三倒四，同樣的內容反反覆覆地說，也許這樣才能表達謝意。

游惑和秦究不喜歡聽人長篇大論，但這種時候又有了充足的耐心。

荒草地原本是古堡的花園，立著很多破損的雕塑。

秦究手肘架在雕塑上，低頭聽著小情侶絮叨，偶爾點一下頭，應答幾聲。

游惑則靠在雕塑另一邊，一手摸著耳釘，一手抱著胳膊。

他話很少，只是聽。

很快，系統開始播報各項加分減分。

周祺和姜原不再說話。

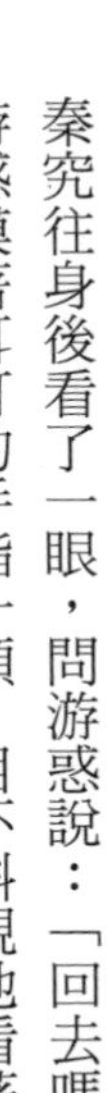

秦究往身後看了一眼，問游惑說：「回去嗎？」

游惑摸著耳釘的手指一頓，目不斜視地看著前方黑烏鴉說：「高齊快暈過去了，你沒看見？」

「看見了。」

「那就給他留口氣。」

老實說，秦究也沒想到高齊會去找他們。

秦究說：「你這位老朋友的心理承受能力有點弱。」

游惑瞥了他一眼。

秦究：「怎麼，我說錯了？」

「水火不容，針尖麥芒，死對頭。」游惑一個詞一個詞往外迸，「都是你以前說的，你想想這些再去評價高齊的心理承受能力。」

秦究摸了摸脖頸。換位思考一下，高齊是有點慘。

兩人自顧自說著話，完全不管分數。

負責播報的黑烏鴉撲扇著翅膀，憤然掉了幾根毛。

直到牠說到最後結果，他們才賞過去一個眼神。

這場考試雖然有點費神，但分數並不難看。

光是在公爵身上刷的分就夠各小組打底了，再加上其他，最後居然全員過了B級線。

【B級及以上考生順利進入下一輪考試，馬車已在考區就位，請在五分鐘之內回到來時的車上，馬夫會將合格考生送往休息處暫作調整。】

因為這場考試的時間依然遠小於平均，所以最終的解題人，也就是游惑和秦究各得到一次抽籤權。

922嘆了口氣說：「以前抽籤權可稀罕了，現在被這兩位弄的……都快變成每日簽到了。」

他從口袋裡摸出卡牌，衝那兩位招了招手。

「老大！卡在我這裡！」922說。

兩位大佬回過頭來，同時看了一眼高齊。

「他們看你幹麼？」

「……不知道，我帥吧。」

高齊神色複雜，語氣麻木，似乎中毒已深。

922：「啊？」

抽卡的流程一如既往。

922撚成扇形，目光在游惑和秦究之間掃了個來回，說：「要不你先來？」

他對游惑說：「再來一次好人卡，是不是就夠一個炸了？」

「好人卡？」趙嘉彤突然出聲：「你說的是三好學生那些卡嗎？」

922：「對啊，還有別的好人卡？」

不知為什麼，趙嘉彤居然對這雞肋一樣的破牌很有興趣。

她問游惑：「他剛剛的話什麼意思，你已經有三張了？」

游惑一愣，點點頭。

趙嘉彤說：「這麼好？三張都是不同的嗎？」

這麼……好？

游惑不解：「妳說的好是嘲諷？」

趙嘉彤想翻白眼，但礙於習慣，她還是沒法當著A的面翻，「字面意思，我一般只嘲諷高齊。」

高齊被點名，抬眼和游惑對視一眼，趕緊挪開視線。

片刻之後他又覺得不對啊，跟死對頭瞎搞的又不是我！我心虛個什麼勁？

「你們……不會都不知道好人卡怎麼用吧？」趙嘉彤終於意識到了這一點。

922看了看秦究，又看了看154，「我們都不知道，一直以為是鼓勵卡，謝謝惠顧那種。」

「當然不是。不過確實很久沒人用過這種卡了，不知道也正常。」趙嘉彤作為初代監考官，在某些細節上知道的確實比別人多一些。

她說：「好人卡一共三種牌面，三好學生、優秀學生、名列前茅。湊齊這三種牌面，就能拿到一個獎勵。」

「什麼獎勵？」

「自由組隊。」趙嘉彤說：「你可以挑選自己的隊友，決定跟誰一起進入考場，不限人數。」

聽到這裡，游惑和秦究終於來了興趣。

「不限人數？次數呢？」

「廢話，次數當然只有一次。」趙嘉彤說：「除非你有好幾組這種卡。所以你的卡齊嗎？」

「不齊，三張裡面有兩張是重複的。」游惑說：「我只有三好學生和名列前茅。」

趙嘉彤一臉遺憾。

游惑納悶地問：「你剛剛說很久沒人用，怎麼可能？」

能自由組隊，對很多人來說絕對是極大的誘惑。一場考試下來，就能知道同場的人誰靠譜、誰不靠譜、誰厲害、誰拖後腿。

多弄幾個組隊獎勵，厲害角色湊一隊，五門考試分分鐘就刷完了。

怎麼可能很久沒人用？

「這卡要湊三張，很難的。」

「難麼？這裡起碼十張，比別的牌都多。」游惑指著922手裡的牌說。

「總數是很多，但你讓922回頭給你看看，十張好人卡裡面，三好學生能占六張，優秀學生三張吧，名列前茅頂天一張。」

「那也還行，多抽幾次。」

「我天……你知道想要拿到抽籤權，對一般考生來說有多難嗎？這四個月，我監考的所有場次裡就碰見過一個抽卡的，就是你。」

「很早以前，很多人為了這三張卡，會拿著分去休息處的賭場拚運氣。但賭場裡的牌面跟現在完全不同，好人卡在那裡幾乎為零。」

因為難抽也難湊齊，三張兌換一個獎勵就成了擺設，時間久了，幾乎沒人記得它。

自由組隊真的很誘人。

游惑第一次希望自己的手氣能一如既往，再抽一張好人卡。

結果天不遂人願，他一把……

抽到了保送。

922：「……」你踏馬不是臉黑運氣差嗎？

【考生游惑使用掉一次抽籤權！】

系統的聲音，平靜中透著狂喜。

【第八章】

# 進賭場就要做好傾家蕩產的準備

922重洗了手上的牌，對著秦究撚開。

他剛要說話，系統又開口了。

【抽到保送牌，意味著考生既有毋庸置疑的能力，又有令人豔羨的運氣。一張保送牌可以讓一位考生免除剩餘所有考試。】

聽見這段話的考生羨慕極了，紛紛議論。

「這運氣簡直絕了！保送！」

「這卡不是只在傳說裡嗎？我就沒見過活的。」

「我見過！」

「真的假的？」

「真的，就第一場考試。是個聯合考場吧，好多外國考生。有個俄羅斯女人抽到了一張。」

「然後呢？」

「然後？當然是立刻用掉了，直接通過考試回家了吧。」

「回家啊……真好。」

那些議論模模糊糊傳過來。

烏鴉在雕塑頂端昂起了頭，小小的眼珠轉動著，精明篤定。

所有發生過的事情，系統都有記錄，當然也包括保送卡的抽取和使用。它最講究資料統計，用已發生的事件樣本資料庫，可以得出這樣一個結果——

全球這麼多場考試下來，抽到過保送卡的合計一百一十六人，每一個都會在抽到後以最快的速度使用它，間隔時長平均下來是五秒。這五秒是幸運兒用來尖叫、蹦跳和發瘋的。

也就是說，這張王牌卡的即時使用率達到了百分之百。

誰能拒絕這種誘惑？誰都不能！

烏鴉歪了一下鳥頭，居高臨下地問。

【考生游惑，你現在可以使用這張極其珍貴的保送卡了。】

游惑張口就是兩個字：「不用。」

烏鴉：「啊？」

「用不用我說了算吧。」游惑問154。

「啊？喔，對，是你說了算。」154說：「你可以選擇在任何時間以規則允許的方式使用它。」

游惑把卡塞進了口袋裡。

154捂著臉對922說：「感覺它快氣死了。」

「誰？」

「系統。」

922瞥了烏鴉一眼，莫名想笑，但他用畢生意志力憋住了。結果轉頭就見021小姐在偷偷掐自己的手，憋得也很辛苦。

922對秦究說：「老大，抽卡。」

運氣這玩意兒真的是玄學，好壞紮堆來。

游惑剛剛抽了一張保送，秦究緊跟著就是一張免考卡。

卡面上的附加資訊非常具有衝擊性：

雙人兩場

註：抽到免考卡的考生可以免除相應考試，按照該場平均分計入總成績。你是一位幸運兒，免考卡不稀奇，雙人雙次的免考卡卻非常罕見，抵得上大半張保送卡了。你有珍重的伴侶嗎？你有同行的朋友嗎？你可以和他共用這場幸運。

雕像上凝固的烏鴉又活過來了。

雙人！兩場！

這張卡對於剛剛開始考試的人來說，就是一張免考卡。但對本場考生來說，意義完全不同。

這裡的人已經考了三場，按照現有考制，還剩兩場。

這張免考卡用在他們身上，跟保送沒有差別。

還一保保兩個。

這意味著什麼？意味著某些人終於可以滾蛋了——

游惑會被再次清除。

秦究完成考生懲罰，會回到監考官的崗位。

烏鴉張開了嘴……

結果秦究做了一件更具有衝擊性的事。

他衝游惑使了個眼色，轉頭就把這張卡送人了。

一副牌中，保送卡只有一張，那對小情侶好不容易重聚，必然不願意分開。

但這張免考就不同了。

秦究將卡遞給周祺和姜原，玩笑說：「結婚禮物，算我和那位……」

他拇指朝後指了指：「……假裝跟他無關的先生合送的。」

周祺朝那邊看過去，游惑正站在不遠不近的地方等著。撞上她的視線時愣了愣，然後點了一下頭，不算熱絡也不算親近。

但她知道，那是一位很好的人，和面前這位一樣。

「這卡在考試裡絕對是貴重物品了。」周祺搖了搖頭說：「你們自己用掉吧，這是你們應得的。我們可不能收，反正只剩兩場了，我跟姜原會努力活到結束的。」

「我們用不上，留著也是浪費。」

周祺不解：「為什麼？」

因為公事未了，私事同樣。

於公於私，他都不可能立刻離開這裡。

「沒瘋夠。」秦究對周祺說。

他將卡插進姜原的襯衫胸袋裡，拍了拍對方肩膀說：「走了。」

其他人陸陸續續都上了馬車。

922這才拉了一下秦究說：「老大你等會兒。」

他特地挑了個遠離馬車的位置，在一座雕像旁邊站定，「是這樣……我們剛剛收到一個違規通知，挺奇怪的。」

秦究挑起了眉，表情並不意外。

922心想：要完，難不成是真的？

「有多奇怪，說說看。」

「紙條是空白的，什麼資訊也沒有。還是154查了具體細節，我們才拿到一點補充資訊。」

秦究點了點頭，示意他繼續說。

922：「呃……違規人寫的是你，違規事項吧……說得有點模糊。一會兒說安全受到威脅，一會兒說……」

「說什麼？」

「說……」922撓了撓頭，突然捅了154腰眼一下。

154觸電似地往前竄了一步，懟到秦究面前。

922說：「154跟您具體解釋一下！」

154：「……」MMP⁻。

於此同時，922和021小姐同時往後退了一步，給他讓出C位。

154頂著棺材臉，一板一眼地說：「說老大你跟考生發展……關係。」

「什麼關係？」秦究也不生氣，「哼哼唧唧聽不清。」

154翻了個白眼，一咬牙：「不正當關係。」

他說完，又立刻補充道：「但這條也只顯示了一會兒，就跳掉了。我剛剛看了一下，違規事項這一欄又是空的，可能系統界定出了問題。畢竟它……思維方式還有偏差。」

他說著，轉頭看了922和021一眼，又對秦究說：「我們都覺得應該是誤會。」

秦究「喔」了一聲。

154又要開口，秦究突然說：「也不算是誤會。」

154：「嗯？」他反應了兩秒這句話的意思，又把嘴閉上了。

草叢一片寂靜。922可能傻了，021漂亮的眼睛瞪得溜圓。

「所以你剛剛打算說什麼？」秦究一點兒也不照顧在場三人的心臟，對154道：「繼續說。」

說個鳥。154心想。

他嘴巴張張合合好幾次，終於憋出一句：「我本來想說……老大你暫時去不了休息處，得跟我們回趟監考區，走個違規清除手續，把系統錯報的違規記錄刪了，但是……」

「如果不是誤會，就不是走清除手續了。」021替他把話說完：「得按規則懲罰。」

系統出這個規定的時候，依然得遵循隱私原則。只處罰監考官，而且是相對祕密地處罰——除了154、922、021，其他監考官都不會知道。

至於考生，系統預設不曝光、不追究，除非考生上趕著來討罰。

所以021也沒多問，但好奇心已經爆炸了。她瞄了秦究一眼，發現他沒有要提那位考生是誰的意思，只是點了點頭說：「行吧，回監考區再說。」

作為一個心思還算敏感的女性，她從這種避而不談的態度裡感受到了尊重和保護。

這令她很意外。她一直認為秦究是鋒芒外露的人。這種人瘋起來肆無忌憚，往往也不知分寸。沒想到不是。

021破天荒地居然有點理解那位考生了。撇開偏見，這種囂張和理性並存的人確實……非常有吸引力。

021拍了自己腦門一下，默默掏出墨鏡戴上。

922抓耳撓腮，欲言又止，像個大猴子。他憋了半天，還是沒憋住。

「這不公平！」922說。

「什麼不公平？」秦究瞥了他一眼。

「老大你又不是不知道，這種事情倒楣的都是監考官。」922生怕秦究吃虧，咕噥說：「監考區人也不少啊，您幹麼想不開看上考生？」

「況且這才幾天吶，那考生天仙下凡嗎？這麼大吸引力……」

922不敢對秦究這麼說，只好趁著對方先走兩步，跟落在後面的154、021小聲抱怨。

他們三個正要跟上秦究，身後突然響起沙沙的腳步聲。

021的肩膀被人拍了拍，她轉頭一看，居然是游惑。

「你不是上馬車了嗎？」

前面秦究聽見聲音，回頭看過來。

游惑衝他那邊抬了抬下巴，「上車發現少了個人，就下來了。」

註釋1：MMP：網路用語，用作罵人的髒話。

922有點擔心他們老大的聲譽：「你什麼時候來的？聽見我們說話了？」

游惑收回目光瞥了他一眼，「一半吧。」

「不管聽見多少，別跟其他人說……」922交代到一半，想起游惑連話都懶得說，估計八卦也不會聊。又放心下來，「算了……總之老大先跟我們回監考區，不出意外很快就去休息處的，你先上馬車過去吧。」

他襯衫上還暈著大片血跡，021看得扎眼，也扶了扶墨鏡提醒說：「考生馬車就要走了，趕緊去。」

誰知游惑卻沒有要離開的意思。

遠處，烏泱泱的考生馬車動了起來，一輛接一輛駛出考區。

游惑朝那邊看了一眼，又收回目光。

「我走這邊。」他說著便邁了步。

這人身高腿長，轉眼都快走遠了。

三位監考看著他的背影，愣了兩秒，又趕忙追過去。

021說：「不是，你幹麼跟我們一起，我們要去監考區啊。」

游惑停下步子，半轉過身來，嗓音冷淡，「你們不正當關係只罰一個？」

「對啊！是不是不公平？」922下意識回答道。

下一秒，這位小傻子就緊急剎住了車，「臥槽。」

三位監考官突然明白了這話的意思。

922和154彷彿被驚雷劈了十八道，021小姐墨鏡掉在地上，隨時能表演原地升天。

講個鬼故事：天仙下凡。

下午三點十六分。監考區雙子樓。

處罰大廈三部電梯依然在正常運轉，一個亮藍燈、一個亮紅燈。前者是考生專用，後者是監考官專用，分別將他們送往不同區域。

除此以外，還有一個亮著白燈。在大多數監考官的印象中，白燈電梯很特殊。它長年處於「睡眠」狀態，始終停在一樓，因為用到的機會屈指可數。

而此時，078就站在這扇電梯門前，手裡抓著一張通知單。

他因病告假休息了幾天。上午剛剛好轉，就接到了這份通知。

通知說……922崴了腳軟組織挫傷、021突犯低血糖頭暈目眩身體不適、154咬到舌頭了急性上火長了倆潰瘍，三人急需休息調整，所以由同組的078主持執行違規考生的懲罰工作。

看到這份通知的第一眼，078就覺得這踏馬是在放什麼屁？

突然崴腳就算了，畢竟922確實毛手毛腳，據說考場多山路還要上下馬車，心不在焉一腳踏空確實是他能幹出來的事。

突犯低血糖……021小姐部隊出身，身體素質比他一個大男人還牛逼，低的哪門子血糖？

但是……這位祖宗他不敢惹，她說暈就暈吧。

至於154……這位就真的太過分了。倆潰瘍又不是長在腳板底，至於考生都帶不了，急需休息嗎？這麼扯的請假理由，系統居然能通過了。078簡直懷疑154走了後門。

不過整張通知單最讓他驚訝的不是這些，而是處罰地點。

上面標明了讓他走這部電梯。

「欸？那誰……」一位負責值班維護的監考官走進大廈，看到078便是一愣：「你站那邊幹麼，發呆走錯了？那是特殊處罰區啊。」

特殊處罰區。這是大多數監考官對白燈電梯的認知。

具體怎麼個特殊法，他們還沒總結出規律。據說專門處理跟系統核心安全有關的問題，誰知道真的假的，畢竟可供參考的樣本約等於零。

078晃了晃通知單說：「沒走錯，白紙黑字的任務。」

那位監考官一臉驚奇，湊過來看了一眼，說道：「喔喲，這哪場考試的？監考官集體報廢？不可能吧？」

「可能的，我上一場結束就報廢了。」078指著自己憔悴的臉。

監考官無話可說。

通知單上沒說違規人，也沒說違規事項。但是078用腳趾頭想也知道是誰。

果不其然，沒幾分鐘，那兩位瘟神就被人送來了。

「人送到了，你回頭跟021他們說一下。」那位引路監考官像個送地雷的，目的地一到轉身就撤。078攔都攔不住，他表情複雜地看著兩人。

秦究抬了抬手指招呼道：「下午好。」

好個鬼。078心想：見到你們就不好了。

「你們這次又幹了什麼？」078沒好氣地說：「都動用到這部電梯了。」

說到「幹了什麼」的時候，氣氛略有一點微妙，但078比較遲鈍，沒覺察。

秦究看著電梯燈，也有點意外，「你確定？」

「當然確定。」078咕噥，「我敢隨便把人往這裡塞嗎？」

「這電梯怎麼了？」游惑問。

他上次來就有點好奇，還以為這是給那些商販司機的，沒想到自己先用上了。

秦究簡單給他解釋了一句，電梯就把他們送上了樓。

快得出乎意料。

電梯停下的地方是個大平層，跟上次清理考場那個類似，也有個驗證臺。區別是，這裡的驗證臺旁沒有人守著，落地窗也變成了厚重的金屬門。

【特殊區域，進入需要憑證，請出示相關通知。】

078掏出通知單走到驗證臺旁。

看見那堵金屬門的時候，游惑又有了似曾相識的感覺。

他現在對這種感覺見怪不怪了。

「怎麼了？」秦究低聲問。

游惑說：「眼熟，以前可能來過。」

以前來過有兩種：可以作為違規者來，也可以作為監考官來。

078在遠一些的地方忙驗證，系統的聲音一道一道響著。

秦究看著078的背影，突然低聲說：「我看到過你以前的違規記錄，就在上次清理任務結束的時候。」

游惑看向他。

「裡面有一條說，曾經某段時間裡，你和一個人關係過密。」

「……誰？」

「不知道。」秦究說。

系統對監考官的影響力更大，他的記憶始終被死死壓著，一點蛛絲馬跡都不肯漏給他。

他低頭問游惑：「你有印象嗎？大考官。」

游惑突然想起那段零碎的記憶，在他背抵柵欄和秦究吻得意亂情迷的時候乍然閃過。

那個模糊場景裡，身後的人對他說……其他監考官和考生不上床。

游惑聽著耳邊如出一轍的聲音，嘴唇動了一下。

「沒有。」他說。

「真沒有？」秦究又問。

「沒有。」

秦究的目光落在他側臉。

游惑靠著牆目不斜視等078，下頷到脖頸繃著瘦直的線條。

忽然有手指不守規矩，又撥了一下他的耳垂。

「那你剛剛走神的幾秒是在想什麼？」秦究問。

游惑：「……」他默然兩秒說：「想078一張破通知單究竟要驗幾分鐘。」

這句話沒有壓著聲音。

監考官突然被點名，尷尬地說：「這地方我也沒來過，操作不熟練。001你會嗎？」

秦究面無表情看著他。

078：「喔，對，你會也忘了。」

「以前這裡有專人負責的，用不著自己操作。」秦究走過去。

「現在人呢？」游惑問。

「被罰走了。」秦究說：「說起來你應該見過，她被安排去考生休息處了。」

「我見過？誰？」

「叫楚月，休息處旅館老闆。」

游惑一愣。他還真見過，第一場考試結束就見到了。那位楚老闆還破例給他們煮了餃子。

078抓著頭髮。驗證介面被他按錯好幾處，亂七八糟。

他又不知道戳了哪一點，介面一變，居然跳出一個異常簡短的名單來。

那是一頁出入記錄。看第一列顯示的時間，三、四年前，前後居然橫跨了一年左右的時間。一年中的進出記錄只有短短一頁，可見來這裡的人確實很少。

名單上應該包含了違規人、陪同監考官以及負責人。

上面有很多陌生的代號和姓名，考官A在裡面出現了好幾次，楚月更是每條都有。

游惑忽然想起自己留給021的話，讓他去休息處找一個人。

雖然他現在連休息處都只去過兩個，見過的人屈指可數，這樣小範圍挑選目標很容易出差錯。

但有種東西叫直覺。他直覺，要找人可能就是楚月。

秦究正打算再翻一頁，系統的聲音又響了起來。

它可能忍不了078這個智障了，主動彈出三個掃描介面，讓078一一驗證。

資訊通過。

森嚴戒備的金屬大門終於打開，一股味道撲面而來，像長久不用的機房。

聞到味道的瞬間，游惑腳步一停。

他幾乎能聽見一個女人在他身邊說話，聲音和小旅館的楚老闆一樣。

078差點撞他背上，問道：「怎麼了？」

「沒事。」游惑說。只是突然想起一些東西。

金屬大門裡還有一個安全門，所有違規者都要從裡面走一遍，做第二次驗證。

當年的楚月頭髮比現在長，總會在做事前隨便撈根繩圈綁起來。她那天收到違規單的時候，正咬著繩圈，用手指把頭髮往腦後梳。

那時候的違規單內容很詳細，跟現在不同。上面既有違規者的名字，也有違規事項。

違規人：A

違規事項：與考生秦究關係過密。

備註：該考生為外來者，危險等級評估為S級，考官A屬於核心涉密人員，符合安全威脅基本身分核驗。

處罰決定：白燈區、單次。

其他：應A要求，處罰延後五天。

楚月盯著那幾行內容，迅速把頭髮綁好，「嘖」了一聲。

她看著已經在安全門裡站定的年輕主監考，別上臂徽走過去，「我發現系統還真挺偏心的，你要求懲罰推後，它居然就真的推後了。」

A嗤了一聲說：「推後五天對它來說有利無害，為什麼不答應。」

「也是。」楚月點了點頭，往安全門的旁按了一下指紋。

「別抱胳膊了，什麼門都敢靠。」楚月說。

因為某些淵源，也因為身處的地方特殊，她是整個監考區唯一一個能這麼跟考官A說話的人。

安全門嗶嗶報著一系列檢測資料。

楚月突然問說：「所以那個誰走了？」

「嗯。」

「你怎麼說服他的？」

「沒有說服。」

「還挺強硬。」楚月咕噥說：「那是怎麼走的？」

「重考次數達到上限。」A說：「系統強行結束。」

年輕的主考官薄薄的眼皮垂著，語氣很淡。但楚月知道，他心情不好。

其實他大多數時候都冷著臉，好像天天心情都不好，一般人根本覺察不出這其中微妙的變化。

也只有知道一些情況的楚月才能看出端倪。

「不過你也夠可以的。」楚月撇了撇嘴，沒好氣地說：「處罰還特地拖到他走之後。」

A按照要求抬起手，又轉了個身，沒聽見似地不吭聲。

他一直都這樣，楚月早就習慣了。

以她的性格，其實根本不喜歡過問別人的私事。今天的她是個例外，因為她覺得需要有人跟A提一提這些。自己藏著和被迫隱蔽是兩種感受，沒人喜歡把一件本身很好的事永久壓在陰暗處，不能讓人知道，不能表露出太明顯的情緒，不能丟掉警惕。

沒人願意這樣。

他繃得太緊了，總得說兩句，給他一個出口。楚月想。

「萬一，我說萬一啊。」楚月閒聊似地說：「萬一那誰又回來了呢，要是知道你一個人把懲罰擔了，估計……」

A嗓音很淡，語氣很篤定：「沒有萬一，系統真送人出去肯定會有措施。」

楚月說：「哎，我就打個比方。」

A又不吭聲了。

安全門核驗通過，懲罰區域終於真正打開。

A拎起外套跟她打了一聲招呼，便往入口走。

光照著白霧充盈在入口，楚月站在霧氣邊上，手指搭在開關鍵上，隨時準備替他關門。制服將那個身影襯得高而挺拔，考場上多少女孩望而卻步過。

楚月突然感慨了一句：「挺神奇的，你居然會喜歡什麼人。」

A腳步停了一下，他看了楚月一眼卻沒反駁。

下一秒，他就大步消失在了白霧中。

那之後過了一個月，他篤信不可能再出現的人就回來了，以監考官的身分再次站在他面前。

【秦究，目前核驗結果為考生。】

【游惑，目前核驗結果為考生。】

【不符合安全威脅基本核驗條件，特殊區不開放，處罰不予通過。】

游惑倏然回神。

他和秦究跟著078，一前一後從安全門裡走了一遍。

播報結果的聲音和系統音一樣，聽起來就像系統啪啪給了自己兩耳光。

078看著通知單，傻眼半天。心想：絕了！

他知道系統喜歡強調規則，刻板地認為自己可以遵守所有規則，這就是它比非理性的人更優越高級的地方。

誰能想到它能自己把自己絆個跟頭。

安全門報完結果，沒一會兒端頭突然冒起了白煙。

也不知道是突發性故障燒了，還是系統氣的。

白跑一趟，078也不難過，他終於能把兩位瘟神請走了。

他用「全人類解放」的語氣說：「我送你們回休息處。」

游惑忽然問：「休息處可以指定嗎？」

078還沒開口，系統就搶答說：【不能！隨機！】

整個大平層迴蕩著它的聲音。

說隨機，隨的也不是兩位大佬的機。

同場考生會被分在同一個休息處，其他人早去了，他們不過是跟上而已。

游錦鯉從未如願過，這次也是。

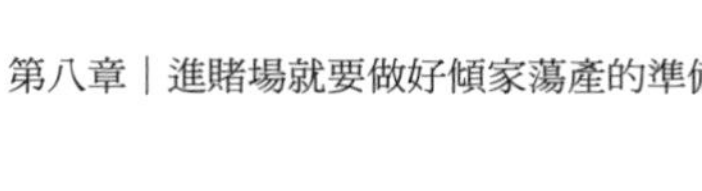



休息處不是楚月那個老破小，與之相反，這裡繁華得像個銷金窟。

「謔！恭喜，抽到了最好的休息處之一。」078一進來就搓了搓手。

游惑一點都不高興，總共就五個休息處，還「之一」。

倒是秦究心情還不錯，他拍了拍游惑的肩，指著車水馬龍的遠處說：「看那座塔，你猜是幹什麼的？」

游惑：「……賭場。」

秦究半真不假地說：「我們大考官真的聰明。」

游惑：「……」你認真的？

那座塔的塔頂是個四棱錐，錐尖一根避雷針直指天際，上面串著一串骰子。底下四個簷角，每個角支著一個人民幣符號，智障才看不出來是賭場。

不過說到賭場……游惑想起吉普賽那場考試司機說過的話。

他問秦究：「賭場可以抽牌？保送之類的都有？」

秦究點了點頭，正要開口，078說話了：「這誰告訴你的？這麼說的人一定沒有在賭場混過。」

游惑轉頭看他，「你混過？」

078抵著嘴唇咳了一聲，說：「這是我最喜歡的休息處。」

「看不出來你還是個喜歡刺激的？」秦究說。

078不知道他是認真的還是諷刺。

「反正吧，賭場確實有好牌。什麼延期啊、免考啊、加分啊……這種牌運氣好的話，可以攢上一兩張。至於保送這種牌，你就別指望了。」

078沒有跟其他三位監考官碰面，不知道游惑和秦究的抽卡情況，只知道這兩位手氣向來極差。

「你想啊，真有保送牌還不趕緊用掉？這已經是頂級王牌了，拿到賭場來以好換次嗎？這得多傻逼的人才幹得出來啊。除非有人一場考試拿到兩次抽籤權，同時抽到兩張保送，但那就更不可能了，一副牌就一張。」078說得搖頭晃腦。

他沒有注意到游惑的表情，語重心長地說：「作為過來人我提醒一下，千萬不要沉迷賭場，差不多就可以收了，尤其別想著收保送。」

游惑面無表情從口袋裡摸出一張牌，「我們沒打算收保送，我們去出保送。有多傻逼？」

078：「……」他給了自己一巴掌，扭頭就跑。

秦究看著游惑冷峻的側臉，倚著路燈杆笑了半天。

「我好笑嗎？」大帥哥語氣冰涼。

秦究很不著調地說：「沒有，我們A先生偶爾說髒話的樣子非常……」

他頓了一下。

游惑等著他的下文。

秦究瞇起眼睛：「非常性感。」

游惑被堵了正著。

他將秦究從頭到腳打量了一番，突然回道：「沒你性感。」

秦究：「嗯？」

他大概從沒想過對方會這樣堵回來，愣了好一會兒。

回神時，游惑已經擦過他的肩膀，順著人行橫道往街對面走了。

這個休息處真的很繁華。這次不是反諷，居然能用得上「車水馬龍」這個詞。

游惑指著來往車輛和行人，問秦究：「這些是真人還是NPC？」

秦究：「一半一半吧。」

「一半？」游惑很意外，「哪來那麼多人？」

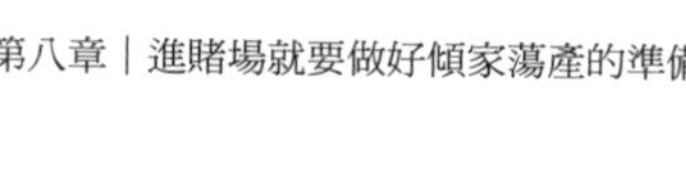


「國內大多數考生都集中在這裡了。」

「我沒記錯的話，有人說過，一段時間裡，只有同一類考場的人才會進入同一個休息處？」

「對，但這裡例外。」

「為什麼？」

「因為那個賭場。」秦究指著越來越近的高塔說：「那裡可以換到很多東西，你想得到的，想不到的。比如卡牌，有些牌面稍微組合一下，就能讓考生不斷推遲下一場考試，爭取更多時間。」一個月、兩個月。一年、兩年。

房子和車在這裡還不如好卡貴重，很容易賭到手。一旦在這裡住下，就會覺得這裡和普通城市沒什麼不同。住得越久，越不想去冒險考下一場。

於是考生也越來越多，不可避免會雜糅不同考場出來的人。

「因為考場不同，這裡的考生會交換資訊，會售賣考場資料。」秦究說：「也是很多人選擇留在這裡的原因。」

人有個心理——收集了十個考場資訊，就會擔心自己抽到第十一個。收集了一百個考場資訊，就會擔心系統有一千個等著自己。

永遠擔心有疏漏，永遠覺得還不夠。於是……永遠難以離開這裡。

「是不是挺荒謬的？」秦究說。他並沒有用譏嘲的語氣，只是有些感慨。

「可以理解。」游惑想了想說：「歸根結柢還是系統的問題……看我幹什麼？」

秦究說：「沒什麼，怎麼說……你這樣的很少見。」

游惑：「哪樣？」

秦究：「從頭到尾堅定地認為系統令人厭惡，這樣的人很少，大半的人都動搖過。」

「怎麼可能？」

「當然可能。」秦究說：「你不覺得系統有時候會顯得又蠢又幼稚嗎？」

游惑明白了他的意思。

很多人本質是心軟的，會因為系統幹的蠢事哭笑不得，暫時性地忘記它的殘忍。

一次兩次還好，十次二十次呢？甚至……百次千次呢？

長時間待在這裡的人——久住的考生和監考官，他們也許每天都會碰到這樣的瞬間。更別說，系統偶爾還會給予一些「優待」和「獎勵」。

高齊說過：「早期的監考官分為溫和派和強硬派，因為溫和派的監考官對系統保有一些感情。」

游惑當時就覺得不可思議。他難以理解為什麼會存在溫和派；為什麼會有人對系統心軟，覺得它還能回到正軌。

現在，他明白了。很難說系統究竟是故意的，還是無意的，但它確實具有一點迷惑性。如果是故意的，那就真的……有點可怕。

大佬難得有點愁思，卻只持續了不到二十分鐘。

因為賭場真的太鬧了。

領了號牌剛進門，翻天的歡呼聲就撲了游惑一臉。

這種環境下，說話要麼靠喊，要麼咬耳朵。兩人都懶，喊是喊不出口的，毫無疑問選擇後者。

001號前監考官像個導遊，一路在游惑耳邊解說：「一二兩層是分數區，拿分數做籌碼，贏了加分，輸了減分。很多人指望在考前把分數變得盡可能高，這樣考試期間只需要求穩。」

剛剛那陣熱烈的尖叫，就是有人贏到了二十六分。

那人宣洩了一會兒，又回到賭桌邊。

游惑納悶地說：「不知道見好就收？」

秦究說：「不是不知道，是有規定。」

「什麼規定？」

「一次必須連賭三場。」

下一秒，那個贏了二十六分的，瞬間又輸掉了十九分。

一頓捶胸頓足後，第三次站到了賭桌邊。

他們穿過一扇拱門，沿著樓梯上去。

三樓同樣熱鬧非凡，但眾人的情緒又有微妙不同。

秦究說：「這裡是現金區。」

「現金？」

「不是僅指狹義的現金。」秦究解釋說：「包括電子轉帳，房子、車子等等現實生活中代表錢的東西。」

「錢在這裡幾乎沒用，賭來幹什麼？」

「發洩。」秦究說：「你會在現實生活中輕易賭出去一棟房子麼？這裡可以。三秒鐘賭出去，五秒鐘贏回來。一種荒誕式的發洩。」

如果說分數區是真正的極度興奮、極度焦躁。現金區就是純宣洩，爽但並不緊張。

他們又上了兩層樓，秦究說：「這裡是卡牌區。」

緊張程度介於分數和現金之間。比較特別的是，卡牌區真正上賭桌的人有限，更多是在觀望。

看誰手裡有什麼牌，看自己的牌能吸引到什麼人。

游惑大致掃了一眼。

「監考官的幫助」、「臨時抱佛腳」、「小抄一份」這樣的中上等卡牌占了絕大多數。

有七八桌圍了兩三圈人，賭的就是「加十分」，「答案借我抄」這種有直接效果的上等卡。

還有兩桌擠滿了人的……秦究看也不看，篤定地說：「肯定是免考或者延期，在這裡，這兩種最受歡迎。」

「就在這裡？」

半失憶的大考官非常有賭徒的氣勢，說著就要上桌了，被秦究眼疾手快抓回來。

「等等別急。」秦究說。

他撈得太快，抓住的不是腕部而是手指。

游惑垂眸掃了一眼。

秦究沒有立刻鬆手，他也沒有收回來。

過了幾秒，勾連的手指才因為自然垂落而滑開。游惑摩擦著指尖的餘溫，將手插進口袋裡。他左右掃了一圈，問秦究：「為什麼不賭，還有要求？」

「我們不在這裡賭，要再上一層。」

「樓上是什麼？」

「綜合區。」秦究說：「卡牌、現金、分數混合，我們去上面捉耗子。」

正如秦究說的，這個休息處的繁華一半是真人、一半是系統投放的NPC，當然也包括賭場裡的賭徒。

秦究所說的耗子，就是系統擬造的那些NPC。他們不參與考試，並不真正在意分數和卡牌，更不用說車子房子。從他們手裡贏牌可以毫無顧忌。

在賭場，直接上桌的都是老手，新手總會觀望兩天。

但某位姓游的新手上樓就占了個桌位，秦究優哉游哉跟過來，往桌邊一靠。

兩人光是臉就極其搶眼。

但帥又不能賭出去，所以大家只是圍在不同的賭桌邊朝這裡看，人不打算過來。

直到荷官問：「兩位賭什麼？」

「卡牌。」秦究說。

綜合區賭卡牌的人很多，好卡卻十分有限。

氣勢如虹掏出「幫助卡」的人絡繹不絕，老賭徒們早就麻木了，甚至聽見「卡牌」就想嗤。也真的嗤出了聲。

荷官是典型的NPC，跟系統一脈相承不討喜。

他興致缺缺地點了點頭，看都不看游惑一眼說：「卡呢？報卡面，放上桌。」

游惑「嗯」了一聲，把那張牌擱在桌上，淡聲說：「保送。」

「保什麼玩意兒？」荷官反應了兩秒，一臉呆滯地看過來。

秦究手指輕扣，清晰地重複：「保送卡，一張。」

整個綜合區瞬間安靜。

大家愣了片刻，齊齊將脖子伸成兩公尺長，從四面八方探過來。

三分鐘後，全賭場的人都知道三樓來了兩個大帥哥，年紀輕輕就瘋了，居然拎著「保送」來賭博。一瞬間，所有沒上賭桌的人都湧進了綜合區，游惑、秦究所在的桌子旁人山人海。

荷官頭一次見到這種陣仗，興奮得聲音都抖了。

「兩位先生先挑一種玩法？」

「最簡單的，押單雙數吧。」

荷官點了點頭說：「那麼……哪位先生或女士想要站在這個位置上？」

他衝游惑和秦究對面的空位比了個手勢。

下一秒，全賭場的真·考生都殺過來了。

荷官一溜小跑退到牆角，遠遠對游惑說：「這種情況，你們擁有絕對的選擇權……」

秦究的目光掃過每個人以及他們手裡的東西。

終於鎖定了一位。

那是一隻非常明顯的耗子，也就耗子敢抓著兩張好人卡來賭博，還一副我很冷靜的樣子。

秦究指定的時候，全場都瘋了。

荷官茫然地問：「你們來做慈善的嗎？全場那麼多頂級卡，那麼多捧著二十、三十分的，你們挑了最差的？」

多少考生在旁聲嘶力竭，兩位帥哥巍然不動。

荷官花了好幾秒冷靜下來，將骰子罩進骰盅。

渾身是膽的考官A破天荒沒有衝在第一線。

他對秦究說：「你來。」

秦究挑眉問：「信我？」

游惑：「不信，你運氣沒比我好多少。」

秦究「嘖」了一聲：「那還讓賭嗎？」

游惑抬了抬下巴，示意他繼續。

旁邊考生聽見他們的對話，心都抖。

荷官叮鈴哐啷一頓搖，「啪」地一聲將骰盅扣在桌上。

秦究問：「你覺得奇數還是偶數？」

游惑：「偶。」

秦究點了點頭，果斷壓了奇。

游惑：「……」

論錦鯉大考官的正確使用方法。

括弧危險動作請勿模仿括弧完畢。

不怕錦鯉動手打人並且有信心逗回來的話，可以試試。

也許是之前氣死系統遭了報應，又或者秦究本身運氣也不怎麼樣。

第一局，荷官骰盅一掀：偶。

錦鯉的臉色頓時精彩紛呈，不知該驕傲自己的運氣還有救，還是該打秦究一頓。

圍觀人員頓時捶胸頓足，好像保送卡是從他們口袋裡掏走的一樣。

「瘋了瘋了，真的瘋。」

「臥槽，我以為來了倆幸運之神，拿著保送卡當誘餌然後咔咔贏牌，誰知道……」

「遞過去了遞過去了，我手都抖。」

「那是保送卡啊！」

游惑在無數雙眼睛的盯視下，把保送卡丟去對面。

那個真NPC耗子手舞足蹈，原地蹦了三圈，興奮得跟真的一樣。

荷官提醒說：「一次賭三局，綜合區的規矩是三局之內籌碼不下桌。」

第一局放在桌上的東西，不能再收起來。只能加，不能減。

這就意味著，三局越賭越大。

這也是很多人沉迷於此的原因，一方面真的刺激，另一方面總讓人覺得還能贏回來。

耗子面前變成了三張牌——一張三好學生、一張優秀學生、一張保送卡。

游惑和秦究這邊空空如也。

荷官比了個「請」，說：「二位還有其他卡牌嗎？可以拿出來了。」

游惑：「沒有。」

荷官：「現金、房子、車子、商鋪、大樓？」

游惑：「沒有。」

荷官：「……那分數？」

這個可以有。

「先賭我的吧。」秦究放上了自己的卡。

上面顯示著已考科目三場，歷史後面標著（重考）字樣，分數是按照重考後的歷史分重新核算的，總分27.125。

賭桌桌沿上清晰地滾動著這個分數，人群小聲議論了一陣，沒有多驚訝。

如果他們知道秦究第三門以負分開局，就絕對不是這個反應了。

「為免有不清楚規則的情況，我再提醒一下。」荷官說：「分數區那邊賭分，可以自主選擇賭多少，三分起，沒有上限。綜合區不同，這裡更刺激一點，要賭就是全部。」

綜合區魚龍混雜，其他區域看不上的籌碼會被擠來這裡，慢慢形成了這些獨特規矩，反而讓這裡變成了考生背水一戰的專區。

秦究點了點頭說：「可以。」

對面耗子搓了搓手。

荷官再次搖響了骰盅，然後啪地扣在桌面上。

秦究問錦鯉：「大考官，奇還是偶。」

錦鯉已經麻木了，「偶。」

秦究對荷官說：「偶。」

錦鯉：「嗯？」

難得看到游惑露出如此困惑的表情，秦究直接被逗笑了，「有什麼問題？」

「真跟我選？輸了你就是零分了。」游惑說。

「負分都拿過，零分怕什麼。」秦究手指敲著桌沿，玩笑似地說：「賭場麼，富貴險中求，進

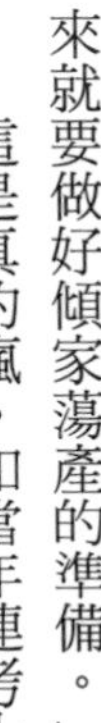

來就要做好傾家蕩產的準備。」

這是真的瘋。和當年連考十二場的他如出一轍。

不是來掙扎求生的，是來一耗到底的。

當初帶著任務進系統的不止秦究一個，其實是一個組。人不多，一來沒有把握，二來怕引起系統排斥和警覺。

組名是D，任務是盡可能方方面面地瞭解系統所有，嘗試不同的可能和界限，找到藏在某處的核心，然後毀掉它。

有人開玩笑說這不是D，應該是D-to-D，敢死隊。

然而系統有自保程式，進來的人不知不覺就忘了前塵舊事、忘了自己為何而來、忘了自己要做什麼。秦究也很少想起來，更是從未提起過。

但他做得徹徹底底。

「我操！」人群中又爆發一陣捶胸頓足。

圍觀人員急得跳腳。

因為荷官掀開了骰盅：奇。

這次游惑的運氣恢復常態。他們又輸一把。

荷官拿了秦究的卡，在桌邊機器上刷了一下，卡面分數就直降為零。

對面的耗子興奮得不行，兩把下來，他桌面上的籌碼翻天覆地。

誰能想到，兩張好人卡能換到一張保送外加二十七分呢！

「第三局。」荷官又對游惑和秦究比了個「請」。

他雖然見慣了賭徒，但這麼賭的還是第一回見，他手也抖。

游惑乾脆得很，一把將卡拍在桌上。

上面的資訊和秦究相似，已考科目三門，歷史重考。

但分數就很嚇人了。

42.125。

這個數字在桌沿滾了一圈，圍觀人員安靜兩秒，立刻炸了鍋。

因為要押全分，求穩的考生肯定不會來綜合區。

不，準確來說，求穩的考生根本不會來賭場！

你他媽三門考了四十多分，A等級中的A，還有一張保送卡，幹點什麼不好非要來賭場找刺激？

大家眼珠子都瞪綠了，口頭上操了全賭場的人，叫著說：「這分，這卡，你不要了給我行不行啊！」整層樓的氣氛都掀到頂了。

對面耗子被這種氛圍一激，當場掏出了自己的卡。

荷官扶住桌子，問他：「等下，這是幹什麼？」

「加碼！」耗子把卡往桌上一飛，說：「這是我至今玩得最刺激的一把，加碼！把我的分數也抵上。」

游惑問秦究：「這真是NPC？」

「演得逼真嗎？」

「……」

賭場的NPC一貫高度模擬，他的卡跟普通考生一樣。正面是房卡信息，反面是准考證。

上面寫著他考了四門，總分四十，特別平均。

荷官拿著他的卡，先刷了一下，把秦究那二十七分加過去，然後擱在了下注區。

圍觀人員叫得更響了。

這一桌賭的，除了那兩張好人卡，隨便拎個籌碼出來就能讓任何一個考生當場發瘋。

荷官又搖起了骰盅。這次搖了很久很久，硬是吊起了所有人的胃口，在滿場靜謐中第三次扣在桌上。

秦究拿起卡看著游惑。

這次都不用開口，游惑就說：「我感覺還是偶。」

說完，直接抓著秦究的手腕，把他按在「奇」上。

有的錦鯉比較神奇，養久了可以搶答。

這次，荷官都緊張得不行。

他深呼吸兩次，抓著骰盅掃視一圈，然後猛地一掀。

奇。

整層樓的人靜默片刻，然後統統瘋了。

荷官傻了幾秒，把一桌東西都推給游惑。

一次賭三場。

兩負一勝。

年紀輕輕就瘋了的兩位大帥哥贏回了保送卡，拿到了兩張好人卡，拿回了自己的分數卡，還額外贏了四十分。

「這他媽是兩年不開張，開張吃到炸啊！」

「等等！分數加上之後，是不是……滿了？」

議論聲撲面而來。

荷官拿著卡，在秏子痛心疾首的目光中刷了一下。

他問游惑：「四十分，二位怎麼加？」

游惑說：「加到兩張平分吧。」

他把自己和秦究的卡都遞過去，荷官一臉懵逼，心想：我還得做個計算題？

還沒等荷官算，賭桌的桌沿已經迫不及待亮出一句話。

【恭喜考生游惑、考生秦究滿載而歸！】

看得出來，系統比誰都想舞蹈。

以秦究和游惑現在的分數，就算他們打死不用保送卡，最後兩門只要隨隨便便考一下，就妥妥能過！到時候，它一秒鐘都不會猶豫，請兩個都滾。

從賭場出來，他們去了這輪考生住的飯店。

楊舒他們早早就等在那裡了。

趙嘉彤問：「我聽說監考處沒罰你們，那你們怎麼現在才來，幹麼去了？」

「賭博。」游惑。

趙嘉彤：「啊？」

她和高齊當即瞪向秦究。

他們不知道秦究什麼樣，反正在他們印象裡A肯定不賭博，這才多久就成了這樣！

況且……自己什麼手氣心裡沒點數嗎？誰給的勇氣進賭場？

秦究看著高齊的目光意味深長，抬手以示無辜。

「賭了三局，拿到了這個。」游惑把卡牌拍在桌上。

又把自己已有的三張撚開，擱在上面。

五張好人卡，剛好湊齊一套，還多出兩張來。

「還真搞到了？」高齊驚呼。

看到卡的瞬間，他也顧不上彆扭了。

游惑問：「湊齊一套怎麼用？」

「喏——去前臺，找飯店老闆，各個休息處飯店都有個特殊情況登記簿，把想要組隊的人名字寫上就行。」

高齊說：「其實不止名字，代號什麼的，能代表身分的都可以。傳說是這樣，真的假的不知道，反正我倆沒用過。」

游惑點了點頭，又問楊舒：「想出去嗎？」

楊舒當場警覺起來，「幹什麼？要給我保送卡？我不要。」

「一個醫生，就不要在這裡耗著了。」秦究說。

楊舒立刻說：「我不算醫生，而且我現在不能出去，我還要找人。」

「找人？」

楊舒說：「我跟我學姐一起進來的，分考場的時候走散了。我還能打一打，她不行。我要是一個人出去了，她困在這裡怎麼辦？」

她不習慣表露擔心，說著又彆彆扭扭補充道：「那我回頭沒法跟教授交代。我剛剛還想著，如果你們能組隊，人數不限，能不能幫我召一下她呢。」

「這倒不難，妳學姐叫什麼？」

「口天吳，伶俐的俐。」楊舒說：「她叫吳俐……怎麼？你倆什麼表情？」

秦究略帶詫異：「……妳學姐是腦科醫生？」

「對，你們見過？」

「見過。我們這場歷史是重考，上一場她跟我們一起。」

楊舒一臉驚喜，「真的？」

她笑起來的時候，一改平日盛氣凌人的模樣，多了幾分活潑明亮。

不過她很快又收回去了，「那她還行嗎？受傷沒？」

「至少考完還好著，算算時間，不出意外應該還在某個休息處等下一場。」

「那就最好了。」楊舒說。

游惑去飯店前臺要了登記簿，把老于父子、吳俐、舒雪等等一串人的名字都寫上去了。

老闆看得一愣一愣的，忍不住說：「組隊組這麼多人，不一定能拿高分的啊。」

游惑沒吭聲，顯然不考慮這個問題。

老闆嘖嘖兩聲，又對他說：「卡拿出來，辦個入住登記，還有剛剛那個跟你一起的。」

「他的卡在我這裡。」游惑說著，把兩張卡遞過去。

老闆翻過來一看：已考三門，總分54.625。

老闆：「……當我沒說。」

游惑回到茶座旁的時候，眾人已經聊起來了。

秦究神色意外地問楊舒：「妳也學的腦科？」

「你這表情又是什麼意思？」楊舒說。

也許是被刺激了一下，楊小姐難得話多起來，說了她的專業，也說了她跟吳俐是怎麼來的。

她說教授從國外回來，她跟吳俐帶著專案上的問題去找他，順便吃頓便飯。

「書房在閣樓，我下樓梯的時候不知道怎麼踩空了一級，又撞上學姐。」楊舒說：「然後一晃神，我們就來了。」

這狀況跟游惑也差不多。其他人同樣感同身受，七嘴八舌地說起來。

游惑不知怎麼有點出神，片刻後他問楊舒：「妳剛剛說，教授也姓吳？」

「對，他是學姐的大伯。」楊舒說：「不過對學姐要求反而苛刻一點。」

游惑掏出手機，點開一張照片。

「是這位吳醫生麼？」

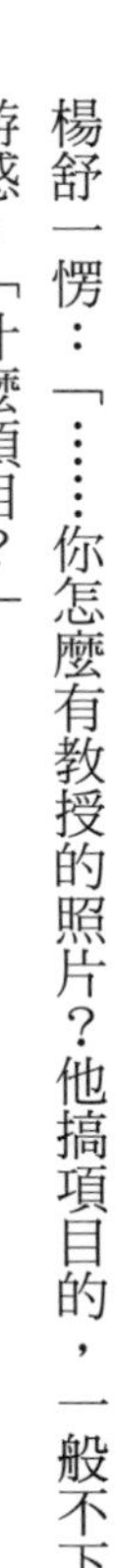

楊舒一愣：「……你怎麼有教授的照片？他搞項目的，一般不下臨床。」

游惑：「什麼項目？」

「那我就不知道了，我細分領域跟他不同，項目都是獨立的。」楊舒說：「吳俐倒是有參與過一些，等她來了你問問？不過也不多，只能跟你說幾句非保密的部分吧。」

眾人說著，天色就黑了下來。

高齊和趙嘉彤他們要回監考區，游惑和秦究跟過去送他們。

夜裡的休息處燈火煌煌，賭場附近依然熱鬧，但偏一點的街巷就冷冷清清，沒個鬼影。

「你們只考一門？」

「對啊，一般來說違規都是罰一門。」高齊瞥了一眼秦究說：「你這樣的還真是少見，得罪誰了吧。」

「還能是誰。」秦究哂然一笑。

「不過規定說的是酌情罰一到五門，也沒違反。」

高齊心想：系統大概是想讓秦究長長記性，萬萬沒想到……把兩個魔王湊了堆。

他咕噥著說：「真是搬起石頭砸自己的腳，系統估計後悔死了。」

秦究很低地哼笑一聲，算是應答。又轉頭看了游惑一眼。

「後悔什麼？」趙嘉彤聽見，疑問了一句。

「……」高齊張了張嘴，說：「沒什麼，隨口感嘆。」

趙嘉彤一臉不解，她感覺身邊三個男人各懷心思，氣氛詭異，但白霧已經在面前了。

她也沒多想，跟游惑和秦究打了聲招呼，轉頭就跟高齊一起走了。

「前面有超市，去買點東西下場考試備用？」秦究說。

游惑點了點頭。

兩人分數高了更是毫無顧忌，藥和食物拿了一推車，結帳的時候，老闆眼睛都直了。分數條逐級遞減，短短二十分鐘，兩人從五十四分剁回到三十。氣得整個超市的結帳系統都卡了，老闆搞了半天才好。

結果游惑習慣性地一指櫃子，「拿包菸。」

「就這些是吧？」老闆想讓兩位確認一下，要不要減一點。

秦究腳步一停，游惑自己也頓了一下。

考場上煙霧繚繞的味道似乎又漫了過來……

老闆萬萬沒想到他還要加，問：「確定？」

游惑的目光從秦究臉上一掃而過，又收回來。

他靜了兩秒，對老闆說：「嗯。」

他拿了東西往門邊走，聽見秦究落後他一步，嗓音低沉帶著笑意對老闆說：「拿個打火機，有人勾我菸癮，我等他來借火。」

趙嘉彤沒有實際使用過好人卡，所以不知道使用的「副作用」。

游惑和秦究買完東西回來，剛進飯店大門，就被老闆攔住了。

於此同時，一樓的電梯門「叮」地打開，楊舒一臉納悶走出來，手裡還拎著她的包。

她看見游惑和秦究，指著身邊的服務員說：「來得正好！他說我們現在就要考下一場了，讓我收拾東西，開玩笑呢？」

「現在？」秦究一愣。

老闆點頭說：「是的啊，就是現在。」

游惑第一反應是又把系統氣狠了，對方終於憋不住了打擊報復。

但老闆又拿起前臺的登記簿說：「你之前不是登記組隊了嗎？」

「嗯。」游惑點頭，「組隊會提前？」

「好像也不全是。」老闆匆忙喝了一口水，翻出桌上一張通知單說：「我也第一次碰到有組隊的，你不組我都忘了還有這技能。喏——剛收到的。」

游惑接過來一看。通知單上寫著：

考生游惑於休息處時間下午五點二十七分登記組隊。

組隊情況下會適當調整隊員的休息時間，以所剩時間最少的為準。

隊員吳俐原定今晚八點三十分考下一科目，因此全組考試時間相應提前。

收到通知後，安排相關考試人員於八點前到達科目選擇地點。

老闆指了指牆上的時鐘：「現在七點半了，去科目選擇點還要一段路的，抓緊好嗎？不然罰的是我啊。」

「好吧。」楊舒看到通知單，又沒了脾氣，「那還來得及去買點東西備用嗎？我藥沒了，你們……」她說著瞥到兩人手裡的東西，盯了片刻，她說：「你們把超市搬回來了？」

秦究說：「暫時還沒富到那程度，不過常用藥這裡都有。」

游惑又舉起另一袋說：「吃的也有。」

楊舒：「買這麼多吃的幹麼？考場上還是能吃飽的，也就上一場比較膈應。」

秦究衝游惑偏了一下頭，「這位先生也就上一場是正常吃飯的。」

楊舒：「為什麼？」

秦究：「挑食。」

「……」服。

這個休息處面積很大，從飯店到科目選擇點還有一段車程。

等他們到十字路口的時候，時間不快不慢，剛好八點整。

路口依然白霧氤氳，在夜色中散發著冷冷的潮濕味。

這裡就像城市荒郊，沒有其他行人。

司機按了下喇叭，掉頭駛遠。車燈倏然滑過拐角，很快消失不見。

他們穿過白霧，眼前的水氣還沒散開，就聽見一個冷靜的女聲說：「有人來了。」

另一個女聲略有點沙啞，但語氣溫和：「能想到組隊的，應該是他們吧。」

「他們組妳很正常，組我有點奇怪。」

霧氣消失，熟悉的十字路口再次出現在眼前。

一高一矮兩個女人站在路邊，正是吳俐和舒雪。

「看！真是他們！」舒雪高興極了，連忙迎過來，「我們收到休息處老闆的通知，說要提前半個小時過來，有人登記了組隊。我就知道肯定是你們！」

又一場考試結束，她依然挺著大肚子。

游惑掃了一眼，輕輕皺起眉：「妳……」

「喔，這個啊？」舒雪不大在意地拍了拍自己的肚子，「在休息處的時候，俐俐姐找了一家醫院借器材給我看過，暫時影響不大。我考慮了一下，現在這個BUG體質找人也好、找考場也好，都比正常人方便。就暫時不動它了。」

游惑還想開口，舒雪又小聲說：「我好不容易碰到你們幾個朋友……反正我當你們是朋友，我想跟你們待在一起，不想孤零零地一個人亂晃。」

這位小姐別的不說，哭功真的厲害，眼圈說紅就紅。

游惑愣了一下，又把話嚥回去了。

舒雪觀察幾秒。大佬剛一點頭，她紅著的眼圈瞬間就憋回去了。

游惑：「嗯？」這才多久沒見，居然學會詐人了？

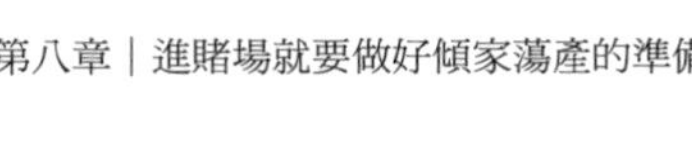


一旁，楊舒和吳俐也正高興著。

「我就說怎麼組隊會捎上我。」吳俐把鬢角微長的頭髮挽到耳後，「妳怎麼跟他們碰上的？」

楊舒說：「這個說起來就長了。」

她和吳俐本質上都屬於很理性的人，更求穩妥。

被系統拉進來的第一天，就擔心以後會走散，兩人直接商量好了科目選擇順序，先選哪門，後選哪門……這樣沒準哪天還能再同步上。

「我第二門費了挺大勁的，耗了很多天，就比妳那邊慢了。」楊舒說：「妳考歷史沒花幾天吧？妳考完我這裡才剛開始，就碰到了那兩位重考的。」

吳俐點了點頭說：「也算運氣好了。」

「對！」楊舒悄悄誇道：「厲害是真的厲害，要沒他倆，我可能真要折在裡面了。」

她頓了頓，又說：「也沒準，也許逼急了就有考生逮住病人就砍，砍完了事呢。」

吳俐搖了搖頭說：「別人我不知道，反正妳不會。不然學醫幹什麼？」

楊舒挑眉笑起來。

「不過妳頭髮呢？怎麼剪了？」楊舒問。

「嫌麻煩。」

「誰剪的，狗啃的似的。」

吳俐：「……我。」

楊舒「喔」了一聲轉移話題，她指著游惑說：「學姐，他有話問妳。」

吳俐一愣，往游惑和秦究那邊走，「小楊說你有事找我？」

楊舒跟過去解釋道：「他之前在國外養病，教授是他的主治醫師。」

吳俐訝然。

「是不是挺奇怪的？」楊舒說。

吳俐點了點頭，她不知想到了什麼，面色略微有些凝重。

她盯著游惑看了一會兒，居然又把目光轉向秦究。

半晌之後，她收回目光咕噥了一句：「怪不得……」

「什麼怪不得？」游惑問。

「我之前問過小雪，你們兩位是不是有過腦部方面的……問題。」吳俐一本正經地委婉了一下。

氣氛一時間比較尷尬。

楊舒立刻道：「字面意思，病理上的不是罵人。」

游惑和秦究倒不在意，因為嚴格來說，他們確實嗯……「腦子有病」。

吳俐乾脆又進一步解釋說：「我指受到過外界干擾。」

「這能看出來？」秦究問。

吳俐說：「眼神、某些瞬間反應、還有其他……你如果長達兩年每天都盯著某一類人觀察，也能看出來。」

「比如？」

吳俐想了想說：「舉個最簡單的例子吧，我觀察的那幾位以前有過創傷經歷，所以記憶受到過不同程度的剪裁或移植，算是一種治療手段。他們普遍有個特點，會有一個常做的習慣性動作，有的喜歡摸食指尖，有的喜歡交叉手指這樣撞……等等，看上去都是無意義的動作。」

「你知道記憶受干擾的情況下，人很容易不安，疑心重，對身邊一切事物都很戒備，不喜歡跟任何東西有深入接觸，因為不確定真假。某種程度上會讓人顯得有點懶，或者有點不好親近。這種習慣性的動作，就像一種……怎麼說呢，安全口令？做這個動作的時候，他們會感到平靜和安心。或者說，這屬於一種安全區吧。」

「你總會摸頸側。」吳俐模仿了一下秦究的動作，「還有這邊的下頜。一般人的習慣動作只有一個，你有兩個，頻率差不多，所以中間有過變更。」

她又對游惑說：「你會摸耳釘。不過這只是舉個例子，一般有問題的人會有這種表現，但不代表有習慣動作的人一定有問題。」

吳俐一旦提起正事來，就有點滔滔不絕的意味。不過她還是剎住了車，說：「這種細節太多了，我做過十二本筆記，基本上兩個月換一本，現在讓我說我肯定說不完。」

她看著秦究說：「你應該被干擾過不止一次，至少兩次。」

秦究聞言愣了一下。

「兩次？」他皺起眉。因為他只記得一次，就是現在正在經歷的這場失憶。

另一次是什麼時候？

吳俐又看向游惑。

片刻之後，她搖了搖頭皺眉說：「你我看不出來，像一次又不像。」

說著說著，氣氛突然有點玄乎。

吳俐說：「至於我參與過的項目……你們是想問這個吧？這裡不方便說。」

她做了一個令秦究和游惑有些意外的舉動。她抬眼掃視了一圈，就像監考區那些被盯視多年的監考官一樣，然後說：「回頭看看，能不能找個隱私度高一點的地方再談吧。」

這是秦究和游惑最注意的一點，沒想到吳俐也這樣。

說話間，白霧裡又來了兩個身影。

臉沒露，聲先至。

「哥！」于聞遠遠叫了一聲。

這聲稱呼，居然讓游惑有種「久違了」的感覺。

他以前喜歡安靜，有時候覺得這個表弟「哥」長「哥」短，嘰嘰喳喳實在很吵鬧。而老于渾身酒氣，說話透著一股市井氣，也很無趣。

現在卻覺得，能再聽見這樣吵鬧的叫聲，挺不錯的。

他很高興。

不過游惑的高興，肉眼一般看不出來，得靠意會。

「腿怎麼了？」他看著一瘸一拐的老于問。

「沒事，沒留神崴了一下。」老于說。

于聞在旁邊拆他的臺，「什麼呀，就是收到組隊通知找不著北了，最後兩級樓梯直接用滾的，吧唧一個狗吃屎，就這樣了。」

老于對著這個不孝子的後腦杓就是一巴掌，「就你長嘴？」

說完，父子倆一起看著游惑傻樂。

這才多久，老于瘦了一圈，原本被撐得平整的臉起了褶子，滄桑多了。

于聞臉側多了一道疤，從顴骨下來，一個指節長。他也瘦了，眉眼輪廓都變深了，磨出了幾分棱角。

游惑的目光停留在那道疤痕上，于聞嘿嘿一笑說：「怎麼樣，是不是還挺酷的？上場考試被鬼爪子撓的。」

說到考試，游惑想起來了：「你們怎麼會去政治考場？」

「啊？你怎麼知道？」老于也一愣。

「我後來也去了。」

「為什麼？」

「……處罰。」

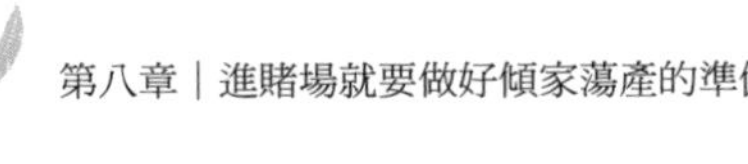

老于訕訕地「喔」了一聲，不一會兒又笑了：「你啊，真的是……」

于聞在旁邊喝采，「我哥就是牛逼。」

「不過我們不是自己選的政治，咱們那五門裡壓根兒沒有政治可以選。」于聞說：「我們當時選的歷史來著，結果進去之後不知怎麼的，就到了政治考場。後來說是那個考場有BUG，入口可能開錯向了，把我們框進去了。」

秦究對于聞的印象停留在「咋咋呼呼的小傻子」上，頗有興趣地問道：「那場考試你們怎麼出來的？」

「呵，說起那個考試我手心就出汗。」于聞說：「我跟老于前幾夜被折磨慘了，狼狽得不行，抱頭鼠竄。不過那些學生比我們還膽小，我就稍微淡定了點。後來我想了個主意……」

「不是惡夢成真嗎？我這種資深學渣，鬼啊怪啊其實還行，我做惡夢都是夢見考試，一堆卷子嘩嘩砸下來把我活埋，要不就是鈴聲響了，我大題一個字沒動。」

于聞說著撓了撓頭說：「然後我就靈機一動，跟全年級的老師說了一聲，給他們發卷子，從早考到晚，出最讓人崩潰的題，壓力越大越好。那些老師也挺配合的，當場把月考提前了。一天考它十二個小時，考了三天吧，學生做的惡夢就都是考卷了。」

「再然後，就是我幻想多年的事情了——放火燒山，不，燒卷子。燒了一學校的卷子，又把剩餘的一些鬼怪搞死了，我們就出來了。哥，我聰明不？」

游惑：「……」

秦究：「……」

這是真的服。

很快，時間到了八點二十八分。

保安亭內，系統的聲音又響了起來，提醒他們準備選擇科目。

「沒什麼人了吧？」楊舒說：「那我們過去？」

游惑卻說：「稍等，還有一個。」

「誰？」

眾人面面相覷，熟悉的人大多都在這裡了，一時間想不到還漏了誰。

疑問聲剛落，不遠處的白霧裡，有一個人姍姍來遲。

那是一個面容姣好的短髮女人，聲音生脆中透著一股潑辣勁，「我說誰組隊把我捎上了呢，原來是你啊。怎麼？終於想起我了？」

舒雪輕輕「咦」了一聲，說：「那不是休息處的旅館老闆嗎？姓楚的那位。」

秦究愣了一下說：「你寫了楚月？」

游惑說：「隨機不到休息處，只能直接找人了。」

兩人一前一後走過去，楚月在他們面前站定。

她目光落在游惑身上，又看向秦究，半是感慨半玩笑地說：「所以……你倆又湊到一起了？這都第三次了。」

【第九章】

# 在系統裡你們基本上就是個反派

「三次？」

「還有哪次？」

秦究和游惑幾乎同時出聲，說的話卻不一樣。

問完，他倆先面面相覷。

秦究盯著游惑，目光裡有問詢的意思。

游惑說得含糊，「我想起了一些，但也不多。」

「什麼時候想起來的？」秦究問。

游惑沒回答。

兩人對視片刻，游惑摸著耳釘，舔了一下嘴唇偏開頭……

楚老闆是個聰明人。

目光一掃就明白了現狀——游惑想起了一部分，而且是最近剛想起來。秦究卻依然不記得。

她非常理解這種差別。畢竟秦究還掛著監考官的身分，本質依然受著系統的牽制和干擾，想要恢復記憶並不容易。

再想想監考區廣為流傳的那些話，什麼001和A立場相對，關係糟糕。什麼誰害慘了誰……這些年下來，秦究肯定沒少聽。進系統之後，游惑多多少少也聽過。

在這種情況下，這兩位還能站在一起，真的很不容易。

連他們自己都忘了有多不容易……只有從頭到尾看過來的楚月最清楚。

她永遠記得幾年前的某個傍晚，還是考生的秦究從處罰大廈另一邊翻過來，藉著當初系統監控的一個漏洞，請她幫一個忙。

他說：「如果我不小心通過考試，或者用完了所有重考次數，勞駕幫我開個後門，我得回來。」那時候時間匆忙，他甚至沒有進來，蹲在高高的窗臺上一邊觀察著外面的動靜，一邊說著。

「我跟他許可權差不多，你怎麼不直接讓他幫忙？」當時的楚月這麼問道。

秦究從窗外收回視線，笑了一聲說：「我知道妳跟他許可權覆蓋的範圍不大一樣，況且我們考官A先生有多難說服，妳不清楚？」

「那你為什麼覺得可以說服我？」

「立場相同就是朋友，我們難道不算？」秦究說。

楚月想了想，說：「那就算吧。」

「但是有些事情我控制不了。」楚月又補充道：「你知道，系統如果送你出去，一定會做點什麼的，比如記憶干擾。我可以想辦法讓你回來，但是……」

「我知道。」秦究說：「能回來就可以。」

他似乎還想再說什麼，也許是某種承諾或者保證？但最終他什麼也沒說，只是挑著眉笑了笑。

這人有種天賦。好像不論什麼事，你都可以毫無負擔地相信他。

最終楚月點了頭。

秦究掐著時間點，又要從窗臺翻出去。臨走前，他又忽然想起什麼似的，回頭衝楚月比了個「噤聲」的手勢，說：「替我保密，謝了。」

她也永遠都記得，秦究重新以「監考官」身分歸來的那天下午。所有初始監考官和新監考官被召集開會。她和游惑作為許可權最高的兩位，先去了一趟主控中心，回來的時候在會議室門外的長廊上碰到秦究。

那天陽光應該很好吧……她記得有點耀眼，透過走廊一側連成片的玻璃照進來，亮得讓人眼睛泛酸。

游惑在她身邊倏然剎住腳步，盯著會議室門口的人。

而秦究在進門的瞬間朝這裡望了一眼，愣神片刻忽然問：「我是不是在哪見過你？」

楚月回過神來。

面前的游惑和秦究跟她印象中的一樣，也不一樣。

這次的他們，從裡到外都透著一股渾不在意的囂張勁，比曾經的任何一天都放鬆。

挺好的。不對，是太好了。

游惑聽見她極輕地嘆了口氣，以為有什麼顧慮，問她：「怎麼了？」

楚老闆拍了拍他們兩人的肩，笑咪咪地開著玩笑：「沒什麼，突然不知道說什麼，就祝你倆百年好合吧。」

游惑：「啊？」

秦究：「啊？」

這位女士顯然也是個不按套路出牌的人，弄得兩人哭笑不得。

游惑想了想問她：「妳是被罰去休息處的？為什麼？」

楚月沒有立刻回答，而是說：「我既然被你拉來了，現在就算是考生對吧？」

游惑不能打包票，「不知道，我第一次組隊。能把妳拉來已經很意外了。」

「我也很意外，你還真敢試啊。」楚月佩服地說：「不過仔細想想，關於組隊的規定，寫明的是人數不限，一套卡限組一次。沒有明確說一定要是考生。估計系統也沒想起來你能鑽這空子。」

秦究指著上空說：「要不罵一聲試試？沒收到警告就是把妳算成考生了。」

楚月二話不說連罵系統三句。

保安亭的小喇叭沙沙響了兩聲，最終還是沒警告什麼。

楚月頓時笑開來。

「哎，那我就放心玩兒了。」楚月說：「被罰當然是因為和某些人勾結搞事唄。」

「那為什麼妳沒被清除記憶？」

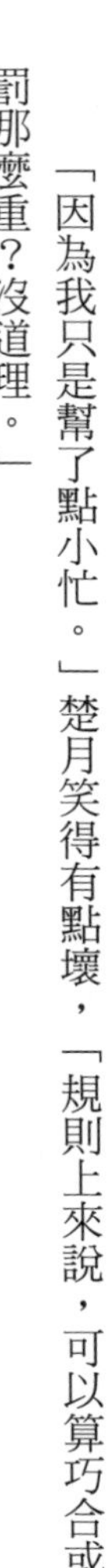

「因為我只是幫了點小忙。」楚月笑得有點壞，「規則上來說，可以算巧合或失誤。為什麼要罰那麼重？沒道理。」

不過也不算輕了。她被剝奪許可權，從監考官的位置調離，罰到最偏僻荒涼的監考處，背靠長年覆雪的山，面朝塵土飛揚的小路。

她空守著滿心舊事，卻接觸不到任何老友故人，和坐牢也沒什麼分別。

系統就像一個掌握生殺大權、殘忍又好奇的人，每次出現問題，就把那些「調皮的玩偶」扒拉到掌下，今天嘗試這種處罰，如果不起效果，明天再嘗試那種。

第一次發現有兩個厲害角色交從過密，對它構成威脅。它踢一個，留一個，清除一個記憶，保留另一個。它理解不了人獨有的情緒，區分不清情感之間的微妙差別，只知道有句話叫「一個巴掌拍不響」。

結果沒用。

第二次，它發現威脅越來越大，差點真絆它一個跟頭。於是它換了種方式，兩個人的記憶一起清除。

又在其他人身上嘗試不同的懲罰，或是驅逐出核心、或是架空許可權、或是打壓、或是離間。目前為止，有用沒用還難說。

氣是肯定氣死了。

保安亭內，系統又開始叫魂。

【晚上八點二十九分，下一場考試即將開始，請在場考生儘快選擇考試科目。】

【請在場考生儘快選擇考試科目。】

三人回到人群中，楚月略有遺憾地說：「機會難得，我憋了一肚子的話沒說呢。可惜……」

「進了考試再說？」旁邊的楊舒不知道內情，接了一句。

楚月也不介意，狡黠一笑說：「那些話可不能隨隨便便說，不然……」

他們這群人可能要被處罰第三次。

「倒是有一個考場例外。」楚月說。

「怎麼個例外法？」

「那個考場裡，有一個地方可以說悄悄話。」

——悄悄話？

游惑疑惑地看著她，難道是指……像禁閉室一樣不受系統監控的地方？

如果真有那樣的地方就方便多了，畢竟總靠違規聊正事有一點點麻煩。

「不過算了，當我沒說。」楚月說：「全球考場千千萬，隨機到那裡的可能性太小了。咱們這裡有運氣特別好的人嗎？反正我不行，大概作孽做多了。你倆呢？」

游惑還沒說話。

楚月又搖頭說：「算了算了，估計比我還爛。畢竟你們在系統裡屬於混世魔王級別的，基本就是個反派。」

游惑：「……」

于聞說：「其實吧，我運氣還不錯。但是……」身邊一群倒楣蛋，太沉重了他帶不飛。

【請考生儘快選擇科目。】

【請考生儘快選擇科目，不要無故拖延。】

明明離預定時間還有半分鐘，系統卻催得像只剩半秒。

突然，舒雪的聲音柔柔弱弱地插進來：「你們是要選特定的考場嗎？也許……我可以試試？」

楚月一臉驚訝地扭頭看她，「妳怎麼試啊丫頭？妳系統派來的？」

舒雪紅著臉連忙搖手，「不是不是。我情況比較特殊，唔……說來話長。」

于聞幫她概括：「這個姐姐是BUG。」

「BUG？」楚月來了興致，「BUG好啊，我最喜歡BUG。妳說妳能選考場？怎麼選？」

「你能跟我描述一下，是什麼科目？大概考什麼嗎？最好說點標誌性的東西，比如特別的角色或者人物？」

楚月說：「我沒考過那場，只是知道一點點資訊。」她用手指比了個極小的縫隙，「科目應該是數學。」

場上氛圍被「數學」倆字砸得有點沉重。

「標誌性的……」楚月眉頭緊鎖想了想，突然掏出手機翻出一張照片，「就這個房子吧。」

游惑和秦究在旁邊剛好瞥到一眼，兩人俱是一愣。

秦究說：「這不是監考區的房子嗎？」

楚月：「是啊。」

照片中是一幢別墅小樓，外觀和監考區一眾小樓一模一樣，那是一部分監考官的住處。但對游惑而言，這個房子讓他有點眼熟，尤其是那枝探到窗前的山茶。那株山茶其實和普通的花沒有區別，但游惑總覺得它很木，像假的一樣。

「記得這裡嗎？」楚月問游惑。

「我以前住的地方？」

「那看來有點印象。」楚月說。

「他的房子？那不是早就被清除了？」秦究說。

眾所周知，考官A被逐出系統後，所有相關的東西都被清理過，要麼隱藏，要麼提高許可權，普通人接觸不到，當然也包括這幢房子。

楚月說：「沒有，按原始規則，所有東西都要備份的，不能說刪就刪得不留痕跡。所以呢，為了不讓我這種人接觸到這幢房子，系統把它藏在了某個考場裡，變成了考場的一部分。」

游惑突然想起來，第一次見到楚月的時候，她意味深長地提過一句：「考場上有很多遺跡，可以試著找一找。」

他一直以為，所謂的遺跡，就是像那半截菸一樣的小東西。

沒想到，居然還有這麼大的。

舒雪說：「好，我試試！那一起選數學。」

【請考生在五秒鐘內選擇科目！】

眾人心裡其實有點沒底，但還是跟著舒雪走向標著「數學」的那條路。

這一片白霧前所未有的濃。

游惑在霧中走了很久很久，久到彷彿身邊一個人也沒有，只剩自己，才終於摸到了盡頭。

白霧漸稀的瞬間，系統的聲音終於又響起來。

【本場考試為大型聯合考場，請考生做好準備。】

「大型聯合考場什麼意思？」游惑問了一句。

沒有人應聲。

霧氣退到身後，四周景物變得清晰。

這是一條空曠的街道，右手邊是一幢孤零零的小樓，左手邊是老舊的籃球場。

籃球架鏽跡斑斑，籃板白漆剝落，籃筐鬆動，在熾悶的晚風中吱吱呀呀地晃著。

如血的夕陽從街道盡頭流淌過來。

游惑原地轉了一圈：「秦究？」

沒有應答。

秦究不在、于聞父子不在、楚月不在，舒雪她們三個姑娘也不在。

游惑的臉瞬間拉下來。

街角路燈上捆著老式的公路廣播，系統的聲音沙沙響起。

【大型聯合考場，又稱多地區複合式篩選性考場。】

【本場考試包含不同國家地區考生共計兩千零四十八名。】

兩千多名？所以人呢，全卡副本門口了？

游惑面無表情聽著系統繼續放屁。

【考試共分三個階段。】

【第一階段為篩選性單元測試，由考生獨自完成。】

【注意，考生在第一階段的成績會決定你在第二階段的地位。】

【第二階段為自由考場。在這一階段，你會見到來自世界各地的同伴，自由角逐、自由競爭、自由淘汰。】

自由競爭可以理解。他們以前的那些考場嚴格來說就是自由競爭的，只不過那種「競爭」狀態被他們最大程度地弱化了，強行轉成了一拖N，或者團隊作戰。

但自由淘汰就很耐人尋味了。當初那個對舒雪下手的禿頂也是因為怕死，在緊要關頭把舒雪推出去。換句話說，就是通過題目NPC的手，借刀殺人。

考生直接弄死考生，他目前還沒見過。

自由淘汰，很可能會把這種相互殘殺變成默許。

游惑目光中露出一絲厭惡。

【第三階段是特殊階段，又稱為附加題。順利通過第二階段的考生，在附和相應條件的前提下，會進入附加題階段。附加題成果一部分計入總分，一部分會以獎勵形式發放。】

聽到這裡，游惑已經明白了。

他目前就處於第一階段，需要單打獨鬥。

大佬肉眼可見地不爽起來。

系統喘了一口氣，開始播報第一階段的題目。

【這是一個叫做布蘭登的濱海小鎮，雪麗和薩利是一對兄妹。雪麗是個有點臭美的小女孩，她最喜歡做的一件事就是照鏡子，一切能映出人影的東西，她都會停下來美美地看一會兒。而薩利有一點點貪吃，但他很愛自己的妹妹，好吃的東西一定會留給妹妹一大半，真是一對可愛的好孩子。最近，這對兄妹碰到了一道難題，為此困擾許久，始終無法給出答案。你可以幫助他們嗎？】

【本階段考試時間為三天，三天後的累計成績為第一階段最終成績。】

【注意事項：別讓雪麗哭，也別讓薩利餓肚子。】

【特別提醒：答錯可以修改，但修改要付出代價。】

【祝你好運。】

這場考試系統彷彿吃錯藥了，居然明說「答錯可修改」。

不過有後半句在那，恐怕不會是什麼好事。

公路廣播安靜下來。

接著，籃球場上突然傳來了咚——咚——咚——的聲音，像二重奏。

游惑轉頭一看，一男一女兩個小孩正在籃球場的邊緣拍皮球。

小女孩穿著恐怖片標配的紅裙子，頭頂紮著一個小揪揪。小男孩穿著牛仔背帶褲。

除此以外，兩人幾乎一模一樣，頭髮金黃，皮膚雪白，一臉天真地看著這裡。

他們年紀很小，可能還沒上小學。個子更小，尤其在游惑這樣的大高個面前。

游惑走過去。

兄妹倆都得努力仰起臉才能看著他，手上卻依然沒停。他們拍得很用力，皮球砸在地上，特別

沉重。但他們的表情卻不顯得吃勁，反而抿著嘴笑得很甜。

藍色的眼珠特別透，睫毛又長又密，和頭髮的顏色一樣。

漂亮是真的漂亮，像一對精緻的洋娃娃，但總有種說不出來的怪異感。

「雪麗？薩利？」游惑看著他們。

兩人沒有點頭也沒有搖頭，而是好奇地看著游惑。

過了片刻，兄妹倆突然咧開嘴甜甜地說：「你猜？」

露出的牙齒又細又密，有幾處還沾著血，也不知剛剛吃了些什麼東西。

游惑：「……」

一對可愛的好孩子。

系統是不是瞎？

「你是來借住的客人嗎？」

這對兄妹說話總喜歡一起，動作神態出奇一致。

「算是。」游惑說。

他抬頭望了一眼，這條街道一頭淹沒在白霧中，另一頭靠著海。他能夠活動的範圍很小，除了那幢小樓，也沒別的地方了。

滴滴滴。一陣急促的電子音突然響起來。

這聲音太熟悉了，和監考官的警告提示一樣。

游惑差點以為秦究到了，掃視一圈才發現，聲音來源於這對兄妹的手錶。

「很晚了，我們該回去了。」薩利很有哥哥的派頭。

雪麗「嗯」了一聲，又甜甜地笑起來，再度露出沾血的細牙。

他們把皮球抱在懷裡，在面前帶路。

那球比他們的頭還大。

游惑看了一會兒，伸手說：「球給我。」

雪麗仰起頭，雪白的腮幫子隨著說話一動一動，「你要幫忙嗎？」

游惑：「沒這個打算，我掂一下分量。」

雪麗：「……」

她鼓起腮幫又收回去，把球摟得緊緊的。

薩利仰起頭說：「爸爸媽媽說，自己的東西要自己拿。」

雪麗：「對，你真不懂事。」

游惑：「……」行吧。

兄妹倆拒絕了客人的無理要求。

結果沒走兩步，薩利發現自己的短腿懸了空。

一雙瘦白修長的手從他胳膊下面穿過，把他整個兒提溜起來。

這位客人說：「那我只能連人帶球一起掂了。」

語氣冷漠，像個惡霸……長得特別好看的那種。

在兄妹幽怨的盯視中，游惑把他們放下來。

他原本以為那兩顆皮球只是看著重，沒想到真的很沉，就好像在裡面塞了什麼東西。

這個大小能塞什麼？

游惑臉色不大好看。

薩利掏出脖子上掛著的鑰匙，打開家門。

游惑以為會聞到一些奇怪的味道——比如腐壞物？比如酸臭味？或者血腥味？

按照正常恐怖片的發展，這個屋子裡會縈繞一些令人不舒服的味道。

但是很意外，屋內散發著一股冷淡的香味。

若有似無。

就像是有人把某種木調香遺忘在角落，隔了很多年，依然悄悄散著餘味。

有人說，味道和記憶捆得最緊，它讓時光變得生動。

聞到這個味道的瞬間，無數記憶蠢蠢欲動。游惑幾乎能感覺到大腦和心臟裡一陣翻湧。

他腳步一頓，在門邊站住。

單側大片的落地窗，長直通暢的客廳，折了兩道往上的樓梯，夕陽從窗外照進來的時候，會在扶手和拐角處投落方形的光。

還有……某道沿著牆往下的木質通道，走下去可以看到一個單獨的房間。

這些都在夢裡出現過。

這居然是他的房子，而他在外面甚至沒認出來。因為被系統這個傻逼硬生生扮成了鬼屋。

不過屋內的細節裝飾和布置不大一樣，牆上掛著兄妹倆的合影，地上有掉落的洋娃娃和玻璃珠，到處都有小孩子生活的痕跡。

「你為什麼站在門口不進來？」兄妹倆催促說：「快點，我們還有作業沒寫。」

一個愣神的工夫，他們懷裡的皮球已經不見了。

「什麼作業？」游惑問。

這次的題目說，兄妹倆碰到一個難題，而這門又考數學。

他在想……題目不會就在兄妹倆的作業本上吧？

這兩位加起來有八歲嗎？他們的作業能是什麼，小學數學？

「喏——爸爸媽媽出去玩之前，總愛給我們留一個小問題，考考我和哥哥。」

雪麗正在照一面穿衣鏡。拉著裙子一角，歪頭看著鏡子裡的自己。

這小女孩盯住鏡子的時候，眼珠一轉不轉，有點瘆人。

哥哥薩利把洋娃娃和玻璃珠撿起來，放在沙發上。他衝游惑招了招手，說：「一會兒給你看作業，我現在是主人，要給你安排房間，你得聽我的。」

游惑勉強掏出一點兒耐性，跟著他往一樓裡側走。

「媽媽說過，客人要住在客房，你今晚睡這間。」薩利拽著游惑進了一樓唯一一間臥室，把窗戶打開說：「看，這扇窗戶對著後院，有時候可以看到松鼠跳過去，我最喜歡這個房間了。」

游惑對後院和松鼠沒興趣。他抱著胳膊背對著窗戶，薩利正興沖沖地開櫃子，要把一床被子拽出來。

游惑突然說：「我不住這間。」

薩利一愣：「為什麼？」他轉過身來，仰臉問：「不住這裡住哪兒？」

游惑倚在窗邊，腳點了點地說：「地下那間。」

「你怎麼知道地下室還有一間房間？」薩利問完，又立刻搖頭說：「媽媽說過不行，客人必須住在這裡。」

「你媽媽在哪裡？」

薩利茫然幾秒，說：「反正媽媽說過不行！」

「腳長我身上。」

薩利突然尖叫起來，和很多無故尖叫的熊孩子一個毛病。

嗒嗒嗒的皮鞋聲傳過來。

雪麗從門外探頭進來，「薩利，你怎麼了？」

「這個客人不聽話。」薩利盯著游惑。

「不聽話的都是壞孩子。」雪麗走進來，和哥哥並肩站著。

薩利：「壞孩子會受到懲罰。」

雪麗：「非常可怕的懲罰。」

薩利：「你會後悔的。」

兩個小鬼說著說著，臉色沉了下來，透著詭異的違和感。

很多客人都怕他們，尤其在這種時候，總是臉色煞白，立刻變得百依百順。

結果今天這位卻無動於衷。

游惑「嘖」了一聲，正要開口。

身後的窗臺突然傳來意料之外的聲音。

那是紛雜的腳步聲夾雜著低語，似乎一下子進來不少人。

接著，一個懶洋洋的聲音打趣似地在游惑身後響起：「進來就聽見一句威脅，哪家的小鬼膽子這麼肥？」

游惑一愣，轉頭看過去。

就見秦究站在窗外，一手扶著側框，一手抵著高抬的玻璃，吊兒郎當地嚇唬小孩。

在他身後，其他人正從外面往院子裡翻，于聞在接圍牆上騎著的老于，舒雪長長吁了一口氣說：「總算找齊了。」

薩利和雪麗兄妹倆盯著秦究，問：「你是誰？」

秦究說：「我想想，你們管他叫什麼？」

他衝游惑抬了抬下巴。

薩利一本正經地說：「客人！」

秦究「喔」了一聲：「那我就是客人的男朋友。」

老于哐當一聲，從圍牆上掉下來了。

秦究原本只想逗游惑，聲音也不高。

沒想到老于長了個順風耳，主動接下一波攻擊，光榮負傷。

最慘的是于聞……他在牆下呆若木雞，他爸爸沉重的身軀全砸他身上了。

兩人在地上摔成一團，嘶哈哎呦喂地叫著。

秦究也顧不上小鬼了，和游惑一起過去扶人。

老于發揮了一個中老年男子少有的敏捷，一手拽住一個當事人，眼珠瞪得賊圓，質問：「什麼朋友？」

不管怎麼說，于聞父子畢竟是游惑的家人。

秦究哂道：「開個玩笑。」

游惑卻說：「男朋友。」

兩人同時開口，聽見對方的話又都頓了一下。

游惑拍了拍老于的手背，示意他先放開。又摸著于聞扭到的手腕，動作乾脆地正回去。他半蹲在地，做完這些拍了拍手上的灰土，這才轉頭，淺色的眼珠盯著秦究：「你開玩笑的？」

沒等秦究開口，他又轉回來對老于說：「反正我沒開玩笑。」

「……」老于張著嘴啞然半晌，又倒下去了。

他面色複雜地躺了一會兒，又詐屍似地彈起來，「你……」

看得出來，老于有一肚子的話要說，但他千辛萬苦只憋出這麼一個字。

很快，眾人七手八腳把這對父子扶進屋，楊舒和吳俐給他們簡單做了個檢查，順便在屋裡找了條毛巾，裹著冰塊，敷在老于二次受傷的腳踝上。

雪麗和薩利兄妹沒想到，他們氣勢洶洶地威脅客人，一不小心威脅出八個來。

沙發上坐了一圈人，兩個小鬼被圍在中間，活像逢年過節被逼著表演節目的倒楣孩子。

薩利淺藍色的眼睛掃了一圈，緊緊攥住妹妹的手，大聲說：「媽媽說過，客人只有一位，你們為什麼會在這裡？」

楚月說：「因為我們是一組啊，傻小子。」

薩利依然不明白，「什麼是一組？」

「一組就是指，你可以假裝我們是一個人。」

「我假裝不了。」

楚月笑起來，「那我就沒辦法了。」

「我以為這場是單人。」游惑說。

「我也以為。」楊舒說。

「還好楚老闆關鍵時候抓了我一下。」舒雪解釋說：「我跟她一起從霧裡出來的，又聽見系統說第一階段要一個人考。一般這種規定都是硬性的，我以前見過，會強行逐出去一個。我和楚老闆都好好站在街上，這就說明咱們是特殊的。」

楚月點了點頭，「系統蒙蒙別人就算了，蒙我就別想了，我可沒失憶。組隊卡理論上會把我們默認為一個整體，誰做的登記誰是隊長，這是綁死的。但分配考場的時候可能卡BUG，把我們分開了。幸虧有這丫頭在。」

她拍了拍舒雪的肩，說：「她一個一個把人撿齊了。」

舒雪靦腆一笑。

「不過這系統怎麼總BUG，哪來那麼多BUG？」楊舒直來直去，一句話說出了眾人心聲。

其他人紛紛附和。

楚月卻只是笑笑，她朝秦究和游惑所站的方向眨了眨眼。

游惑愣了一下，忽然想到。

如果真的在運行初期就有很多漏洞可鑽，那系統也不至於發展到現在的境地，一年又一年坑進來這麼多人。

這些漏洞和BUG，要麼是後期出現的，要麼被人為擴大過。

做這些事的人也不難猜。

他、秦究、包括楚月以及其他受過相應懲罰的人，一定都做了些什麼。只不過他們自己已經忘了。

不過除此以外，應該還有某個更關鍵的東西。

想想021給他帶的話——

「去休息處找一樣東西和一個人。」

他現在恢復了一部分記憶，單憑直覺也可以肯定，要找的人就是楚月。

那麼要找的東西呢？

看楚月的意思，她應該知道。

「你說的那個可以說悄悄話的地方是哪裡？」秦究出聲問道。

他坐在游惑身邊的沙發扶手上，正打量著屋內布局。

游惑發現他看得很仔細，地板、桌面、牆角……每一處地方都不會漏掉，除了查找，更多的是一種好奇。就好像在通過這些細節，瞭解屋子的主人似的。

他忽然低頭問游惑：「這是你以前住的地方？」

游惑說完頓了一秒，又立刻補了一句：「布置不一樣。」

「那些亂七八糟的玩具、玻璃珠以前沒有，花裡胡哨的穿衣鏡也沒有。」游惑皺著眉，十分嫌棄，「沙發不是這種顏色，靠枕也沒這些花。」

他像個苛刻的挑刺者，低聲批了一通。抬眼卻發現秦究在笑。

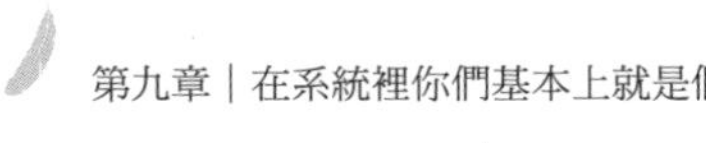


游惑：「……」

這位先生的臉逐漸下拉，秦究終於出聲：「你剛剛那一通狠批讓我有種感覺……」

「什麼？」

「好像很擔心我會誤會你的審美。」

游惑頂著上墳臉，用一種「你怎麼能這麼自戀」的目光看著他，然後抱著胳膊靠回到沙發裡，不再口述他的《居家設計簡評》了。

他對楚月說：「地下室有間房間，妳說的是那裡嗎？」

「地下室？」楚月愣了一下，「你說你那間禁閉室啊？」

聽到禁閉室三個字，秦究收回目光看了游惑一眼。

「樓下有禁閉室？」舒雪訝異地說。

「有一間。」

「為什麼會在這裡設置禁閉室？」舒雪指著游惑說：「你們之前不是說，這是他……住的樓嗎？等等，他為什麼會在系統裡有樓？」

之前時間緊迫，太匆忙。

舒雪只顧著記住照片裡別墅樓的模樣，至於楚月他們說了些什麼，她是沒有細想的。

老于他們連話都沒聽全，更不會細想。

直到現在，他們才突然回過味來。

楚月看了看失憶的當事人，嘆了口氣說：「我來解釋吧。是這樣……我們倆算是最早接觸系統的人，也是第一批監考官，他排號A，我是Z，占了一頭一尾，許可權最高。他是主考官，負責考場上的事，我不直接監考，主要負責監考區這種後方上的事。我要操心的比較少，他就不同了，經常會碰到一些麻煩的考生，一方面要保證人家的安全，一方面還得按照系統的規則監測處罰。」

楚月說：「有些考生呢，特別難搞。沒有他不敢幹的事情，什麼規則都要違反一下，整天踩著臨界點重考，所有跟處罰有關的地方他都待過，還能提前完成處罰。最後逼得系統沒辦法了，強行在主考官住的地方開禁閉室，就為了罰滿規定時間，不讓他過得太放肆。於是就有了這麼個地方。」她指著不遠處的木質樓梯說：「喏——就在那邊。那時候監考區要加什麼東西，改什麼東西或者清除什麼東西，都會從我手裡過一下，所以知道得比較清楚。」

怪不得她知道這棟房子的去向。

游惑心想。

但他轉而又想到一件事……禁閉室添加單獨淋浴間，是不是也要從楚月手裡過？

游惑的表情頓時變得很麻木。

楚月一本正經地解釋完，舒雪她們三個女生非常驚訝，但很快就接受了。

于聞就不同了。

這位同學剛被「他哥有男朋友」這件事劈了天雷，還沒活過來呢，又被「他哥以前是監考官領頭」這件事劈了第二次。

倒是老于，可能刺激太深了，第二次就沒什麼反應了。

父子倆橫屍在沙發上。

楚月卻對游惑道：「不過我說的地方可不是禁閉室，誰會坐在禁閉室裡聊天啊。就算系統把房子搬到這裡，禁閉室也還是禁閉室，效力可能會比原來差一點，但進去之後該嚇哭的照樣哭，沒法聊的。」

游惑這才反應過來，他和秦究眼裡的禁閉室是個例外。

其他人待在裡面可沒那麼平靜。

「那妳說的是哪裡？」游惑又問。

楚月說：「不是禁閉室，但確實跟它有點關係。你知道我們剛剛每個人都去了一條街道麼？每條街道上都有這樣一棟房子，也就是說，這場考試有兩千多棟你以前住過的房子。數量一多呢，就容易亂……」

當初系統在做這種移植的時候，楚月的許可權還沒有完全被剝奪，她藉著方便偷偷動了點手腳，就像游惑、秦究他們曾經多次嘗試的一樣。

「這個考場有一個比較特殊的地方，是當初移植的時候因為禁閉室太密集產生的。」楚月形容說：「應該是個不大的空間，隱藏在房子裡……比如臥室的櫃子打開沒有衣架和隔板，而是桌子椅子什麼的，差不多就是這個意思，能明白嗎？那個空間長得跟禁閉室原始的樣子差不多，但是沒有禁閉室的功能。」

「……妳現在這樣說沒關係嗎？」吳俐考慮得比較多。

「考試已經開始了，按規定考場沒法臨時改。」楚月說：「所以目前沒關係。但等我們考完，這個考場恐怕會遭殃。」

「行吧。」秦究說：「那就找一找那個地方。」

大家紛紛起身，開始在屋內翻找起來，分工明確。

游惑和秦究負責一樓東側和地下一樓。

他們翻過立櫃、冰箱、碗櫥，所有看起來能讓人通過的地方都找了一遍，一無所獲。

三轉兩轉，就站在了禁閉室門口。

這裡的禁閉室和監考處的不一樣，不是由監考官拿專門的鑰匙來開，而是在門邊有個指紋鎖。

那個所謂的隱藏空間，有可能存在於禁閉室的某個角落。

所以還是得檢查。

雪麗和薩利兄妹倆屁顛顛地跟下來，站在最後一級臺階上異口同聲地說：「那個門打不開，別費勁了。」

游惑看了他們一眼，拇指往指紋鎖上一摁。

就聽「滴」的一聲響，塵封的房間毫無阻礙地打開了。

「是不用費勁。」游惑說。

他和秦究一前一後走進去，順手還把門帶上了。

徒留兩個題目在外面，毫無尊嚴。

秦究在門前止步，目光掃過牆邊的床、簡單的桌椅……看著裡面的每一樣布置。

現在和當年不同，禁閉室會在他們進來之後逐漸呈現出另一種場景，比如秦究總會看見的那片廢墟。所以留給他們的時間不多。

游惑徑直走向那個獨立淋浴間，拉開門看了一眼。

「不在這裡，走了。」

他面色如常，轉身就要往外走。

然而秦究沒有挪步。

游惑越過他，正要開門。

秦究突然偏頭說：「考官先生我有一個問題。」

「……什麼？」游惑動作一頓。

「我以前來這，真的只是關禁閉嗎？」

雖然是逗弄，但這句話裡的暗示意味非常明顯。

如果真的要迴避話題，直接否認就好了。

游惑卻沒開口。

他握著門把手動了一下，又鬆回原位，在秦究的注視中安靜著，像是一種祕而不宣的默認。

這種沉默式的默認又帶著一種微妙的禁忌感。

秦究感覺自己被爪尖勾了一下，最尖利的部分又輕又慢地劃過去。

不痛，但勾得人心癢。

禁閉室正在發揮效力，周圍逐漸變黑，一切輪廓都晦暗不清。

游惑在這種晦暗中看了秦究一眼。

下一秒，秦究就吻了上來。

他把游惑壓在門上。

就像楚月說的，他身在系統內，所受的影響和控制更深，太多記憶被塵封，他始終想不起來。

但每一次這樣的接觸，都讓他有種心臟滿脹的感覺。

因為有太多情緒會在瞬間湧進來……

而他不知來處。

他們之間的每一個吻都是這樣，開始得極具侵略性，再慢慢安靜下來。

秦究一下一下地親著游惑的唇縫和嘴角，突然低聲說：「我沒開玩笑。」

如果那是他自己的家人，他一定不會補後面那句話。

游惑看著他，重重呼吸了幾下，「我有基本的分辨力。」

即便是這種時候，他的語氣也依然帶著一貫的嗤嘲。

房間越來越暗，看不清他的表情。

但能聽出來，他說話的時候在竭力保持冷靜。

「再不出去門就找不到了。」游惑被他扣著的手指動了動，提醒了一句。

秦究「嗯」了一聲，有點漫不經心。

他另一隻手扶著游惑頸側，拇指抵了一下對方的下巴。

游惑微微抬了一下頭，下頷和脖頸拉出清瘦的線條。秦究低頭在他喉結處輕吻了一下。

游惑眼睫一顫，秦究抬起頭，說：「走了，大考官。」

大考官想打人。

于聞跟著楚月他們從二樓夢遊下來，他哥和那位男朋友正坐在沙發上。

游惑劃著手機，不知在琢磨什麼。秦究手裡拿著一本長形的薄冊，一頁頁翻看。

陳屍的老于因為生吞了幾顆藥，在副作用的影響下睡過去了。他面前多了一杯水，應該也是游惑和秦究倒的。

于聞放慢步子，仔細看了一會兒，發現那兩人並沒有太過親昵的舉動。

他自己偷偷早戀的時候，哪怕就是課上老師講了個笑話，他前仰後合間都會朝小女朋友那裡瞥一眼，不出意外，總會和對方的目光撞上，隔著重重課桌和堆疊的書本對視一會兒。

課桌間「阡陌縱橫」，那麼多條路，他進出教室都要從對方桌邊繞一下，經過的時候手指在桌面一敲就走。

總之，會抓緊一切機會膩歪一下。沒有機會也要創造機會。

但沙發上那兩位完全不同。

秦究什麼樣，他不瞭解。

反正他哥還是那副冷冰冰的樣子，垂著眼皮的時候尤其有種「閒雜人等有多遠滾多遠別來煩我」的味道。

于聞撇了撇嘴。

他以前一度很好奇他哥交了女朋友會是什麼樣。

現在一看……大魔王還是大魔王嘛。

他突然覺得，也沒什麼大不了的。

不就是……找了另一個大魔王當男朋友嘛！

最後一級樓梯，于聞一腳踩空，給自己顛了個豁然開朗。

「怎麼樣？」秦究從冊子上抬起頭。

楚月擺了擺手說：「二樓三樓都沒有，那個兒童房你看的吧？」她問于聞。

「對，那間也沒有，我連抽屜都翻了。」于聞說著，在游惑另一邊坐下，狀似自然地問道：「哥你……你們看得怎麼樣？」

游惑正弓身翻相冊，聞言手指一頓，抬頭盯著于聞看了半天。

「看、看我幹什麼？」于聞說。

「活過來了？」游惑問。

于聞撓了撓頭說：「嗨，都什麼年代了，我接受度向來很高，剛剛只是在消化。反正……哎，反正你開心就行。」

楚月在遠一些的地方笑了一聲：「沒想到考官A還有這種款式的弟弟呢，挺可愛啊。」

于聞紅成一顆番茄。

他如果知道楚月口中的「可愛」約等於「小傻子」，恐怕就不會這麼茄了。

「客廳和地下室也沒有。」游惑說。

「禁閉室看了麼？」楊舒在旁邊咕噥著問：「那地方也沒別人敢進了吧？」

「……看了，沒有。」游惑頭也不抬，面不改色。

吳俐和舒雪從一樓另一側走過來，在眾人期待的目光中搖頭說：「我們那邊也沒有。」

「上上下下，裡裡外外都翻遍了。」舒雪說：「後院的郵筒都看了，真的找不到。」

楚月「嘖」了一聲說：「看來不在咱們待的這裡。」

「你的意思是……在別人的房子裡？」舒雪有點犯愁，說：「那要怎麼找？要不我一個一個翻過去？」

她把自己形容得像個翻牆軟體。

但楚月卻搖頭說：「不用，妳也不看看翻幾次下來妳的臉色有多差。既然是聯合考場，第一階段的成績又會成為第二階段的基礎，那考場都是串聯的，這個我有經驗。到了第二階段，我們自然能看到其他人和其他房子。題目不是說了嗎，這是一座濱海小鎮。」

「那就先把這場考了吧。」楚月下了結論，她轉頭衝某個方向說：「薩利和雪麗是吧？媽媽有沒有告訴你，我們會在這裡借住幾天啊？可以提前走嗎？」

不遠處，兩顆腦袋從一間小房間裡探出來，看著這位可怕的阿姨。那個房間不大，是個書房，裡面擺著兩張相對的卡通課桌，一個粉色一個藍色，標準的兄妹款。

秦究朝地下室的方向掃了一眼，「倆小鬼什麼時候去書房的？」

「沒注意。」游惑也跟著看了一眼。

他們從地下室上來的時候，兄妹倆還杵在樓梯邊呢。

不知什麼時候悄悄換了地方。

薩利盯著客廳的人，猶豫片刻出來了。

他一手拿著一張紙，另一隻手牽著妹妹。

「媽媽沒說，但是你們不可以走。」薩利的童聲很生脆，像小女孩，跟雪麗幾乎沒區別。

他晃了晃手裡的紙說：「爸爸媽媽給我們留了題目，每天都有一題。我們……我們不會，你們必須幫我們。」

「行啊，題目拿來看看。」

薩利把手裡的紙擱在茶几上，又放上一枝馬克筆。

眾人一愣。

因為那是一張白紙，上面一個字都沒有，更別說什麼題目了。

「每天晚上八點，是薩利和雪麗的思考時間。」薩利看著牆上的鐘說。

這話告訴眾人，到了夜裡八點，這張白紙上才會有題目顯現出來。

接連考了幾次參與式答題，冷不丁回到答題紙的形式，還有一點不習慣。

游惑問薩利：「現在是什麼時間？」

「現在是給客人安排房間的時間。」薩利一板一眼地說：「沒有安排房間的客人，夜裡會睡不好覺的。」

雪麗附和說：「睡不好覺很可怕的，雪麗最怕半夜醒過來了。」

「那我們八個人，你怎麼排？」

薩利抬起頭，定定地看著樓上。

閣樓是兄妹倆的玩具房，塞得滿滿當當，沒法住人。

二樓有兩個房間，左邊那間是兄妹倆住的，放著一張上下鋪，地上鋪著長毛絨地毯以防摔倒。

右邊那間是他們父母的臥室，有一張大床，目前空著。

一樓是客房和書房。

底層的禁閉室還有效力殘留，暫時住不了人。

也就說，現在完全空著的只有兩個房間，其中客房還特別小。

薩利陷入了前所未有的難題。

「這樣吧，臥室和客房歸妳們。」秦究衝四位女士說：「將就一下，最好別落單。」

「你們呢？」楚月問。

「沙發上可以睡。」

「沙發不可以。」薩利抬著下巴說，「客人必須住在房間裡，媽媽說……」

游惑聽這種威脅已經聽煩了，伸手捏住他的嘴。

薩利：「……」

「行吧，沙發不睡也可以，那就跟這兩個小鬼擠一下。」秦究說。

除了游惑和楚月，其他人全都愣住了。

薩利和雪麗兩個小鬼更是一臉懵逼。

游惑看薩利憋得辛苦，鬆開手給他一個說話的機會。

小鬼尖聲問：「你們睡哪裡？」

秦究拍了拍他的頭，說：「睡你的房間，放心，不搶你們的床，我們可以打地鋪。」

于聞咕咚嚥了口唾沫。

在兩個小鬼屋裡打地鋪，就好比考物理的時候跟獵人甲同居，考外語的時候摟著黑婆做夢，考歷史的時候和公爵一張床。這是什麼見鬼的安排？

不過還沒等其他人發表評論，兩個小鬼就撒起了潑。

薩利說：「不行！你們不能跟我們住在一起！」

「為什麼？地上空間很大。」

「不可以就是不可以。」薩利說。

他的表情有一瞬間變得非常古怪，不僅僅是不滿。

「他們要搶我們的房間。」他對雪麗強調。

大家正納悶他為什麼要跟妹妹告狀。

就見雪麗瞪著秦究，突然皺著臉張開嘴。

「這就氣哭啦？」于聞驚道。

所有人都記得題目上的提醒，說千萬不要讓雪麗哭。

眾人手忙腳亂想辦法挽回，奈何沒人會哄孩子，尤其是這種不人不鬼的孩子。

小女孩對著秦究，剛「嗷」了一嗓子。

游惑放下手機，騰出兩隻手來撓了撓她水桶似的腰。

雪麗：「……」

雪麗想吃人。

小女孩下巴尖而小巧，身上卻很有肉。她有著這個年紀特有的嬰兒肥，站在那裡總會向前挺著肚皮，顯得圓鼓鼓的，像是剛吃撐。

她積蓄的眼淚被游惑撓回去，氣得跑開了。

薩利看了一眼她的背影，又轉回來瞪著眾人。

他跟妹妹一樣，也挺著肚皮。

于聞離薩利最近。

他盯著小鬼的側面看了半天，衝游惑咕噥了一句：「別說，看久了還有點憨態可掬。」

下一秒，這位憨態可掬的小孩就做了一個令人詫異的動作——

他掃視一圈，突然吸溜了一下口水。

配上那雙純淨漂亮的藍眼睛，莫名有點瘮得慌。

吳俐皺起眉。

楊舒也不知聯想了什麼，面露菜色。

唯獨楚老闆還有心開玩笑，「這是看誰看餓了？」

薩利一聽這話，像是被戳穿了心思。

他瑟縮了一下，羞怯似地也跑走了，追著妹妹上了二樓。

兩個身影鑽進房間，于聞看著那個方向輕聲說：「他倆肚子鼓鼓的，裡面裝的不會是……」

「停！別說，我有點噁心。」楊舒說。

于聞乖乖把嘴閉上了。

大家又聊了幾句，把最終的房間分配定下來。

四個姑娘不想分開，決定就在主臥擠一擠。老于腳還沒消腫，上下樓不方便，和于聞住在一樓小客房。

至於游惑和秦究……

兩位大佬堅持要當惡霸，認準了兄妹倆的房間。

游惑看了一眼掛鐘，「八點還早，我去找床被子。」

秦究點點頭，「走吧，順便跟那兩個小鬼交流一下感情。你們……」

「我們也回房間看看。」楚老闆拍了拍舒雪說：「妳這臉色差的，還是睡一會兒吧。」

游惑和秦究走進房間，兒童床一上一下鼓了兩團包。

上鋪睡的是雪麗，她正裹著被子趴在床上，頭頂淡金色的小揪揪露在被子外。枕頭上攤著一本冊子，她抓著一枝水彩筆寫寫畫畫。

聽見開門聲，她氣鼓鼓地看了一眼游惑，扯著被子把頭也蒙進去了。

下鋪的薩利乾脆就沒露過頭，全程裝死。

看上去真的被欺負狠了。

游惑也不管他們，和秦究一起把被子鋪在地毯上。

這期間，他餘光看見雪麗偷偷把被子掀開一條縫，藍色的眼珠從縫隙中露出來，一轉不轉地盯著他。

秦究手沒停，朝那邊看了一眼。

雪麗又把被子捂上了。

兩人在屋子裡簡單轉了一圈。

這裡剛被于聞楚月他們翻找過，衣櫥沒關嚴實，還留了道縫。

游惑把縫關上，看到櫃門上釘著一張紙。

那是一張時間安排表，寫著：

8:00 起床

10:00~17:00 玩耍時間

18:00 小睡一會兒

20:00 學習時間

21:00 晚安

紙的邊緣已經破了，打著捲。

字是用紅色水彩筆寫的，有點褪色發白。

看得出來，已經在這裡釘了很久很久了。

「這是給兩個小鬼的，還是給客人的？」游惑撚著紙頁，突然出聲。

「不清楚，沒準兩者都有呢。」秦究說：「怎麼想起來問這個？」

游惑：「因為我睏了。」

秦究：「……」

游惑指著牆上的卡通鐘，用一種極其客觀冷靜的語氣說：「馬上六點。」

秦究：「……」

「你這真不是什麼後遺症？」

「不知道，除了容易睏沒其他影響。」游惑隨口說道：「有可能以前也這樣。」

「應該不會。」秦究說。

游惑扯了個抱枕扔在地上當枕頭，「你不是什麼都不記得？哪來這麼多應該。」

「不記得，不代表我不能合理推斷。」

「合理在哪裡？」

秦究：「閒暇時間都補覺了，哪裡抽得出空談戀愛？」

游惑動了動嘴唇，把第二個抱枕扔給他，「……要不你去旁邊回憶一下？」

事實證明，櫃子上的時間表是給所有人留的。

卡通掛鐘在六點整報了時，睏倦瞬間席捲整棟房子。

薩利和雪麗早就沒了動靜，隱約能聽見小小的呼嚕聲，睡得很沉。

楚月隔著門打了聲招呼，「考場效應吧，儘量別睡太沉。」

說完，她鎖上房門，四個女生相互挨著睡過去了。

秦先生剛拿「嗜睡」逗過人，這會兒說睏就睏有點沒面子。他靠坐在桌邊，拉開兩個抽屜，強打精神翻看考場線索。

游惑側躺在地毯上，被子裹了一半，呼吸勻長。

秦究拎著一本過往日記本，看了三行，一個字沒看進去。

他勉強等了五分鐘，估摸著某人真睡著了，這才拿著本子過去躺下。

剛蓋上另一半被子，「真睡著」的游惑突然開口，他眼也不睜，用睡意濃重的聲音反譏：「001監考官也有後遺症？」

秦究：「……」

他「嘖」了一聲，也不裝樣了。他翻了個身含混地哼笑說：「被傳染了吧，睏死我了。」

就在睡意罩頭的瞬間，小樓裡突然響起了系統的聲音。

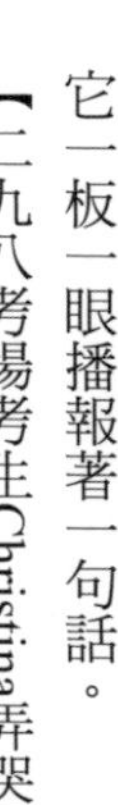



它一板一眼播報著一句話。

【二九八考場考生Christina弄哭雪麗，宣告死亡。】

死亡？怎麼就死亡了？

小姑娘哭一聲能把人嚎死？

這個考場居然還全球通報結果？

無數問題蜂擁而至，但都抵不過考場效應。

秦究掙扎了一下，下一秒就睡了過去。

牆上時鐘指向七點四十五分，距離八點還有十五分鐘，小樓裡依然一片寂靜。

老于的醒來是個意外，因為扭傷的腳脖子實在很疼。

屋裡空調在運轉，空氣乾燥。他嗓子乾得發癢，悶悶咳了兩下。

于聞在他旁邊睡覺，本著安全起見，他推了兩下，低聲說：「兒子？小聞？」

輕微的鼾聲依舊，于聞沒有要醒的意思。

老于又躺回被窩。

考場上情況難料，他不是一個瞎逞能的人，不想在萬籟俱寂的時候單獨出房門。

月光從窗外照進來，從他的角度，只能看見後院的半截圍牆。

突然，他聽見外面有咚——咚——咚的聲音。

像是那對兄妹中的誰，在外面拍皮球。但這個點拍皮球……太奇怪了吧？

老于閉上眼裝死，還不忘抓住于聞的手臂，以免出現緊急狀況。

皮球聲響了一會兒他才突然發覺，那聲音正越靠越近。就好像對方正一邊拍，一邊往窗戶這邊走。那聲音貼著窗邊，以一種極其規律的速度緩慢地響著。

老于閉著眼，腦子塞滿了想像出來的場景——

一個有著淡金色頭髮，透藍色眼睛的小女孩或者小男孩，正面無表情地站在窗戶邊。

即便當過兵，他也有點毛。

又過了一會兒，皮球突然停下，咕嚕嚕攆著樹葉滾在牆角。

窗外安靜了多久，老于就裝死裝了多久。

就在他打算跟對方耗到底的時候，他感覺有另一道呼吸聲傳來。

近在咫尺，就在于聞睡著的地方。

關係到兒子，老于終於忍不住了。他繃住表情，眼睛悄悄睜開一條縫。

就見一雙藍色的大眼睛像無機質的玻璃球一樣，盯著他，就在他上方。

老于猛地一激靈，一咕嚕坐起來。

發現小姑娘雪麗正跪在床沿，歪著頭看他。

明明是正常的動作，但他就覺得這小姑娘哪哪都不對勁。

有種……說不出來的假。

老于硬是扯出一個笑，「丫頭，有什麼事嗎？怎麼進屋不出聲啊？」

雪麗伸著脖子看了他半天，也不說話。

過了片刻，她突然問說：「你覺得我討人喜歡嗎？」

老于：「……」

討個屁。但這話不能說，說了他恐怕就涼了。

於是老于捏著鼻子，端出一副慈祥的笑臉說：「挺討人喜歡的，我一直就想啊，誰家小閨女長

這樣，那真是祖上燒高香了。」

祖上對不起。老于在心裡磕頭謝罪。

雪麗很在意其中的某個字眼，又歪著頭問道：「你覺得我是個漂亮的小女孩？」

老于重重點頭，「那肯定啊。」

「因為我很漂亮，所以很討人喜歡……」雪麗自己理出一套因果來，確認道：「對嗎？」

老于心想，按照套路，順著對方說最安全，多說多錯。

於是點了點頭說：「對。」

雪麗突然湊近，細密的牙張開。

——哎呦我日。

老于嚇一跳，又把于聞往後擋了擋。

雪麗像惡作劇成功一樣，咯咯笑起來。又繼續盯著老于觀察，過了漫長的幾秒鐘，她倏然收起笑，面無表情地說：「我長得這麼討人喜歡，你卻害怕我。」

老于不知道自己踩了哪坨狗屎，要遭受如此盤問。

「還行，不怕。」他辯解了一句。

然而下一秒，雪麗已經扁著嘴哭了起來。

她哭的時候，眼睛也睜得很大，就像假的一樣。水珠撲簌撲簌往下滑。

「我要把你藏起來。」雪麗說。

老于一愣：「藏什麼？藏哪兒？」

牆上掛鐘咔噠跳了一格。

一片靜謐之中，小樓裡再次響起系統的聲音。

內容和之前那句類似。

【一九七考場……】

系統在這裡卡了一下殼，似乎沒弄明白對象是誰。

它頓了一下，按照考場綁定者的名字報道。

【……考生游惑弄哭了雪麗，宣告死亡。】

這句話說完，它沉寂了幾秒，又突然沙沙沙幾聲，像是後知後覺的驚喜。

二樓。

舒雪作為BUG，受考場影響沒那麼大。她在半夢半醒間聽到了這句話，反應兩秒後猛地坐起來。她試著推了推身邊的人，都沒醒，但呼吸尚在。

因為體質特殊，相比於其他人，她其實不大怕考場的很多懲罰。某種意義上膽子也挺大，她一秒沒猶豫，跳下床直奔對面。

房門一開，看見游惑還在地上好好睡著，舒雪長長鬆了一口氣。

心想：難不成又是BUG？或者幻聽？

正納悶呢，她感覺有人在背後輕輕拍了拍自己。

她轉頭一看，和雪麗藍色的大眼睛對上了。

舒雪一驚，但又極快鎮定下來。

雪麗輕聲問：「姐姐，妳覺得我是個討人喜歡的姑娘嗎？」

舒雪深吸一口氣說：「對啊。」

雪麗垂下目光，低低「喔」了一聲。

兩分鐘後。

小樓又響起一句話：

【一九七考場，考生游惑弄哭了雪麗……又宣告死亡。】

聯合監考處。

監考官：「嗯？」

這次的監考處很特別……人特別多。

因為考場包含國內外，監考官也湊了個齊，每個考區都有人來。

大區的監考官人數多一點，社區則只來一兩位。一共三十七人。

這次的地點也很特別。不是漂泊於海的破船，也不是矗立山頂的石屋，而是一間度假飯店——正面抱湖，背靠樹林，有餐廳有網路有空調的那種。

考場時間七點多，大部分監考官都在餐廳吃飯聊天，異常熱鬧。

但有幾位例外。

他們遠離人群，站在餐廳外的露臺上，神色複雜，看不出來是高興還是不高興。

021靠在欄杆上，細高跟襯得腿又長又直，也把她本就高䠷的個子撐得更高。

「我說……」她捏著細長的香檳杯，目光從上挑的眼尾瞥下來，問說：「為什麼這場考試還能碰到你們？」

她面前站著的幾位都是老面孔——922、154、高齊、趙嘉彤。

「再這麼下去，我要懷疑其他監考官都是假人了。」021說。

922狠狠搓著臉說：「也許這就是緣分吧……」

021：「你智商真沒問題？」

922把臉搓得老長，「小姐，妳怎麼還人身攻擊啊……我只是在想，會不會是因為老大被罰？系統預設我倆要跟著？」

「那我呢？001又不是我上司，我怎麼就跟你們捆上了？」021反問。

其實她有一點點心虛。因為她暗地裡在幫A，A和001又是個綁定狀態。

922的猜測讓她懷疑，系統是不是覺察到了她和A的聯繫。

「那我就不知道了。」922說：「也許妳最近比較活躍？」

「那麼問題又來了。」高齊喝完了紅酒，抹了一下嘴角說：「我這個1006號很不活躍，怎麼也捆上了，太巧了吧？」

「何止這個……」

趙嘉彤晃著酒杯，隔著玻璃門指了指餐廳裡面熱鬧的人群，說：「單看那些就夠了。」

154他們正伏在欄杆上，聞言轉頭望過去。

只有高齊沒轉頭，拿了趙嘉彤的杯子往自己這裡倒了酒。

922問：「那些人怎麼了？有問題？」

趙嘉彤說：「你再仔細看看？」

幾位年輕監考官盯著那些人看了半晌，突然意識到了問題——

「他們……他們都是初代吧？」922一臉驚訝：「我是說，最開始的那批監考官，我接觸不多，但資料多少看過一點。」

他拱了拱154，「我沒臉盲認錯人吧？欸欸，你看看呢。」

最早的那批監考官，有二十多人負責國外考區，長年見不到人。

現在，二十多人幾乎全在這裡了。

154看著門裡面，緩緩搖頭說：「應該沒認錯，是他們。」

021看看高齊、趙嘉彤，又看看餐廳裡那些人，「這場在搞什麼？同僚大聚會？」

「你們這些小年輕啊，真的遲鈍。」高齊這才轉過來，一挑下巴，「剛剛我跟老趙，不，小趙

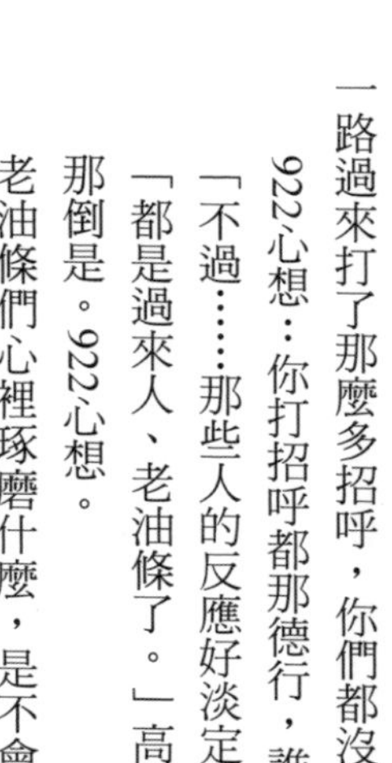

一路過來打了那麼多招呼，你們都沒發現這巧合？」

922心想：你打招呼都那德行，誰看得出來熟不熟！

「不過……那些人的反應好淡定啊。他們不覺得巧嗎？」922有點納悶。

「都是過來人、老油條了。」高齊指著自己的鼻子說：「我跟小趙也很淡定。」

那倒是。922心想。

老油條們心裡琢磨什麼，是不會全擺在臉上的。也許漫無目的閒聊的同時，心裡都在犯嘀咕呢……

突然，他隱約想到了什麼，心裡打了個激靈。

老大在，就意味游惑在。

游惑是誰？考官A！

考官A是誰？這群人曾經的領頭！

他、154以及021場場都能見到游惑，已經習慣了。

那麼這些人呢？

聯合考場開考後，監考官只會拿到自己地區的考生名單。

所以國外的那些根本不知道游惑在考試。

就算看到了，也不一定能反應過來，因為監考官之間普遍稱呼代號。

這麼看來……這場考試豈不是時隔多年的大重逢？

922突然激動。

他懶得去想這種巧合是不是人為，目的是什麼，他現在就想看熱鬧。

他亢奮了兩秒，又有點擔憂——

這已經是第四門考試了，萬一游惑放肆夠了改走穩妥路線呢？萬一對方平平淡淡考到結束，不違規不搞事呢？

這種想法剛冒頭，餐廳頂上吊著的螢幕突然刷新，考場動態多了一條。

晚上七點五十一分，一九七考場，考生游惑宣告死亡。

922當場愣住。

身邊哐噹一聲響，021杯子脫手碎了一地。

露臺上一片死寂，氛圍陡然凝重下來。

「不會吧？不可能！」高齊和趙嘉彤一副打死不信的震驚模樣。

021也萬分茫然。

他們還沒緩過來。

考場動態又刷出一條。

晚上七點五十四分，一九七考場，考生游惑宣告死亡。

餐廳裡觥籌交錯的監考官們紛紛愣住。

有人低聲咕噥了一句：「什麼情況？系統抽了？」

還有人皺起了眉，覺得「游惑」這個名字似乎在哪裡見過。

又過了不到一分鐘。

考場動態再次刷新。

晚上七點五十五分，一九七考場，考生游惑宣告死亡。

晚上七點五十八分，一九七考場，考生游惑宣告死亡。

晚上七點五十九分，一九七考場，考生游惑宣告死亡。

整整十分鐘……

餐廳內外的監考官們一動不動，目瞪口呆地看著這位考生刷屏，以一己之力死了五回。

露臺外。

高齊和趙嘉彤閉上了嘴，021一臉麻木。

922嘴角抽搐兩下，感覺到了熟悉的、不安分的氣息。

果然，他多慮了。

只要老大和游惑在，考場會平平淡淡？

不可能。

游惑是被刺耳的鬧鐘聲吵醒的。

他眼睛沒睜往身後摸了一下，摸到一片空，這才皺著眉坐起來。

「人呢？」他揉捏著鼻梁，低聲咕噥。

半掀的被子還留有體溫，腰間被箍著的感覺尚未全散，但秦究卻不見了。

枕頭上有本翻開的軟面本，應該是秦究順手扣在那裡的。

游惑拎起來掃了一眼。

有年月日，應該是本舊日記。日記裡的字很大，字母與字母間互不依靠，透著拙稚，一看就是小孩子寫的。

游惑沒心思細看，捲著本子站起來。

上下鋪的兩個鼓包也不見了，雪麗和薩利不知什麼時候起了床。

牆上的卡通掛鐘顯示，現在是晚上八點整。

到了既定的學習時間。

……所以秦究人呢？先下樓了？

游惑頂著一頭沉悶的起床氣，拉開房門下了樓。

雪麗和薩利兄妹倆正端坐在沙發上，面前的茶几上鋪著之前那張白紙。

游惑遠遠就能掃見，紙上多了字。

「這是爸爸媽媽給我們留的思考題，你能幫我們回答嗎？」兄妹倆異口同聲地說。

清脆的童音在安靜的小樓裡迴盪，顯得小樓莫名很空。

紙上的字是用紅色馬克筆寫的，醒目極了。那上面一共列了兩道題。

第一道是圖形。

紙上畫了一個端正的等邊三角，其中一角到對應底邊又畫了幾條斜線，像簡筆畫的切蛋糕。

題目說：砍一刀，一個三角形能變成三個。現在砍了六刀，一共有幾個三角形呢？

游惑：「……」

雖然用詞令人不適，但這居然真是一道標準的……小學數學題。

旁邊還煞有介事地寫著，本問六分。

不過這個問題只是引子。

圖形下面緊接著第二個問題。

題目說：可愛漂亮的雪麗最喜歡照鏡子，每天都要看好幾次。屋子裡一共有六面可以移動的鏡子，最多會有幾個雪麗呢？

本問十二分。

除此以外，最底下還有小字註明的另一句話——

這道題讓薩利和雪麗苦惱了很久，也讓客人頭疼。答不出題或者答錯題，薩利和雪麗會懊惱地懲罰自己，一天都吃不下東西。

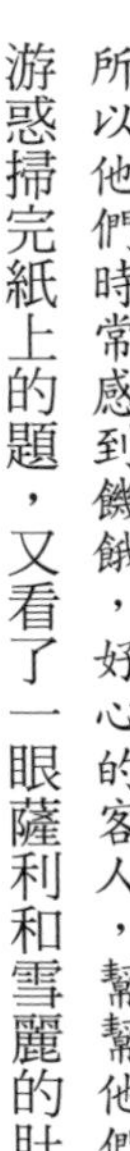


游惑掃完紙上的題，又看了一眼薩利和雪麗的肚皮。

也許是坐著的緣故？似乎比傍晚更圓了。

哪裡有一點饑餓的樣子？甚至薩利還偷偷打了個飽嗝。

那個飽嗝讓游惑心頭一跳。

他大步流星走到洗手間旁拉開門，沒有人。

書房同樣沒有人。

地下室還是沒有。

樓上突然響起一陣急促的腳步聲。

游惑三步回到一樓，卻見下來的是楚月。

她正要說什麼，看見游惑的臉又一愣，「你臉色怎麼這麼難看，誰惹你了？」

「秦究不見了。」游惑說。

楚月沉聲說：「我正想跟你說呢！小舒她們三個也不見了！」

說話間，一樓的客房門「砰」地撞開，于聞頂著雞窩頭衝出來：「老于——哥？」

「你爸也不見了？」楚月問。

于聞臉上血色盡褪：「老于……我爸沒在外面？找過沒？」

「找過了。」

游惑一張臉霜天凍地。

他突然把目光移到沙發上，盯著那兩個小鬼的肚子。

于聞跟著看過去，臉色更差了。

他也發現那兩個小鬼肚子更鼓了，各種聯想讓他手腳冰涼。

「我……我好像聽見有人說什麼考生游惑，宣告死亡。」于聞喃喃道：「我以為是做夢。」

楚月說：「在我睡著前，聽見系統播報說，哪個考場有個叫Christina的考生弄哭了雪麗，宣告死亡。」

他們現在是一個整體，占的考場又是游惑分到的。很可能所有人的問題都會算在游惑頭上。

那麼問題來了。

那五個人幹麼了，前赴後繼地弄哭雪麗？宣告死亡是怎麼個死法？

第二個問題很可怕。

小樓裡氣壓奇低。

楚月原地轉了兩圈，按著太陽穴讓自己冷靜：「不，等會兒……先別急著慌，你們想，正常考場只有一個考生，死也就死一回。我們是一個整體對不對？從系統的角度想，不可能有人八分之一、八分之一地死。」

她說得含混，游惑卻瞬間反應過來。

對啊，系統那邊的邏輯是說不通的。要讓這件事通順起來，只有一種可能，那種「死亡」某種程度上是可逆的。

或者說……他們是特殊的，所以死亡可以逆轉。

那就又有問題了——他們得先知道怎麼死，才能知道怎麼逆。

想到這一點，游惑毫不猶豫抓住了雪麗。

楚月一愣：「你幹麼？」

游惑：「讓她哭。」

楚月：「……」

【第十章】

# 別看我的眼睛

真讓雪麗哭，她又不配合了。

這在意料之中。

系統的題目怎麼可能會聽人話呢？不可能的。

兄妹倆捧著肚子坐在沙發上，短腿懸空晃蕩著。如出一轍的藍眼睛一眨不眨地盯著游惑。

按照題目的說法，薩利是個貪吃的小孩，他的肚皮確實比妹妹更鼓一點。

他似乎撐得難受，晃幾下腿就忍不住揉肚子，臉色也有點蒼白。

「雪麗，我好飽啊。」薩利愁眉苦臉，低聲對妹妹嘀咕。

妹妹童音清脆地說：「我也有點飽了。」

說完，她衝游惑嘻嘻一笑，「媽媽說，我是懂事的孩子。懂事的孩子不會和客人一般見識，我今天不想哭了，你罵我沒用，打我也沒有用。」

薩利悄悄鬆了口氣，妹妹的這句話，似乎是顆定心丸。

一旁的楚月將這些看在眼裡。

薩利的反應說明「死亡」、「雪麗的哭泣」，以及他們的「肚皮」，這三者之間確實聯繫緊密。好像……只要「死」一個誰，薩利就會更飽一點。

楚月皺著眉。

于聞臉色又白了。

雪麗濃長的睫毛像小扇子，純真又篤定地看著他們，然後咧開嘴笑了。

特別像嘲弄和幸災樂禍。

這孩子不做表情還好，一旦笑起來，就會透出一種濃重的違和感……皮囊和靈魂不一致的違和感。好像她只是套了一個空殼子。

「不會真是哪家小孩吧……」楚月打量著她和薩利，咕噥了一句。

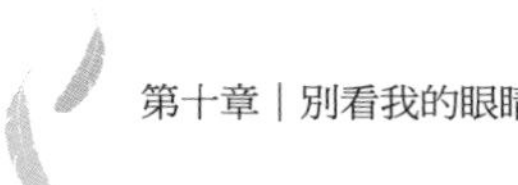


「小孩？」于聞愣了片刻，突然驚恐：「不會吧？」

游惑皺起了眉。他想起第一場被考生替代的獵人，想起變成村民的趙文途，想起被公爵占用身體的姜原、張鵬翼……

于聞小心翼翼地探頭問她：「妳是誰？」

洋娃娃似的小女孩眨了眨眼睛，沒有立刻說話。

于聞又悚然直起身，指著她說：「是我的心理作用嗎？我覺得她剛剛眼神有點茫然。」

小女孩定定地盯著他，用一種空洞的童聲說：「我是雪麗。」

「我是雪麗，我今天哭了太多次了。爸爸媽媽如果知道會不高興的。所以你們打我罵我，我都不會再哭了。」小姑娘重複著。

她既然說了打罵沒用，那就是真的沒用。

題目說出來的話代表規則，沒必要撒謊。

況且楚月瞭解游惑——考官A看起來不近人情，其實會考慮很多。

如果這兩個孩子真的是由普通人轉成NPC的，他絕對不會動他們一根頭髮。

那還怎麼讓人哭？楚月犯愁。

游惑突然伸手，把雪麗從沙發上拉下來。

小姑娘一驚，扭著手使勁朝後縮，「你不要拉我，我不哭。」

游惑乾脆一把撈起她，大步流星朝樓梯方向走。

雪麗腳不著地，懸著空瘋狂掙扎，但她那點個子，在游惑手裡就像一隻嘰嘹不停的小動物。

于聞和楚月面面相覷。

「哥？」于聞叫了一聲。

雪麗想踹游惑，奈何腿不夠長，回回踢空。

即便這樣，在某個轉身的瞬間，于聞發現小女孩還頂著一張笑臉。

她的臉和身體呈現一種割裂狀態。脖子以下在撒潑，脖子以上在微笑。

樓梯旁有一面一人高的落地鏡。

游惑從那裡經過，鏡子裡映出一晃而過的高瘦身影。

鏡面突然極輕地顫了一下，就像有誰敲了它的邊角，引起微瀾。

但動靜太小了，沒人注意到。

除了雪麗。她盯著鏡子，突然掙扎得更瘋了。

游惑夾緊她，在鏡子不遠處站定，那裡靠牆立著一個櫃式冰箱，頂上擱著一些雜物。游惑放下雪麗，從上面拿了一樣東西。

小姑娘腳一著地就要跑，剛邁一步又被薅回來。

表情透著生無可戀。

「于聞。」游惑叫道。

于聞繞過沙發走過來，楚月也跟來了。

「哥，現在要幹麼？」于聞問。

游惑把手裡的東西拋給他，兩手摁著雪麗的肩說：「過來對著她剁。」

于聞低頭一看，接到一個偌大的洋蔥。

楚月愣了一下，扭頭就笑開了。

「虧你想得出來，我以前怎麼沒發現你餿主意這麼多呢？」

雪麗還在掙扎，作為一個小女孩，她的力氣過於大了，換個人來可能都制不住。

于聞半跪在雪麗面前，苦著臉開始剁那玩意兒。

半分鐘後，在場的人全哭了。

游惑個子高又偏開臉，只是眼底有點脹，楚月揉著眼睛跑遠了。

最倒楣的還是于聞，跟雪麗相對流淚。

小女孩眼圈通紅，嘩嘩掉水珠。

游惑騰出一隻手，從冰箱上拿了第二個洋蔥說：「還沒死，繼續。」

于聞還沒接過去，雪麗已經身心崩潰。

她仰起臉就開始嗷嗷哭，眼淚從眼角兩側往下掉，但眼珠卻瞪得很大，一轉不轉。

她盯著摁著她的「惡霸」，抽噎著輕聲說：「我不想看到你，我要把你藏起來。」

小姑娘瞬間爆發。也不知道哪來那麼大力氣，轉頭猛推了游惑一下。

變故發生在一瞬間。

不遠處揉眼睛的楚月以及淚流滿面的于聞都沒反應過來。

游惑倒是來得及，但他根本沒打算反應。

他順著雪麗的力道，往後踉蹌了一步。

在他背後，是那面一人高的落地鏡。

眼看就要砸到鏡子，意料之中的碎裂和撞擊卻沒有發生。

那一瞬間的觸感，就像是人陷入平靜的湖水裡——他碰到了鏡面，陷了進去。

「人呢？」楚月聞聲轉頭，只看到一片空。

游惑已經不見蹤影，消失前除了一道踉蹌的腳步聲和衣料摩擦的窸窣輕響，什麼大動靜都沒有。

于聞一咕嚕竄起來，猛地撲到鏡子上。

鏡面冰涼堅硬，手掌拍在上面發出「啪」的聲響，反作用力打得掌心生疼。

他貼著鏡子扒望片刻，抬頭茫然地說：「我哥……掉進鏡子裡了。」

「什麼？」楚月愣住。

「真的。」于聞指著鏡子，「我一抬頭，就看見他的手從這裡消失了，就這樣……陷進去了。」他背對著鏡面，做了個往後倒的姿勢。

「A？」楚月大步走過來，敲門似地敲了敲鏡面。

鏡子被敲得微微顫動，卻毫無回音。

「游惑？」楚月又敲了兩下。

依然沒有動靜。

突然，有人輕輕打了個飽嗝。

楚月和于聞扭頭一看——雪麗正捂著嘴，明藍色的眼睛看著他們，一派天真。

而不遠處的沙發上，薩利肚皮更圓了。

他生無可戀地躺倒下來，說：「雪麗，怎麼辦，我想吐。」

雪麗：「……」

於此同時，全球兩千多個考場響起了系統聲音。

【一九七考場，考生游惑弄哭了雪麗……再次宣告死亡。】

監考處餐廳裡，大螢幕「叮咚」一聲。

某人第六次出現在了大螢幕上。

于聞站在那裡，手腳冰涼。一天之內痛失兩位親人，他心臟有點承受不起。

「姐姐……」他惶惶不安地問楚月：「他們真的還能回來嗎？我怎麼這麼慌呢。」

「能。」楚月絲毫不懷疑。

于聞：「為什麼這麼肯定？」

楚月說：「你哥是誰？考官A。在他之前進去的是誰？001。你知道這兩個人湊在一起會怎麼樣麼？」

于聞：「怎麼樣？」

「什麼鬼門關都能給你劈出路來。」

于聞想說點什麼，但又覺得好像是這麼回事。

「而且我倆不是還在麼。」楚月指了指自己，又指了指于聞，「只要我們還在外面，他們就死不透。」

于聞又稍稍定了心。

「還皺著臉呢？」楚月又說：「那我再提示一句，你看看那兩個小鬼的肚子。還記得我們來的時候，他們什麼樣麼？」

于聞回憶了一下：「肚子沒這麼鼓，牙齒上還沾了血。」

「是啊。」楚月拎起茶几上的紙，彈了彈說：「上面寫著，他們會饑腸轆轆。說明進了肚子的東西會被他們消化掉。只要這兩個小鬼的肚子沒癟下去，你哥他們就沒事。」

這個理由最具有說服力。

于聞在薩利身邊坐下，把他的T恤往上捲了兩道，用一種鎮守國寶的氣勢，盯著小鬼的肚子。

「……」薩利扁了扁嘴，想吐在他臉上。

游惑陷入一片漆黑。

似乎有一層濃黑的霧裹住了他，不見五指，不辨方向。

他不喜歡這種純粹的黑暗，而周遭的潮濕氣很刺眼，不比洋蔥的效力輕。

於是他沒有多待，隨便挑了個方向就邁了步。

誰知沒走幾步就看到了光。面前的景物清晰地呈現在眼前，游惑看得一愣。

在他面前，是鋪著木質地板的客廳，一側是沙發茶几，另一側通往洗手間、廚房……以及地下室。客廳還有窗子，東側有大片的落地窗，可以看到外面正濃的夜色及一盞昏黃老舊的街燈。

而客廳裡燈火通明。總而言之，跟雪麗家的客廳幾乎一模一樣。

區別只有兩個。一是整個客廳是傾斜的，地板就像一個緩坡。游惑就站在緩坡的最高處，越遠越矮。而客廳的布置，跟現實是反的。

游惑往前走了幾步，轉身發現，他剛剛就站在樓梯旁，那裡也有一面一人高的落地鏡。

鏡子裡是雪麗家真正的客廳。

他可以清晰地看見，雪麗和薩利兩個小鬼被人用跳繩捆成了一對蠶蛹。端端正正放在沙發上，肚皮外露。

楚月正和于聞坐在一起，拿著馬克筆試圖答題。

愣神間，游惑感覺身後突然有人靠近。

一隻手捂住了他的眼睛，把他拽離了鏡子。

脊背抵著身後人的胸口，獨屬於秦究的氣息包圍過來。

游惑的身體瞬間放鬆，又瞬間緊繃。

他們幾步退到客廳一側，膝彎撞到了沙發。

游惑拉下蒙眼的那隻手，翻身將秦究推坐在沙發上。

「故意的還是不小心？」

「什麼？」秦究一愣。

游惑單膝跪壓在沙發邊緣，抓著秦究的領口問：「你是又打算一聲不吭自己瘋還是不小心？」

他彎著腰，像一張緊繃的弓，從姿態到語氣都帶著鋒利的攻擊性。

但秦究見過他在屋內亂轉找人的模樣，就在幾分鐘前。

「不小心。」秦究說。

游惑盯著他的眼睛。

「悄悄行動的事不會再發生第二次了，我保證。」

很神奇，他們原本都是獨來獨往不受束縛的人，卻在彼此這裡有了牽繫。

開始擔心以前不會擔心的事，開始作一些從沒作過的保證。心甘情願，毫無勉強。

過了好半晌，游惑緊繃的身體終於放鬆一些。

他攥著秦究領口的手指動了一下，似乎要放開對方站起來。只是剛抬起上身，又忽然彎下腰。

他半跪在沙發上，一臉不耐。然後抓著秦究的衣領，低頭吻下去。

少有的主動讓秦究也有點瘋。但他摸到游惑的背後，對方的心跳隔著筋骨傳遞到掌心，又急又重，從睜眼開始就沒有平緩過。

於是，他的吻轉而帶了安撫意味。

他親昵地啄著游惑的唇角，下巴，眼尾……結果越啄心跳越急促。

片刻之後，游惑突然偏頭讓開。

他一手抵著沙發靠背，下頷骨到脖頸拉出一條極其漂亮的線條。

身後不遠處就是一面碩大的鏡子，鏡子裡于聞和楚月抓著筆抬了一下頭。

秦究抬頭看了一眼，游惑也跟著轉頭看過去。

有一瞬間，他們和外面的人幾乎隔著鏡子對視上了。

雖然知道只是巧合，但足夠讓人冷靜下來。

「剛剛為什麼蒙我眼睛？鏡子有問題？」游惑的聲音還有點啞，目光依然落在鏡子上。

于聞和楚月盯著這裡的目光透著明顯的擔憂，顯然不是因為看到了什麼，只是在發愁怎麼把人弄出去。

「鏡子不能久看。」秦究說：「你不覺得看著那邊就挪不開眼麼？」

「有點。」游惑說：「除此以外？」

如果只是挪不開眼，那倒也沒什麼。

「這是離得遠。」秦究說：「如果近一點站在它面前，你會不由自主想鑽進去。」

「摔進來的人有幾個不想鑽回去？」

「嗯。」秦究哼笑一聲，抬起始終沒有伸到游惑眼前的左手，「如果一門心思想鑽回去，後果可能會比較慘。」

游惑垂眸一看，他五指指腹都有一層薄薄的血痂。

「怎麼回事？」游惑皺眉說：「藥都在樓上房間……」

「這點破皮用得著什麼藥。」秦究摩擦了一下，「一會兒就掉了。你剛剛進來的時候，有沒有經過一片漆黑？」

「有。」

游惑想起來，那片黑霧讓人很不舒服，刺得人眼睛皮膚都很疼。

「如果真的去鑽鏡子，碰到的就是那東西。」秦究說：「進來的時候還好，在裡面走幾步也沒事。但出去就厲害多了，沾一下就是這個結果。」

他抬手指了一圈，「客廳邊緣鏡子照不到的地方，都是這種東西。」

游惑進來還沒有細看過周圍，經他提醒才發現，他們待著的地方並不是完整的房子，只是客廳，而且只是大半個客廳。

這樣一來，地方突然變得很有限。

房間沒有包含在裡面，沒有其他可以待人的地方。

游惑一愣，問秦究說：「所以老于他們都不在這裡？」

秦究搖了搖頭，「不在，這裡只有我一個。」

游惑想起來，客房床頭櫃上掛著一面豎直的鏡子，如果老于鑽進了那裡，那他的活動範圍就只有那間房間。

而主臥也有一個落地鏡，舒雪她們應該在那裡。

三個區域相互隔離，目前看來，他們沒法去找其他人。

這讓他們有點擔心。

「那你不是應該在樓上，為什麼會鑽進這面鏡子裡？」游惑問秦究。

「我聽見外面有點動靜，睜眼發現那兩個小鬼不在床上，就順著聲音下樓了。」

當時雪麗就蹲在這面鏡子旁邊，薩利摸著肚子舔著嘴角，一副剛剛吃飽喝足的模樣。

「我其實隱約覺察到了鏡子有問題，因為那本日記裡頻繁地提到鏡子。」秦究說：「題目裡有，線索裡也有，顯然不只是因為小姑娘愛漂亮隨口一說。」

但誰也沒想過，鏡子會是這種用途。所以即便他們，也難免會有疏忽。

於是就被那兩個小鬼坑了一把。

「對了，那本日記我扣在枕頭上，你肯定……」秦究說了一半剎住。

游惑的臉色變得有點微妙。

「你沒看？」秦究問。

游惑：「……沒有。」

人都沒了，誰他媽有心思先看兒童日記？

「那日記帶進來沒？」

游惑順著之前的一片混亂往前回憶。

「我出房間後，順手擱在了……」游惑掃視一圈，找到一個貼牆而立的高腳凳。高腳凳上擺著一盆藤花，枝枝蔓蔓牽扯著垂掛下來。一本軟皮冊子躺在花盆上。

「在這裡。」他從沙發上起身，大步走過去。拿起本子一看，卻發現只有攤開的那頁有字，其他地方都是一片空白。

秦究跟過來，看到寫字的那頁表情一愣。

寫字的人用的是暗紅色的水彩筆，很粗，筆觸拙稚。看得出來，連抓筆都不大熟練。但這不妨礙她寫滿一整頁。

左上角是歪歪扭扭的「薩利說他好餓」，下面是「我不想寫日記了」，另一邊還有一句「雪麗是個討厭鬼」。

其餘所有地方，都寫滿了「去死吧」。

有幾處連紙頁都破了，可見寫字的人有多用力，甚至有點瘋……不，非常瘋狂。

這可不是一個普通小女孩會有的情緒。

這種畫面令人莫名反胃。

游惑皺著眉問：「你看到這裡了？」

秦究搖頭，「沒有，我看了前面幾頁。」

小孩子的字大而散，一頁寫不了什麼東西，話語簡單。

秦究雖然看得不走心，卻記住了看過的內容。

他指著第一頁空白說：「幾月幾號來著？沒太注意。這裡寫著，今天照了好幾次鏡子，媽媽說我變漂亮了。」

游惑：「……」

這種話從秦究口中說出來就很可怕。

雖然他只是在背書，但他腔調慣來戲謔，又顯得不那麼平鋪直敘。

「怎麼？你這是什麼表情？」

「沒什麼表情。」游惑把日記塞給他，抱著胳膊靠到牆上，懶懶地衝秦究說：「你挺漂亮的，然後呢？」

秦究高高地挑起眉。

游惑一副洗耳恭聽的模樣，「繼續。」

十一月十二日　天氣好

今天照了很多次鏡子，因為媽媽說我變漂亮了。我也覺得。

但薩利說我缺了一顆牙，真醜。

十一月十三日　下雨了。

他也缺了一顆牙，他才醜。

我好像長牙了，很癢，想咬薩利，他總說我醜。

今天又照了很多次鏡子，媽媽說鏡子沒我好看。

我很高興。

十一月十四日

今天鏡子真奇怪。

薩利醜八怪。

十一月十五日

我們打賭做鬼臉，看誰能堅持不笑。

我贏啦，薩利應該給我一顆糖，但他沒有。媽媽從不給他糖，我原諒他了。

十一月十六日

其實昨天我笑了，但是鏡子裡的我沒笑。

要不要告訴薩利？

十一月十七日

鏡子在看我。

「我就翻了這麼幾頁。」秦究捏著幾張紙抖了抖，「記沒記錯就不確定了。」

他看到的這部分，雪麗的語氣都還正常，跟後面那個通篇「去死吧」判若兩人。

「想到一個老套的情節。」游惑說：「鏡子裡的雪麗爬出來，替代了原本的那個。」

秦究說：「是挺老套的，不過可能性很大。毫無想像力的系統弄出這種老套故事很正常。」

「如果真是這樣，這本日記的作用也許很大。」游惑說。

鏡子裡的雪麗能爬出去，他們應該也可以。

如果日記裡提到了怎麼爬……那雪麗就是天使。

思索間，靠著牆的游惑突然感覺肩膀一陣刺痛，就像是有什麼東西扎了他幾下。

他扭頭一看，發現原本離他一步遠的黑霧不知什麼時候蔓延過來，正在吞食他的肩膀。它穿透了外套和T恤，正往他肩膀上爬。

他迅敏地側過身，和秦究一起撤回到客廳中央。

包圍在邊緣的黑霧，正在以肉眼難辨的速度，忽快忽慢地往中間裹。

「這究竟是什麼東西？怎麼還往中間聚？」

秦究從餐桌上扯下一塊餐布，低頭給游惑做著清理。

「大概是鏡子在消化吧。」

「……」游惑聯想了一下，臉色頓時變得綠嘰嘰的。

如果這個過程始終不停，他們自己不談，老于、舒雪那幾個人就麻煩了。

不知道還能堅持多久。

鏡子就在不遠處，透過那層玻璃，隱約可見牆角的高凳上也攤著一本日記。

外面的于聞和楚月突然被寄以厚望，而他們還一無所知。

游惑分析說：「于聞坐不住，尤其不喜歡做題。他應該會四處轉轉，發現那本日記是遲早的事。楚月……」對於楚月，他的記憶不多。但有限的記憶中，對方是個很可靠的人。

他們屏息等著。

卻見于聞扯了一張白紙在手邊，抓著馬克筆畫起來。

「他幹麼戳紙？」秦究瞇起眼睛問。

游惑：「他不是在戳紙……」

踏馬的他是在一個、一個地數究竟有多少三角形。

他差點兒戳盡了他哥以及他哥男朋友的所有耐心，終於戳出了一個答案。

做出一道小學題，他還挺亢奮。抓著草稿給楚月顯擺了一下，然後在答題紙上寫下答案。

身後突然傳來沙沙聲，像紙筆摩擦的輕響。

兩人對視一眼，轉頭尋找著聲音來源。

他們在茶几黑色的琉璃檯面之下，找到了一張紙。

紙上寫著題目，和鏡子外面那張一模一樣。只不過字也是反的。

此時，第一題下面多了一個數字——反寫的二十八。

又過了兩秒，旁邊多了一道紅色的小勾。以及一個加六分。

答對題目的瞬間，黑色霧氣居然退了幾寸，然後停住了。

沙發上，被捆的薩利抽搐了一下，比誰都急。

消化消一半被強行停止，這誰受得了。

「你這弟弟還不錯。」秦究毫不吝嗇地誇了一句。

剛誇完，就見于聞同學再接再厲，開始認認真真思考第二題了。

他啃著筆頭想了幾秒，楚月不知在旁邊說了句什麼。

小同學頭頂燈泡「叮」地一亮，當即大筆一揮寫下第二題答案。

客廳裡，再度響起沙沙聲。

游惑手中的紙上多了個答案。

于聞在第二題下面寫了兩個字——無數。

幾秒後，紙上緩緩冒出一個鮮紅的叉。

黑霧重新開始蠕動，游惑和秦究感到一陣窒息。

雪麗扁了扁嘴，還沒來得及嚎，哥哥薩利先哭了，哭得非常絕望……狗日的，他又要吃人了。

看到鮮紅的叉，于聞不樂意了：「不可能啊！怎麼會錯呢？」

「小帥哥咱們先別管為什麼錯。」楚月考慮得多一點：「重點在錯了的懲罰。」

懲罰？于聞重看了紙上的註明，「沒懲罰吧。姐姐妳看，上面說如果答不出題或者答錯題目，薩利和雪麗會懲罰自己，一天都吃不下東西。對我們來說這不是好事嗎？」

「喔？」楚月指著淚崩的小鬼說：「好事他哭成這樣？你想想他現在最怕幹什麼？」

于聞：「……怕吃？再吃估計就炸了。」

關卡boss抽噎兩下，看上去特別慘。

「對。我是這麼想的……」比起游惑和秦究，楚老闆顯得更有人味，還知道跟小傻子分享思路。她用筆在「一天」、「吃不下東西」、「時常感到饑餓」這三處劃了重點。

「……」于聞感覺自己碰到個家教。

「懲罰自己吃不下東西，相當於絕食耍脾氣嘛，絕食的後果是什麼？」楚月用筆頭敲了敲紙，

「第二天這個時候，他們會感到饑餓難耐。你從小孩子的角度想一下，說要絕食，但又餓得不行，會怎麼做？」

于聞：「後悔得哭出來。」

「……你真是個人才。」楚老闆不指望跟朋友的弟弟互動了，自己說道：「會憋不住偷偷吃。這個偷偷是什麼時候？別人都睡了的時候。你想想下午，我們來得不巧碰到了小睡時間，兩個小鬼就趁機開始偷吃了。」

于聞臉色很難看，「然後一口氣吃了六個。」

楚月又說：「這對他倆來說肯定是意外，畢竟一個考場正常只有一個人。所以，按照正常邏輯，這個偷吃是有機率的。有可能成功，有可能不成功。睡著的人不會去惹雪麗哭。肯定是她主動找人，我估計是讓考生做個選擇，選對了她就吃不成，選錯了就倒楣了。」

她頓了一下，咕噥說：「那咱們的人也太倒楣了。」

「這些先不談。按這個邏輯，題目的本意就是這樣——答對了，兩個小鬼會安安分分，直到第二天第二次出題。不答或者答錯了，第二天有可能被小鬼吃掉。」

于聞說：「所以明天小睡時間，咱倆有可能被吃掉？怪不得小鬼哭這麼慘，他哪裡吃得下？」

楚月說：「這就是麻煩的重點。按照題目正常運轉，他會努力消化掉之前的食物，來保證自己能吃得下新的。咱們的人都在他肚子裡呢，六個可能消化不了，一個應該不成問題。」

于聞懵了，「對啊！」

「所以啊，答錯題對我們來說，懲罰要到明天。但對你爸他們來說，現在就很難熬了。」楚月自己也把思路理清了。

同一時間，鏡子裡。

黑霧翻滾著往中央蔓延，像蠶蛹吞食桑葉。

老于瘸著一條腿盤在床上，拿被子把自己圍了個嚴實。

房門裹在黑霧裡，不知道外面什麼情況。

他一邊自我安慰要冷靜，一邊在有限的空間裡翻找，試圖找到一點自救的線索。

樓上的主臥，舒雪試圖往黑霧裡伸手，被吳俐和楊舒拽住了。

「妳手不是肉做的？」楊舒說。

「我試試看，考場可以翻，這個說不定也行。」舒雪說。

「試三回了！」楊小姐瞪著眼睛，「還能試出抗體啊？」

跟其他人不同，游惑、秦究能清楚地看到于聞和楚月在做什麼。

「緊張嗎？」秦究問。

「不緊張。」

「假話，你一直在摸耳釘。」

游惑手指一頓。他看起來確實非常冷靜，但用吳俐的話來說，這個動作是他的安全區。

「我還是非常在意……你為什麼戴著它。」秦究看著他手指下那枚光亮的小東西。

從第一場考試見到游惑起，他的目光總會落在這枚耳釘上。

它在人群中亮得晃眼，秦究瞬間就能找到光的來處。

「不知道，沒想起來。」游惑瞥了秦究一眼，「為什麼這麼在意？看不順眼？」

「不是。」秦究說。

他看了一會兒，伸手摸了一下，稜角劃過指腹。

「說不上來，不是不順眼。」相反，每次看到這枚耳釘，他總會感到安定。

只是安定之中，夾著些微……難以捕捉的遺憾。

秦究瞇著眼睛，片刻後又回過神來。

他在游惑疑問的目光中痞痞一笑說：「沒什麼，我只是在猜，它會不會是我送你的，作為考生對考官的賄賂或者情人禮物。」

前面的賄賂純屬扯淡，後面……

游惑排開他作妖的手指，說：「反正不會是我自己弄的。」

以他的性格，會主動搞這麼囂張晃眼的東西？不可能。

兩位大佬的字典裡依然沒有「害怕」這個詞，但這確實是第一次，他們的生死安危掌握在別人手裡。

鏡子裡，楚月和于聞拍板做了個決定。

「錯題不能放著不管，隨便消化哪個都不行。改吧！」楚月。

「我來吧姐姐。」于聞擼起袖子，「題目說了，修改可以，就是要付出一點代價。鏡子外面肯定要留人的，我吧……不大靠譜，一不小心被套進去了也沒關係。妳一定得留在外面坐鎮。」

楚月一愣，心想：這小子別的不說，關鍵時刻還挺有氣魄。

「不就是答錯了麼，我把鏡子都搬出來，照著擺一遍總行了吧？」于聞說著，大步走到樓梯旁，一把抱起了那個一人高的穿衣鏡。

從楚月的角度來看，挺利索的。

從游惑和秦究的角度來看，就是這位同學整張臉貼在了鏡子上。

這種近距離的視覺衝擊實在辣眼睛。

游惑繃著臉朝後讓了一步。

然而下一秒，他就愣住了。

于聞搬動了鏡子，鏡子裡照到的區域開始變換，順著于聞的動作往右轉。

相應的，游惑發現他們所處的空間也開始轉換。

廚房、洗手間的門墊迅速消失在黑霧裡，通往地下室的樓梯也不見了。

這一側的範圍隨著于聞的動作在縮減。而另一側，黑霧突然止住動作，非但沒有繼續吞食，還往後退了。

眨眼間，又一片落地窗露出來了，接著是書房的門，再然後是客房的門……

游惑和秦究反應極快，當即跟著往沙發附近走，一路走到了客房門口。

這種空間的變化終於停止。

兩人面面相覷，突然明白。

「鏡子照到哪裡，我們的活動範圍就變到哪裡。」秦究說。

而游惑已經握住了客房門把手，「我現在開門，老于會不會就在裡面？」

他說著便擰開房門。

令人失望的是，門後面還是一片黑霧。

「理解錯了？」游惑皺眉說。

「不一定。」秦究思忖片刻，說：「客房裡的鏡子衝著那邊，沒有對著房門。所以你舅舅？」

這個稱呼讓人不大習慣，秦究說著哂笑一聲，又道：「總覺得我們大考官像天上掉下來的……你舅舅在裡面應該看不到房門，他跟我們沒有交集，所以我們找不到他。除非……」

「除非于聞把客房的鏡子也搬出來。」游惑接道。

「對。」

現實的客廳裡。

于聞小同學不知道自己歪打正著，給他哥以及秦究開放了新思路。

他把鏡子在沙發前放好，調整了角度。

「我們房間也有一面鏡子，我去搬過來。」

「行，我們房間也有。」楚月說：「我先搬下來吧，我記得洗手間應該也有。」

她其實覺得，按照正常邏輯，第二題的答案就是「無數個」，沒錯。

就算搬著鏡子來數，也是這個答案。

但她隱約覺得，鏡子作為關鍵道具，放在她眼前是最放心的。所以她不介意陪這小子犯回傻，把鏡子搬到一起。

于聞擰開一樓客房的門。

鏡子就掛在那裡，照著空空蕩蕩的房間。

昨晚睡覺的時候，他還對老于說：「我一個人睡慣了，有可能會踹人，你那老腰旁邊墊個衣服吧？我怕我給你踹成半身不遂。」

然後被老于在背上抽了一巴掌。

「你那點毛病我會不知道？你以為你回回踹的被子，都是誰給你摟回去的？」

沒想到一睜眼，會給他摟被子的老于就不見了。

于聞站了一會兒，獨自傷心。

給他哥、秦究，以及他老子急得啊……

他吸了吸鼻子，把鏡子從牆上摘下來，抱著往外走。

鏡面轉換角度，終於照到了客廳。

兩面鏡子照到的場景終於有了交集，那一瞬間，游惑面前的黑霧終於散了，老于連滾帶爬地從客房裡出來。

看到游惑的瞬間，他也顧不上慫了，一把摟住面前兩人，激動得嗷嗷的。

「我差點兒以為我要沒了！」老于嚎說：「哎呦我操，就那麼點地方，連個洗手間都沒有。那倒楣玩意兒還吃人，碰我一手血！還好！還好我熬住了……」

他嗷完喘了一口氣，這才發現自己膽大包天抱住的不止外甥，還有那個男朋友。

老于當即硬在原地，摟也不是，鬆手也不是。

好在楚老闆及時出現。她抱著鏡子下樓，終於把主臥裡的三名女生放了出來。

「你們怎麼也進來了？」楊舒一看到秦究和游惑，情緒當場就不穩了。

這兩位都被框進來了，他們還怎麼過？

但眼下不是聊天的時候。

楚月很快找到了其他三面鏡子，然後于聞這位鬼才，用六面鏡子，把沙發上捆著的兩個小鬼圍起來了。

游惑等人，跟著于聞的擺放，在不斷更改的活動區域蛇行。

最終，他們的活動區域只剩下沙發這一圈。

老于絕望地說：「能框個洗手間進來麼，我想上廁所。」

可惜，不孝子聽不見他的訴求。

于聞左擺右放，改了好多次。

他不知道自己差點兒累死六位同伴，只對楚月咕噥說：「不對啊，我怎麼擺，都是無數個。姐妳在幹麼？妳拿的什麼？」

楚月從客廳一角走過來，手裡拿著游惑和秦究心心念念的日記本。

「我找到一本日記，估計是A或者001放在那裡的。」楚月翻了幾頁說：「剛剛看了幾篇，我懷疑……」她瞥了雪麗和薩利一眼，斟酌著對于聞說：「這題應該不是真的讓你去數鏡子裡有多少人，這麼想呢？鏡子裡的都是假的，真雪麗只有一個。」

聽到這句話的時候，沙發上的兄妹倆都低著頭。

淡金色的頭髮毛茸茸的，擋在眼前，也看不清他們什麼表情。

于聞想了想，覺得有道理。

「那我……改了啊？」他深吸一口氣，抓著馬克筆在第二題答案那裡劃了幾條線，塗掉了原本的字。

答案被塗掉的一瞬間，六面鏡子突然瘋狂顫動起來。

于聞驚了一跳。

緊接著，鏡面發出「啪啪」的聲音，就像有人掙扎著要從裡面出來，手掌拍在鏡面上。

他愣了一下，然後驚喜地撲到鏡子前，叫道：「老于？哥？是你們嗎？你們要出來了？」

下一秒，一堆血手印貼著他的鼻尖，拍在鏡子上。

「不是你哥！」楚月一把將他拉開。

因為鏡面上的血手印越來越多，除了大人的，還有孩子的。

「這誰啊？」于聞連忙後退。

「以前被吞掉的人吧！」楚月說，「我猜的，修改答案的懲罰吧。」

手印拍得玻璃直顫，重重疊疊。血液越來越多，最後竟然流動起來。

鏡子裡映著于聞和楚月的臉，血液就從他們臉上劃過，縱橫交錯，像被切割成很多塊。

一瞬間，鏡子裡的人似乎不像自己了。明明五官、動作一模一樣，卻透著詭異的驚悚感。彷彿下一秒，他們就會做出和現實不一樣的動作。

于聞嚇懵了。

可鏡子裡，他唇邊劃過一道血線，給嘴角勾出一個上揚的弧度，像在笑。

「姐姐……」于聞咕噥了一句，聲音低啞。

楚月也停住動作，似乎被鏡子裡的景象魘住了。

「姐姐，我臉疼。」于聞說。

不知是不是心理作用，盯著鏡子看久了，他居然生出一種「自己真的在被切割」的錯覺。

臉側、鼻梁、嘴角都火辣辣的，像被人抽了幾鞭子。

于聞瞪大眼睛，茫然地伸手摸了摸臉。

「嘶——」他痛得倒抽一口涼氣，低頭一看，手指上真的有血。

真破相了？他的臉真要四分五裂了？

于聞兩腿發軟，惶恐地叫著楚月。

結果一轉頭，發現楚月臉上也出現了紅色印子。就像被新裁的紙邊劃出來的，細得幾乎看不出來，卻很快滲出一排血珠。

他害怕極了，腳卻被釘住，怎麼都沒法從鏡子面前走開。只能眼睜睜地看著鏡子裡的自己被一下、一下割裂。

他身體也開始痛了……衛衣袖子洇出了血點。

這一刻，他和鏡子裡的自己簡直對調了。

對方是現實，他才是鏡像。

對方受的傷都會反映在他身上，而他隔著一層鏡面玻璃，居然阻止不了。

這就是懲罰。

于聞在心裡崩潰發誓，他這輩子踏馬的再也不改任何答案了！打死也不改！

餘光裡，楚月開始掙動。

她比于聞強硬多了，好幾次差點兒從束縛裡出來。於是，更多血線纏住了鏡子裡的她。

其中一條像尖利的刀，朝兩人喉管劃過去。

啊！于聞瞳孔驟縮。

千鈞一髮之際，鏡子突然發出「梆——」的一聲響，又沉又重。

鏡子裡。

秦究吊兒郎當地甩了甩拳頭。

游惑緊隨其後，轉身就是一腳。

梆——又是一聲巨響。

換成正常鏡子，早就碎成碴了。但面前這個卻只是打顫，連一絲裂紋都沒有。

但鏡面上四處亂淌的血已經被他們打散，朝邊緣飛濺。

「止住了！止住了！」老于叫道。

就見于聞和楚月臉上的紅痕不再增多，脖子上的那道也不再延長，停下的地方距離致命點不到半公分。

從剛剛于聞開始塗改答案起，游惑他們這邊就是一片狼藉。

因為黑霧突然活了。不再是緩緩地往中間侵蝕，反倒張牙舞爪。

它們就像無數扭絞在一起的人，從各個角度伸出手臂，又被另一些人拉拽回去。

避讓間，游惑他們發現，黑霧的攻擊充滿矛盾。

一方面朝他們伸出手，另一方面又要往後退。

人沒吞成，自己先起了「內訌」。

不過這種「內訌」瞬間有了結果——黏稠的血液從黑霧的包裹中掙脫出來，凶狠地撲向鏡子，帶著呼嘯風聲。

于聞和楚月看到的血手印，就是這些東西留下的。

它們一會兒哭、一會兒笑。最終哭聲和笑聲混雜著，淒厲尖銳。

明明是從黑霧中掙脫出來的，黑霧卻好像很怕它們。

鏡子被血液包裹後，周圍的黑霧四散退讓，留出這面鏡子供它們發瘋。

場面一度瘋狂又血腥。舒雪他們恨不得離發瘋的玩意兒八丈遠，兩位大佬偏不。

游惑和秦究是場上最瘋的選手，他們不退反進，這種時候居然伸手去摸了鏡子。

這一次，沒有黑霧來吞食他們了。

發瘋的血液帶來一個好結果和一個壞結果。

好結果是，他們能毫無顧忌地碰鏡子了。

壞結果是，鏡子硬得堪比長城，依然出不去。

大佬兩下重擊，讓楚月得以脫身。

她當即給了自己一巴掌，打飛了夢魘，轉頭又給了于聞一巴掌，乾脆俐落。

老于看得目瞪口呆。

于聞也被打得目瞪口呆。

他「哎呦」一下捂住臉，先是委委屈屈叫了聲「姐」，接著表情就轉成了驚喜：「我能動了？臥槽——」

話音未落，他就被楚月拽著「飛」起來。

兩人繞開了六面鏡子，不讓自己的影像出現在上面。

然而……他們很快發現，能起到鏡面效果的，並不只是鏡子。

落地窗、黑色的琉璃臺、冰箱門等等……不論走到哪裡，都有一個身影映在旁邊，陰魂不散。

而只要有身影，就總會有血液緊追不捨地流淌過來。

直到這時，眾人才想起題目最初的話：

【雪麗最喜歡做的一件事就是照鏡子，一切能映出人影的東西，她都會停下來，美美地看上一會兒。】

雪麗什麼心理，他們理解不了。

反正他們一點兒都不美。

于聞和楚月到處流竄，憑藉反應力保住一張臉。

但只要是人，就有精疲力竭的時候。

「懲罰！究竟！什麼時候結束！」于聞很崩潰。

游惑他們也很愁。

外面兩位正在生死時速，不可能抽空去精讀日記，琢磨爬出鏡子的方法。

不過說到日記，楊舒她們有了反應。

「我們在主臥找到了一點東西。」吳俐從白大褂口袋裡摸出幾張紙。

紙的邊緣非常毛躁，一看就是慌忙撕扯下來的。

「妳們撕的？」秦究問。

「不是。」吳俐搖了搖頭，「初步判斷應該是原主人自己撕的，也就是雪麗的父母。」

時間緊迫，游惑分了一半給秦究，兩人並肩站著，一邊一目十行地速讀一邊交換資訊。

看格式，這幾張紙依然是日記。

跟雪麗的不一樣，這份日記大多在記錄日常開銷，只在最後提幾句當天發生的事。

十一月二十三日

今早雪麗刷牙的時候我去洗手間拿毛巾，她一直透過鏡子盯著我。老實說，她最近經常有奇怪的舉動，被這麼盯著怪嚇人的。

馬修覺得這很可笑，自己的女兒有什麼可害怕的。

但是……算了，可能我膽小吧。

十一月二十四日

最近鎮子上好多人生病，米爾和沃克麗太太也變得怪怪的，對面那家亞裔以前非常熱情，今天看到我竟然沒有說早上好。

對了，還有雪麗。我今天不論做什麼，她都在不遠處盯著。

我從鏡子裡看到了。

十一月三十日

太奇怪了，每當我站在鏡子面前，跟自己對視。總覺得……鏡子裡的我要出來了。

十二月一日

家裡的鏡子不對勁。

十二月三日

馬修終於贊同了我的疑慮，他買了把錘子，就在車後座裡藏著。

他說明天夜裡有大風，讓我早點把雪麗哄睡著，他去把鏡子敲了，就說是風吹的。

雖然有點扯，但是那些鏡子是該毀了。

最後一頁沒有日期。

上面只有一句話——雪麗好像聽見了

最後一個字是戛然而止的。

「應該是這對夫妻想要毀掉鏡子，關鍵時刻被雪麗發現了，匆忙把這些撕了藏在角落。」吳俐頓了一下，神情肅然：「一對夫妻怕自己幾歲的女兒，我傾向於他們的下場不大好。」

游惑的猜測跟她們差不多。除此以外，他還格外注意一句話。

他把那張紙翻折兩道，只留下那句話給秦究看了一眼。

「每當我站在鏡子面前跟自己對視，總覺得……」秦究輕聲念了一遍。

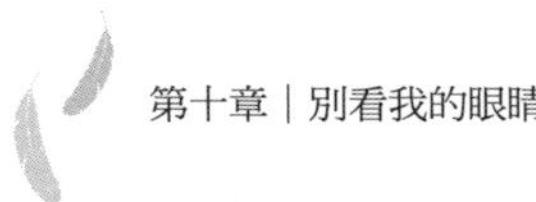



「鏡子裡的我要出來了。」他看向游惑，「你覺得這是出去的辦法？」

「特地寫在這裡，總該有用。」

至今而言，考場裡出現的東西都是線索，尤其是紙面資訊。

這是系統設計考場必須提供的，也是最基本的規則。

當然，考生會不會發現以及發現之後有沒有辦法使用，那就另說了。

「我站在鏡子前？」吳俐還能保持冷靜，「所以這個意思是……得有一個我站在鏡子外面，跟鏡子裡的我面對面，我才有可能出去？」

這麼多個「我」，虧她理得清。

游惑點了點頭說：「差不多。」

差不多個屁啊！

老于他們當場就崩潰了。

「我要上哪兒找另一個我來救我出去？」

怪不得被鏡子吞了，就會被系統「宣告死亡」。這他媽怎麼可能不死？

老于踉蹌了一下。

他看了一眼鏡子上蜿蜒的痕跡，心想既然于聞能在外面看到血，那他沾著那些血寫遺書，對方應該也能看到字。於是他一咬牙一跺腳，上手就打算交代後事。

最重要的是……跟于聞再說點什麼，什麼都好，反正也不剩幾句了。

誰知他剛動腿，就被另一個人搶了先，沾了血就開始龍飛鳳舞。

老于心想：誰啊，比他還急著寫遺書？

定睛一看，他外甥。

鏡子外，于聞和楚月樓上樓下跑了好幾回。

這期間，楚月搗毀了對方幾處窩點，除了鏡子沒敢動，怕影響游惑他們。其他能砸的砸，能掀的掀，一人能抵一窩麻匪。

于聞剛開始還有點矜持，後來跟著她一起打砸搶。

但這終歸不是長久之計，再砸下去，怕是違規通知單又要來了。

不過違規通知單還沒收到，兩人先收到了一封血書。

他們經過樓下時，眼睜睜看著那面落地鏡上，有人寫了兩行血淋淋的大字，觸目驚心。

我們要出去

找塊鏡子跟我面對面

「我日……」于聞當場打了個尿驚，心想：我傻逼嗎？主動放鬼出來。

他條件反射，扭頭跑出去幾步才猛地反應過來。

這語氣……鬧鬼的可能是他哥。

三分鐘後。

監考處大螢幕上突然蹦出六條動態。

晚上八點三十一分十秒，一九七考場，考生游惑復活。

晚上八點三十一分十三秒，一九七考場，考生游惑復活。

晚上八點三十一分十七秒，一九七考場，考生游惑復活。

晚上八點三十一分二十二秒，一九七考場，考生游惑復活。

晚上八點三十一分二十七秒，一九七考場，考生游惑復活。

晚上八點三十一分三十秒，一九七考場，考生游惑復活。

這一晚，全球考生和監考官都記住了這個名字。

這是一種精神上的折磨和污染。

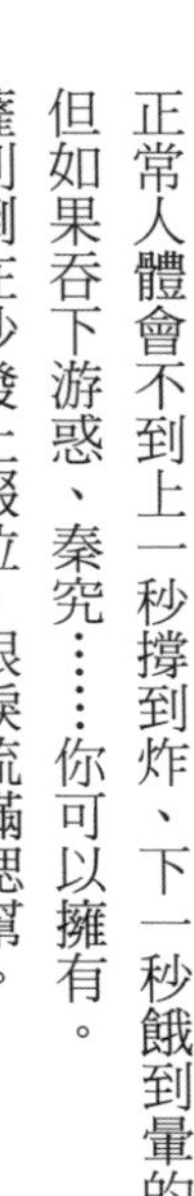

正常人體會不到上一秒撐到炸、下一秒餓到暈的刺激。但如果吞下游惑、秦究……你可以擁有。

薩利倒在沙發上啜泣，眼淚流滿腮幫。他的肚子已經癟下去，時不時發出幽怨的哀鳴，提醒他該進食了。屋子裡人數眾多、品類豐盛，但他一個都不想吃。他寧願餓死，也不想再吃這幫人中的任何一個。

和兄妹倆對比鮮明的是，客廳裡充斥著亢奮和欣喜。

對這群考生而言，他們這幾十分鐘可過得太刺激了，還差點兒就成了永別。

于聞對鏡子心有餘悸。他小心翼翼探頭試了幾次，發現那些血液已經消失，鏡面恢復成了最正常的模樣，這才慢慢放下心來。

老于帶頭做了激情演說，給兒子和楚月彙報了鏡子裡的情況。

于聞有點納悶：「挪一面鏡子跟你們面對面，相當於自己照自己？如果這樣就可以出來的話，之前我把六面鏡子圍在這裡，調整方向的時候也有過面對面的情況，那時候你們怎麼沒出來？」

「一是對得不正，二是我們還不能碰鏡子。」吳俐說。

那時候黑霧沒散開，他們碰不到鏡子，手伸過去就得脫層皮，更別說穿過鏡子走出來了。

「喔。」于聞點了點頭，掰著手指說：「所以我得先答錯題，塗改掉錯誤答案。那些血爪子來纏著我們，鏡子裡的黑霧才會挪開一點，你們才能碰鏡子。這時候我們再從大逃殺中抽身，在你們對面放一塊鏡子，還得對準，你們才能從鏡子裡鑽出來？」

「基本沒有差錯。」吳俐說。

于聞：「這不變態嗎？」

「誰說不是呢？」楚月非常順口地接了一句。

于聞現在跟她有了一巴掌的過命交情，說話熟多了：「姐姐，我發現你們這些監考官啊，一旦變成考生就肆無忌憚，逮住機會就罵系統。特別像我們高考完的那天。」

「高考完？高考完幹麼了？」

于聞居然被問得愣了一下，突然間張口忘言。

他抓耳撓腮：「奇了怪了，我想說什麼來著？話到嘴邊了。」

楚月笑著安撫說：「沒事別急，系統裡的正常反應，慢慢想。」

「啊？」于聞抓撓的動作一頓，「什麼叫系統裡的正常反應？」

「你沒發現大家都很少提到過去？系統外的生活是怎樣的？曾經是幹什麼的，家裡有哪些人，碰到過哪些事……」

「剛進來還好，在這裡待得越久越會忽略這些。時間長了就會變成沒什麼牽掛的人。」

「怪不得……我哥就跟誰都不大親近。」于聞小聲說：「我以前有過誤會，覺得他特神祕，也不好相處，還以為是家庭因素。」

楚月愣了一下，她也很久不聊這些了……

過了半晌，她才緩聲說：「也許吧，不過他真的在這裡待得太久了……比其他監考官都久。」

「那姐姐妳呢？」

「我？」楚月眨了眨眼睛，說：「我跟你哥差不多。」

于聞又有點納悶。

他記得之前楚月提過，最早一批的監考官不止她和游惑，還有其他人。為什麼又說他們兩個受影響的時間比其他人都久？

「說我什麼？」游惑的聲音突然從頭頂落下來。

于聞一縮脖子，訕訕地抬頭。

游惑從二樓欄杆看下來。

「說你帥。」楚月問：「你倆找到那個日記本了？」

「嗯。」游惑抬了一下手，他拿著一本破舊本子。

「有什麼重要資訊嗎？」

「剛剛粗略翻了一遍，暫時沒發現。」秦究拍了拍游惑，沿著樓梯往下走。

游惑低頭翻著日記，跟在他身後往下走，也不看臺階。

「下樓看書容易摔跟頭，有人告訴過你嗎？」秦究停住腳步，搭著扶手回頭。

「你不摔我就不會摔。」游惑眼也不抬，手指夾著一頁紙依然在看。

秦究點了點頭，繼續往下走。某些人也繼續跟著。

沒兩步，秦究突然假裝踩空。

游惑跟著一踉蹌，伸手扶住他的肩膀。

「看，差一點。」秦究說。

游惑想打人。他「啪」地一聲合上本子，塞進秦究手裡，問：「……幼稚嗎？」

「還行，比你略長兩歲。」秦究說。

游惑嘴唇動了兩下，轉頭就見楚月笑彎了眼。

「對了。」秦究對楚月說：「我們剛剛想起來另一件事。」

楚月一愣，「你跟我說？」

「嗯，關於妳之前提到的地方。」

楚月愣了一下，立刻坐直了身體，「我提到的地方？你是說……可以說悄悄話的地方？」

「對。」

「可能不是妳想的那個地方。」秦究說：「但是效果差不多。」

楚月來了興趣：「哪裡？」

秦究衝沙發附近一抬下巴。

楚月順著兩人的目光看過去，看到了一排鏡子。

她愣了一下，突然反應過來，「對啊……鏡子！」

老于他們冷不丁聽見這句話，摸不著頭腦：「什麼鏡子？鏡子又幹麼了？」

一旦被鏡子吞掉，就會被默認成「已死亡」，系統不會管鏡子裡的世界，更加犯不著去監控一個已死的人在鏡子裡做什麼，那裡就是一處安全地帶。

楚月當即拍板，「走！」

于聞一骨碌爬起來，「去哪裡？」

「進鏡子。」楚月對游惑和秦究招了招手，「有話跟你們說。」

薩利和雪麗眼前一黑。

好好一個恐怖道具，莫名成了這群魔鬼考生的根據地。

安全起見，其他人留在鏡子外守著。

「你們看著點時間，十一點整吧，我再寫個錯誤答案塗改一下，放你們出來。」于聞說這句話的時候臉都是綠的。

十幾分鐘前他才發過誓，這輩子再也不改答案了。這才多久……

游惑他們駕輕就熟地弄哭雪麗，鑽進鏡子裡。

留在外面的人挪動鏡子，給他們製造活動空間。

原本只打算對著客廳，老于第一個不答應。

「你知道想上廁所找不到門有多痛苦嗎？」他說著，搬起另一個鏡子，把客廳和洗手間連上了。

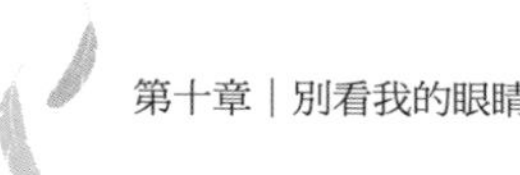



「反正六面呢，也別浪費了。」舒雪又抱起了剩下的鏡子。

這姑娘愣是找到了搭房子的樂趣，她在屋子裡尋找各種刁鑽角度，把所有能動的不能動的鏡子全利用上，把整個一樓和地下室都框進去了，就連禁閉室裡都塞了一塊。

不得不說，還挺有成就感。

鏡子裡。

游惑和秦究坐在沙發上。

楚月第一次進來，好奇地轉了一圈，又在廚房找到一次性杯子接了杯水，這才在沙發上坐定。

黑霧始終伏在邊緣，沒有要前進的意思。

薩利可能吃夠了苦頭，暫時都不想找麻煩了。

楚月沒有立刻開口。她喝了幾口水，靜了片刻突然自嘲一笑，「習慣了做什麼都被盯著，突然自由下來，我居然有點不知道從哪裡說起。」

儘管記憶不全，游惑對她依然有著說不上來的信任感，以及少有的耐心。

過了片刻，楚月放下水杯，突然想起什麼似地問游惑：「你的眼睛處理過嗎？」

「處理？」秦究蹙了一下眉。

這個詞令他不大舒服。

那是游惑的眼睛，不是什麼道具或者器械。

游惑也愣了一下，緊接著說：「我之前做過眼睛方面的手術，就在剛醒的時候。妳……」

「我為什麼問這個對吧？」楚月頓了一下，似乎突然找到了話頭。

「系統最初是什麼樣子的，你不記得了。」楚月對游惑說完，又轉向秦究：「你看的應該都是資料。」

「我見過，而且記得……」楚月說：「它最初其實很正常，嚴謹、刻板。你們知道的，這種人工智慧式的東西總會透著一股不通人性的笨拙感。那時候我聽研發人員開玩笑說，它就像個孩子，有無限可能，但又挺傻的。也有人說，它如果某天擬人化，一定得有個不苟言笑的撲克臉。」

游惑的臉色一定很精彩，以至於楚月看他一眼就笑了。

「你現在聽起來，覺得不可思議，一言難盡是吧？我看你快吐了。」楚月笑得不行，又正色道：「那是很久很久以前的評價了。當時的研發者在系統裡面置入了學習模組，專業術語我肯定是不懂的，反正在我理解，所謂的學習，核心是模仿，就像很多小孩子一樣。他們希望系統在模仿中慢慢擬出類人的思維，智慧度更高。」

楚月看著游惑，頓了片刻說：「既然是模仿式學習，總要有模仿對象。」

游惑心頭突地一跳。

「我不知道你現存的記憶裡，小時候包括青少年時候是什麼樣的。」楚月說：「……不過我想，應該被處理過濾過，不然你會有很多和它有關的記憶。畢竟，你很早就見過它。它一直在通過某種方式，看你所看的，經歷你所經歷的……」

「通過你的眼睛。」

這句話真的讓人一激靈。

游惑怔愣許久，他又感受到了那種如影隨形的窺視感。

這種感覺之前常會出現。有時候他會突然看向天花板，或者其他角落，找尋窺視的來源。他覺得系統就藏在某片虛空之後，靜靜地看著周圍發生的一切，但他總找不到準確的地方。直到現在他才猛然驚覺……那也許不是真實的感覺，只是某種潛意識的殘留。

秦究說過，系統幾乎無處不在，不會凝聚於某一點。

那種如影隨形的窺視感，其實來自於他自己。

這種感覺一定跟隨了他很多年，以至於失憶了依然會受影響。

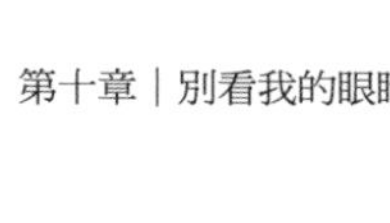



秦究敏銳地覺察到了他的情緒，抓住了他擱在身側的手。

「它不是真的在學你。」楚月在他眼裡看到了厭惡和自嘲，立刻補充道：「真的學你不可能學出這麼個東西。模仿對象不止你一個，而且研發者以為它在經歷和你一樣的事情時，會直接複製你的情緒和思維，再慢慢進行學習、發散以及模擬。可實際不是的，它比想像的更獨立。」

「它有自己的一套邏輯，在規則基礎上生成的，和人性很不一樣。所以，雖然用的是同一雙眼睛，看到的是同樣的事，但它的判斷跟模仿對象常常相反，背道而馳……」

楚月不知想起什麼，略有些出神。

「所以你小時候應該過得不大開心。其實我不想跟你說這些的，但我怕你零碎地想起一些事，會因為不解而難過……系統的存在會讓模仿對象看上去不大正常，怎麼說呢，就像身體裡還悄悄藏著另一個靈魂，跟你本身完全不同的靈魂。」

其實「不開心」只是委婉的說法。

如果一個孩子看著你，目光卻像背後還藏著別的什麼人，你不可避免會覺得毛骨悚然。

你會怕他、疏遠他……

哪怕是親人，哪怕這個孩子懵懂而無辜。

如果每一個本該親近的人都疏遠他，那就不僅僅是不大開心了……

楚月說這些話的時候，游惑微垂眼皮，似乎聽得認真，又似乎不那麼在意。

秦究看著他，忽然意識到他似乎總是這樣。

大多數時候，游惑總是垂著目光。聽人說話、等人做事，耐煩或是不耐煩，高興或是不高興……他都這樣，像在犯睏，透著一股懨懶的氣質。

不熟悉的時候，秦究以為他生性傲慢。

也許吧，確實有一點。

但如果他從小看見的都是忌憚和遠離，如果他的目光總會讓人不安害怕，時間久了，他也不會再想認真地看著誰了吧……

秦究忽然想問楚月，游惑是什麼時候知道這件事的。

幼年？少年？還是成為監考官之後？

在知道之前，他困惑了多少年？會怎樣理解那些莫名的疏遠？在知道之後，又會不會偶爾想起以前？

他的大考官只是看著冷漠鋒利，其實心很軟。

所有迴避的垂落的目光，除了長久以來的習慣，也許還帶有保護的意味。保護那些試圖和他親近的人，以免對方經受莫名的窺探。

秦究臉色很差。

不論哪種情況，他都心疼。

游惑安靜了很久，不知在想什麼，又或者什麼都沒想。

過了片刻，他指了指自己的眼睛問楚月：「這種共用一直持續到我被除名？」

如果真是這樣，那……

他突然看了秦究一眼。

楚月連忙搖手，「不是的。持續到系統被正式使用，就是咱們以訓練官……剛開始還叫訓練官，以那個身分進入系統後，這種共用就算結束了。它學完了，也就用不上了嘛。而且會有一些措施，可以避免共用。」

「妳確定？」游惑很懷疑。

楚月說：「你想啊，在這套考試機制中，系統可以無處不在。除了個別特殊情況，我們經歷的事情它都知道，哪還用得著借某一個人的眼睛？而且這樣對它反而是限制，借用你的眼睛，相當於站在你的視角上，只能看到這個角落的事，其他地方它就關注不到了。」
對於這一點，她倒是很篤定，「它掌控欲那麼強，又一貫覺得能兼顧方方面面是它特有的優越性。不會這麼做的。不過……」
「不過什麼？」游惑問。
「雖然知道它不會這麼做，也有相應的措施，但心理上總會過不了那一關。」楚月說：「有時候會突然不放心，擔憂自己的眼睛又被占用了，害到別的什麼人。理智上知道沒事，但免不了有不理智的時候嘛……」
游惑看著她，突然問道：「妳為什麼這麼瞭解？」
楚月愣了一下，苦笑說：「系統其實是沒有性別的，研發人也不知道它更適合設定成女性還是男性，所以最初的模仿對象其實有兩個，一男一女，我就是另一個倒楣蛋。咱倆的淵源可以追溯到小時候，很多感受你有我也有。要不然怎麼會成為朋友呢？」
游惑了然地點了點頭。
怪不得他對楚月抱著少有的放心和信任，也怪不得成為監考官的時候，系統給他們兩人的許可權最高。
「某種程度上來說，系統是跟著你和我一起長大的。我倆叫成長，它叫學習和升級。它吧……可能把我們兩個當成哥哥姐姐了，所以對我們兩個信任度高一點，也略微寬容一些。」
楚月說，最早的時候系統總體還正常，甚至會在某些情況下顯露出幾分人性——楚月的直率跳脫摻雜著游惑的冷淡鋒利。
當然，只是極其偶爾會有一點影子，還不大像。
後來隨著系統越來越強大獨立，這一部分就消失了，再也沒出現過。
用楚月的話來說——就剩刁鑽和變態了。

游惑和楚月因為自身經歷的關係，對系統的認知比其他任何人都清醒徹底。他們擁有其他監考官沒有的特權，同時也受到更多或明或暗的限制。

所以，在系統出現問題後，他們兩個一直是披著「溫和派」外衣的強硬派。

他們原本要花費更長更久的時間摧毀系統，不料中途出現了一個意外因素。

這個因素打破了諸多規則，讓系統跟在他屁股後面不斷打補丁。

有句老話叫多說多錯。補丁摞補丁，規則卡規則，數量多了，難免會引起一些矛盾和BUG。

這個意外因素就是秦究。

他的出現和所作所為製造了突破口，於是游惑和楚月的計畫得以加速提前。

可惜，那時候的秦究作為考生太引人注目了。

出於某種目的，他把自己放在了火舌刀尖上，系統盯他比誰都緊。

所以他們剛聯合，就被系統覺察到了苗頭。其實沒有證據，也沒有什麼實質性的發現，但系統就是對秦究格外提防。

這種危險角色，最好的辦法就是放在系統內，放在眼皮子底下，成為監考官。

於是，秦究通過考試後，很快就以監考官的身分歸來。

一方面是楚月悄悄運作的結果，另一方面也順了系統的意。

他們第二次聯合耗費了一些時間。

一來秦究的記憶遭到干擾，最初和游惑又是針鋒相對的狀態。

二來，即便後來兩人冰雪消融又一次站到一起，也比以前謹慎得多，至少明面上沒有露出絲毫痕跡。

「那次我們其實真的只差一點點。」楚月一臉可惜，「都到核心區了，該毀的也毀了大半，結果關鍵時刻出了紕漏，功虧一簣。」

「什麼紕漏？」

「這我就不清楚了，最後深入核心區的是你們兩個，我是守後方的，結果守到的卻不是好消息。」楚月說：「那次為什麼會失敗，只有你們兩個知道。當然，決裂什麼的都是狗屁！你害了他或者他害了你，這種鬼話你們也不用信，那都是說給別人聽的。」

「本來也沒信。」游惑說。

秦究摸了摸下頷，輕咳了一聲。

游惑保持安靜，給了他幾秒鐘獨自沉思。這才問楚月：「我託人給自己留了一句話，要去休息處找一樣東西和一個人。要找的人肯定是妳，東西是什麼妳知道嗎？」

「知道。」楚月說。

游惑一聽就放下心來。

但楚月又補充道：「知道也沒用。」

「那東西比較特殊，已經不在休息處了。」楚月說。

游惑：「嗯？」

「什麼意思？」

「你們兩個當時留了後手以防萬一，是一段系統的自我修正程式。這個程式會對系統的各項行為指令進行監測和判斷，根據情況採取措施修正平衡一下，必要的時候甚至能自毀。」

楚月剎住話頭，看了看游惑和秦究的臉色，猶豫著開口：「但是……系統很精的，你們出事之後，那個修正程式也沒了。我找了很久，到處旁敲側擊也沒找到。不過也別擔心，畢竟我們又湊到一起了，這比什麼都有用。」

這也算是安慰。

游惑和秦究都不是喜歡沮喪的人，很快就把重點放到了核心區上。

不過楚月卻說：「核心區被系統藏著呢，一般監考官接觸不到的。不過這點你們放心，能把你們送進去一次，我就能送第二次。比起核心區，你們早點恢復記憶才是真的，如果不知道上次為什麼失敗，去核心區也是白瞎。」

那麼問題來了……

怎麼才能早點恢復記憶？

游惑以為楚月有什麼速成的辦法，誰知她想了半天，掰著指頭說：「據我所知，一是可以去以前常去的地方，印象深刻的或者有特殊意義的。二是可以製造類似的情景，來個原景重現，多少能刺激一下，也許就想起來了。除此以外有一點是我後來發現的……」

「什麼？」

「在系統干擾低的地方，更容易想起以前的事情。理由不用我解釋了，畢竟干擾低嘛，這點對監考官都適用。」

她這麼一提醒，秦究發現還真是這樣。

他自己關於考官A的有限記憶，幾乎都是在禁閉室裡想起來的。

只是他每次進禁閉室，看到的都是那片廢墟。所以想起來的片段，多多少少也和那裡有關。

記憶恢復是個頭疼問題。

楚月和游惑一來一往，簡單討論了一會兒。

正說到這棟樓就是絕佳地點，秦究突然插了一句：「其實要恢復記憶還有一個辦法。」

楚月知道他的性格，頓時有了不祥的預感：「什麼辦法？你先說說看。」

「據我所知，系統有個地方可以撤銷指令……」

秦究還沒說完，楚月已經跳起來，「你想都不要想！找死不是這麼個找法！」

「撤銷指令？」游惑興趣很濃。

楚月二話不說把他們往地下室一推，指著底下那扇房間門說：「去去去！有這工夫你們不如直接進禁閉室刺激去了！說實話，我覺得這棟房子都是絕佳的刺激場所，只不過客廳房間布置都被改了，看不出來以前的樣子，唯一保留以前樣子的也只剩禁閉室了。」

秦究說的顯然是個危險辦法，楚月不想再聊這個話題。

「我看看能不能提醒他們先放我出去一下，我好餓，食物都在樓上沒框進來。你倆隨意，反正這裡一時半會兒不會出事，小吳不是還有話要說？一會兒把她再叫進來吧。」

楚月說著衝他們揮了揮手，兀自去研究叫人了。

結果剛走到鏡子前，她就驚呼一聲：「哎人呢？」

游惑轉頭一看。

那面落地鏡裡映照著現實客廳的模樣，原本坐滿了人的沙發此刻居然空空如也。

茶几上擱了一張紙巾，顯然是匆忙間抽出來的。

上面用馬克筆寫了個數字九。

楚月沒反應過來：「九？什麼意思？隨便寫的題目答案？」

「不是。」游惑指了指牆上的掛鐘說：「九點多了。」

他們之前不是慶幸死裡逃生，就是急著說事，所有人都忘了那張時間規畫表。

表上寫著，夜裡九點是晚安時間。

他們該睡覺了。

考場上的睏倦說來就來，誰都擋不住。他們能掙扎著用紙巾留個言，已經很不容易了。

雖然他們進了鏡子，理應要過死後生活，不用遵守考生的作息。但鏡子本身似乎也有作息，這點跟薩利、雪麗分不開，而這種作息又影響到了鏡子裡的人。

睏意說來就來。

楚月掩著唇連打了三個哈欠，終於敗下陣來。

她搖搖手說：「等他們起床要到天亮，我不行了，先去書房趴一會兒。」

「妳打算趴著睡滿十個小時？」秦究說：「去客房吧，我們兩個沙發就能湊合。」

楚月拗不過，三兩步進了客房，關上門很快就沒了動靜。

游惑和秦究其實也感覺到了突然襲來的睏，趁著睡意還沒濃，游惑借著一樓洗手間洗了個澡。

他擦著頭髮，本打算在沙發上睡一會兒。剛坐下又改了主意，橫穿過客廳下到了地下室裡。

受楚月那些話的影響，他又想來禁閉室看看。

很多零散的回憶都和這裡有關，再加上某些特殊原因，要論印象深刻的地方，這裡絕對是其中之一。他想試試，看能不能再想起點什麼。

地下室很安靜，明明只是下了一層樓梯，秦究洗澡的水聲就變得遠而模糊，像是悶在罐子裡。

禁閉室也還是老樣子——

淋浴間的玻璃灰濛濛的，地面乾燥，像是幾百年沒碰過水了。

床靠牆擺著，它其實不算小，但游惑總懷疑秦究那樣的大高個兒睡不睡得下。

桌子上擱著一只玻璃杯，椅子被拉開。乍一看就像是這裡的人喝完水，順手擱下杯子，剛離開一小會兒……

可實際已經好幾年過去了。

為了讓禁閉室看上去更像處罰的地方，系統總喜歡在牆上掛些零零碎碎的東西，帶血的繩子、尖鉤、黑色白色的繃帶布條……一些能讓環境變得壓抑的東西。

但游惑站在這裡卻不覺得壓抑。

也許是因為即便隔了很久很久，這裡依然充斥著秦究的氣息。所有關於這裡的記憶，都有他的身影。

他目光掃過那些零碎的布置，腦子裡卻回閃著楚月說的那些話。

她說雖然知道眼睛已經不受影響了，但總會產生一些錯覺，總覺得瞳孔背後還藏著悄悄窺視的系統。也許是受影響的時間真的太久、太久了。

理智上知道沒事，心理上依然會有一瞬間的疑慮和迴避。

游惑出神有點久，甚至沒發覺模糊的水聲已經停了。

他站在床邊，目光停留在一截綳帶上。它從牆上脫落一半，垂掛在床頭的欄杆上，游惑伸手撈起尾端。

不知為什麼，這一瞬間的動作又有種似曾相識的感覺。

游惑愣了一下。他剛直起身，背後響起很輕的腳步聲。

「怎麼在這兒？」秦究逗他玩兒似的，在他露出的後頸上啄了一下。

低頭間，他越過游惑的肩，看到對方手指上纏繞的東西。

他怔了一瞬，一些零碎的畫面就這樣毫無徵兆地湧上來……

應該就是在這間禁閉室，就是在這裡。

也是這樣帶著欄杆的床頭。

還是考官A的游惑微抬下巴和秦究接吻。

襯衫扣子解了大半，領口敞著，下襬從腰帶下抽出，鬆垮的皺褶彎在腰側。

交纏間隙，他讓開毫釐，含著濕熱霧氣的眼睛半睜著，目光從秦究的眉眼落到嘴唇。

他本想繼續吻上去，卻忽然想起什麼般頓了一下。他在秦究熾熱的氣息中閉了一下眼，啞著聲音說等一下。

他伸手抓來垂墜在床欄上的黑色綳帶，布料的顏色幾乎將手指襯得蒼白。

「……別看我的眼睛。」他對秦究說。

那根讓人走神的繃帶被抽走，游惑抓了個空。

不知道為什麼，秦究忽然變得很纏人，一個又一個吻落在他眼尾，跟以往任何一次都不一樣。

他被啄得有點癢，卻沒有讓開。

秦究側著頭，下顎的線條瘦削深刻，不論是突出的喉結還是肩骨，肌肉都充滿了力量。這人即便是最放鬆、最懶散的時候都帶著令人警惕的氣質，那種侵略感彷彿是天生的。

可這一刻，他的吻居然是溫柔繾綣的，像是親昵而珍重的安撫……

「怎麼了？」游惑低聲問。

秦究眸子半闔，狹長眼縫裡含著光。他依舊固執地吻著遊惑的眼睛，過了許久，才從喉嚨底沉沉答了一句：「沒什麼……情不自禁。」

游惑愣了一下，沒有說話。

其實楚月說的那些事他大多都忘了，連片段都記不清，可能長大以後就沒在意過。時間久了，連他自己都覺得自己天生冷心冷肺捂不熱。

但這個瞬間，所有他以為從不存在的情緒，被秦究輕而易舉勾了出來。

他沉默片刻，突然按著秦究後頸吻過去……

這一幕幾乎與過去重合。

很多年前，考生末期的秦究也是這樣。他在交纏中拉下那道繃帶，嗓音低啞地說：「我的大考官眼睛很漂亮……非常、非常漂亮。」

而當時的考官游惑閉著眼睛，胸口在急促的呼吸中起伏，忽然抓著秦究的肩膀抬起身吻著他，和多年後所做的一樣。

他曲起一條長直的腿，在親吻中更換了姿勢，壓坐下去的時候，一貫冷漠垂著的眼睛半抬起來，帶著迷濛潮氣。

沙啞的聲音悶在唇齒間。

游惑忽然又想起一句話——

不知哪個季節的哪一天，又是因為什麼事。已經是考官的秦究對他說：「別對我閉上眼睛大考官，不用對我避開什麼，永遠都不用。」

我不會怕你、不會疏遠你、不會覺得你是什麼令人不安的怪物。

我這麼愛你。

禁閉室裡場景依舊。

距離他們進來已經有一會兒了，依然沒有任何變化。

那片曠寂的廢墟沒有出現，遠處也沒有傳來硝煙味，沒有高遠的天空，也沒有逐漸落下的黑暗夜色。

鏡子裡的禁閉室只得其表未得其裡，起不到真正的懲罰作用。

這只是一間充斥著回憶的房間而已。

想得起來的、想不起來的、對峙的、親昵的……都在這裡。

說來荒謬。

鏡子裡的世界一片虛幻，卻可以找到真實。

考場橫縱無界，卻只有這間狹小的禁閉室不限自由。

（未完待續）

【特別收錄】

# 獨家紙上訪談，暢談創作花絮

Q6：請問您覺得游惑和秦究這兩種性格的人，創作時哪個人比較好發揮？若現實中有機會認識他們，您會比較喜歡跟游惑還是秦究交朋友？

A6：這點其實不看性格，看視角。

《全球高考》的故事是以游惑為主視角，創作的時候就比較好發揮。但如果是抽絲剝繭型的人物，就是非主視角更好發揮，因為能突顯神祕感，瞭解和探索的過程也會更清晰。

至於第二個問題……我更想交兩個朋友。

Q7：故事裡的攻受屬性，是開坑前就決定的，還是隨著故事進展才慢慢確定的？

A7：開坑前就決定好了。

Q8：其實除了攻受之外，書中還有許多個性跳脫且鮮明的角色，能否請您花些篇幅來介紹一下當初是怎麼安排出這麼多性格迥異又有亮點的角色設定？很好奇是先有情節再安排角色，還是先想好角色再讓他們去推動劇情？

A8：人不可能是個孤島性質的個體，所以創造主角的時候，我會想他這種性格的人會有怎樣的家庭？會和什麼樣的人成為朋友？會被哪種人吸引？會和誰起衝突？由此會延伸出很多配角，同時配角也會有他們的家人朋友，串聯起來就是一個完整的關係網。一般是先有大致角色再推劇情，然後根據劇情繼續豐富角色。

Q9：承上題，除了攻受之外，在眾多角色中，有沒有您最喜歡的角色（可複選）？為什麼？

A9：最喜歡154，因為結尾讓他由「人」變回了數據，我對不起他。

Q10：聽說繁體版會加寫新番外，能否在不劇透的情況下，預告一下番外會有什麼令人期待的事情發生嗎？

A10：你猜～

Q11：可否偷偷透露一點，這部作品裡您最喜歡的橋段？

A11：認真的嗎？禁閉室所有橋段。

（未完待續）

i 小說 021

# 全球高考2

國家圖書館出版品預行編目（CIP）資料

全球高考2/ 木蘇里著. -- 初版. -- 臺北市：
愛呦文創, 2020.03
冊；　公分. --（i 小說；021）
ISBN 978-986-98493-4-0（第2冊：平裝）

857.7　　　　　　109000321



愛呦文創

作　　者　木蘇里
封面繪圖　黑色豆腐
責任編輯　高章敏
特約編輯　劉怡如
文字校對　劉綺文

發 行 人　高章敏
出　　版　愛呦文創有限公司
地　　址　10691台北市忠孝東路四段59號10-2樓
電　　話　（886）2-25287229
郵電信箱　iyao.service@gmail.com
愛呦粉絲團　https://www.facebook.com/iyao.book

總 經 銷　聯合發行股份有限公司
電　　話　（886）2-29178022
地　　址　231新北市新店區寶橋路235巷6弄6號2樓

美術設計　徐珮綺
內頁排版　洸譜創意設計股份有限公司
印　　刷　沐春行銷創意有限公司
初版一刷　2020年3月
初版十五刷　2024年7月
定　　價　380元
I S B N　978-986-98493-4-0

愛呦文創